I0742511

SCHUTZ FÜR BREE

SEALS OF PROTECTION: ALLIANCE
BUCH 7

SUSAN STOKER

<u>**Die Rescue Angels**</u>
Hilfe für Laryn
Hilfe für Amanda
Hilfe für Zita (10 Feb)
Hilfe für Penny (5 Mai)
Hilfe für Kara
Hilfe für Jennifer

<u>**Badge of Honor: Die Texas Heroes**</u>
Gerechtigkeit für Mackenzie
Gerechtigkeit für Mickie
Gerechtigkeit für Corrie (1 Mar)
Gerechtigkeit für Laine (1 Mar)
Sicherheit für Elizabeth (1 Apr)
Gerechtigkeit für Boone (1 Apr)
Sicherheit für Adeline (1 Jun)
Sicherheit für Sophie (1 Jun)
Gerechtigkeit für Erin (1 Aug)
Gerechtigkeit für Milena (1 Aug)
Sicherheit für Blythe (1 Oct)
Gerechtigkeit für Hope (1 Oct)
Sicherheit für Quinn
Sicherheit für Koren
Sicherheit für Penelope

<u>**Die Männer von Silverstone**</u>
Vertrauen in Skylar
Vertrauen in Taylor
Vertrauen in Molly
Vertrauen in Cassidy

<u>**Die Zuflucht in den Bergen**</u>
Zuflucht für Alaska
Zuflucht für Henley

Zuflucht für Reese
Zuflucht für Cora
Zuflucht für Lara
Zuflucht für Maisy
Zuflucht für Ryleigh

<u>Das Bergungsteam vom Eagle Point</u>
Ein Retter für Lilly
Ein Retter für Elsie
Ein Retter für Bristol
Ein Retter für Caryn
Ein Retter für Finley
Ein Retter für Heather
Ein Retter für Khloe

<u>SEALs of Protection: Legacy</u>
Ein Beschützer für Caite
Ein Beschützer für Brenae
Ein Beschützer für Sidney
Ein Beschützer für Piper
Ein Beschützer für Zoey
Ein Beschützer für Avery
Ein Beschützer für Kalee
Ein Beschützer für Jane

<u>Die SEALs von Hawaii:</u>
Die Suche nach Elodie
Die Suche nach Lexie
Die Suche nach Kenna
Die Suche nach Monica
Die Suche nach Carly
Die Suche nach Ashlyn
Die Suche nach Jodelle

<u>Delta Team Zwei</u>
Ein Held für Gillian
Ein Held für Kinley
Ein Held für Aspen
Ein Held für Jayme
Ein Held für Riley
Ein Held für Devyn
Ein Held für Ember
Ein Held für Sierra

<u>Mountain Mercenaries:</u>
Die Befreiung von Allye
Die Befreiung von Chloe
Die Befreiung von Morgan
Die Befreiung von Harlow
Die Befreiung von Everly
Die Befreiung von Zara
Die Befreiung von Raven

<u>Ace Security Reihe:</u>
Anspruch auf Grace
Anspruch auf Alexis
Anspruch auf Bailey
Anspruch auf Felicity
Anspruch auf Sarah

<u>Die Delta Force Heroes:</u>
Die Rettung von Rayne
Die Rettung von Emily
Die Rettung von Harley
Die Hochzeit von Emily
Die Rettung von Kassie
Die Rettung von Bryn
Die Rettung von Casey

Die Rettung von Wendy
Die Rettung von Sadie
Die Rettung von Mary
Die Rettung von Macie
Die Rettung von Annie

<u>SEALs of Protection:</u>
Schutz für Caroline
Schutz für Alabama
Schutz für Fiona
Die Hochzeit von Caroline
Schutz für Summer
Schutz für Cheyenne
Schutz für Jessyka
Schutz für Julie
Schutz für Melody
Schutz für die Zukunft
Schutz für Kiera
Schutz für Alabamas Kinder
Schutz für Dakota
Schutz für Tex

<u>Eine Sammlung von Kurzgeschichten</u>
Ein langer kurzer Augenblick

KAPITEL EINS

Jude »Smiley« Stark starrte die Frau an, die auf seiner Couch schlief. Er konnte nicht glauben, dass er sie gefunden hatte … oder vielmehr, dass sie *ihn* gefunden hatte. Und zum zweiten Mal hatte sie eine wichtige Rolle dabei gespielt, das Leben der Angehörigen seiner Teamkameraden zu retten.

Ohne Bree Haynes wären Ellory und Yana vielleicht in einem Schiffscontainer gelandet und für ihre Organe verkauft worden. Die beiden Kinder verdankten Bree ihr Leben, weil sie den Bösewicht abgelenkt hatte, als sie sich vor ihm versteckt hatten. Smiley hasste es, dass sie für ihre heldenhafte Tat zusammengeschlagen worden war. Er sah noch immer die fast verheilten Blutergüsse in ihrem Gesicht … und er war sich sicher, dass sie auch am ganzen Körper noch mehr davon hatte.

Dann war da noch der gestrige Tag, als sie sich auf den Rücksitz des Wagens des Mannes geschlichen hatte, der Kelli entführt hatte, und Smiley eine SMS mit der Position des Wagens schickte, sodass er und Flash gerade noch rechtzeitig eintreffen konnten, um den Mistkerl daran zu hindern, die Frau seines Teamkameraden zu töten.

Bree war leichtsinnig. Impulsiv. Sie handelte, ohne nachzudenken.

Und er hatte noch nie in seinem Leben jemanden so sehr bewundert.

Seit er sie in Las Vegas kennengelernt hatte – nachdem die psychotische Mutter von Josies verstorbenem Ex-Freund sie an einen Mann verkauft hatte, der Verbindungen zur Sexsklaverei hatte –, war er ihr verfallen.

Es war einfach etwas an Bree, das ihn gefesselt hatte und nicht mehr losließ.

Und jetzt war sie hier.

In seinem Wohnzimmer.

Sie schlief auf seiner Couch.

Er hatte ihr sogar angeboten, sein Bett zu nehmen, aber am Ende hatte sie sich als hartnäckiger erwiesen als er.

Smiley hatte seit jener schicksalhaften Nacht in Las Vegas nach ihr gesucht, als sie gefesselt auf dem Rücksitz eines Autos saß und Todesangst hatte. Er hatte sie befreit – und dann war sie im Chaos dieser Nacht verschwunden. Und obwohl Smiley verärgert und frustriert war, dass er sie nach monatelanger Suche nicht hatte finden können, war er auch beeindruckt. Sie hatte es sehr gut geschafft, unter dem Radar zu bleiben. Tatsächlich würde er sogar behaupten, dass er sie vielleicht nie gefunden hätte, wenn sie nicht nach Riverton gekommen wäre und sich in das Leben seiner Freunde eingemischt hätte.

Was zu der Frage führte ... warum hatte sie das getan?

Warum war sie nach Riverton gekommen? Warum hatte sie ihn aufgespürt? Warum hatte sie seinen Freunden geholfen?

Warum war sie nicht ans andere Ende des Landes geflohen?

Und warum war der Mann, der sie »gekauft« hatte – Smiley *hasste* es, dass Menschen in der heutigen Zeit immer noch andere Menschen kauften und verkauften –, so entschlossen, sie in seine Finger zu bekommen?

Smiley hatte so viele Fragen, und der einzige Mensch, der diese vielleicht beantworten konnte, war Bree.

Ein Teil von ihm wollte sie am liebsten schütteln. Sie dazu bringen, sich aufzusetzen und wieder mit ihm zu reden. Aber jetzt war nicht der richtige Zeitpunkt dafür. Sie war erschöpft. Er hatte es in ihrem Gesicht und ihrer Körpersprache gesehen, als er sie zuvor befragt hatte, obwohl sie es zu verbergen versucht hatte.

Smiley war auch müde, aber er hatte Angst, dass Bree verschwinden würde, wenn er sich hinlegte. Er würde den Verstand verlieren, wenn das passierte. Also würde er sich hier im Wohnzimmer aufhalten und sie beim Schlafen beobachten.

»Warum heißt du Smiley?«

Er zuckte überrascht zusammen, weil er nicht damit gerechnet hatte. Bree war wach. Und er hatte nichts bemerkt. Ihre Atmung hatte sich nicht verändert. Sie hatte sich nicht bewegt.

Er machte sich eine mentale Notiz, dass diese Frau aufmerksamer war, als er ihr zugetraut hatte – was angesichts all der Dinge, die sie in letzter Zeit getan hatte, dumm war –, lehnte sich im Sessel zurück und zuckte mit den Schultern. »Wegen meiner aufgeschlossenen Art?«

Bree öffnete die Augen, und selbst in dem schwachen Licht in seiner Wohnung sah Smiley, wie sie ihn mit ihrem haselnussbraunen Blick mit einer Genauigkeit fixierte, die ihm klarmachte, dass sie wahrscheinlich schon viel länger wach war, als er gedacht hatte. »Nichts für ungut ... aber nein«, sagte sie mit einem kleinen Lächeln.

Smiley blinzelte. Hatte er diese Frau jemals zuvor lächeln sehen? Nein. Bei ihren wenigen Begegnungen hatte sie nie einen Grund zum Lächeln gehabt.

Und ganz plötzlich wollte er sie mehr als alles andere auf der Welt glücklich und lächelnd sehen. Mehr als er Informationen wollte. Mehr als er böse Jungs fangen wollte.

Mehr als er ein Navy SEAL sein wollte.

Das war … beunruhigend.

»Es ist Sarkasmus«, platzte es aus ihm heraus, wobei er schroffer klang als beabsichtigt. »Einer meiner Ausbilder hat einmal bemerkt, dass ich nicht gerade Mr. Smiley bin, und das ist hängengeblieben. Wie lange?«

Sie runzelte die Stirn und wollte sich auf der Couch aufsetzen.

»Nein, bleib liegen. Steh nicht auf«, befahl Smiley. Er konnte es nicht ertragen, das kleine Zusammenzucken zu sehen, das sie zeigte, als sie sich bewegen wollte. Zu seiner Erleichterung lehnte sie sich wieder in die Kissen zurück und kuschelte sich in die Decke, die er ihr zuvor gegeben hatte.

»Wie lange was?«, fragte sie.

»Wie lange warst du bei Kelli zu Besuch? Hier bei mir?«

Bree zuckte mit den Schultern. »Ungefähr eine Woche. Nicht lange.«

»Warum gerade jetzt?«

»Weißt du, du bist ein großer Junge, du kannst deine Worte benutzen. Mehr, meine ich. Dann müsste ich nicht jedes Mal nachfragen, wenn du mir eine Frage stellst«, sagte Bree mit einem weiteren kleinen Grinsen.

Selbst dieses kleine Zucken ihrer Lippen erfüllte Smiley mit Befriedigung.

»Warum meldest du dich *jetzt* bei mir? Nach all der Zeit. Und warum bist du nicht direkt zu mir gekommen, als du erfahren hast, dass ich nicht hier wohne, dass Kelli und Flash wegen ihrer Situation bei mir eingezogen sind? Was hat sich geändert?«

»Okay, also … das waren vielleicht *zu viele* Worte«, scherzte sie.

Aber Smiley war nicht amüsiert. Er fühlte sich unruhig und unwohl. Er musste diese Frau verstehen, und im Moment war er so weit davon entfernt, dass es nicht einmal lustig war.

»Bree«, sagte er in einem Ton, der deutlich machte, dass er Antworten wollte.

Sie seufzte. »Ich weiß es nicht.«

Smiley schnaubte.

»Ich bin ehrlich. Ich gebe zu, dass ich nach Riverton gekommen bin, weil du hier warst. Ich erinnere mich an diese schreckliche Nacht in Las Vegas, als du mir deinen Namen gesagt hast, Jude Stark, und dass du ein Navy SEAL bist, der in Riverton stationiert ist. Als es zu Hause ... schwierig wurde, war diese Stadt der erste Ort, an den ich denken konnte. Dort, wo *du* warst. Aber als ich hier ankam, hatte ich keinen Plan und keine Ahnung, wie ich dich finden sollte. Und mir wurde klar, wie lächerlich es war hierherzukommen. Du kanntest mich nicht und ich kannte dich nicht. Wir hatten uns einmal für etwa fünf Sekunden gesehen. Ich kam mir dumm vor. Aber das hielt mich nicht davon ab, vor den Toren des Marinestützpunktes herumzuhängen in der Hoffnung, einen Blick auf dich zu erhaschen ... und das habe ich auch getan.«

»Also bist du mir gefolgt.«

Bree zuckte mit den Schultern. »Ja.«

Smiley war froh, dass sie nicht ausweichend antwortete. Dass sie nicht zu lügen versuchte.

»Ehrlich gesagt hat es mich bei Verstand gehalten. Das Leben im Wagen war langweilig. Ich hatte nicht viel Geld, also konnte ich nicht essen gehen oder in Hotels übernachten. Ich *habe* Geld, aber ich traue mich nicht, es auszugeben, weil ich ziemlich sicher bin, dass der Typ, der glaubt, mich zu besitzen, mich so aufspüren könnte. Also habe ich dich beobachtet. Ich habe herausgefunden, wer deine Freunde sind. Ich bin *ihnen* auch gefolgt. Man kann viel über einen Menschen erfahren, wenn man ihn beobachtet, ohne dass er es merkt.«

Smiley hätte verärgert sein sollen. Wütend, dass sie ihn ausspioniert hatte. Aber aus irgendeinem Grund war er es nicht. »Was hast du über meine Freunde und mich herausgefunden?«

»Dass du loyal bist. Und freundlich. Und dass du hart arbeitest und noch mehr dein Vergnügen genießt.«

Sie hatte nicht unrecht.

»Warum bist du dann zu mir gekommen? Kelli hat gesagt, du bist direkt an die Tür gekommen und hast geklopft.«

Bree schnaubte. »Nicht meine beste Idee. Trotz meiner Beobachtungen hatte ich gar nicht bemerkt, dass du nicht mehr da warst. Dumm. Und zuerst dachte ich, sie sei deine Freundin, also war ich total beschämt.«

»Warum?«

Bree starrte ihn mit müden Augen an. Dann holte sie tief Luft und platzte heraus: »Weil ich dich die ganze Zeit beobachtet und nie mit einer Frau gesehen habe. Ich hatte diese kleine Fantasie im Kopf, dass ich an deine Tür klopfen würde, du dich riesig freuen würdest, mich zu sehen, alle meine Probleme lösen und dabei herausfinden würdest, dass du mich magst, und wir dann glücklich bis ans Ende unserer Tage leben.« Sie beendete ihren Satz mit einem Augenrollen.

Ihre Worte klangen ein wenig defensiv und sehr sarkastisch, aber sie ließen dennoch einen elektrischen Schauer durch Smiley laufen.

Er beugte sich vor, stützte die Unterarme auf die Knie und hielt Bree fest im Blick, während er sprach. »Zwischen uns ist etwas«, sagte er schlicht. »Ich hätte nicht die letzten Monate meines Lebens damit verbracht, alles in meiner Macht Stehende zu tun, um dich zu finden, wenn das nicht so wäre.«

Sie starrte ihn einen langen Moment an, die Luft zwischen ihnen war geladen. Smiley hatte noch nie zuvor so etwas empfunden. Die Haare auf seinen Armen und Beinen standen ihm zu Berge. Hier geschah etwas. Etwas, das er nicht verstand. Aber während seiner Zeit als SEAL hatte er gelernt, dass man manchmal einfach mit dem Strom schwimmen musste. Selbst wenn das, was man tat, überhaupt keinen Sinn ergab ... wenn es gegen alles verstieß, was man gelernt hatte.

»Ich wollte gehen, aber Kelli war ... überzeugend. Und sie lockte mich mit dem Versprechen einer Dusche und einer Mahlzeit in die Wohnung«, sagte Bree etwas leiser. »Früher habe ich Duschen für selbstverständlich gehalten. Und wenn ich Hunger hatte, habe ich gegessen. Das war für mich keine Frage. Es war einfach etwas, das man tat. Aber wenn man an einen Punkt kommt, an dem man nicht einfach ins Badezimmer gehen und die Dusche aufdrehen oder an den Vorratsschrank gehen und sich einen Snack holen kann, wird einem klar, wie wichtig diese Dinge wirklich sind.«

»Ja. Es ist nicht dasselbe, überhaupt nicht, aber nach einer zweiwöchigen Mission, bei der wir durch den Dschungel gekrochen sind oder kilometerweit durch den Sand gelaufen sind oder sogar stundenlang im Meer geschwommen sind ... gibt es nichts Besseres als die erste Dusche oder Mahlzeit.«

Bree nickte. »Sicher. Also bin ich reingekommen, als Kelli mich eingeladen hat. Und dann bin ich wieder zurückgekommen. Ich wusste, dass ich das nicht sollte. Dass ich einfach gehen sollte. Nach Osten. Irgendwohin. *Egal wohin.* Aber Kelli war so nett. Und hier zu sein, umgeben von deinen Sachen ... da habe ich mich wieder normal gefühlt.«

»Ich werde das hinbekommen«, sagte Smiley.

Bree schnaubte.

»Das werde ich«, beharrte er.

»Ich habe mir den Kopf zerbrochen, um zu entscheiden, was ich tun soll. Um herauszufinden, wie mein Leben an diesen Punkt gekommen ist. Ohne Erfolg. Ich weiß nicht, wie du den Mann finden willst, der mich sucht.«

»Ich habe Verbindungen«, erwiderte er schlicht, während ihm die Dinge, die er tun musste, durch den Kopf schossen. Die Leute, die er kontaktieren musste. »Hast du Familie?«

»Eine Schwester in Washington. Aber ich will sie nicht hineinziehen. Und wir stehen uns nicht nahe«, erklärte Bree.

»Eltern?«

»Nun, ich bin nicht aus einem Ei geschlüpft, wenn du das meinst«, sagte Bree mit einem leichten Grinsen.

Da war es wieder. Smiley war bereits süchtig nach dem Lächeln dieser Frau, denn er hatte das Gefühl, dass sie, genau wie er, nicht oft lächelte. Jedes Lächeln war ein Geschenk. Eine Belohnung. Und er sehnte sich danach wie nach dem Adrenalinkick, den er während einer Mission bekam.

»Stehst du ihnen nahe?«, fragte er und kehrte zum Gespräch zurück.

»Das habe ich. Aber meine Mutter hatte vor ein paar Jahren Darmkrebs und ist gestorben. Mein Vater wurde nur wenige Monate später von einem betrunkenen Autofahrer erwischt.«

»Scheiße, Bree. Das tut mir leid.«

Sie zuckte mit den Schultern. »Ja, das war keine gute Zeit in meinem Leben.«

Für Smiley war das eine riesige Untertreibung.

»Mein Vater hat meine Mutter immer zusammengeschlagen, während ich mich in meinem Zimmer unter dem Bett versteckt habe«, platzte er heraus. »Ich hätte mehr tun müssen, um das aufzuhalten. *Ihn* aufzuhalten.« Er wusste nicht genau, warum er ihr das erzählte, außer dass sie ihm schmerzhafte Erinnerungen offenbarte und er das Gefühl hatte, es erwidern zu müssen.

»Wie alt warst du?«

»Sechs. Sieben. Zehn. Das ging einige Jahre so.«

»Smiley, du warst ein *Kind*. Was hättest du tun können?«

Aber er schüttelte den Kopf. Er würde diese Morgen *nie* vergessen, wenn er seine Mutter in der Küche vorfand, wie sie ihm das Frühstück machte, übersät mit blauen Flecken. Manchmal blutete sie sogar noch ... und lächelte ihn an, als sei alles in Ordnung. Während sein Vater auf der Couch lag, laut schnarchend, noch betrunken von der Nacht zuvor.

Er tat sein Bestes, um die Erinnerungen zu verdrängen. »Ich werde dafür sorgen, dass deine Schwester in Sicherheit ist und niemand sie benutzt, um an dich ranzukommen. Ich brauche so viele Informationen wie möglich. Den Namen deines Ex – dieses Arschlochs, das dich verkauft hat –, was er getan hat, wo *du* gearbeitet hast, Freunde ... einfach alles.«

Bree seufzte und schloss die Augen. Der Ausdruck auf ihrem Gesicht ließ Smiley innerlich zusammenzucken.

»Manchmal kann ich nicht glauben, dass dies mein Leben ist. Ich hatte einen Job, den ich nicht geliebt habe, aber zumindest gut konnte. Einen Freund. Leute, mit denen ich rumhing und die ich als Freunde betrachtete. Und jetzt bin ich obdachlos, auf der Flucht vor einem Mann, der mich auf die schlimmste Weise ausnutzen und missbrauchen will, und frage mich, wo ich einen Fehler gemacht habe.«

»Meistens hat man nicht selbst etwas falsch gemacht hat, sondern das Leben. Es hat eine Art, einem in den Rücken zu fallen, wenn man es am wenigsten erwartet.«

Bree öffnete die Augen, und Smiley spürte den Druck ihres Blickes, als sie fragte: »Glaubst du das wirklich?«

»Ja.«

»Du brauchst mehr Spaß in deinem Leben, Smiley.«

Er schnaubte. »Spaß? Terroristen zu töten ist Spaß. Schiffe voller Menschen in die Luft zu jagen, die nichts anderes wollen, als unschuldige Zivilisten zu töten, ist Spaß. Zu sehen, wie böse Menschen ihre gerechte Strafe bekommen, ist Spaß.«

»Ähm, das ist nicht die Art von Spaß, die ich gemeint habe«, erwiderte sie. »Ich meinte ... Bowlingabende. Picknicks im Park. Am Strand im Sand liegen und die Sonne genießen.«

»Das macht keinen Spaß. Das ist Folter. Ich hasse Sand«, sagte Smiley.

»Natürlich tust du das«, erwiderte sie lachend.

Verdammt. Er war verloren. Jedes Mal wenn er diese Frau zum Lächeln brachte, durchströmte ihn ein Gefühl von Stolz und Zufriedenheit. Er würde den Rest seines Lebens damit verbringen, dumme Sachen zu sagen und sich lächerlich zu machen, wenn er dafür ihren aktuellen Gesichtsausdruck sehen könnte.

Und wenn ein Job, ein Dach über dem Kopf und Freunde, mit denen sie etwas unternehmen konnte, alles war, was sie zum Glücklichsein brauchte, dann konnte er ihr all das ohne Weiteres geben. Er war sich nicht sicher, ob er als fester Freund taugte, er war zu ... hart. Zu zynisch. Aber wenn sie auch einen festen Freund wollte, würde er sich verbiegen, um der Mann zu sein, auf den sie sich verlassen konnte.

Smiley war nicht einmal erschrocken darüber, dass er in Bezug auf diese Frau an eine langfristige Beziehung dachte. Seit Monaten war sie der Mittelpunkt seiner Welt. Er hatte sich Tag und Nacht um sie gesorgt. Und jetzt war sie hier. In Sicherheit. Auf seiner Couch. Kein Wunder, dass er keine Bedenken hatte, ihr alles zu geben, was sie zum Glücklichsein brauchte.

»Wie wäre es, wenn du noch etwas schläfst?«, schlug er mürrisch vor.

»Was ist mit dir?«

»Was *ist* mit mir?«, fragte Smiley.

»Wirst du schlafen? Du kannst nicht die ganze Nacht in diesem Sessel sitzen und mich beobachten. Ich verspreche dir, dass ich nicht weggehe, Smiley.«

Den Teufel konnte er tun. Er hatte schon unzählige Male in diesem Sessel geschlafen. Und verdammt noch mal, sie würde nicht gehen – das würde er nicht zulassen. Sie brauchte Hilfe. Hilfe, die nur er und seine Verbindungen ihr geben konnten.

Bree Haynes würde bald herausfinden, dass es die beste Entscheidung ihres Lebens gewesen war, nach Riverton zu kommen. Sie wollte Freunde? Sie stand Kelli bereits nahe; es würde nicht lange dauern, bis sie auch den anderen Frauen näherkam, insbesondere Addison. Sie würde die Frau kennenlernen wollen, die ihre Tochter und ihre Stieftochter gerettet hatte. Und Caroline Steel und ihre Clique würden sie mit Sicherheit ebenfalls unter ihre Fittiche nehmen.

Bree hatte keine Ahnung, wie sehr sich ihr Leben verändern würde.

»Smiley? Hast du mich gehört? Ich verspreche, dass ich mich nicht mitten in der Nacht davonschleichen werde.«

»Glaubst du, das könntest du? Ich bin immerhin ein SEAL«, gab er zu bedenken.

»Ist das eine Herausforderung?«, fragte sie und hob ihr Kinn.

»Nein!«, blaffte er, plötzlich besorgt, dass sie beschließen könnte, ihm zu beweisen, dass sie sich ohne sein Wissen davonschleichen konnte.

»Entspann dich«, sagte sie mit einem weiteren Lachen, »ich bin zu müde, um noch etwas anderes zu tun, als zu schlafen ... *heute Nacht*.«

»Scheiße«, fluchte er, als ihm klar wurde, welche Büchse der Pandora er versehentlich geöffnet hatte.

Bree kicherte.

Sie *kicherte* – und Smiley wusste, er war verloren.

Die ersten dreißig Jahre seines Lebens hatte ihn Kichern genervt. Und jetzt merkte er, wie er eine Erektion bekam, wenn genau *diese* Frau es tat.

Smiley ließ sich in den Sessel sinken und zog eine Decke von der Lehne auf seinen Schoß. Auf keinen Fall wollte er, dass Bree seine Erektion bemerkte. Das war unangebracht, und angesichts all der Dinge, die in ihrem Leben gerade passierten, würde es sie wahrscheinlich zu Tode erschrecken.

»Schlaf, Bree«, befahl er barsch.

»Smiley?«

»Du schläfst nicht«, sagte er.

Sie lächelte wieder. Jedes Lächeln drang tiefer und tiefer in sein Herz.

Dann verblasste es. »Ich bin dir für jede Hilfe dankbar, aber wenn es nicht klappt, wenn er mich findet ... dann darfst du kein schlechtes Gewissen haben.«

Schuldgefühle gehörten zu Smileys Leben. Er trug die Last der Schuld, dass er nichts getan hatte, um seiner Mutter zu helfen, und die würde jetzt nicht einfach verschwinden.

So sehr er Bree auch sagen wollte, dass derjenige, der hinter ihr her war, sie nicht finden würde, er konnte es nicht. Er wusste besser als die meisten Menschen, dass im Leben schlimme Dinge passierten. Verdammt, sie wusste das auch, deshalb sprach sie das Thema jetzt an. Aber er konnte ihr ein Versprechen geben.

»Wenn er dich findet, werde ich dich suchen. Ich werde nicht aufgeben, bis ich dich gefunden habe – und er meine Kugel in der Stirn hat.« Es waren gewalttätige und deprimierende Worte, aber Smiley bereute sie nicht.

»Versprochen?«, flüsterte Bree.

»Versprochen.«

KAPITEL ZWEI

Bree blickte durch ihre Wimpern auf den Mann, der auf dem Stuhl ihr gegenüber schlief. Er hatte das Licht in der Küche angelassen, damit sie nicht mitten in der Nacht aufwachte und sich fragte, wo sie war.

Als würde das jemals passieren.

Bree wusste genau, wo sie war. In Jude Starks Wohnung. Auf seiner Couch. Und sie hatte sich noch nie so sicher gefühlt. Zumindest nicht in den letzten Monaten.

Ihr Leben war völlig auf den Kopf gestellt worden, und sie war sich immer noch nicht sicher, wie das alles passiert war. An einem Tag war sie noch bei der Arbeit, hatte gerade mit ihrem Freund Schluss gemacht, und am nächsten wurde sie entführt, gefesselt und darüber informiert, dass ihr Ex sie *verkauft* hatte – und dass sie nun einer Organisation gehörte, die sie für Sex verkaufen wollte.

Es war unglaublich. Und doch war es passiert. *Ihr.*

Sie hatte großes Glück gehabt, dass der Mann, der sie entführt hatte, an diesem Abend noch eine zweite Frau mitnehmen wollte, bevor er sie zu seinem Kontaktmann brachte. Und noch mehr Glück, dass die zweite Frau, Josie

England, einen Freund bei den Navy SEALs hatte, der nicht bereit war, seine Frau einfach so verschwinden zu lassen wie so viele andere vor ihr Jahr für Jahr.

Sie war nur knapp dem Tod entkommen, und die Tatsache, dass Smileys Gesicht das erste war, das sie sah, als er die Fahrzeugtür des Entführers öffnete und sie fand …

Das hatte Bree tief beeindruckt. Ja, manche würden behaupten, sie fühlte sich nur zu ihm hingezogen, weil er sie in dieser Nacht gerettet hatte. Und vielleicht hätte es auch so angefangen, aber als sie ihm und seinen Freunden durch Riverton gefolgt war, hatte Bree einen ziemlich guten Einblick in seinen Charakter gewonnen.

Sie beobachtete ihn schon eine ganze Weile. Er fuhr nicht wie ein Idiot, öffnete Türen für andere – Männer wie Frauen – und gab großzügig Trinkgeld, wenn man dem Lächeln auf den Gesichtern derjenigen, die ihn bedienten, Glauben schenken durfte. Und obwohl es stimmte, dass er die meiste Zeit einen mürrischen Gesichtsausdruck hatte – gab es so etwas wie ein *Zickengesicht* für Männer? –, war er ihr gegenüber immer freundlich und zuvorkommend gewesen.

Als Kelli vor etwa einer Woche seine Tür öffnete, hätte sie sich fast umgedreht und wäre weggelaufen. Bree hatte wirklich geglaubt, er hätte eine Freundin und sie hätte es irgendwie übersehen. Aber es hätte sie nicht überraschen dürfen, dass er seine Wohnung für seine Freunde aufgegeben hatte, weil sie in Gefahr waren.

Bree hatte das Gefühl, wenn sie Smiley all die guten Dinge an ihm aufzählen würde, würde er sie nur finster anstarren und behaupten, dass sie sich irrte und er ein Arschloch war.

Nun, wenn er sich für ein Arschloch hielt, dann sollte es so sein. Sie wusste es besser. Und die Tatsache, dass sie auf seiner Couch lag, warm, sauber und mit vollem Magen, bestätigte diese Überzeugung.

Seine Worte, bevor er eingeschlafen war, hallten in ihrem Kopf wider.

Wenn er dich findet, werde ich dich suchen. Ich werde nicht aufgeben, bis ich dich gefunden habe – und er meine Kugel in der Stirn hat.

Eine ihrer größten Ängste war, dass sie verschwand und niemand es bemerken würde. Oder sich dafür interessieren würde. Sie wusste nicht, warum Smiley nach dieser Nacht in Las Vegas so besessen davon war, sie zu finden, aber es machte ihr nichts aus.

Bree lächelte, als sie an die Decke starrte. Sein Versprechen war so typisch für Smiley. Er war sehr rau im Umgang und sagte viele Dinge, die die meisten Menschen als unangemessen empfinden würden, aber zu wissen, dass er nicht zögern würde, dem Mann, der sie jagte, Schaden zuzufügen, fühlte sich gut an. Es war beruhigend. Die Meinung anderer Leute zu dieser Angelegenheit war ihr egal.

Die Wahrheit war, dass sie am Ende war. Nach außen hin gab sie sich stark, aber innerlich ging sie zugrunde. Sie hatte keine Ahnung, wie sie in diese Situation geraten war. Sie war eine gute Freundin gewesen ... liebevoll, unterstützend. Dann hatte Carl sie aus heiterem Himmel gebeten, an einem Dreier teilzunehmen, und sie hatte Nein gesagt. Ein *klares* Nein. Er war sauer geworden und fing an, sie fast täglich damit zu nerven. Er nannte sie prüde. Er behauptete, es würde ihr Sexleben verbessern. Er sagte ihr, wenn sie ihn *wirklich* liebte, würde sie wollen, dass er glücklich war, und die Erfüllung seiner Fantasie, mit zwei Frauen gleichzeitig zu schlafen, würde genau das bewirken.

Also hatte Bree ihn verlassen. Weil ihr klar geworden war, dass sie ihn *nicht* liebte. Sie könnte niemals einen Mann lieben, der mit jemand anderem intim sein wollte, wenn er mit ihr zusammen war, als sei sie nicht genug.

Und damit nahm ihr Leben eine scharfe Wendung.

Carl hatte ihre Ablehnung nicht gut verkraftet und geschworen, dass sie es bereuen würde. Und das tat sie auch – aber nicht aus den Gründen, die er wohl vermutete.

Sie bereute, ihn nicht schon viel früher verlassen zu haben.

Er hatte sie *verkauft*. Als sei sie nichts. Ein Stück Eigentum. Ein Stück Dreck.

Und dank ihm war sie auf der Flucht, und nichts, was sie tat, konnte den Mann abschütteln, der hinter ihr her war. Bree nahm an, dass er wahrscheinlich sauer war, weil er nicht nur sie verloren hatte, sondern auch Josie. Aber wenn das der Fall war … warum war er dann nicht hinter der anderen Frau her? Warum nur hinter *ihr*?

Sie war ein Niemand. Mitte dreißig, mit eins fünfundsechzig durchschnittlich groß für eine Frau. Ihr rotbraunes Haar und ihre grün-braunen Augen waren nichts Besonderes. Ihr Körper auch nicht. Sie war völlig normal. Sie arbeitete hart, mochte Welpen und Kätzchen und gab sich alle Mühe, freundlich zu den Menschen zu sein.

Und doch war sie hier.

Bree drehte den Kopf und sah wieder zu Smiley hinüber. Sein Mund war leicht geöffnet, während er tief atmete. Sein Haar lag auf einer Seite platt, wo er darauf geschlafen hatte, und sein Bartwuchs war etwas zu viel für Stoppeln, aber auch zu wenig für einen richtigen Bart. Selbst im Schlaf waren seine Augenbrauen zusammengezogen, was ihm einen wütenden Ausdruck verlieh.

Sie sollte Angst vor diesem Mann haben. Schließlich kannte sie ihn nicht wirklich. Aber das tat sie nicht. Sie fühlte sich sicher. Was verrückt war, denn sie war *nirgendwo* wirklich sicher. Nicht, bis derjenige, der sie in seinen Frauenstall aufnehmen wollte, aufgegeben hatte oder tot war. Vielleicht war es also nur die Illusion von Sicherheit, die Smiley ihr gab. Sie hatte es vor all den Monaten gespürt, als sie ihn zum ersten Mal getroffen hatte, und jetzt spürte sie es wieder.

Das war der Grund, warum sie hier war. In Riverton. Auf seiner Couch.

Sie erinnerte sich an seine Worte von vorhin.

Zwischen uns ist etwas.

Er hatte nicht unrecht. Es war definitiv etwas zwischen ihnen. Es war verwirrend und irgendwie beängstigend, wenn man bedachte, dass sie ihn nicht kannte. Nicht wirklich. Aber sie wusste, dass sie Riverton nicht verlassen konnte, bevor sie herausgefunden hatte, was genau sie zueinander hinzog.

Es war dumm. Und sie war schwach. Sie brachte Gefahr an seine Haustür, und doch konnte sie sich nicht dazu durchringen zu gehen.

Seufzend drehte sie sich auf die Seite.

Bei diesem leisen Geräusch öffnete Smiley die Augen. »Alles in Ordnung?«, fragte er schläfrig.

»Ja«, flüsterte sie.

»Ist es unbequem? Du kannst mein Bett haben.«

Bree durchfuhr eine Welle der Lust, die sie plötzlich unruhig machte. Der Gedanke, mit diesem Mann im Bett zu liegen, weckte Bilder, in denen sie es mit ihm teilte, beide nackt, während sie wilden, verrückten Sex hatten. Er wäre kein einfacher Liebhaber. Er wäre fordernd und energisch. Und sie würde jede Sekunde davon genießen.

»Ich komme hier schon klar«, krächzte sie.

Er machte ein Geräusch in seiner Kehle, das sie als Zustimmung auffasste.

»Warum schläfst du nicht?«, fragte er.

»Es ist nur ... Gewohnheit«, erklärte Bree leise. »Als ich in meinem Wagen geschlafen habe, war ich ständig in Alarmbereitschaft. Bei jedem Licht dachte ich, *er* käme, um mich zu holen. Bei jedem Geräusch dachte ich, *er* bräche in meinen Wagen ein. Es fällt mir schwer zu glauben, dass ich in Sicherheit bin. Er ist da draußen. Er wartet. Er beobachtet mich.«

Smiley setzte sich auf, und Bree wurde klar, dass sie besser nichts hätte sagen sollen. Sie hätte sich einfach eine lahme Ausrede einfallen und ihn weiterschlafen lassen sollen. Es waren noch ein paar Stunden bis zu seiner üblichen Abfahrtszeit zum Stützpunkt, aber Smiley sah jetzt hellwach aus, und sie hasste sich dafür, dass sie seine Ruhe gestört hatte. Er bekam ohnehin schon zu wenig Schlaf.

»Ich hoffe, er taucht auf«, sagte er mit leiser, bedrohlicher Stimme.

Das hätte sie eigentlich erschrecken müssen, aber stattdessen steigerte es ihre Erregung. Dieser Mann ... er war *intensiv*. Und offenbar hatte sie eine Schwäche für böse Jungs. Für gefährliche Männer.

Nein, das stimmte nicht. Normalerweise stand sie nicht auf Arschlöcher. Oder Männer, die sie nervös machten. Smiley war beides, und doch wusste sie aus tiefstem Herzen, dass er ihr nichts antun würde.

»Jeder, der zur Gewalt gegen und Ausbeutung von Frauen – verdammt, von Menschen im Allgemeinen – beiträgt, ist der Abschaum der Menschheit. Der Abschaum der Erde. Wir leben alle auf demselben Planeten und versuchen, unser Leben zu leben, und niemand hat das Recht, andere für seinen persönlichen Vorteil zu benutzen oder zu missbrauchen. Sei es für Geld oder um seine Lust zu befriedigen. Und Vergewaltigung ist in meinen Augen das schlimmste Verbrechen, das ein Mann oder eine Frau begehen kann. Ich *will*, dass der Typ, der hinter dir her ist, dich findet. Damit ich ihm den Kopf abreißen und ihm in die Kehle scheißen kann.«

Bree konnte nicht anders. Sie kicherte.

»Findest du das lustig?«, fragte Smiley mit finsterer Miene.

»Nein. Ja. Ich weiß es nicht! Ich meine, ich habe diesen Satz schon in ein paar Filmen gehört, aber noch nie im echten Leben.«

»Ich meine es ernst«, beharrte er.

Bree wurde nüchtern. »Ich weiß. Danke.«

»Scheiße. Ich kann nicht glauben, dass wir diese Unterhaltung führen«, murmelte er vor sich hin.

Damit musste Bree ein weiteres Kichern unterdrücken.

»Und sie lacht«, sagte Smiley mit einem Augenrollen.

Aber Bree konnte sehen, dass er nicht verärgert war. Wenn sie ihn richtig einschätzte, schien er sogar ... erfreut zu sein? Sie hatte keine Ahnung, worüber er sich so freute, aber nachdem sie so viel Zeit mit Carl verbracht hatte und ihn selten zufriedenstellen konnte, fühlte es sich unglaublich gut an, Smiley glücklich zu machen, selbst mitten in der Nacht, wenn sie eigentlich schlafen sollten.

»Kannst du mir sagen, wie der Plan aussieht? Ich meine, wie wir dieses Chaos, in das ich mich gebracht habe, wieder in Ordnung bringen können?«, fragte Bree mit leiser Stimme. Sie musste es wissen. Sie war jemand, der nicht gut mit Überraschungen umgehen konnte.

»Morgen früh rufe ich einen ehemaligen SEAL namens Tex Keegan an. Er ist ein Computergenie. Ich beauftrage ihn mit der Sache. Versuche herauszufinden, an wen dein idiotischer Ex dich verkauft hat. Besorge dir ein oder zwei Peilsender, damit Tex uns im schlimmsten Fall, falls du *doch* entführt wirst, sagen kann, wo du bist, und wir dich holen können. Dein Wagen muss auch gereinigt werden, auch wenn du ihn eine Weile nicht fahren wirst.

Ich werde dich so schnell wie möglich Addison und MacGyver vorstellen, damit du Ellory und Yana kennenlernen kannst. Ich bin mir sicher, dass alle anderen Frauen dich auch kennenlernen wollen. Und ich möchte Fiona und Cookie anrufen. Vielleicht auch Julie und Hurt. Beide Frauen wurden vor einigen Jahren von Menschenhändlern entführt und nach Mexiko verschleppt. Ich glaube, ein Gespräch mit ihnen könnte dir helfen. Und Josie, Blink, Remi und Kevlar heiraten in ein paar Wochen und feiern eine riesige Party im *Aces Bar and Grill*. Wir gehen hin. Da kannst du alle kennenlernen.«

»Einander?«

»Was?«, fragte Smiley.

»Heiraten die vier einander?«, scherzte Bree. Sie war überwältigt von Smileys Plänen für sie. Nicht weil sie aufgebracht war, seine Freunde offiziell kennenzulernen, sondern weil sie einfach überwältigt war.

Jetzt war er an der Reihe zu lächeln. Und als er das tat, veränderte sich Brees Welt.

Der grüblerische und wütend aussehende Smiley war heiß. Aber wenn er lächelte? Der Mann war *tödlich*.

»Nein, nicht einander. Sie haben beschlossen, eine Doppelhochzeit zu feiern. Blink und Remi stehen sich sehr nahe, nachdem sie zusammen eine Tortur durchgemacht haben, und da beide Paare im Grunde genommen die gleichen Leute zu ihrer Feier einladen würden, dachten sie sich, dass sie die Trauungen auch gleich zusammenlegen könnten. Und ich weiß aus zuverlässiger Quelle, dass Kelli und Flash zum Standesamt gehen und sich das Jawort geben werden, also wird es wahrscheinlich eine *dreifache* Hochzeitsfeier werden.«

»Warum?«, fragte Bree.

»Warum was?«

»Ich kenne sie nicht. Nicht wirklich. Ich meine, nur weil ich dir und deinen Freunden überallhin folge, bin ich noch lange nicht berechtigt, an ihrem wichtigsten Tag im Leben dabei zu sein.«

Smiley warf die Decke, die er über seine Beine gelegt hatte, zurück und stand auf. Er ging zu der Couch, auf der Bree lag, und setzte sich neben sie. Sie starrte ihn an, als er sich mit einer Hand an ihrer Schulter abstützte und sich zu ihr beugte. Sie hätte alarmiert sein müssen, weil er so nahe in ihrem persönlichen Raum war. Aber nach diesem Lächeln musste sie sich zusammenreißen, um den Mann nicht zu bespringen und zu verschlingen.

»Du solltest etwas wissen.«

Bree wartete, aber als er nicht fortfuhr, fasste sie den Mut zu fragen: »Was?«

»Du stehst jetzt unter meinem Schutz. Und wo ich hingehe, gehst du auch hin. Zum Laden, zum Stützpunkt für die Arbeit, zum *Aces* – überallhin. Bis wir diesen Arsch geschnappt haben, der hinter dir her ist, lasse ich dich nicht allein. Ich werde nicht riskieren, dass er dich in die Finger bekommt. Und da ich die Feier meiner Freunde nicht verpassen will, kommst du mit. Aber selbst wenn du nicht in Gefahr wärst, würdest du trotzdem mitkommen, weil Addison darauf bestehen würde, dich einzuladen. Genauso wie Kelli, Remi, Josie, Wren und Maggie. Und wenn du Carolines Freundinnen kennenlernst, werden sie das auch tun. Du bist in eine ganz neue Welt eingetreten, Bree. Eine Welt, in der Freunde füreinander da sind. In der wir nicht wegschauen, wenn etwas schiefgeht. Bis dieser Arsch gefasst ist, wirst du nicht allein sein. Niemals.«

Seine Worte beruhigten einen Teil von Bree, von dem sie nicht einmal gewusst hatte, dass er Beruhigung brauchte. »Sogar beim Pinkeln?«, scherzte sie mit einem Lächeln.

»Verdammt ... dieses Lächeln. Es bringt mich um«, murmelte Smiley. Dann rückte er näher und strich ihr eine Haarsträhne aus der Stirn. »Sogar beim Pinkeln«, bestätigte er. »Man weiß nie, wann jemand durch das Fenster schlüpft. Verzweifelte Menschen tun verzweifelte Dinge. Und ich bin nicht bereit zu riskieren, dass dir jemand auch nur ein Haar krümmt.«

Jetzt wollte Bree am liebsten weinen. Wie hatte sie nur eine so ... intensive Loyalität in diesem Mann geweckt?

»Ist alles okay?«, fragte er.

Sie nickte sprachlos.

»Gut. Können wir jetzt schlafen?«

Bree hatte tausend Fragen. Über Tex, die Verfolger, warum er so sicher war, dass alle seine Freunde sie kennenlernen wollten. Aber stattdessen nickte sie einfach wieder, überwältigt von ihren Gefühlen.

Smiley starrte sie einen langen Moment an, und zwar so lange, dass Bree dachte, er würde sich tatsächlich zu ihr hinunterbeugen und sie küssen. Aber zu ihrer Enttäuschung setzte er sich auf, nickte einmal und ging zurück zu seinem Sessel.

Verdammt. Die sexuelle Spannung zwischen ihnen war überwältigend. Bree wollte nichts lieber, als herauszufinden, ob das, was sie hatten, nur eine flüchtige Sache war, verursacht durch die Anspannung ihrer Situation ... oder ob es etwas mehr sein könnte.

Aber inmitten der Hölle, die ihr Leben war, war es nicht gerade der beste Zeitpunkt, um eine Beziehung zu beginnen, wenn es denn überhaupt eine war. Sie glaubte nicht daran. Smiley fühlte sich für sie verantwortlich, so viel war klar. Aber konnte er mehr empfinden? Würde er sie nach all dem – und bitte, möge es schon bald enden – überhaupt noch in seiner Nähe haben wollen? Vielleicht würde er sie ohne einen zweiten Blick nach Las Vegas und in ihr altes Leben zurückschicken, zufrieden damit, dass er alle losen Enden aus der Nacht, in der er sie kennengelernt hatte, ein für alle Mal zusammengeführt hatte.

Seufzend kuschelte Bree sich wieder unter die warme Fleecedecke, die Smiley ihr gegeben hatte. »Kann ich noch etwas sagen?«, fragte Bree, nachdem Smiley es sich wieder bequem gemacht hatte.

Er seufzte, als sei er genervt, aber sie konnte sehen, wie seine Lippen sich zu einem kleinen Grinsen verzogen. »Was?«

»Danke ...«

»Nein.«

Bree runzelte verwirrt die Stirn. »Nein, *was*? Worte, Smiley.«

»Du musst mir nicht danken. Ich helfe dir nicht, um deine Dankbarkeit zu bekommen.«

»Warum tust du es dann?«

»Weißt du das nicht?«

»Offensichtlich nicht«, antwortete sie ein wenig verärgert.

»Dann sage ich es dir später.«

»Wann?«

»Wenn das hier erledigt ist. Wenn der Arsch gefasst ist und du in Sicherheit bist.«

»Du bist nervig«, platzte Bree heraus.

Smiley lachte leise. »Ich weiß.«

»Und selbstgefällig«, fügte sie hinzu.

»Es ist keine Selbstgefälligkeit, die mich so sicher macht, dass derjenige, der hinter dir her ist, dafür bezahlen wird, dich und so viele andere terrorisiert zu haben. Oder dass ich weiß, dass derjenige, der letztendlich hinter all dem steckt – nicht die Schläger, die dich verfolgen, sondern der Mann an der Spitze der Kette –, seinen Lebensweg bereuen wird. Es ist das tiefe Wissen, dass wir dazu bestimmt waren, einander zu begegnen. Hier und jetzt, in diesem Moment unseres Lebens. Und dass wir eine gemeinsame Zukunft haben. Das können wir nicht, solange diese Bedrohung über uns schwebt. Also werden wir das klären und weitermachen.«

Bree bekam eine Gänsehaut. Sie hatte noch nie jemanden wie Smiley getroffen. Er redete nicht um den heißen Brei herum. Er ging direkt auf das zu, was er wollte. Und es schien, als wollte er *sie*. Die kleine Niemand Bree Haynes.

Die Wahrheit war, dass sie ihn auch wollte. Mehr als alles andere in ihrem Leben.

Sie würde alles tun, um das zu überstehen. Was auch immer »das« war. Sie würde hundert Peilsender tragen, ihm erlauben, vor der Badezimmertür zu stehen, während sie auf die Toilette ging. Alle seine Freunde kennenlernen. Was auch immer er verlangte, sie würde es tun. Denn in Wahrheit hatte sie Angst. Und sie wollte diese Situation überstehen, und sei es nur, um eine Nacht in Smileys Armen zu verbringen.

»Schlaf, Bree. Morgen wird ein anstrengender Tag.«

Anstatt sich Gedanken darüber zu machen, was das genau bedeutete, schloss Bree pflichtbewusst die Augen. Sie dachte, sie würde wach liegen und grübeln, aber stattdessen schlief sie fast augenblicklich ein. Und sie hatte Träume, in denen sich erschreckende Bilder, in denen sie in einen Kofferraum geworfen wurde, mit denen abwechselten, wie sie am Strand stand und Smiley in die Augen sah, während sie sich das Eheversprechen gaben.

KAPITEL DREI

Brees Gesicht tat vom Lächeln weh. Was seltsam war, denn es kam ihr vor, als hätte sie sich seit Jahren nicht mehr so unbeschwert gefühlt. Oh, ihr Leben war immer noch ein einziges Chaos. Sie konnte fast *fühlen*, wie sie immer noch gejagt wurde. Aber in diesem Moment? In diesem Moment fühlte sie sich frei.

Smiley hatte nicht gescherzt, als er gesagt hatte, dass er sie nicht aus den Augen lassen würde. Sie nahm an, das lag hauptsächlich daran, dass er sich Sorgen um diejenigen machte, die hinter ihr her waren ... aber auch ein bisschen daran, dass er ihr nicht ganz traute, dass sie nicht wieder abhauen würde.

Das würde sie nicht tun. Zum einen hatte sie es versprochen. Aber was noch wichtiger war: Sie wäre eine komplette Idiotin, wenn sie Smileys Hilfe nicht annehmen würde. Sie brauchte seine Unterstützung und würde nichts Dummes tun ... wie zu glauben, sie könnte sich für den Rest ihres Lebens verstecken.

Und im Moment hatte sie mehr Spaß als seit Jahren.

Smiley hatte sie in aller Herrgottsfrühe geweckt, sie zu seinem Ford Ranger geschleppt und zum Marinestützpunkt gebracht, wo er sich mit dem Rest seines Teams zum morgendlichen Training traf.

Es war etwas unangenehm, die Teammitglieder offiziell kennenzulernen, zumal sie ihnen eine geraume Zeit nachgestellt hatte. Sie wusste, wo sie alle wohnten, welche Fahrzeuge sie fuhren, welche Fahrzeuge ihre Freundinnen und Ehefrauen fuhren. Sie war ihnen zum *Aces Bar and Grill* gefolgt und zu einigen ihrer anderen Lieblingsrestaurants in Riverton, wie sie vermutete. Verdammt, sie wusste sogar, wo die Kinder von Addison und MacGyver zur Schule gingen.

Alle waren höflich, und Bree rechnete damit, dass sie ihr irgendwann Fragen stellen würden. Sie waren alle äußerst beschützend, und sie nahm an, sie wollten sich davon überzeugen, dass sie keine Gefahr für ihren Teamkameraden darstellte – was lustig war, da sie sicherlich niemandem etwas Böses wollte.

Nun ja ... vielleicht würden alle außer MacGyver und Flash ihr Fragen stellen. Nachdem sie sich vergewissert hatten, dass sie damit einverstanden war, hatten die beiden Männer sie tatsächlich lange und herzlich umarmt, was sich unglaublich gut angefühlt hatte. Aber sie hatte ihren Liebsten nicht aus Dankbarkeit geholfen. Sie hatte irgendwie auf Autopilot geschaltet und nur das getan, was ihr Instinkt ihr sagte. Sie war erleichtert, dass ihre Handlungen dazu beigetragen hatten, andere zu retten ... aber Tatsache blieb, dass sie nur zur richtigen Zeit am richtigen Ort gewesen war, weil sie Smiley und seine Freunde verfolgt hatte.

Da sie davon ausging, dass sie später einige Erklärungen abgeben musste, war Bree erleichtert, als Kevlar verkündete, dass es losginge. Zu ihrer Überraschung führte Smiley sie zu einem Quad, das neben einem der Rettungsschwimmertürme geparkt war. Er reichte ihr den Schlüssel und sagte ihr, sie solle mitkommen.

Er fragte sie nicht, ob sie schon einmal ein Quad gefahren

hatte oder ob sie wusste, wie man es bediente – das hatte sie nicht und sie wusste es auch nicht, fand aber schnell heraus, wie es funktionierte –, sondern warf ihr nur einen Blick zu, den sie nicht deuten konnte, und wandte sich wieder seinen Freunden zu.

So kam es, dass Bree bei Sonnenaufgang den Strand entlangfuhr und sieben unglaublich durchtrainierten Männern dabei zusah, wie sie liefen, sprangen und sogar durch den Sand krochen und surften. Sie nahmen ihr Training sehr ernst, und es war keine Strafe, ihre Muskeln zu beobachten, wie sie sich anspannten, während sie alles taten, um in Form zu bleiben und bereit zu sein, die Welt zu retten.

Sie hatte keine Ahnung, wie Smiley die Erlaubnis bekommen hatte, das Quad zu benutzen, das den Rettungs- schwimmern offensichtlich während ihrer Dienstzeit zur Verfügung stand, aber sie war dankbar dafür. Es hatte etwas so Befreiendes, so früh am Morgen über den Sand zu rasen, ohne sich Gedanken darüber machen zu müssen, Sonnenanbeter zu überfahren oder kleinen Kindern auszuweichen, die nicht auf ihre Umgebung achteten.

Sie saß gerade still da, genoss den atemberaubenden Sonnenaufgang und beobachtete das Team bei einer sadisti- schen Burpee-Kombination, die Liegestütze, Rollen im Sand nach rechts, Hampelmänner und noch mehr Rollen beinhal- tete – als Smiley plötzlich innehielt und auf sie zulief.

Bree setzte sich aufrecht hin, runzelte die Stirn und sah sich um. War etwas nicht in Ordnung? Warum hatte er aufgehört?

Er ging zu ihr hinüber, während seine Teamkameraden weiter trainierten, und fragte: »Alles in Ordnung?«

Bree runzelte die Stirn. »Äh ... ja. Warum?«

»Ich wollte nur mal nachfragen. Das war wahrscheinlich nicht das, was du dir für deinen Morgen vorgestellt hast. An den Strand geschleppt zu werden und dich zu Tode zu langweilen, während du mir und meinen Teamkameraden beim Training zusiehst.«

Bree konnte sich ein leises Kichern nicht verkneifen. »Oh ja. Das ist hart, aber ich denke, ich komme damit klar«, sagte sie sarkastisch.

Smiley neigte den Kopf und runzelte die Stirn, offensichtlich bemüht zu verstehen, was sie meinte.

»Smiley, schon gut. Vertrau mir. Dir und deinen Freunden dabei zuzusehen, wie ihr euch im Sand wälzt und eure Muskeln spielen lasst, ist keine Strafe. Ganz und gar nicht.«

Sie konnte förmlich sehen, wie die besagten Muskeln sich bei ihren Worten entspannten.

»Abgesehen davon, dass ich mir eine Tasse Kaffee wünsche, ist das der perfekte Start in den Tag. Der Sonnenaufgang, der Strand, das schöne Wetter und die Jungs, die ich bewundere und respektiere, dabei zu beobachten, wie sie ihre Körper quälen, nur um in Topform zu bleiben, damit sie jederzeit bereit sind, loszulaufen und Menschen zu retten? Ja. Das ist gar nicht so schlecht.«

»Ich werde sehen, was ich morgen wegen des Kaffees machen kann. Auf dem Weg zu mir halten wir aber an und holen dir einen.«

»Das ist nicht …«

»Wenn du Kaffee willst, bekommst du Kaffee«, unterbrach er sie. Er lächelte nicht, sondern starrte sie weiterhin mit demselben intensiven Blick an, den er immer hatte. »Ich wollte mich nur davon überzeugen, dass es dir gut geht. Ich weiß, dass das alles nicht besonders aufregend sein kann.«

»Smiley, ich habe in meinem Wagen gelebt. Dort konnte ich lediglich Leute beobachten – und die sahen selten so aus wie ihr. *Das* war verdammt langweilig. Das hier ist perfekt.«

»Okay.«

»Okay«, wiederholte sie.

»Ich muss sagen … Ich würde fast alles tun, um dieses

unbeschwerte Lächeln jeden Tag auf deinem Gesicht zu sehen. Ich wollte nur vorbeikommen und sehen, was es verursacht hat, damit ich es in Zukunft replizieren kann.«

Bree war sprachlos. Sie wusste nicht, wie sie reagieren sollte.

»Scheiße. Und jetzt ist es weg«, murmelte Smiley.

»Smiley! Beweg deinen Arsch hierher!«, schrie Kevlar. Er stand mit den anderen Jungs in der Nähe der Brandung. »Wir machen noch ein paar Sprints, bevor wir zurückgehen.«

»Na toll«, seufzte er.

Brees Lippen zuckten.

Smileys Blick blieb auf ihren Lippen haften. Er nickte ihr zu, dann wandte er sich wieder seinem morgendlichen Training zu. Nach ein paar Schritten drehte er sich noch einmal um und bat sie: »Wir passen alle auf, aber sei trotzdem wachsam, nur für den Fall.«

Das ernüchterte Bree. Er hatte recht. Hier tat sie so, als sei sie im Urlaub oder so, dabei gab es einen Grund, warum sie auf diesem Quad saß und Smiley sie nicht aus den Augen lassen wollte.

Als sie sich umsah, sah sie nichts als ein paar hartgesottene Morgenläufer am Strand und die wunderschöne Küste. Seine Worte waren eine gute Erinnerung daran, dass ihr Leben sich in Sekundenbruchteilen ändern konnte. Das wusste sie besser als jeder andere.

———

Das Training an diesem Morgen war beschissen. Smiley konnte sich auf nichts konzentrieren außer auf die Frau, die neben ihnen auf dem Quad fuhr, während sie liefen. Jedes Mal wenn er zu Bree hinüberblickte, lächelte sie, als würde sie sich außerordentlich gut amüsieren.

Eigentlich hätte sie völlig am Boden sein müssen. Jemand

war hinter ihr her, wollte sie einsperren und ihr ein Leben aufzwingen, das kein Mensch, keine Frau und kein Kind jemals führen sollte. Und doch schaffte sie es, Freude an den kleinsten Dingen zu finden.

Und als Smiley auf dem Weg zurück zu seiner Wohnung angehalten und ihr einen Vanille-Latte gekauft hatte, hatte sie sich benommen, als hätte er ihr einen verdammten Diamanten oder so etwas gekauft. Aber auch dieses Lächeln auf ihrem Gesicht reichte aus, um sicherzustellen, dass sie von nun an jeden Morgen ihren zuckersüßen Kaffee bekommen würde.

Er hatte sich an diesem Morgen mit seiner Bemerkung, dass er ihr Lächeln jeden Tag sehen wolle, verplappert. Und das nach seiner Behauptung gestern Abend, dass sie eine gemeinsame Zukunft hätten ... er drängte sie zu sehr, zu schnell. Verdammt, sie kannte ihn erst seit einem Tag. Aber er hatte das Gefühl, *sie* schon ewig zu kennen. Er hatte so viel Zeit damit verbracht, sie zu suchen, so viel wie möglich über ihr Leben herauszufinden, dass es sich ganz natürlich anfühlte, mit ihr zusammen zu sein.

Gott sei Dank hatte sie ihm keine Fragen gestellt. Oder ihm gesagt, dass er sich lächerlich mache. Oder besessen war. Das war er natürlich ... aber er war erleichtert, dass sie ihn nicht darauf angesprochen hatte. Mit jeder Sekunde, die er mit ihr verbrachte, fiel es ihm schwerer, seine Hände bei sich zu behalten. Sie nicht auf seinen Küchentisch, seine Couch oder gegen die nächste Wand zu werfen und sie anzuflehen, ihm eine Chance zu geben. Ihn sie lieben zu lassen, so wie er es sich nach all diesen Monaten so sehr wünschte.

Smiley holte tief Luft und versuchte, die kleinen Seufzer der Zufriedenheit zu ignorieren, die sie beim Trinken ihres Kaffees von sich gab ... die Erinnerung daran, wie er sie heute Morgen unter der Dusche gehört hatte, in dem Wissen, dass sie nackt war ... der Gedanke an ihr süchtig machendes Lächeln.

Er hatte angenommen, dass seine Besessenheit

verschwinden würde, sobald er diese Frau gefunden hatte. Stattdessen hatte sie sich verzehnfacht.

»Warum treffen wir uns noch mal mit deinem Kommandanten?«, fragte Bree, als sie und Smiley einen langen Flur entlang zu dem Raum gingen, den das Team normalerweise für Konferenzen und Besprechungen nutzte.

»Weil er alles über dich und deine Situation weiß. Ich habe ihn während der letzten Monate auf dem Laufenden gehalten«, erklärte Smiley. »Er hat die Möglichkeit, mich aus dem Einsatzplan zu nehmen, und ich brauche seine Zustimmung dazu. Die beste Chance, ihn dazu zu bewegen, besteht darin, ihn deine Geschichte aus erster Hand hören zu lassen.«

Bree blieb mitten im Flur stehen und drehte sich zu ihm um. »Moment mal – warum willst du *nicht* auf eine Mission geschickt werden?«

Smiley konnte nicht sagen, ob sie scherzte oder nicht. »Im Ernst?«

»Ja.«

»Ich habe dir schon gesagt, dass ich dich nicht aus den Augen lasse, bis dieser Arsch gefasst ist. Und wenn ich auf Mission bin, kann ich nicht für deine Sicherheit sorgen.«

»Ich bin nicht dein Problem, Smiley. Ich meine, ja, ich würde mich über deine Hilfe freuen, aber letztendlich bist du *nicht* dafür verantwortlich, was mit mir passiert. Wir kennen uns doch gar nicht!«

»Du hast einmal eine dreistöckige Geburtstagstorte für die fünfjährige Tochter deiner Nachbarin gebacken, weil sie sich keine leisten konnte.«

Ihre Augenbrauen zogen sich sofort zusammen. »Hä?«

»Du hast immer Überstunden für Kollegen gemacht, wenn sie einen freien Tag brauchten. Du bist regelmäßig früher gekommen und länger geblieben«, fuhr Smiley fort. »Du hast alle zwei Wochen das Altenheim in deiner Straße besucht.«

»Smiley ...«

»Ich kenne dich«, sagte er. »Ich habe die letzten Monate damit verbracht, alles über dich herauszufinden. Ich habe mit deinen Nachbarn gesprochen, mit deinen Kollegen ... mit allen, die ich finden konnte, um herauszufinden, wo du hingegangen sein könntest. Wo du dich versteckt hast. Kein einziger Mensch hatte etwas Schlechtes über dich zu sagen.«

»Dann hast du wohl nicht mit dem alten Knacker gesprochen, der unter mir gewohnt hat. Er hat sich immer darüber beschwert, dass ich zu laut gegangen bin. Dass ich absichtlich herumgestampft sei, um ihm das Leben schwer zu machen«, murmelte sie.

»Ich habe mit ihm gesprochen«, entgegnete Smiley. »Er war schockiert, dass du verschwunden bist. Ja, er hat mir erzählt, dass er sich darüber beschwert hat, dass du zu laut läufst, aber er hat zugegeben, dass er das nur getan hat, weil du ihm zur Entschuldigung selbst gebackene Kekse gebracht hast. Und seit seine Frau vor ein paar Jahren gestorben ist und er selbst nicht kochen kann, vermisst er selbst gebackene Süßigkeiten.«

»Oh mein Gott«, flüsterte Bree.

»Ich kenne dich«, wiederholte er. »Und was die Sache angeht, dass du nicht meine Verantwortung bist, hast du wohl recht. Aber das heißt nicht, dass ich es nicht will. Der Mann, der dich jagt, wollte auch Josie mitnehmen. Niemand, der einem von uns etwas antut, darf ungestraft davonkommen. Und auf keinen Fall werde ich ihm erlauben, jemand anderen zu nehmen, der mir wichtig ist – dich. Also werde ich alle Kräfte mobilisieren, alle Mittel einsetzen, um deine Sicherheit zu gewährleisten und diesen Arsch zur Strecke zu bringen. Aber um das zu tun, muss ich *hier* sein. Nicht in einem fremden Land, um irgendwelche Terroristen auszuschalten.«

Bree blinzelte – und Smiley erschrak, als er Tränen in ihren Augen sah.

»Oh Scheiße, nicht weinen. Damit komme ich nicht klar.«

Sie stieß eine Mischung zwischen Schnauben und Lachen

hervor. »Du schaltest regelmäßig Terroristen aus und zuckst nicht mit der Wimper, aber mit ein paar Tränen kommst du nicht klar?«

»Nein.«

»Wenn du jemals eine Tochter hast, wird sie dich um den kleinen Finger wickeln.«

»Ich will keine Kinder«, platzte es aus ihm heraus – und sofort hätte er sich am liebsten selbst geohrfeigt. Dies war weder der richtige Zeitpunkt noch der richtige Ort für ein Gespräch über hypothetische zukünftige Kinder.

»Du willst keine?«

»Nein.«

Sie starrte ihn so lange an, dass Smiley unruhig wurde.

»Sagst du das wegen all deiner Recherchen über mich?«

Smiley runzelte die Stirn. »Ich verstehe nicht.«

»Ich will auch keine Kinder. Die meisten Leute denken, dass ich meine Meinung ändern werde, sobald ich mich verliebe. Dass meine biologische Uhr zu ticken anfängt oder so. Aber ... ich glaube nicht, dass das passieren wird. Ich habe noch nie das Bedürfnis verspürt, Kinder zu haben. Ich liebe Kinder, ich spiele gern mit den Kindern *anderer* Leute. Aber ich will keine eigenen.«

Das war der Moment, in dem Smiley wusste, dass diese Frau für ihn bestimmt war. Er begehrte sie bereits. Sie faszinierte ihn. Er wollte unbedingt dafür sorgen, dass sie vor dem Arschloch, das nach ihr suchte, in Sicherheit war. Aber das zu hören? Zu hören, wie sie genau das aussprach, was er in Bezug auf Kinder empfand?

Es war um ihn geschehen.

»Das wusste ich nicht über dich«, sagte er.

»Smiley? Wollen Sie den ganzen Morgen im Flur stehen bleiben oder bewegen Sie Ihren Arsch hierher?«

Als er aufblickte, sah er, wie der Kopf seines Vorgesetzten

aus dem Besprechungsraum herausschaute. Er klang genervt, was kein gutes Zeichen war.

»Ich komme, Sir!«, rief er.

»Smiley?«, fragte Bree.

»Ja?«

»Danke.«

»Nein. Was habe ich dir darüber gesagt, mir zu danken? Komm schon. Bringen wir es hinter uns«, sagte er barsch, unbehaglich wegen der Gefühle, die seinen Körper durchströmten. Er wollte Bree am liebsten packen und mit ihr davonlaufen. Sie in einer Hütte in einer abgelegenen Bergregion verstecken, damit niemand ihr ein Haar krümmen konnte. Aber er wollte sie auch in seinen Freundeskreis integrieren. Dafür sorgen, dass sie nicht einmal daran dachte, nach Las Vegas zurückzukehren, sobald ihr Verfolger gefasst war.

Mit den Fingern streifte er ihren Rücken, als er sie drängte, weiter den Flur entlangzugehen. Er öffnete die Tür zum Konferenzraum und bedeutete ihr vorzugehen.

Als Smiley den Raum betrat, war er nicht überrascht, nicht nur den Kommandanten, sondern auch sein gesamtes Team vorzufinden. Er hatte nicht gewusst, dass seine Kameraden hier sein würden, aber da er ihnen am Morgen von dem Treffen erzählt hatte, war es nicht abwegig, dass sie ihm hier Rückendeckung geben wollten.

Aber Bree hatte offensichtlich nicht damit gerechnet, so vielen Menschen gegenüberzustehen. Sie blieb direkt hinter der Tür stehen.

»Oh«, sagte sie leise.

»Ich habe heute noch drei weitere Besprechungen«, sagte der Kommandant barsch. »Ich hätte weiterhin auf Missionen gehen sollen, das wäre besser gewesen, als den ganzen Tag hier herumzusitzen und mit Idioten zu reden. Nicht Sie alle«, fügte er schnell hinzu, um das klarzustellen.

Smiley führte Bree zu einem Stuhl und setzte sich neben sie. Die nächsten zwanzig Minuten erzählte Bree ihre Geschichte – wie sie sich von ihrem Freund getrennt hatte, dann auf dem Parkplatz ihrer Wohnanlage entführt worden und schließlich in dem Fahrzeug gelandet war, in dem Smiley und Blink sie gefunden hatten. Wie sie Angst bekommen hatte und während der Festnahme ihres und Josies Entführers geflohen war ... und dass sie seitdem auf der Flucht gewesen war.

Sie erklärte auch, dass sie keinen Zugriff mehr auf ihre Bankkonten hatte, weil sie den Verdacht hatte, bei jedem Versuch verfolgt zu werden. Die Männer, die sie beobachtet hatten, wechselten oft, weshalb sie annahm, dass es sich um eine Organisation handelte, die entschlossen war, das zu bekommen, wofür sie bezahlt hatte.

Ihr Ex-Freund Carl war kurz nach ihrer Flucht aus der Stadt in Las Vegas tot aufgefunden worden, was Bree erst erfuhr, nachdem Kelli den Mann für sie gegoogelt hatte.

Insgesamt hatte sie nicht viele konkrete Informationen, die ihnen helfen könnten herauszufinden, *wer* hinter ihr her war. Das Warum wusste sie: Jemand hatte viel Geld für sie bezahlt, und er oder sie war nicht glücklich, betrogen worden zu sein. Offensichtlich war derjenige entschlossen, seine Ware – Bree – zurückzubekommen.

Sie hatte auch viele Gefühle und Vermutungen in Bezug darauf, dass sie verfolgt wurde, aber nicht viele konkrete Beweise. Manche Leute würden sie als paranoid abtun. Sie würden sie verspotten und ihr sagen, dass sie sich lächerlich mache. Aber da Smiley und sein Team oft ihr Leben aufgrund solcher »Gefühle« riskierten, waren sie die Letzten, die ihr sagen würden, dass sich alles nur in ihrem Kopf abspielte.

»Also, Smiley, Sie wollen aus dem Einsatzplan raus?«

»Ja, Sir.«

»Für wie lange?«

»Bis wir das geklärt haben«, antwortete Smiley, ohne zu zögern.

»Das habe ich mir gedacht. Sprechen Sie heute Morgen mit Tex?«, fragte er.

»Ja, Sir. Unmittelbar nach diesem Treffen.«

Er nickte. »Mit Tex als Unterstützung wird es hoffentlich nicht allzu lange dauern, bis es erledigt ist. Ich nehme an, der Rest von Ihnen möchte auch aus dem Dienstplan genommen werden?«, fragte der Kommandant und sah die anderen Männer an.

»Ja, Sir«, hallte es durch den Raum.

»Ich habe Ihr Team ziemlich hart arbeiten lassen, nicht wahr?«, sagte er mit einem Grinsen. »Und Gerüchten zufolge sollen drei von Ihnen bald heiraten. Ich nehme an, Sie möchten etwas Zeit für Ihre Flitterwochen haben, oder?«

Smileys Lippen zuckten, als alle ihrem Kommandanten zustimmten.

»Na gut. Zwei Monate. Ich kann Sie für zwei Monate aus dem Dienstplan nehmen – aber ich kann nicht garantieren, dass es für länger sein wird. Reicht Ihnen das, Smiley?«

»Ja, Sir.«

»Wenn Sie mich brauchen, wissen Sie, wo Sie mich finden. Aber aus dem Dienst genommen zu sein bedeutet nicht, dass Sie freihaben. Sie werden weiterhin jeden Morgen beim Training erwartet, und Sie werden an mehr Besprechungen teilnehmen müssen.«

Alle stöhnten, nickten aber.

»Gut. Miss Haynes, ich bin froh, dass es Ihnen gut geht. Sie haben verdammt gute Fürsprecher gefunden. Tun Sie sich selbst einen Gefallen und halten Sie keine Informationen über Ihre Situation zurück. Egal wie unangenehm das für Sie sein mag.«

»Das werde ich nicht«, sagte Bree leise.

Damit nickte der Kommandant den Männern am Tisch zu

und stand auf. »Grüßen Sie Tex von mir«, fügte er hinzu, bevor er durch die Tür ging und sie hinter sich schloss.

Es war einen Moment lang still im Raum, dann brach MacGyver das Schweigen. »Ich habe es noch nicht offiziell gesagt, aber jetzt scheint mir der richtige Zeitpunkt zu sein. Danke, Bree. Für alles, was du für Ellory und Yana getan hast.«

Bree lächelte ihn schüchtern an. »Ich habe nicht viel getan«, erwiderte sie.

»Quatsch«, sagte Safe streng. »Soweit wir wissen hast du eine Menge einstecken müssen, um den Kindern zur Flucht zu verhelfen.«

»Ich kann dir das nie zurückzahlen«, sagte MacGyver. »Aber alles, was du brauchst. Jederzeit. Du bekommst es.«

»Das gilt auch für mich«, fügte Flash hinzu. »Mit Kelli und ihrem Entführer in den Wagen zu steigen war leichtsinnig, gefährlich und dumm – und eine der mutigsten Taten, die ich je gesehen habe. Wenn du nicht dort gewesen wärst ... wenn du Smiley nicht mitgeteilt hättest, wohin Kelli gebracht wurde ...« Seine Stimme brach ab.

»Ihr müsst wissen, dass ich nur an diesen beiden Orten war, weil ich euch und eure Freundinnen verfolgt habe«, gab Bree zu. »Der Kommandant hat gesagt, ich solle nichts auslassen. Nun ... da habt ihr es. Ich habe angefangen, euch zu verfolgen, weil ich wissen wollte, mit was für Leuten Smiley zu tun hat, um zu entscheiden, ob ich ihm vertrauen kann. Dann habe ich weitergemacht, weil mir langweilig war. Ich habe gesehen, wie ihr in euren Fahrzeugen von MacGyvers Haus weggerast seid, und mich der Karawane angeschlossen, deshalb war ich zur richtigen Zeit in der Werft. Ich bin durch ein Loch im Zaun geklettert und zufällig auf die beiden Mädchen gestoßen. Ich hatte nicht vor, das zu tun, was ich getan habe. Und ich war auf dem Parkplatz von Smileys Wohnanlage, weil ich hinter seinem Rücken mit Kelli rumgehangen habe.«

»Es ist mir egal, wie es passiert ist, mir ist nur wichtig, dass es passiert ist«, sagte Flash entschlossen.

»Genau«, stimmte MacGyver zu.

»Wenn du Josie stalken willst, nur zu«, fügte Blink hinzu.

Bree verzog die Lippen zu einem Lächeln.

»Aber wie wäre es, wenn du uns nicht hinter den Kulissen stalkst, sondern einfach mitkommst?«, sagte Kevlar. »Blink und ich heiraten jeweils in ein paar Wochen und würden uns freuen, wenn du dabei bist. Falls Smiley es dir noch nicht gesagt hat, wir feiern danach im *Aces Bar and Grill*. Ich nehme an, du weißt, wo das ist?«

Bree nickte.

»Gut. Unsere Familien werden da sein, Blinks Zwillingsbruder und sein Night-Stalker-Team, Wolf Steel und sein Team ... einfach alle«, sagte Kevlar.

»Ich ... das würde ich gern. Danke. Wenn ich dann noch hier bin«, fügte sie hinzu.

»Du wirst noch hier sein«, sagte Preacher zuversichtlich. »Wenn die Frauen dich erst einmal in ihren Fängen haben, kommst du nicht mehr weg.«

Alle lachten, außer Smiley. Er runzelte die Stirn. Er war sich nicht sicher, wie Bree die Worte seines Freundes auffassen würde.

Zu seiner Erleichterung sah er, dass sie ein Lächeln zu unterdrücken versuchte.

»Maggie ist schwanger, oder?«

Preacher sah einen Moment lang überrascht aus, dann grinste er. »Ich hatte ganz vergessen, dass du eine Stalkerin bist. Ja, sie ist schwanger. Addison auch.«

»Babys. Wer hätte das gedacht«, sagte Kevlar kopfschüttelnd. »Jetzt, da wir das mit dem Bedanken hinter uns haben, rufen wir Tex an. Er wartet wahrscheinlich schon ungeduldig darauf, mit Bree zu sprechen.«

Blink beugte sich vor und zog das Telefon zu sich heran. Es

dauerte nicht lange, bis alle es über den Lautsprecher klingeln hörten.

»Wurde auch verdammt noch mal Zeit«, sagte ein Mann knapp, als er abnahm.

»Tex. Schön, dich zu hören.«

»Wie auch immer. Smiley, ich habe dir ein Paket geschickt. Darin sind ein paar Peilsender. Du solltest es heute noch bekommen. Bree, du trägst sie – und zwar immer. Ich gehe mit dir kein Risiko ein. Zu viele Frauen sind verschwunden, und ohne Peilsender ist es verdammt schwer, jemanden zu finden.«

»Ähm ... okay«, sagte sie und sah Smiley stirnrunzelnd an.

»Tex, ich möchte dir Bree Haynes offiziell vorstellen«, warf Kevlar ein. »Bree, Tex lebt mit seiner Frau, seinen Kindern und seinem Hund im Osten. Er ist ein ehemaliger SEAL und jetzt ein Computergenie. Er ist verdammt neugierig, und ich habe keine Ahnung, was wir ohne ihn machen würden.«

»Hallo«, sagte Bree.

Tex fuhr fort, als hätte Bree nichts gesagt.

»Ich bin an der Sache dran«, erklärte er. »Ich habe eine große Geldsumme aufgespürt, die auf dem Konto deines Ex eingegangen ist, bevor du entführt wurdest. Ich habe sie über eine Reihe anderer Konten zurückverfolgt, um die Quelle zu finden. Mit der Organisation, die dich sucht, ist nicht zu spaßen. Das bedeutet nichts Gutes. Und leider hatte sie Verbindungen zu einem Arschloch, das vor ein paar Jahren ausgeschaltet wurde. Del Rio war in Peru ganz oben, bevor die Mountain Mercenaries und die Männer von Silverstone ihn ausgeschaltet haben.«

Smiley sah Bree an, um zu sehen, wie sie Tex' nüchterne Worte aufnahm. Sie starrte ausdruckslos auf das Telefon. Ohne nachzudenken, griff er nach ihrer Hand, legte sie auf ihren Oberschenkel und drückte sie sanft. Sie sah ihn kurz an und drückte seine Hand, dann wandte sie die Aufmerksamkeit wieder dem Telefon zu.

»Welche Verbindung gibt es?«, fragte Safe.

»Soweit ich herausfinden konnte, war der Verantwortliche einer der Männer, die del Rio mit Frauen versorgt haben.«

»Scheiße.«

»Willst du mich verarschen?«

»Verdammt.«

Smiley stimmte seinen Teamkameraden zu. Sie alle wussten von del Rio und wie skrupellos er vorgegangen war. Sie kannten zwar keinen der Mountain Mercenaries persönlich, aber sie hatten gehört, dass die Frau des Anführers in Las Vegas entführt und ein ganzes Jahrzehnt lang festgehalten worden war. Nur Rex' unerbittliche Entschlossenheit herauszufinden, was mit ihr geschehen war, hatte schließlich dazu geführt, dass del Rio ausgeschaltet werden konnte.

»Ja, und noch schlimmer – warte. Wer ist da? Nur dein Team, Kevlar?«

»Und Bree. Warum?«, fragte Kevlar.

»Weil das, was ich euch jetzt sagen werde, eine Büchse der Pandora öffnen wird, von der ich nicht sicher bin, ob sie geöffnet werden muss.«

Smiley hielt den Atem an. Wenn Tex die Information nicht für gut hielt, musste sie sehr, sehr schlecht sein.

»Mateo Castillo. Hat jemand schon mal von ihm gehört?«, fragte Tex.

Alle verneinten.

»Er ist der Chef dieser Organisation. Derjenige, der für Bree bezahlt hat. Ich habe euch gefragt, ob ihr die Einzigen dort seid, weil ich Grund zu der Annahme habe, dass er vor vielen Jahren ein kleiner Fisch in einem mexikanischen Drogenring war – genau dem, aus dem Fiona und Julie befreit wurden.«

Smiley stockte der Atem. *Heilige Scheiße.* Konnte das wahr sein?

»Cookie wird durchdrehen«, murmelte Flash.

»Ganz zu schweigen von Hurt«, fügte Preacher hinzu.

SUSAN STOKER

»Ich verstehe nicht«, flüsterte Bree Smiley zu.

Aber er hatte keine Zeit, ihr zu erklären, wie wichtig das war. Wie wirklich, *wirklich* schlecht diese Information war.

»Genau. Bree? Hörst du zu?«, fragte Tex.

»Ja«, sagte sie pflichtbewusst.

»Du tust, was Smiley dir sagt. Die Organisation, die hinter dir her ist, gehört zu den schlimmsten. Unter keinen Umständen dürfen sie dich finden. Ich tue hinter den Kulissen alles, was ich kann, um sie auszuschalten, um sie dort zu treffen, wo es ihnen am meisten wehtut – bei ihren Bankkonten. Aber das wird nicht aufhalten können, was bereits in Gang gesetzt wurde. Sei klug. Sei wachsam. Es ist beeindruckend, dass du es geschafft hast, ihnen die ganze Zeit einen Schritt voraus zu sein, aber das hat sie wahrscheinlich nur noch entschlossener gemacht, dich zu finden und in ihre Organisation zu holen. Glaub mir, das willst du nicht.«

Bree nickte, und obwohl Tex sie nicht sehen konnte, fuhr er fort.

»Falls das Schlimmste passiert, *gerate nicht in Panik*. Tu alles, was nötig ist, um am Leben zu bleiben. Verstehst du mich? Ich kümmere mich darum. Genauso wie alle Männer, die mit dir an diesem Tisch sitzen.«

Smileys Magen krampfte sich zusammen. Er wollte nicht daran denken, dass Bree in die Hände dieses Castillo fallen könnte.

»Okay«, stimmte Bree zu.

»Niemand darf diese Informationen an Cookie, Hurt oder irgendjemanden aus Wolfs Team weitergeben. Ich werde selbst mit ihnen sprechen, sobald ich mehr Informationen habe. Ich möchte nicht, dass Fiona oder Julie sich damit befassen müssen, bevor ich die Bestätigung habe, dass Castillo an der Entführung beteiligt war. *Und* bevor wir ihnen gute Nachrichten überbringen können. Nämlich, dass wir wissen, wo dieser Arsch ist, und dass jede mögliche Gefahr gebannt ist.«

»Glaubst du, dass Fiona oder Julie in Gefahr ist?«, fragte Preacher.

»Ehrlich? Nein. Es ist Jahre her. Wenn Castillo sie in seine Gewalt bringen wollte, hätte er genügend Zeit und Geld gehabt, um etwas zu unternehmen. Und sie sind nicht mehr in dem Alter, in dem er sie leicht verkaufen könnte. Aber allein die Tatsache, dass er da draußen ist, wird Wolfs gesamtes Team in Aufruhr versetzen, und ich möchte mich lieber darauf konzentrieren, Bree zu schützen, als mich darum zu kümmern, Cookie, Hurt und den Rest des Teams zu bändigen.«

Smiley war sich nicht sicher, ob er zustimmen konnte. Wenn er Cookie und Hurt wäre, würde er wissen wollen, ob eine alte Bedrohung wieder auftauchte. Aber er brauchte Tex und sein Fachwissen, und auf keinen Fall wollte er den Mann verärgern.

Er würde Tex etwas Zeit geben – aber nicht viel. SEALs hielten zusammen. Punkt. Und auch wenn Wolfs Team vielleicht im Ruhestand war, waren sie heute noch genauso Navy SEALs wie vor Jahren.

»Ich werde es ihnen sagen«, sagte Tex, als könnte er die missbilligenden Schwingungen der sieben Männer am Tisch durch die Telefonleitung hören. »Wolf und sein Team gehören zu meinen engsten Freunden. Ich will sie nicht unnötig beunruhigen. Ich brauche nur ein bisschen Zeit, um mehr Informationen zu sammeln. Um diesen Arsch zu finden. Um sicherzugehen, dass er keine Gefahr darstellt. Wenn ich wirklich glauben würde, dass Julie oder Fiona in Gefahr ist, würde ich sie als Erste anrufen.«

Das beruhigte Smiley ein wenig. Allerdings nur ein wenig.

»Also, Bree. Du hast das gut gemacht, Mädchen. Aber bleib wachsam. Ich bin dran. Meine Leute auch. Ich habe eine Partnerin in New Mexico und eine in Texas, die alles tun, um die Geldspur von Castillo zu den Leuten zu verfolgen, die dich suchen. Wir werden sie finden.«

»Danke.«

»Danke mir nicht. Ich hasse das. Sei einfach klug. Mein Blutdruck ist schon hoch genug, mach nichts, was ihn noch weiter in die Höhe treibt. Tex out.«

Nachdem er aufgelegt hatte, war es still im Raum.

»Scheiße. Das ist nicht gut«, sagte Kevlar nach einem Moment.

Smiley hielt das für die Untertreibung des Jahrhunderts.

»Wie geht's dir?«, fragte MacGyver Bree.

Sie zuckte mit den Schultern. »Ich bin am Leben und in Sicherheit. Mir geht es gut.«

»Wie viel emotionale Scheiße kannst du noch ertragen?«, fragte er.

Smiley runzelte die Stirn, da er sich nicht sicher war, worauf sein Freund mit seinen Fragen hinauswollte.

»Nun ... wenn man bedenkt, was ich in letzter Zeit alles durchgemacht habe, kannst du ruhig noch mehr drauflegen.«

MacGyver grinste. »Diesmal hoffentlich *gute* emotionale Scheiße. Addison kann es kaum erwarten, dich kennenzulernen. Ellory auch. Ich dachte, du und Smiley könntet heute Abend zum Essen vorbeikommen.«

Bree sah Smiley an, als wollte sie wissen, was er davon hielt. Er sah die Vorfreude und Aufregung in ihren Augen. Er konnte ihr nichts abschlagen, was sie wollte, genauso wenig wie er einen wehrlosen Welpen treten könnte.

Er wandte sich an MacGyver. »Ist um sechs in Ordnung?«

»Sechs ist perfekt. Ich sage Addy Bescheid.«

»Ich fahre mit Bree zum Laden, um ein paar Sachen zu besorgen, die sie braucht, und um Lebensmittel einzukaufen. Außerdem möchte ich zu Hause sein, wenn das Paket von Tex ankommt, und Bree mit den Peilsendern einrichten. MacGyver, wir sehen uns heute Abend. Alle anderen morgen?« Smiley wollte Bree plötzlich unbedingt nach Hause bringen. Hinter verschlossene Türen. Natürlich waren sie hier auf dem Stützpunkt wahrscheinlich sicherer, aber man konnte nicht wissen, wen Castillo noch für sich arbeiten ließ. Schließlich hatten sie gesehen, was mit Preachers Frau passiert war. Maggies Peiniger hatte sich die ganze Zeit direkt vor ihrer Nase aufgehalten. Genau dort. Auf dem Stützpunkt.

Alle nickten und stimmten zu.

Smiley und Bree gingen zur Tür, bevor jemand noch etwas einwerfen konnte.

Seine Gedanken kreisten. Wenn Tex recht hatte, und daran zweifelte er nicht, war dieser Mateo Castillo noch gefährlicher, als er ursprünglich gedacht hatte. Und Bree war definitiv in Gefahr. Wer so lange wie Castillo in der Branche der Sexsklaverei überlebt hatte, war offensichtlich gerissen und schlau. Er hatte gelernt, sich unauffällig zu verhalten. Wahrscheinlich hatte er jede Menge Verbindungen.

Bree würde nicht sicher sein, bis Tex ihn gefunden und ein für alle Mal ausgeschaltet hatte.

Und das konnte Smiley gar nicht schnell genug gehen.

Mateo Castillo saß auf einem Parkplatz gegenüber des Haupteingangs des Marinestützpunktes. Er war so nahe dran gewesen. *So nahe* dran, Bree Haynes in seine Fänge zu bekommen. Aber der Navy SEAL, mit dem sie zusammenlebte, ließ sie nicht aus den Augen. Es würde nicht so einfach werden, sie in die Finger bekommen, wie er gedacht hatte.

Navy SEALs hatten sein Leben vor Jahren in Mexiko zerstört und machten ihm auch jetzt noch das Leben schwerer, als es sein musste.

Er war ohnehin nur in Riverton, weil die Männer, die er geschickt hatte, um sein Eigentum zurückzuholen, es immer wieder vermasselt hatten. Sie hatten sich Bree Haynes mehr als einmal durch die Lappen gehen lassen. Er wusste, dass es Zeit war, persönlich einzugreifen.

Bei seinen Recherchen über das Miststück und die Gegend in Kalifornien, in die sie geflohen war – und über die Männer, die seinen Verkauf überhaupt erst verhindert hatten –, hatte er herausgefunden, dass die beiden Frauen, die sein Leben vor so vielen Jahren ruiniert hatten, *ebenfalls* hier lebten.

Fiona Storme und Julie Lytle waren Eigentum der Organisation, für die er in Mexiko gearbeitet hatte. Dann waren die Frauen von Navy SEALs gerettet worden. Jetzt waren sie ebenfalls mit SEALs verheiratet.

Als Mateo erkannte, dass Bree Haynes über den Mann, zu dem sie gelaufen war, um Hilfe zu bekommen, mit den Schlampen von vor Jahren in Verbindung stand, konnte er den Gedanken nicht mehr loswerden, dass er *sie* auch mitnehmen würde.

Alle drei Frauen würden dort sein, wo sie hingehörten. Auf dem Rücken, um ihm Geld einzubringen.

Er würde sie nicht behalten, oh nein. Er hatte bereits Käufer in der Tasche. Käufer, denen es egal war, wie alt die Schlampen waren. Einer in Nordkorea, einer in Russland ... aber Bree Haynes würde in Ecuador bleiben. Dort, wo er aktuell arbeitete. Sie würde in den Stall kommen, den er aufgebaut hatte und der dem von del Rio sehr ähnlich war. Er hatte bereits den Großteil der Polizei in der Tasche, und in Ecuador war es ein Leichtes, Regierungsbeamte zu bestechen.

Die vierte Frau brauchte er nicht. Josie England. Die Frau, die sie verkauft hatte, hatte fast nichts dafür verlangt. Es war ein unbedeutender Verlust.

Aber Brees Ex hatte eine beträchtliche Summe ausgehandelt. Und die anderen beiden Frauen ... das war etwas Persönliches. Mateo musste einfach Geduld haben. Irgendwann würden die SEALs ihre Wachsamkeit verringern. Oder, was wahrscheinlicher war, die Frauen würden etwas Dummes tun. Das taten sie *immer*.

Im Moment könnte die Tatsache, dass alle Aufmerksamkeit auf Bree Haynes gerichtet war, ihm zugutekommen, um Fiona und Julie zu schnappen, aber wenn er das tat, würden die SEALs die dritte Frau wegsperren. Nein, er musste warten. Abwarten, ob sich eine Gelegenheit ergab, alle gleichzeitig zu schnappen. Das wäre ideal. Zubeißen und sie schnappen, bevor jemand etwas merkte.

Im Laufe der letzten Wochen hatten seine Männer bereits herausgefunden, dass alle SEALs und ihre Familien in einer Bar namens *Aces* verkehrten. Er nahm an, dass es nur eine Frage der Zeit war, bis alle Frauen dort zusammenkommen würden. Je länger sie dort blieben, desto mehr Gelegenheiten würde er haben, sie zu schnappen.

Und obwohl er keine Absichten mit anderen hatte ... wenn er ein oder zwei Frauen zusätzlich bekommen könnte? Umso besser.

Mateo entdeckte den kleineren Pick-up, der dem Mann gehörte, an den sich Bree Haynes geklammert hatte, und kniff die Augen zusammen, als er den Stützpunkt verließ. Ihre Zeit würde kommen, er musste nur beobachten und warten. Wenn sie es am wenigsten erwartete, würde sie ihm gehören.

KAPITEL VIER

Smiley sah Bree hinter dem Lenkrad an. Sie hatten gerade vor MacGyvers kleinem Haus geparkt. »Bist du sicher, dass du das tun willst? Wir können es verschieben.«

»Ich bin mir sicher«, sagte sie. »Ich bin ein bisschen nervös, aber es wird gut sein, die Mädchen glücklich zu sehen und nicht völlig verängstigt.«

Ehrlich gesagt freute Bree sich darauf, Ellory und Yana endlich offiziell kennenzulernen. Als sie sie auf dem Schiffswerftgelände gesehen hatte, waren sie so verängstigt gewesen. Soweit sie das aus der Ferne beurteilen konnte, ging es ihnen seit ihrer Tortur gut. Aber sie wollte es sicher wissen und persönlich mit ihnen sprechen.

Und sie konnte nicht anders, als auch Addison kennenlernen zu wollen.

Wem machte sie etwas vor? Sie wollte *alle* Frauen kennenlernen. Sie hatte sie so lange aus der Ferne beobachtet, dass sie das Gefühl hatte, sie zu kennen.

Aber in Wahrheit kannte sie sie *nicht*. Überhaupt nicht. Sie war die gruselige Stalkerin, die sie von ihrem Wagen aus beobachtet und ausspioniert hatte. Wenn sie das wüssten, würden sie wahrscheinlich nichts mit ihr zu tun haben wollen.

Sie war gerade dabei, ihre Meinung zu ändern und Smiley zu sagen, dass sie gehen wolle, aber es war zu spät. Er war aus dem Pick-up gestiegen und kam auf sie zu.

Bree holte tief Luft und versuchte, sich Mut zuzusprechen. Das hier würde schon gut gehen. Sie würde die Kinder und Addison kennenlernen, etwas essen, das viel besser sein würde als das, was sie bisher in ihrem Wagen gegessen hatte, und dann zurück zu Smileys Wohnung fahren. Sie hatte nichts zu befürchten. Sie musste nicht mit Addison oder ihren Kindern befreundet sein. Menschen verstanden sich nicht immer auf Anhieb. Es war keine große Sache, wenn nicht alle Frauen sie mochten.

Scheiße.

Aber es war eine große Sache.

Zumindest für sie.

Sie hatte keine Zeit mehr, sich Gedanken zu machen, denn Smiley öffnete ihre Tür. Wie eine komplette Idiotin versuchte sie, mit noch angelegtem Sicherheitsgurt auszusteigen. Das war nicht gerade der beste Start in den Abend.

Smiley lachte, und Bree spürte, wie ihre Wangen heiß wurden. Als sie den Gurt gelöst hatte, stand sie auf. Aber er trat nicht zurück. Stattdessen drückte er sie gegen den Wagen und drang in ihren persönlichen Raum ein. Er hob eine Hand und strich ihr eine Haarsträhne hinter das Ohr. Bree konnte nichts tun, außer ihn anzustarren.

»Atme, Bree. Alles wird gut.«

Sie nickte.

»Wenn ich das nicht glauben würde, wärst du auf keinen Fall hier«, fuhr er fort. »Ich würde dich niemals einer Situation aussetzen, in der auch nur die geringste Chance besteht, dass du verletzt wirst ... körperlich oder emotional.«

»Smiley«, protestierte Bree, wieder völlig überwältigt.

»Dies ist neu für mich«, sagte er.

»Dies?«, fragte sie, als er nicht weiter darauf einging.

»Mit jemandem zusammen zu sein, an den ich ständig denken muss. Um den ich mich ständig sorge. Nachdem ich monatelang jede Minute darüber nachgedacht habe, was sie wohl gerade denkt und tut. Das ist ... beunruhigend.«

Sie konnte nicht anders. Sie schnaubte. »Ja.«

Er neigte den Kopf. »Du fühlst das auch?«

Bree nickte.

»Bin ich ein Arsch, weil ich erleichtert bin, dass ich nicht der Einzige bin?«

Sie lächelte ihn an. »Nein.«

»Verdammt. Dieses Lächeln. Du hast keine Ahnung, was das mit mir macht. Komm schon, wir müssen ins Haus. Ich mag es nicht, so draußen zu stehen.«

Und genau in diesem Moment wurde ihr wieder bewusst, in welcher Situation sie sich befand. Sie war keine normale Frau auf einer Verabredung. Sie war das Ziel eines beängstigenden Mannes, der sie finden und zwingen wollte, für Geld mit Männern Sex zu haben. Und das war *beschissen*.

»Verdammt, ich wollte dich nicht erschrecken«, sagte Smiley, als er sie zu MacGyvers und Addisons Haustür führte.

»Das hast du nicht«, versuchte Bree, ihn zu beruhigen.

»Quatsch. Lüg mich nicht an. Sag nicht das, von dem du glaubst, dass ich es hören will. Sei ehrlich zu mir. Immer. Denn ich weiß nicht, wie ich anders sein soll.«

Bree betrachtete den Mann neben sich, als sie sich der Tür näherten. Er war so rau und ungeschliffen. Ein wenig paranoid nach der Art zu urteilen, wie er seine Umgebung musterte. Er war grundehrlich und schien sich keinen Deut darum zu scheren, wie er aussah ... aber andererseits sah er gut aus, egal was er trug oder ob er vergessen hatte, sich das Haar zu kämmen – was er nicht getan hatte. Es stand in alle Richtungen vom Kopf ab, so wie Bree sich vorstellte, dass er nach dem Aufstehen aussah.

Aber sie konnte nicht leugnen, dass sie sich mit jeder Minute, die sie zusammen verbrachten, mehr und mehr zu ihm hingezogen fühlte.

»Hast du mich gehört, Bree?«, fragte er.

»Ja. Du hast mir keine Angst gemacht, aber ich bin generell etwas nervös. Wegen heute Abend, wegen diesem Mateo, wegen allem.«

Smiley nickte. »Ich würde mir Sorgen machen, wenn du das nicht wärst. Aber wir kümmern uns darum. Wir alle. Mein Team, Tex, der Kommandant, alle.«

Bree öffnete den Mund, um sich noch einmal zu bedanken, aber die Tür vor ihnen wurde aufgerissen und ein Mädchen stand da. Ellory. Bree würde sie überall wiedererkennen.

Zu ihrer völligen Überraschung warf das Mädchen sich in ihre Arme.

Bree machte einen Schritt zurück, um nicht zu fallen, und schlang ihre Arme um das Mädchen, das sich an sie klammerte, als hinge ihr Leben davon ab. Zum Glück hatte Smiley bereits seine Hand an ihrem Rücken, denn er bewahrte sie davor, mit Ellory in ihren Armen buchstäblich auf den Hintern zu fallen.

»Ellory!«

Als Bree durch die Tür schaute, sah sie eine große rothaarige Frau, die den Kopf schüttelte, aber Ellory liebevoll anlächelte. »Es tut mir leid, sie hat sich so darauf gefreut, dich kennenzulernen. Ich bin Addison. Komm rein. Bitte.«

Ellory ließ Bree los und trat einen Schritt zurück. »Es tut mir auch leid. Ich konnte keine Sekunde länger warten, um dir zu danken.«

»El, zurück, lass sie rein«, schimpfte Addison sanft.

»Entschuldigung! Kommt rein, kommt rein. Seit wir aus der Schule gekommen sind, haben wir ununterbrochen gekocht.

Ich kann nicht viel von dem essen, was wir gemacht haben, aber es riecht köstlich. Und Yana hat auch geholfen.«

Bree lächelte über die Begeisterung des jungen Mädchens. Sie hatte von Smiley von ihrem Morbus Crohn gehört, daher war sie nicht überrascht, dass sie nicht dasselbe essen würde wie alle anderen.

Sie trat ins Haus und sah, wie Smiley MacGyver zunickte, was sie zum Grinsen brachte. Das war so typisch für Kerle. Aber bevor sie etwas dazu sagen konnte, nahm Ellory ihre Hand. »Komm, Yana freut sich darauf, dich kennenzulernen! Und Artem und Borysko auch.«

»*Ellory*. Das ist unhöflich«, sagte Addison stirnrunzelnd.

»Ach, das ist schon in Ordnung. Ich freue mich darauf, alle zu treffen«, sagte Bree.

»Aber *ich* hatte noch nicht einmal die Gelegenheit, dich richtig zu begrüßen«, murrte die Frau.

Es war ein seltsames Gefühl, im Mittelpunkt der Aufmerksamkeit zu stehen und diejenige zu sein, bei der sich alle darüber stritten, wer sie zuerst begrüßen durfte.

»Ich bin Bree«, platzte es aus ihr heraus, und sie streckte Addison die Hand entgegen.

Die andere Frau ignorierte es, trat auf sie zu und umarmte sie genauso fest wie ihre Tochter kurz zuvor.

Bree spürte mehr als dass sie hörte, wie Addison bei der Umarmung der Atem stockte.

»Danke. Du hast ja keine Ahnung, was du getan hast«, sagte Addison leise.

»Ich habe nichts getan, was jeder andere nicht auch getan hätte«, protestierte sie.

Addison löste sich von ihr und musterte Bree von Kopf bis Fuß. »Geht es dir gut? Ricky sagte, du seist verletzt worden. Dass der Mann dir wehgetan hat.«

»Mir geht es gut«, versicherte Bree ihr. Die aufrichtige Sorge, die sie in Addisons Worten hörte, fühlte sich an wie eine warme Decke, nachdem sie so lange ausgestoßen gewesen war. Nachdem sie am Rande des Lebens gestanden hatte.

Addison kamen die Tränen und sie schniefte laut. MacGyver legte seinen Arm um ihre Taille und zog sie an sich. Sie ließ sich bereitwillig umarmen.

»Sie weint in letzter Zeit bei jeder Kleinigkeit«, erklärte er. »Schwangerschaftshormone.«

Bree lächelte. »Herzlichen Glückwunsch.«

»Danke. Und ich weine nicht, weil ich schwanger bin«, beschwerte sie sich. »Okay, nicht *nur* deswegen. Ich bin nur … du wurdest verletzt, um meine Kinder zu beschützen. Deswegen darf ich doch weinen.«

»Mom, mir geht es gut. Yana geht es gut. Kann ich sie jetzt bitte in die Küche bringen, damit sie sie sehen kann? Außerdem muss ich wahrscheinlich sowieso nach ihr sehen, um sicherzugehen, dass sie nicht gerade das Haus abbrennt.«

»Ihr geht es gut«, sagte MacGyver. »Und sie ist jetzt im Wohnzimmer und schaut mit ihren Brüdern fern.«

»Wie auch immer«, entgegnete Ellory und verdrehte die Augen.

Bree musste laut lachen. Dieses Treffen verlief ganz anders, als sie es sich vorgestellt hatte.

Ellory lächelte sie an und griff nach ihrer Hand. »Komm, wir versuchen mal, alle vom Fernseher wegzulocken.«

Bree sah zu Smiley zurück und bemerkte, dass er sie mit einem Blick ansah, den sie nicht deuten konnte, aber die Freude in seinen Augen war deutlich zu erkennen.

Sie ließ sich in ein anderes Zimmer ziehen, wo zwei Jungen und Yana auf dem Sofa saßen und wie hypnotisiert auf den Fernseher starrten. Ihr Magen knurrte bei dem köstlichen Duft italienischer Gewürze, der aus der Küche kam. Was auch immer Addison und Ellory gekocht hatten, es roch himmlisch.

»Yana, das ist Bree. Sie ist die Frau, die uns geholfen hat, als der böse Mann uns entführt hat. Erinnerst du dich?«

Yana sah zu ihnen hinüber und ihre Augen wurden groß. Sie gab ein leises Quietschen von sich und sprang fast vom Sofa, um zu Bree zu laufen.

Erneut überrascht von der überschwänglichen Begrüßung kniete Bree nieder und umarmte das kleine Mädchen, das zitterte, als es sich an sie klammerte. »Ich glaube, sie erinnert sich«, sagte sie leise.

Ellory strahlte und nickte. »Ja. Wir haben mit unserem Therapeuten viel darüber gesprochen, was passiert ist. Und obwohl alles beängstigend war, bestand der beste Teil darin, dass du aufgetaucht bist und uns geholfen hast zu fliehen.«

»Danke, dass du unsere Schwester gerettet hast. Ich bin Artem.«

»Und ich bin Borysko. Ja, danke.«

Die beiden Jungen waren aufgestanden und legten jeweils eine Hand auf die Schulter ihrer Schwester, um sie zu trösten.

Bree war überwältigt. Sie war einfach zur richtigen Zeit am richtigen Ort gewesen. Überhaupt war sie nur dort gewesen, weil sie eine Stalkerin war. Sie hatte Smiley und seine Freunde ausspioniert. Sie hatte sich gefragt, was los war und warum alle eilig zur Werft fuhren. Außerdem hatte sie eigentlich niemanden gerettet; sie hatte nur den idiotischen Entführer weggelockt, um den Mädchen Zeit zu verschaffen, zu den SEALs zu gelangen, die verzweifelt nach ihnen gesucht hatten.

Yana hob den Kopf und sah Bree an. »Willst du meine Puppen sehen?«

Bree blinzelte überrascht über den plötzlichen Themenwechsel und nickte.

»Nicht schon wieder ihre Puppen«, sagte Borysko angewidert.

Artem zuckte nur mit den Schultern und wandte sich wieder dem Fernseher zu.

»Zehn Minuten«, sagte Ellory zu ihrer Schwester. »Dann ist es Zeit zum Essen.«

Yana nickte, und Bree folgte dem kleinen Mädchen in ihr Zimmer. Es war offensichtlich, dass sie es sich mit Ellory teilte, denn die Hälfte des Zimmers war mit Büchern und Spielsachen für Kinder in Yanas Alter gefüllt, während die andere Hälfte eher für Teenager geeignet war.

Zehn Minuten später veranlasste etwas Bree dazu, zur Tür zu schauen.

Smiley lehnte mit einem leichten Lächeln im Gesicht am Türrahmen und beobachtete sie. Sie war von gefühlt hundert Barbie-Puppen umgeben, und Yana plapperte ununterbrochen, seit sie sich auf den Boden gesetzt hatte und Bree jede einzelne vorstellte. Sie sprach eine Mischung aus Ukrainisch und Englisch, und es war absolut bezaubernd.

Obwohl Bree nur die Hälfte von dem verstand, was das Mädchen sagte, nickte sie ständig und lächelte. Das kleine Mädchen war offen und liebevoll, und Bree nahm an, das lag daran, dass MacGyver und Addison großartige Eltern waren. Sie gaben Yana ein Gefühl der Sicherheit, was in dieser Phase ihres jungen Lebens wahrscheinlich das Wichtigste war. Smiley hatte Bree alles darüber erzählt, wie die drei ukrainischen Kinder zu MacGyver und Addison gekommen waren, und sie konnte nur staunen, wie gut sie sich nach ihren Strapazen eingelebt hatten.

Bree berührte Yanas Arm und sagte: »Ich glaube, das Abendessen ist fertig.«

Smiley nickte und bestätigte damit ihre Vermutung.

»Sketti!«, rief Yana, sprang auf und rannte zur Tür. Smiley wich im letzten Moment aus, um nicht mit dem kleinen Mädchen zusammenzustoßen, das im Flur verschwand.

Bree stand langsamer auf – sie war nicht alt, ganz und gar nicht, aber sie war nicht ganz so flink wie Yana. Als sie schließlich auf den Beinen war, stand Smiley schon vor ihr.

»Ich wollte nach dir sehen.«

»Mir geht es gut.«

Er musterte ihr Gesicht einen langen Moment, nickte dann, legte seine Hand an ihren Rücken und drängte sie zur Tür. »Ich weiß nicht, wie es dir geht, aber die letzten zehn Minuten waren die reinste Qual, weil ich das Essen gerochen habe.«

Bree grinste. »Du auch?«

»Oh ja.«

Sie gingen ins Wohnzimmer, und Bree ging in die Küche. »Kann ich dir helfen?«, fragte sie Addison.

»Nein. Du und Smiley könnt euch hinsetzen. Die Kinder sind dafür zuständig, den Tisch zu decken und das Essen hereinzubringen.«

Bree blickte auf den großen Tisch neben der Küche und lächelte, als sie die Namensschilder sah, die die Kinder gebastelt hatten. Sie saß offenbar zwischen Ellory und Yana, was ihr recht war. Smiley saß Bree direkt gegenüber. Perfekt. So konnte sie ihn unauffällig anstarren, so viel sie wollte.

Allerdings stellte sie im Laufe des Essens fest, dass Smiley jedes Mal, wenn sie aufblickte, bereits zu *ihr* sah. Es war sowohl nervenaufreibend als auch aufregend, im Mittelpunkt seiner Aufmerksamkeit zu stehen.

Die Unterhaltung am Tisch war lebhaft, und als alle mit den Spaghetti und Fleischbällchen mit Knoblauchbrot und Brokkoli mit Käsekruste fertig waren, war Bree nicht nur satt, sondern hatte auch das Gefühl, diese Familie schon ewig zu kennen.

Nach dem Abendessen half sie Artem und Borysko beim Abwasch, dann setzten sich alle ins Wohnzimmer, um zu plaudern, bis es Zeit für die jüngeren Kinder war, ins Bett zu gehen. Bree las Yana in ihrem Zimmer ein Buch vor – oder sogar drei –, und als sie zurück ins Wohnzimmer kam, saß Ellory mit Kopfhörern am Küchentisch und arbeitete an einem Laptop, während die Erwachsenen leise auf den Sofas plauderten.

Bree setzte sich neben Smiley und genoss es, wie sich ihre

Oberschenkel berührten, als die Kissen nachgaben und sie näher zu ihm drückten.

»Also ... willkommen in unserem verrückten Leben«, sagte Addison mit einem leisen Lachen.

»Es war gar nicht so schlimm«, entgegnete Bree sofort.

»Nun, mit der neuen Verstärkung wird es nur noch verrückter«, sagte sie und legte eine Hand auf ihren Bauch.

Das Gespräch drehte sich um Addisons Schwangerschaft, dann um die Fortschritte der Kinder in Englisch, dann um Ellorys aktuelle Morbus-Crohn-Behandlung und schließlich um die anderen Frauen in ihrer SEAL-Familie. Ellory stand auf, küsste ihre Mutter, umarmte MacGyver, sagte Smiley und Bree Gute Nacht und verschwand dann den Flur hinunter. Und die Erwachsenen unterhielten sich weiter.

Es gab keine Gesprächspausen, und Bree stellte fest, dass MacGyver eigentlich sehr witzig war – und seine Frau und seine Familie sehr liebte. Er war vielleicht nicht der leibliche Vater der vier Kinder, die unter seinem Dach lebten, aber er liebte sie, als seien sie seine eigenen.

Bree hatte keine Ahnung, wie spät es geworden war, bis Addison etwas über das Training am nächsten Morgen sagte. Als sie auf die Uhr schaute, stellte sie erschrocken fest, dass es fast Mitternacht war. Smiley und MacGyver – und sie auch, da sie Smiley überallhin begleitete – mussten in viereinhalb Stunden aufstehen.

»Danke, dass du vorbeigekommen bist«, sagte Addison zu ihr, als alle aufgestanden waren. Sie umarmte sie herzlich, während sie sprach.

Bree liebte es dazuzugehören. Es war ein berauschendes Gefühl.

»Danke, dass ich kommen durfte.«

»Ich habe es schon gesagt, aber ... danke. Im Ernst. Du hast keine Ahnung, wie viel meiner Familie und mir das bedeutet, was du getan hast. Wenn du jemals etwas brauchst, gehört es dir.«

Bree lächelte sie an. »Das sind tolle Kinder. Alle. Ihr macht das großartig.«

»Das ist alles Addison«, erklärte MacGyver.

Seine Frau verdrehte die Augen und sah dabei Ellory so ähnlich, dass Bree lachen musste.

»Entschuldigung. Meine Tochter färbt wohl auf mich ab«, erwiderte sie.

»Wir sehen uns morgen«, sagte Smiley zu MacGyver.

»Ich bringe euch raus«, entgegnete der andere Mann in festem Ton.

Der entspannte Abend nahm für Bree plötzlich eine Wendung. MacGyvers Worte erinnerten sie daran, dass sie nicht mit ihrem neuen Freund bei einer ungezwungenen Verabredung war. Denn Smiley war *nicht* ihr Freund, er war ... was war er? Ihr Beschützer, ihr Leibwächter. Aber sie empfand tiefere Gefühle für ihn als jemals zuvor für einen Mann. Es war so verwirrend.

Sie ging zwischen Smiley – der seine Hand auf ihrer Taille hatte, woran sie sich schon viel zu sehr gewöhnt hatte – und MacGyver hinaus. Beide Männer drehten den Kopf hin und her, als würden sie erwarten, dass der Butzemann hinter einem der Büsche im Garten hervorsprang. Smiley half ihr in seinen Pick-up und schloss die Tür. Er und MacGyver wechselten ein paar Worte, dann stieg er zu ihr ein.

»Ist alles in Ordnung?«, fragte sie, sobald er den Motor startete.

»Ja.«

»Würdest du es mir sagen, wenn etwas nicht in Ordnung ist?«, fragte sie mit einem Hauch von Sarkasmus.

Er drehte sich mit hochgezogenen Augenbrauen zu ihr um.

Bree seufzte. »Entschuldige. Das war unhöflich.«

»Nein, war es nicht. Du darfst fühlen, was du fühlst.«

»Es ist nur ... der Abend war so schön. Ich habe für einen Moment vergessen, wer ich bin.«

Jetzt runzelte Smiley die Stirn. »Wer du bist ...?«

»Ja. Eine obdachlose Stalkerin, die sich in dein Leben und das deiner Freunde gedrängt hat. Ich bringe *alle* in Gefahr. Sogar Fiona und Julie, Frauen, die ich noch nicht einmal kennengelernt habe, die aber meinetwegen in die Fänge dieses Typen geraten könnten. Ich sollte gehen, Smiley«, schloss sie mit leiser, ängstlicher Stimme.

Er starrte sie nur einen Moment lang an ... dann setzte er seinen Wagen wortlos zurück und fuhr zu seiner Wohnung.

Bree biss sich auf die Lippe und starrte aus dem Seitenfenster. Er hatte ihr nicht widersprochen – was Bände sprach. Vielleicht hatte ihre unverblümte Aussage ihm geholfen, die Dinge ins rechte Licht zu rücken.

Sie war für *alle* ein großes Problem. Smiley wollte sie nicht aus den Augen lassen, was ihm sicher auf die Nerven ging. Verdammt, er hatte seinen Kommandanten bitten müssen, ihn nicht auf Mission zu schicken, nur damit er sie babysitten konnte. Ihretwegen konnte der Mann nicht einmal seine Arbeit machen.

Als sie wieder bei Smileys Wohnung ankamen, war Bree völlig fertig.

Als er den Motor abstellte, stieg er aus und bedeutete ihr, über die Konsole zu klettern und auf seiner Seite auszusteigen.

Bree, die noch immer in ihrem eigenen Elend versunken war, fragte nicht einmal warum. Sie tat einfach, was er sagte. Sobald sie nahe genug war, nahm Smiley ihre Hand und half ihr auszusteigen. Ohne ein Wort zu sagen, führte er sie schnell durch die Eingangstür und in den Aufzug.

Bree wurde von Depressionen überwältigt. Das war es also. Er wartete offensichtlich, bis sie in seiner Wohnung waren, um ihr zu sagen, dass sie recht hatte. Dass sie eine zu große Belastung war. Dass sie gehen sollte.

Bree verspürte ein Gefühl des Verlusts, das schmerzhafter war als jede Trennung, die sie jemals in ihrem Leben erlebt hatte, und sah zu, wie er die Wohnungstür aufschloss und sie für sie öffnete. Sie trat ein ...

Dann schnappte sie leicht nach Luft, als Smiley ihre Schultern mit seinen Händen umfasste und sie gegen die geschlossene, verriegelte Tür drückte.

»Hör mir zu, Bree. Hörst du mir zu?«

Sie starrte zu dem sehr finster blickenden Smiley auf und nickte. Sie wusste nicht, was sie mit ihren Händen machen sollte. Also presste sie ihre Handflächen gegen die Tür hinter sich.

»Du gehst *nirgendwohin*. Du bist nicht obdachlos – du wohnst *hier*. Du hast dich nicht in mein Leben gedrängt – verdammt, Frau, ich habe dich monatelang gesucht. Ich *wollte* dich in meinem Leben, und doch warst du zu schlau, dich finden zu lassen. Wenn Fiona und Julie in jemandes Fadenkreuz geraten sind, dann nicht deinetwegen, sondern weil irgendein Arschloch ein Arschloch ist, verstanden?«

Sie starrte ihn an. Sprachlos.

Smiley holte tief Luft. »Ich will nicht, dass du gehst. Ich habe dich gerade erst gefunden. Und jetzt, da ich dich kennenlerne, dich mit meinen Freunden beobachte, heute Abend mit den Kindern, wird mir klar, dass ich verdammt viel verpasst habe. Du erhellst einen Raum, wenn du ihn betrittst, und du hast eine Art, alle zu deinen Freunden zu machen. Innerhalb von Sekunden nach unserer Begegnung wollte Yana ihre wertvollsten Besitztümer mit dir teilen – ihre Puppen. Du brauchst mich, Bree. Du brauchst mein Fachwissen. Du brauchst meine Freunde, um diesen Castillo-Arsch zu finden und ihn ein für alle Mal auszuschalten. Aber noch wichtiger ist, dass ich *dich* brauche. Ich kann dir gar nicht sagen, wie lange es her ist, dass ich mit einem meiner Teamkameraden zu Hause abgehangen habe. Ich ... ich habe das vermisst. MacGyver ist ein toller Kerl, und ihn mit seiner Familie zu sehen war schön, aufschlussreich und längst überfällig. Du musst mich daran erinnern, dass es im Leben mehr gibt als nur Arbeit. Dass es Menschen gibt, die gut und freundlich sind. Die nicht nur an sich selbst denken.«

Irgendwie waren Brees Hände von der Tür zu Smileys Hemd gewandert, wo sie es an seiner Taille umfasste.

»Bleibst du hier? Bei mir? Lass mich diesen Kerl finden und ihm klarmachen, dass du für ihn tabu bist.«

Bree konnte das nicht ablehnen. Sie nickte.

»Gut. Und rede nicht mehr davon, dass du etwas anderes bist als eine großartige Freundin, eine verdammt mutige Person, die bereit ist, Fremden zu helfen, und die Frau, nach der ich süchtig werde und die mich unglaublich fasziniert.«

»Ähm ...«

»Und keine Widerrede. Ich habe recht. Frag einfach meine Freunde. Ich habe *immer* recht.«

»Selbstgefällig«, murmelte Bree, aber sie konnte sich ein Lächeln nicht verkneifen.

»Ich schwöre, ich würde Drachen töten und mich komplett zum Affen machen, nur um dieses Lächeln auf deinen Lippen zu sehen«, flüsterte er. Ohne ihr Zeit für eine Antwort zu geben, lehnte er sich zurück und schob sie sanft in Richtung Flur. »Mach dich fertig fürs Bett. Ich muss viel zu früh aufstehen. Und da ich aufstehen muss, musst du auch aufstehen.«

»Ich schaue euch gern beim Trainieren zu«, gab Bree zu. »Solange ich nicht neben euch herlaufen muss und mit dem Quad fahren darf, ist alles gut.«

»Das freut mich, denn bis wir Castillo gefunden haben, wirst du gleich neben mir auf dem Quad sitzen. Wir müssen los, bevor das Café öffnet, aber ich mache dir einen Becher zum Mitnehmen, bevor wir morgens losfahren.« Als sie ihn nur anstarrte, fügte er hinzu: »Na? Was stehst du da rum? Zieh dich um, Frau!«

Bree unterdrückte ein weiteres Lächeln und ging ins Schlafzimmer, wo ihre wenigen Habseligkeiten verstaut waren. Sie waren gewaschen und gefaltet, und als sie sie ordentlich in ihrem Koffer auf dem Boden in Smileys Zimmer liegen sah, verspürte sie einen kleinen Stich im Herzen. Der Mann, mit dem sie zusammenlebte, war mehr als nur ein knallharter SEAL. Er war rücksichtsvoll und gab sich alle Mühe, ihr das Leben so einfach wie möglich zu machen. Sie könnte sich daran gewöhnen, ihn um sich zu haben ... wenn das hier nicht nur vorübergehend wäre. Sobald er diesen Mateo gefunden hatte, würde sie wahrscheinlich weiterziehen.

Er hatte gesagt, dass er mehr wollte, dass er »süchtig« nach ihr war, aber sobald ihre Situation geklärt war – und sie betete, dass das bald der Fall sein würde –, würde er vielleicht anders denken. Er würde sie leid sein. Sie hoffte, dass das nicht passieren würde, aber Bree wollte sich keine Hoffnungen machen und dann enttäuscht werden, wenn er doch entschied, dass sie nicht das war, was er wollte.

Der Gedanke tat weh, also verdrängte sie ihn. Sie musste sich um das Heute kümmern, nicht um das Morgen. Über die Zukunft nachzudenken war sinnlos. Sie hatte keine Ahnung, was morgen bringen würde, also musste sie im Moment leben. Und im Moment würde sie alles tun, um die Zeit mit Smiley zu genießen.

KAPITEL FÜNF

Die nächsten Tage vergingen wie im Flug. Smiley nahm Bree jeden Morgen mit zum Training, dann fuhren sie zurück in seine Wohnung, duschten und zogen sich um, frühstückten und machten sich wieder auf den Weg zum Stützpunkt.

Er hatte viele Besprechungen, aber Bree schien sich in einem der ungenutzten Büros in der Nähe wohlzufühlen.

Die von Tex geschickten Peilsender trafen wie versprochen am selben Tag ein, an dem sie mit dem Mann telefoniert hatten, und Smiley war mit der Auswahl zufrieden. Bree schien nicht so begeistert zu sein, aber sie gab zu, das lag eher daran, dass sie immer wieder über den *Grund* nachdenken musste, warum sie die Ohrringe mit den eingebauten Peilsendern tragen musste. Oder die Halskette. Oder die Haarspange. Tex hatte sogar einen Gürtel geschickt, in dessen Schnalle ein Peilsender versteckt war. Die beiliegende Notiz wies sie an, jeden Tag den Peilsender zu wechseln, falls jemand sie beobachtete.

Das hatte Bree erschreckt. Es war nicht so, dass sie naiv war und sich weigerte zu glauben, dass sie gejagt wurde. Aus genau diesem Grund war sie auf der Flucht gewesen. Es ging eher darum, wie unverblümt Tex gewesen war, und das, zusammen mit den Peilsendern, hatte ihr die Situation offenbar umso bewusster gemacht. Sie hatte das Smiley gegenüber zugegeben, aber zum Glück trug sie die Peilsender ohne Murren.

Heute war der Tag, an dem Bree Julie Hurt und Fiona Knox treffen sollte. Sie wollten sich in Julies Secondhandladen *My Sister's Closet* treffen. Bree hatte sich geweigert, mehr Kleidung zu kaufen, mit der Begründung, dass sie in Las Vegas noch genügend im Lager habe und nicht noch mehr von Smileys Geld ausgeben wolle.

Aber Smiley war entschlossen, ihre Garderobe zu erweitern. Es war ihm nicht wirklich wichtig, was sie trug, aber immer wieder dieselben vier Outfits zu sehen tat ihm weh ... weil es ihn daran erinnerte, dass diese wenigen Kleidungsstücke alles waren, was sie auf der Welt besaß.

Nun ja, alles, was sie im Moment zur Verfügung hatte.

Er verließ den Konferenzraum, in dem er sich mit seinem Team einige Stunden lang verschanzt hatte, und ging direkt zu dem Büro, in dem er Bree zurückgelassen hatte. Als er die Tür öffnete, geriet er in Panik, weil er sie nicht sofort sah. Dann entspannten sich alle Muskeln in seinem Körper, als er sie auf dem kleinen Sofa liegen sah, zusammengerollt und tief schlafend. Ihre Hände dienten ihr als provisorisches Kissen.

Sie waren lange aufgeblieben, hatten geredet, Karten gespielt und ferngesehen, als wollten sie die gemeinsame Zeit nicht beenden. Und natürlich waren sie früh aufgestanden, um zum Training zu fahren. Kein Wunder, dass sie jetzt schlief. Er wollte sie am liebsten schlafen lassen, aber wenn sie rechtzeitig zu *My Sister's Closet* kommen wollten, um sich mit den Frauen zu treffen, mussten sie los.

Er hatte einen Schritt auf sie zugemacht, als sein Handy vibrierte. Smiley blieb stehen, um nachzuschauen, und runzelte die Stirn, als er sah, dass Cookie ihm eine SMS geschickt hatte.

• • • • •

Cookie: Planänderung. Wir treffen uns statt im Laden bei Caroline.

Smiley: Warum?

Cookie: Meine Aufgabe ist es nicht, Fragen zu stellen, sondern einfach zu erscheinen, wann und wo ich es befohlen bekomme.

Smiley war über die Änderung nicht glücklich. Er war es gewohnt, bei Missionen mit dem Strom zu schwimmen, aber er hatte sich darauf gefreut, ein paar neue Outfits für Bree zu finden. Er wollte gerade antworten, wurde aber unterbrochen.

»Warum runzelst du die Stirn? Was ist los?«

Sie klang gestresst. So sollte Bree nicht aufwachen.

Er löschte sofort jeden Ausdruck aus seinem Gesicht und steckte sein Handy in die Tasche. Bree zu beruhigen war wichtiger, als sich mit Cookie zu streiten. »Nichts ist los. Ich wollte dich nur wecken.«

»Lüg mich nicht an«, sagte sie und setzte sich auf.

»Ich lüge nicht. Ich schwöre dir, es ist alles in Ordnung. Cookie hat mir nur gesagt, dass wir uns nicht bei Julie treffen, sondern zu Caroline fahren.«

»Warum?«

»Ich weiß es nicht. Aber es ist keine große Sache. Caroline ist wahrscheinlich nur gespannt darauf, dich kennenzulernen. Sie wird immer etwas mürrisch, wenn sie zu lange darauf warten muss, neue Mitglieder unserer Clique zu treffen.«

»Du sahst verärgert aus«, hakte sie nach.

»Weil ich dir ein paar neue Outfits kaufen wollte. Und ich wollte Julie bitten, ein paar Sachen zu besorgen, die dir gefallen könnten, und sie in die Wohnung schicken zu lassen. Ich dachte, wenn sie einfach so eintreffen, kannst du nicht Nein sagen.«

Zu Smileys Erleichterung entspannten sich Brees Schultern

und sie verlor den besorgten Ausdruck, den sie noch vor einem Moment gehabt hatte.

»Ich werde dich nicht anlügen, Bree. Ich weiß nicht, wie oft du das noch hören musst, aber ich werde dich so oft daran erinnern wie nötig. Und wenn ich etwas über Castillo herausfinde, werde ich es dir sagen. Es ist in deinem eigenen Interesse, so gut wie möglich informiert zu sein.«

»Danke.«

»Möchtest du lieber zu mir fahren und dich hinlegen? Wir können Julie, Fiona und Caroline ein anderes Mal treffen.«

»Du musst mir keine Kleider kaufen«, sagte sie, anstatt seine Frage zu beantworten.

Smiley seufzte. »Ich weiß. Aber ich finde es schade, dass du nur vier Outfits hast. Du solltest einen ganzen Schrank voller Kleider haben.«

»Die habe ich«, erinnerte sie ihn, »aber im Moment sind sie in Kartons in einem Lagerraum in Las Vegas. Du hast selbst gesagt, dass es nicht klug sei, jemanden dorthin zu schicken, um sie zu holen, falls der Lagerraum überwacht wird.«

Das hatte er tatsächlich gesagt. Frustration nagte an Smiley. Er wollte dieser Frau die Welt geben. Er wollte ihre Kleider aus seinem Schrank quellen sehen. Er wollte ihr Platz in seinen Schubladen geben.

Er musste sehen, wie sie in seinem Leben mehr einnahm als nur die kleine Ecke seines Schlafzimmers, in der derzeit ihr Koffer stand.

Bree stand auf, ging zu ihm hinüber und legte eine Hand auf seinen Arm. »Ist es dir so wichtig, dass ich mehr Kleidung habe?«

»Ja«, antwortete er schlicht.

»Okay.«

»Okay?«, fragte er.

»Ja. Ich werde mit Julie sprechen. Mal sehen, ob sie ein paar

Sachen raussuchen kann – aber ich werde es *nicht* übertreiben.«

Smileys Mundwinkel zuckten nach oben. »Großartig.«

»Das solltest du öfter machen.«

»Was?«

»Lächeln.«

»Dann sind wir quitt. Denn wenn ich dich lachen oder grinsen sehe, obwohl du in letzter Zeit offensichtlich keinen Grund dazu hattest, fühle ich mich drei Meter groß.«

»Du meinst, du bist nicht schon drei Meter groß?«, scherzte sie.

Diese Frau. Sie brachte ihn um. »Du hast meine Frage nicht beantwortet«, erinnerte er sie. »Fahren wir zu Caroline oder zu mir?«

»Zu Caroline«, sagte Bree. »Ich möchte Julie und Fiona kennenlernen. Nach allem, was ich über sie gehört habe, scheinen sie großartig zu sein. Sie haben überlebt, was Mateo für mich vorgesehen hat. Ich finde es wichtig, ihre Geschichten aus ihrem eigenen Mund zu hören.«

»Das ist nicht deine Zukunft«, knurrte Smiley.

»Ich weiß. Ich denke nur, wenn ich sie sehe und weiß, dass sie die Hölle überlebt haben, gibt mir das Zuversicht, dass ich es auch schaffen kann, *falls* etwas passiert.«

Smiley wollte erneut protestieren. Ihr sagen, dass ihr nichts passieren würde. Dass er lieber sterben würde, als sie in die Fänge eines Arschlochs wie Castillo zu lassen, aber er wusste genauso gut wie sie, dass er ihr keine Sicherheit versprechen konnte. Er konnte nicht in die Zukunft sehen. Er konnte nur dafür sorgen, dass sie so gut wie möglich auf das Schlimmste vorbereitet war, und alles, was er gelernt hatte, anzuwenden und alle seine Beziehungen spielen zu lassen, um dafür zu sorgen, dass sie nie etwas erleben musste, das auch nur im Entferntesten dem ähnelte, was Fiona und Julie widerfahren war.

Smiley sah ihr in die Augen und sagte: »Ich habe keinen Zweifel, dass du jemandem richtig in den Arsch treten wirst, wenn die Kacke am Dampfen ist.«

Sie lächelte ihn an, und wieder setzte sein Herz einen Schlag aus. »Danke. Das bedeutet mir viel, wenn es von dir kommt. Von einem knallharten Navy SEAL wie dir.«

Smiley schüttelte den Kopf und deutete mit dem Kopf zur Tür. »Bist du bereit?«

»Ich bin bereit«, sagte sie und klang etwas fröhlicher als nach dem Aufwachen, als sie ihn finster auf sein Handy hatte starren sehen.

Zwanzig Minuten später hielten sie vor Carolines Haus. Allerdings mussten sie drei Häuser weiter parken, weil die Straße voller Fahrzeuge stand. Smiley hätte wissen müssen, dass der Grund für die Änderung des Treffpunktes darin lag, dass *alle* Frauen aus Cookies Team bei dem Treffen mit Bree dabei sein wollten.

»Ähm ... hier stehen aber viele Fahrzeuge«, sagte sie, nachdem sie aus seinem Wagen ausgestiegen waren.

Smiley seufzte. Diese ganze Geselligkeit war nicht einfach. Er hatte sich an sein einsames Leben gewöhnt. Aber in den wenigen Tagen, seit er Bree gefunden hatte – oder besser gesagt, seit sie *ihn* gefunden hatte –, hatte er mehr Zeit mit seinen SEAL-Kameraden, ihren Frauen und Familien verbracht als während der letzten Monate.

»Das war nicht meine Idee«, sagte er. »Ich dachte, es würden nur Fiona, Cookie, Julie, Hurt, Caroline und Wolf kommen. Aber anscheinend hat sich das herumgesprochen und jetzt wollen alle dich kennenlernen.«

»Alle?«

Smiley sah Bree an und war erleichtert, dass sie nicht erschrocken, sondern nur neugierig wirkte.

»Ja. Den Fahrzeugen nach zu urteilen scheint Wolfs gesamtes Team hier zu sein. Und wer weiß, ob einige von ihnen ihre Kinder mitgebracht haben. Auch ohne sie wird es hier drinnen ein Irrenhaus geben. Wir können noch gehen.« Er hielt den Atem an und hoffte, dass sie sein Angebot annehmen würde.

Zu seiner Überraschung trat Bree vor ihn, neigte den Kopf nach hinten, um seinen Blick nicht zu verlieren, legte eine Hand auf seine Brust und sagte: »Wenn du gehen musst, gehen wir.«

Smiley runzelte die Stirn. »Es geht hier nicht um mich.«

»Es geht um uns beide. Und du vergisst etwas – *Stalkerin*. Ich weiß bereits, dass du dich in sozialen Situationen nicht sehr wohlfühlst. Du bist immer der Erste, der jede Art von Zusammenkunft mit deinen Freunden verlässt. Du stehst abseits und initiierst selten Gespräche. Du bist eher der Typ, der sich zurückhält und beobachtet. Es war nicht sehr cool von deinen Freunden, uns damit zu überrumpeln. Wir können gehen, ich kann Julie und Fiona ein anderes Mal treffen.«

Smiley schloss die Augen aus Angst, sie zu packen, zurück in seinen Pick-up zu zerren und in seine Wohnung zu bringen, um sie für immer für sich allein zu haben, wenn er noch eine Sekunde länger in ihren unergründlichen Blick sah und das Mitgefühl und die Sorge um ihn erkannte. Aber er war kein egoistischer Mann, oder zumindest versuchte er, es nicht zu sein. Und Bree musste die anderen Frauen kennenlernen. Sie musste selbst sehen, dass das Leben weiterging, dass sich alles zum Guten wendete und dass man Widrigkeiten überwinden konnte.

»Smiley?«, fragte sie mit leiser, besorgter Stimme.

Er öffnete die Augen – und konnte sich nicht davon abhalten, eine Hand in ihrem Haar zu vergraben und seinen anderen Arm um ihre Taille zu legen. Sie fiel mit einem leisen *Uff* an ihn, wobei ihre andere Hand ebenfalls auf seiner Brust landete. Aber sie stieß ihn nicht weg. Sie sah ihn einfach weiter mit diesem einfühlsamen und sanften Blick an, den sie hatte. Sie gab ihm das Gefühl, als seien sie die einzigen beiden Menschen auf der Welt.

»Ich bin ein bisschen … *angefressen*, dass Cookie mich nicht gewarnt hat, dass sie alle hier sein würden. Aber sie meinen es gut. Und sie sind meine Freunde. Ich schaue zu diesen Männern auf. In unseren Kreisen sind sie legendär. Was sie durchgemacht haben, was ihre Frauen durchgemacht haben, würde weniger starke Menschen in die Knie zwingen. Ich komme mit ihnen klar. Ich möchte nur sichergehen, dass niemand *dich* zu sehr bedrängt. Das ist alles neu für dich. Du hast monatelang ein sehr einsames Leben geführt. Wenn es dir zu viel wird, sag mir einfach Bescheid, dann gehen wir.«

»Gilt das auch umgekehrt?«

»Was meinst du?«

»Wenn *du* dich überfordert fühlst, sagst du mir dann, dass du gehen willst?«, fragte sie.

In diesem Moment wurde Smiley klar, dass er alles tun würde, um dafür zu sorgen, dass diese Frau ihn nie würde verlassen wollen – niemals.

Er hatte immer gewusst, dass er sie wollte, dass er nicht wollte, dass sie Riverton verließ, weder jetzt noch wenn ihre Probleme vorbei waren. Aber im Hinterkopf hatte er gedacht, dass er sie gehen lassen müsste, wenn sie darauf bestand.

Jetzt wusste er, dass er um sie kämpfen würde. Er würde sein ganzes Leben für sie auf den Kopf stellen. Er würde seine mürrische Art ablegen, sich in einen geselligen Menschen verwandeln … verdammt, er würde alles an sich ändern, wenn er Bree damit überzeugen könnte, für immer bei ihm zu bleiben.

Er brauchte sie. So einfach war das.

»Smiley? Ich meine es ernst. Ich gebe zu, dass ich deine Freunde kennenlernen möchte, vor allem weil ich so viel Gutes über sie gehört habe, aber nicht, wenn es dir unangenehm ist.«

»Das ist schon in Ordnung. Und ja, wenn ich gehen will, sage ich dir Bescheid.«

»Gut. Sollen wir ein Codewort vereinbaren? Oh! Ich weiß, wie wäre es mit einem Signal? Am Ohr ziehen? Nein, das ist zu auffällig. Vielleicht könnte ich, ich weiß nicht, mir die Nase putzen oder so?«

Smiley lachte. »Wie wäre es, wenn du es mir einfach sagst, oder ich sage es dir.«

Sie rümpfte die Nase. »Das wäre unhöflich.«

»Vertrau mir, Bree, die Männer und Frauen, die du gleich treffen wirst, werden das nicht unhöflich finden. Sie werden es zu schätzen wissen, dass du offen sagst, was du denkst.«

Sie sah ihn skeptisch an, nickte dann aber. »Na gut. Abgemacht. Dann sollten wir wohl besser reingehen und nicht wie zwei Verrückte hier rumstehen.«

Ihre Worte holten Smiley zurück in die Realität. Er war ein Idiot. Castillos Männer waren irgendwo da draußen, beobachteten und warteten wahrscheinlich. Vielleicht sogar der Mann selbst – und er ließ Bree hier draußen stehen, als hätten sie keine Sorgen auf der Welt.

Zu seiner Überraschung stellte Bree sich auf die Zehenspitzen und küsste ihn auf die Wange. »Falls ich es später vergesse, ich danke dir für alles. Dass du mich Fiona und Julie vorgestellt hast. Dass ich deine Freunde kennenlernen durfte. Es ist ein Geschenk dazuzugehören, statt von außen zuzuschauen.«

»Was immer du willst oder brauchst, ich werde mein Bestes tun, um es dir zu geben«, versprach er.

Sie grinste ihn an und wandte sich dann dem Haus zu.

Er musste seine Hand aus ihrem Haar nehmen, aber er legte seinen anderen Arm um ihre Taille, während sie zur Tür gingen. Sie öffnete sich, bevor sie dort ankamen, und Caroline strahlte sie an.

»Das wurde auch Zeit!«, sagte sie fröhlich. »Ich dachte

schon, ihr würdet für immer auf meinem Rasen stehen bleiben. Dann dachte ich, ihr würdet euch aus dem Staub machen. Nur damit das klar ist: Das war nicht meine Idee. Fiona hat mir von euch erzählt, und ich habe vorgeschlagen, dass es für euch vielleicht angenehmer sei, hier im Haus zu reden statt in Julies Laden. Eins führte zum anderen und alle wollten mitmachen, und jetzt sind wir hier! Wenn du weglaufen willst, kann ich das verstehen, aber ich verspreche dir, wir sind alle harmlos. Oh, entschuldige. Ich bin Caroline«, sagte sie verspätet und streckte ihr die Hand entgegen.

Bree schüttelte sie und lächelte sie aufrichtig an. »Ich freue mich, dich kennenzulernen. Ich habe schon viel von dir gehört.«

»Das glaube ich gern. Aber sicher nicht nur Gutes.« Sie grinste, als sie das sagte, trat einen Schritt zurück und bedeutete Bree mit einer Geste hereinzukommen. »Komm rein. Bitte. Ich habe jede Menge Häppchen und Snacks. Willst du etwas trinken?«

»Nein danke«, antwortete Bree.

Smiley folgte den Frauen, als sie sich in Richtung Wohnzimmer begaben. Sobald sie den überfüllten Raum betraten, war Bree umringt. Alle waren sehr gespannt darauf, die Frau kennenzulernen, die seit Monaten das Gesprächsthema Nummer eins im SEAL-Klatschnetzwerk war.

Smiley behielt sie im Auge, trat einen Schritt zurück und überließ Caroline das Feld. Soweit er verstand, hatte sie sich sehr verändert, seit Wolf sie vor all den Jahren kennengelernt hatte, als sie zusammen im Flugzeug saßen und alles schiefgelaufen war. Sie hatte einige schreckliche Dinge überstanden und war im Laufe der Jahre aufgeblüht. Sie war diejenige, zu der alle anderen aufschauten, die inoffizielle Anführerin der Ehefrauen.

»Tut mir leid«, sagte Cookie, als er neben Smiley trat, sich an die Wand lehnte und beobachtete, wie die Frauen Bree in ihrer Mitte willkommen hießen.

»Tut es dir wirklich leid?«, fragte er unwillkürlich.

Cookie grinste. »Nicht wirklich. Du weißt, dass das früher oder später passieren musste. Besser, wir bringen es hinter uns. Außerdem sind wir alle bald im *Aces* auf der Hochzeitsfeier von Kevlar und Blink, da ist es für alle angenehmer, sich jetzt kennenzulernen als dann.«

Er hatte nicht unrecht. Aber Smiley war immer noch verärgert, dass er ihn nicht gewarnt hatte, dass alle zu diesem kleinen Treffen kommen würden.

»Komm schon, Mann. Entspann dich. Das ist doch eine gute Sache. Sieh mal, sie verstehen sich schon so gut!«, sagte Cookie und deutete mit dem Kopf auf die Frauen.

Das taten sie. Bree saß auf dem Sofa zwischen Fiona und Jessyka, und die anderen hatten Stühle herangezogen, die Caroline strategisch im Raum verteilt hatte, damit alle sitzen konnten. Sie lachten und unterhielten sich ausgelassen. Es überraschte ihn nicht, dass Bree sich so nahtlos einfügte.

»Hey«, sagte Wolf, als er näher kam, gefolgt vom Rest seines Teams.

Die Männer in diesem Raum waren wirklich legendär. Smiley hatte nicht gelogen, als er Bree gesagt hatte, dass er zu ihnen aufschaute. Die Missionen, die sie hinter sich hatten, die Dinge, die sie trotz aller Widrigkeiten überlebt hatten, ließen aktuelle Hollywoodfilme wie harmlose Spielereien erscheinen. Und doch waren sie alle bodenständig und taten das, was sie getan hatten, ab. Jetzt, da sie im Ruhestand waren, war ihre ganze Welt ihre Familie. Smiley hatte sie immer ein wenig um das beneidet, was sie hatten.

Aber jetzt stand er vielleicht kurz davor, das Gleiche zu erreichen.

Mit Bree.

Das hoffte er zumindest.

Die meisten würden das für eine lächerliche Idee halten, wenn man bedachte, dass er die Frau erst seit gefühlt zweieinhalb Sekunden kannte. Wie konnte er nur an eine langfristige Beziehung denken? Aber er tat es. Er wusste tief in seinem Innersten, dass sie die Eine für ihn war. Seine einzige Chance, das zu bekommen, was seine Freunde gefunden hatten. Was alle Männer, die in Carolines Wohnzimmer standen, gefunden hatten.

Und er hatte eine Heidenangst, es zu vermasseln.

»Wie schlägt sie sich?«, fragte Benny.

»Wir haben gehört, dass derjenige, der nach ihr sucht, seine Spuren bisher vor Tex verbergen konnte«, sagte Abe.

»Wenn ihr irgendetwas braucht, sind wir da«, fügte Mozart hinzu.

Plötzlich spürte Smiley die Last der Informationen, die er diesen Männern vorenthielt. Dass Mateo Castillo möglicherweise in das verwickelt war, was Fiona und Julie vor all den Jahren widerfahren war. Sie würden es wissen wollen ... aber er hatte zugestimmt, Tex noch etwas Zeit zu geben, um sich zu vergewissern.

»Ich weiß das zu schätzen«, sagte er zu den anderen.

»Nur damit das klar ist, ich halte das für eine gute Sache«, warf Patrick Hurt ein. Er war älter als Wolf und die anderen, der ehemalige Kommandant des Teams. Aber er sah immer noch jünger aus, als er war, und das Silber in seinem Haar verlieh ihm eher eine vornehme Ausstrahlung als das Aussehen eines *alten Mannes*. »Julie hat sich schon darauf gefreut, mit Bree zu sprechen.«

Smiley nickte, aber innerlich hatte er Zweifel. Plötzlich war er sich nicht mehr sicher, was Fiona oder Julie Bree erzählen könnten, ohne sie völlig in Panik zu versetzen.

»Vertrau ihnen«, sagte Cookie, als könnte er Smileys Gedanken lesen. »Sie werden sie nicht aus der Fassung bringen. Sie werden sich nach ihr richten und nur über Dinge sprechen, über die sie reden möchte.«

»Caroline dachte, wir könnten uns alle erst einmal unter die Leute mischen, Bree sich einleben lassen, uns alle kennenlernen, und dann gehen die anderen, damit Fiona und Julie sich ein bisschen mit ihr unterhalten können«, erklärte Wolf.

»Und ich bin mir sicher, dass du wahrscheinlich Fragen an mich hast«, sagte Cookie zu ihm. »Ich war dort. Ich habe gesehen, in welchem Zustand die beiden waren. Das Gelände. Wie sie festgehalten wurden. Ich dachte, wir könnten uns unterhalten, während unsere Frauen sich kennenlernen.«

Smiley sah den älteren Mann an. »Ist das für dich in Ordnung? Darüber zu reden?«

»Ehrlich? Nein. Ich hasse es, auch nur an diesen Tag zu *denken*. Daran, wie ich Fee gefunden habe. Wie außer sich Julie war. Das weckt keine guten Erinnerungen. Aber ich dachte, es könnte dir helfen, aus erster Hand zu erfahren, wie sie aus den Händen dieser Dreckskerle befreit wurden.«

Er musste seine ganze legendäre SEAL-Beherrschung aufbringen, um nicht herauszuplatzen, dass Cookies Informationen vielleicht noch nützlicher sein könnten, als er dachte. Aber er schaffte es, den Mund zu halten.

Cookie und Hurt würden durchdrehen, wenn Tex bestätigte, dass der Mann, der Bree gekauft hatte, auch zu der Organisation gehörte, die ihre Frauen vor Jahren als Geiseln genommen hatte. Er wollte nicht in ihrer Nähe sein, wenn ihnen diese kleine Information in den Schoß fiel.

»Ich weiß das zu schätzen«, brachte Smiley hervor.

Caroline rief Wolf herbei, und die anderen Männer folgten ihm schließlich und warteten darauf, Bree offiziell vorgestellt zu werden.

Smiley beobachtete sie aufmerksam und stellte zu seiner Erleichterung fest, dass sie sich in der Gesellschaft der anderen Frauen und ehemaligen SEALs vollkommen wohlfühlte. Ihre Manieren waren tadellos, sie war charmant und witzig, und es schien, als würden alle Anwesenden von ihr angezogen wie Fliegen vom Honig.

Und Bree schien vor seinen Augen aufzublühen. Es war offensichtlich, dass sie unter Menschen sein musste. Gesellig sein musste. Smiley wurde nicht nur bewusst, wie schwer es für sie gewesen sein musste, monatelang in ihrem Wagen zu leben ohne Kontakt zu anderen Menschen ... sondern auch, wie sehr sich sein Leben verändern würde. Das störte ihn nicht sonderlich. Bree in ihrem Element zu sehen ließ ihn alles andere vergessen.

Es war überraschend, wie schnell die Zeit verging. Ehe er sichs versah, verabschiedeten sich die meisten aus der Gruppe von Bree und sagten ihr, dass sie sie bei der Hochzeitsfeier im *Aces* sehen würden. Bald waren nur noch Fiona, Julie, ihre Ehemänner, Wolf und Caroline sowie er und Bree übrig.

»Ich habe euch allen ein Glas Wein eingeschenkt. Ich dachte, wir könnten auf die Terrasse gehen und uns unterhalten«, sagte Caroline zu den Frauen.

»Danke.«

»Ich könnte auf jeden Fall etwas gebrauchen.«

Bree schwieg, folgte aber den anderen in die Küche, um sich eines der Gläser Wein zu nehmen, die Caroline eingeschenkt hatte.

Smiley hielt sie auf, als sie auf dem Weg zum Garten war. »Alles klar?«

»Ja. Und bei dir?«

»Mir geht es gut, solange es dir gut geht«, antwortete er ehrlich.

Bree verdrehte die Augen. »Smiley, ich will nicht, dass du bleibst, wenn du unglücklich bist.«

»Ich bin nicht unglücklich. Nicht im Geringsten«, versicherte er ihr. »Zu sehen, wie du Freunde findest, lächelst, Teil dieser eng verbundenen Gruppe von Menschen bist ... das macht mich glücklich.«

»Mich auch. Ich habe es geliebt, heute alle zu treffen, aber ich muss zugeben, dass ich es kaum erwarten kann, die Frauen deiner Teamkameraden besser kennenzulernen. Sie sind näher an meinem Alter, und obwohl Caroline und die anderen offensichtlich viel Lebenserfahrung haben, möchte ich Josie, Remi, Wren und all die anderen besser kennenlernen, weil sie die besten Freundinnen deiner besten Freunde sind. Wenn das Sinn macht.«

»Das tut es«, sagte Smiley und spürte, wie sich eine Wärme in seinem Körper ausbreitete. Diese Frau überraschte und beeindruckte ihn immer wieder. Sie hatte es nicht leicht gehabt, und dennoch war sie freundlich und liebenswürdig. Das würde er um jeden Preis beschützen.

Sie lächelte ihn an, dann folgte sie Fiona und Julie durch die Glasschiebetür auf die Terrasse hinter dem Haus. Sie setzten sich auf Stühle und begannen zu reden.

KAPITEL SECHS

»So wie dein Mann dich beobachtet, habe ich das Gefühl, dass wir nicht den ganzen Tag Zeit zum Plaudern haben«, sagte Fiona mit einem Grinsen.

Bree blickte zur Tür und sah Smiley dort stehen, wo sie ihn zurückgelassen hatte. Sein Blick war auf sie geheftet. Sie lächelte ihn kurz an, um ihm zu zeigen, dass alles in Ordnung war, dann wandte sie sich wieder den beiden Frauen zu, die bei ihr saßen.

Julie Hurt war eine zierliche Frau. Sie war wahrscheinlich nicht viel größer als eins fünfzig und dazu noch schlank. Fiona Knox war groß, vielleicht nur ein paar Zentimeter kleiner als Smiley. Beide Frauen hatten makellose Haut und kleine Fältchen um die Augen, die Bree vermuten ließen, dass sie viel lachten. Sie wirkten glücklich und gesund, als hätten sie keine Sorgen auf der Welt.

Aber Bree wusste es besser. Sie wusste, dass das Gesicht, das Menschen der Welt zeigten, viel Schmerz aus ihrer Vergangenheit verbergen konnte.

»Ich fange an. Ich weiß nicht, was dir über das, was uns widerfahren ist, erzählt wurde«, sagte Julie.

Bree schüttelte den Kopf. »Nur, dass ihr beide entführt und südlich der Grenze gebracht wurdet, um in die Sexsklaverei verkauft zu werden.«

»Das klingt so sachlich«, sinnierte Fiona und nahm einen großen Schluck Wein.

»Es tut mir leid, ich ...«

»Nein, entschuldige dich nicht«, unterbrach Fiona sie schnell. »Ich meinte nur, dass das stimmt. Genau das ist passiert, aber das ist so, als würde man sagen, ein Orkan sei ein kleiner Sturm. Oder ein Tornado sei ein kleiner Windstoß.« Sie holte tief Luft. »Also, ich wurde entführt, als ich allein in einem Klub in Florida war. Ich war dort im Urlaub. Ich wurde für meine ›Ausbildungszeit‹ an den Boden einer Hütte gekettet. Als ich mich weigerte, das zu tun, was meine Entführer wollten, haben sie mich unter Drogen gesetzt. Ich meine, ich glaube, sie hatten mich schon vorher unter Drogen gesetzt, aber dann haben sie den Druck noch einmal massiv erhöht. Sie haben mir nichts zu essen gegeben, mich in meiner eigenen Scheiße sitzen lassen, mich vergewaltigt, mich mit einer Kette am Hals an den Boden gekettet ... was du dir vorstellen kannst, sie haben es getan. Aber ich weigerte mich weiterhin, das zu tun, was sie wollten. Ich wollte es ihnen nicht leicht machen, mich an einen Perversen zu verkaufen, der mich für seine sexuellen Gelüste missbrauchen würde. Ich war entschlossen, mich bis zum Schluss zu wehren.«

»Und dann kam ich ins Spiel«, fuhr Julie fort. »Ich wurde ebenfalls vergewaltigt, aber im Gegensatz zu Fiona tat ich sofort alles, was sie mir befahlen. Letztendlich behandelten sie mich aber nicht besser. Ich war nur etwa fünf Tage dort, während Fiona monatelang dort war. Zum Glück hatte mein Vater Beziehungen und konnte ein SEAL-Team engagieren, um mich zu retten. Und sie fanden auch Fiona. Wir mussten durch den Dschungel wandern, was, um ehrlich zu sein, ziemlich ätzend war, aber wir kamen da raus. Und ich war eine totale

Zicke – zu Fiona. Zu Cookie. Zu allen Jungs. Zum Glück erlaubten sie mir schließlich, mich bei ihnen zu entschuldigen und ihnen zu danken, und ich traf Patrick.«

Die Mahlzeit, die Bree gegessen hatte, lag ihr wie ein Stein im Magen. Sie hasste es zu hören, was diese beiden Frauen durchgemacht hatten. Es schien so ... unwirklich. Vor allem, während sie auf der Terrasse dieses schönen Hauses saß, Wein trank, den Vögeln in den Bäumen lauschte und die ersten Anzeichen des Sonnenuntergangs beobachtete.

»Ich glaube, um wirklich zu verstehen, musst du wissen, dass wir hier sind. Wir haben es geschafft. Wir sind verheiratet und haben ein normales, gesundes Sexleben«, sagte Fiona und beugte sich ein wenig vor. »Als ich nach Hause kam, hatte ich eine schwere Zeit. Ich hatte Flashbacks und sogar eine Phase, in der ich überzeugt war, dass die Leute, die mich gefangen gehalten hatten, hier in Riverton waren und versuchten, mich zurückzuholen. Tex hat mir dabei geholfen, das zu überwinden, ebenso wie mein großartiger Therapeut. Der Punkt ist ... wir haben überlebt. Wir haben es geschafft. Weil wir nicht aufgegeben haben.«

»Nun, ich irgendwie schon«, sagte Julie mit einem Achselzucken. »Ich habe mich mit dem, was ich getan und gesagt habe, abgefunden, und glücklicherweise haben Fiona und die anderen mir vergeben, dass ich so eine riesige Zicke war. Wenn ich dir einen Rat geben kann, dann den, *nicht* so zu sein wie ich. Gib niemals auf. Gib nicht nach. Egal ob es darum geht, einen Lebenstraum zu verwirklichen, oder ob etwas Schlimmes passiert und alles den Bach runtergeht. Alle, die du heute Abend getroffen hast, haben die Hölle durchgemacht und es geschafft, sie zu überwinden. Fremde, denen du auf der Straße begegnest, sind genauso. Du hast keine Ahnung, wenn du sie ansiehst, wer eine gewalttätige Ehe hinter sich hat, eine Fehlgeburt nach der anderen, eine schreckliche Kindheit, Unfälle, bei denen derjenige hätte sterben können.«

»Mit einem SEAL zusammen zu sein ist nicht einfach. Jedes Mal wenn sie auf Mission gehen, kommen sie vielleicht nicht zurück«, sagte Fiona leise. »Und ich sage das nicht, um dich zu erschrecken oder dir die Laune zu verderben, es ist einfach die Wahrheit. Und manchmal kommen sie wegen der Dinge, die sie gesehen und getan haben, launisch und still nach Hause. Du kannst nur einen Fuß vor den anderen setzen. Weitermachen. Denn es ist verdammt sicher, dass das Leben nicht einfach sein wird. Es wird dir schreckliche Dinge vor die Füße werfen, das weißt du bereits. Du hast in Las Vegas nicht aufgegeben. Du bist entkommen. Jetzt bist du hier. Mit Smiley. *Du lebst.* Das habe ich durch meine Tortur gelernt. Zu leben. Weiterzuleben, egal was passiert.«

Bree nickte. Sie hatte diese Frauen schon vorher bewundert, und jetzt empfand sie das zehnmal stärker.

»Oh Gott, wir haben ihr eine Heidenangst eingejagt«, murmelte Julie.

»Nein, ich ... mir geht es gut. Ich leugne nicht, dass ich Angst habe, aber nicht vor dem, was ihr gesagt habt. Vor dem Typen, der hinter mir her ist. Sondern zu wissen, was er von mir will, ist erschreckend.«

»Das sollte es auch«, sagte Julie knapp. »Und ich versuche nicht, gemein zu sein ... obwohl mir das anscheinend leichtfällt. Ich glaube, du musst dieses Gefühl nutzen, um dich zu motivieren, deine Umgebung besser im Blick zu behalten. Tu, was Smiley dir sagt, auch wenn du es für übertrieben hältst. Und falls das Schlimmste passiert, dann ...«

»Julie, nein«, unterbrach Fiona ihre Freundin.

»Sie muss das hören«, protestierte sie.

»Ich glaube, sie hat es verstanden«, sagte Fiona mit einem Kopfschütteln.

»Ich verstehe«, warf Bree ein, die es nicht mochte, dass die Frauen ihretwegen stritten. »Falls er mich erwischt, muss ich stark sein. Wachsam bleiben. Nach einer Chance suchen, um zu fliehen. Und wenn sich keine bietet, darf ich nicht aufgeben.«

»Genau«, sagte Julie. »Denn wenn der Arsch, der hinter dir her ist, Erfolg hat, wird Smiley nicht aufgeben, bis er dich gefunden hat, daran habe ich keinen Zweifel.«

»Und zu wissen, dass jemand da draußen alles tut, um dich zu finden ... *das* ist alles«, sagte Fiona. »Das hatte ich nicht. Und das machte es noch schwerer, stark zu bleiben. Weiterzukämpfen.«

»Aber du hast es geschafft«, sagte Julie und legte eine Hand auf Fionas. »Du warst so verdammt stark. Das macht mich bis heute demütig. Ich will damit nur sagen, dass du, falls das Schlimmste passiert, keinen Zweifel daran haben musst, dass die Kavallerie kommt. Und mit Tex hast du den Besten der Besten an deiner Seite. Der Mann ist ein Engel. Er wird herausfinden, wo du bist, und Smiley und sein gesamtes Team – verdammt, wahrscheinlich sogar unsere Männer – werden dich holen.«

Bree wusste zwar schon, dass Smiley sie nicht einfach verschwinden lassen würde, aber als Fiona und Julie dies ebenfalls bestätigten, löste sich die Anspannung, die sie seit Monaten mit sich herumgetragen hatte, ein wenig.

»Danke.«

»Okay, jetzt, da das Unangenehme erledigt ist ... können wir über dich und Smiley reden?«, fragte Fiona mit einem Grinsen.

Bree blinzelte. »Über mich und Smiley?«

»Mh-hm. Mädchen, ich dachte, Dude wäre schon intensiv, wie er Cheyenne beobachtet, aber er ist *nichts* gegen deinen Smiley.«

Bree wollte ihre neue Freundin korrigieren. Sagen, dass zwischen ihr und dem Mann, der sie unter seine Fittiche genommen hatte, nichts sei. Der beschlossen hatte, dass es seine Lebensaufgabe war, sie zu beschützen. Aber das konnte sie wirklich nicht. Smiley war normalerweise ein intensiver

Mann, aber sie hatte ihn mehr als einmal dabei erwischt, wie er sie auf eine Weise ansah, die sie von Kopf bis Fuß zum Kribbeln brachte.

»Ich weiß nicht warum«, gab sie zu. »Oder wie ich seine Aufmerksamkeit aufrechterhalten kann. Ich habe Angst, dass sein Interesse an mir verschwindet, sobald die Gefahr für mich gebannt ist. Ich werde nach Las Vegas zurückkehren und er wird hier weitermachen wie bisher.«

»Ich glaube, an dieser Stelle würden viele Frauen behaupten, dass du dich einfach ausziehen oder ihm einen blasen musst, um sein Interesse aufrechtzuerhalten«, sagte Julie unverblümt. »Aber ich habe das Gefühl, dass Smiley nicht wie die meisten Männer ist. Solche Sachen würde er natürlich toll finden. Aber ich glaube nicht, dass du dir Gedanken darüber machen musst, wie du seine Aufmerksamkeit aufrechterhalten kannst. Du bist genau richtig, so wie du bist.«

Bree schüttelte den Kopf. »Aber ich *mache* gar nichts.«

»Genau«, sagte Fiona mit einem Nicken. »Ich stimme Julie zu. Du hast etwas an dir, das Menschen anzieht. Ich habe das Gefühl, wir sind schon seit Ewigkeiten befreundet und haben uns nicht erst heute kennengelernt. Du hast eine Ausstrahlung, die in mir den Wunsch auslöst, jeden anzuschreien, der es wagt, dich schief anzusehen. Und glaub mir, das sieht mir nicht ähnlich. Das ist eher Carolines Angewohnheit. Oder Jessykas. Sie ist gut in solchen Dingen. Das kommt wohl vom Kneipenbesitzer-Dasein, denke ich.«

»Smiley ist ... stoisch«, sagte Julie. »Normalerweise ist es schwer zu sagen, was er denkt. Aber heute? Er ist ein offenes Buch. Er hatte den ganzen Nachmittag nur Augen für dich. Jedes Mal wenn du auch nur die Stirn gerunzelt hast, hat er sich bewegt, als würde er durch den Raum stürmen, um herauszufinden, was los ist. Er hat dir Snacks gebracht, dein Glas aufgefüllt und war so auf dich eingestellt, dass ich eifersüchtig wäre, wenn ich nicht schon glücklich verheiratet wäre.«

Bree errötete. Sie war sich nicht sicher, ob sie sich schämen, Smiley verteidigen oder sich Sorgen machen sollte, dass er so auf sie fixiert war.

»Das ist nichts Schlimmes«, sagte Julie schnell. »Ich schlage nur vor, dass du dich einfach treiben lässt. Dieser Mann würde dir genauso wenig ein Haar krümmen, wie er mitten in einer Mission schreiend die Straße entlanglaufen würde. Du musst nichts tun, um seine Aufmerksamkeit zu bekommen, du hast sie bereits. Er ist hoffnungslos verloren, Bree. Wenn du ihn willst, für immer, gehört er dir. Sei nur vorsichtig, falls er *nicht* der Richtige für dich ist. Denn auch wenn ich ihn nicht so gut kenne, wäre es schade, wenn du ihm das Herz brichst.«

Bree blinzelte überrascht. Instinktiv drehte sie den Kopf, um nach drinnen zu schauen – und traf sofort Smileys Blick.

In diesem Moment verstand sie, was Julie gemeint hatte. Entweder hatte sie es verdrängt oder absichtlich falsch interpretiert, weil alles so durcheinander war.

Er wollte sie.

Das war ein berauschendes Gefühl.

Und heimlich gab sie zu, dass sie ihn auch wollte. Sie hatte sich schon gefragt, was für ein Liebhaber er wohl sei, und jetzt konnte sie an nichts anderes mehr denken als an seine Hände auf ihrer Haut.

Er hatte am Nachmittag seine Hand in ihrem Haar vergraben, und jetzt fragte sie sich unwillkürlich, ob er das Gleiche tun würde, um sie festzuhalten, während er sie leidenschaftlich küsste. Bei dem Gedanken, ihn zu berühren, lief ihr das Wasser im Mund zusammen. Wie er sie ebenfalls berührte.

Fiona kicherte. »Ich glaube, du bist zu ihr durchgedrungen, Julie.«

Aber Bree hörte sie kaum. Sie hatte nur Augen für ihren Mann. Und es gab keinen Zweifel, Smiley *gehörte* ihr. Sie hatte ihn monatelang beobachtet, und er war mit niemand anderem zusammen gewesen.

Plötzlich beschloss sie, dass sie sterben würde, wenn sie nicht alles erlebte, was Jude Stark ausmachte.

Okay, das war ein bisschen dramatisch, aber das war ihr egal.

Sie war wie gebannt, als Smiley auf die Tür zuging, ohne den Blick von ihr abzuwenden. Er schob die Tür auf und fragte: »Bist du bereit?«

»Ja.«

Bree hatte kein schlechtes Gewissen, dass sie ihre neuen Freunde zurückließ. Dass es ihr plötzlich schwerfiel, überhaupt zu sprechen.

Ehe sie sichs versah, ging sie auf Smileys Pick-up zu. Sie konnte sich nicht wirklich daran erinnern, sich von Julie, Fiona und den anderen verabschiedet zu haben. Vage erinnerte sie sich an ihr Versprechen, bei *My Sister's Closet* vorbeizuschauen, um sich ein paar Outfits anzusehen, die Julie für sie zusammengestellt hatte, und dass Fiona mitkommen wollte. Ihre ganze Aufmerksamkeit galt dem Mann neben ihr.

Es war, als befände Smiley sich in derselben Trance. Er sah sie während der Fahrt immer wieder an und schließlich streckte er die Hand aus und nahm ihre. Bree zuckte bei der ersten Berührung zusammen und hatte das Gefühl, zum ersten Mal wirklich zu leben.

Es war kitschig. Lächerlich. Und doch fühlte sie sich genau so.

Trotz allem, was über sie gekommen war, achtete Smiley sehr auf ihre Sicherheit. Er ließ seinen scharfen Blick über jeden Zentimeter des schnell dunkler werdenden Parkplatzes wandern, bevor er sie in sein Wohngebäude führte. Mit den Fingern umfasste er ihre Hand fest, als er sie zu seiner Wohnung brachte. Er entspannte sich erst, als die Tür hinter ihnen geschlossen war.

»Willst du darüber reden, was Julie und Fiona dir erzählt haben?«, fragte er.

Bree schüttelte den Kopf und leckte sich die Lippen.

»Bist du aufgebracht?«, fragte Smiley als Nächstes und neigte den Kopf.

»Nein.«

»Irgendetwas ist los. Und ich weiß nicht, was es ist.«

Als Antwort darauf holte Bree tief Luft und trat in seinen persönlichen Raum, wie sie es zuvor vor Carolines Haus getan hatte. Wie sie gehofft hatte, legte er sofort seine Arme um ihre Taille und hielt sie fest.

»Ich bin fünfunddreißig Jahre alt«, sagte sie. »Ich war schon mit Männern zusammen. Aber noch nie in meinem Leben habe ich mich so gefühlt wie jetzt.«

Sobald sie andere Männer erwähnte, spannten Smileys Muskeln sich unter ihren Händen an. »Und wie ist das?«, fragte er zögernd.

»Als würde ich sterben, wenn ich dich nicht küsse, dich nicht spüre, wie du dich an mich drückst, in mir bist.«

Er erstarrte. »Was?«

»Ich will dich, Jude Stark. Ganz und gar. In jeder Hinsicht. Ich habe eine Spirale, also ist eine Schwangerschaft kein Problem, und ich war seit fast einem Jahr mit niemandem mehr zusammen. Du bist mir unter die Haut gegangen ... und ich brauche dich mehr als alles andere in meinem Leben. Ich bin zu aufdringlich, das weiß ich, aber ich bin nicht verzweifelt auf der Suche nach irgendeinem Schwanz. Ich sehne mich verzweifelt nach *dir*, Smiley. Ich brauche *dich*. Deine Intensität und deine Nachdenklichkeit. Ich brauche dich, damit du mich festhältst und mich daran erinnerst, dass du da bist. Wenn etwas passiert, wirst du mich finden und die Bösen dafür bezahlen lassen. Aber wenn meine Direktheit dich abschreckt und du dich fragst, wie du aus dieser Situation wieder herauskommst, ist das okay. Ich werde gehen und ...«

Sie kam nicht dazu, ihren Satz zu beenden, bevor Smiley sich aus seiner Schockstarre zu befreien schien. Er grub seine

Hand genau so in ihr Haar, wie sie es sich vorgestellt hatte, und er presste seinen Mund auf ihren.

Dies war kein vorsichtiger erster Kuss. Es war eine Beanspruchung. Und Bree war sehr glücklich darüber, beansprucht zu werden.

Sie stöhnte, als Smiley sie leicht nach hinten beugte und sie mit einem Arm am Rücken festhielt. Ihre Brustwarzen wurden hart und ihr Herzschlag verdoppelte sich. Sie verspürte einen kurzen Moment der Erleichterung, dass sie den Blick, den sie bei Caroline gesehen hatte, nicht falsch gedeutet hatte. Er wollte sie. Genauso sehr, wie sie ihn wollte, wie es schien.

Seit sie von dem Mann, den ihr Ex angeheuert hatte, entführt und in den Kofferraum seines Wagens geworfen worden war, hatte sie sich nicht mehr so unbeschwert und selbstbewusst gefühlt. Alle ihre Sorgen waren wie weggeblasen. Sie konnte nur noch an den Mann in ihren Armen denken. Der sie gerade wie wild küsste.

Smiley bewegte sich, ohne seinen Mund von ihrem zu lösen, und hob sie hoch. Bree schlang die Arme um seinen Hals und ihre Beine um seine Hüfte und hielt sich fest, während er sie den Flur entlang in Richtung seines Schlafzimmers trug.

Er hörte nicht auf, sie zu küssen, als er das Zimmer betrat, sie auf das Bett fallen ließ und ihr folgte.

Was dann geschah, war eine Szene wie aus einem Film. Er zog sich zurück und starrte sie einen Moment lang an – dann begannen sie gleichzeitig, sich die Kleider vom Leib zu reißen, um sie so schnell wie möglich loszuwerden.

KAPITEL SIEBEN

Smiley fiel das Denken schwer. Er konnte nicht glauben, dass das wirklich passierte. Bree wollte ihn. *Ihn.* Zuerst hatte er gedacht, er träumt. Sie konnte unmöglich die Dinge sagen, die er sich so sehr gewünscht hatte. Dann drangen ihre Worte zu ihm durch und er konnte sich nicht mehr zurückhalten.

Lust durchströmte ihn, als er sie auf seinem Bett sah. Er brauchte sie. Sofort.

Zum Glück schien sie in derselben Stimmung zu sein, denn sie zog sich genauso schnell und verzweifelt aus wie er. Dann war sie plötzlich nackt. Überall auf dem Bett lagen Kleidungsstücke verstreut, aber Smiley nahm das kaum wahr. Er sah nur ihre perfekten Brüste. Ihre harten kleinen Brustwarzen. Ihren entzückenden Bauchnabel. Ihr Schamhaar, das vor Erregung glänzte. Ihre Beine, die angezogen nicht so lang gewirkt hatten, aber jetzt, nackt auf seiner Matratze ausgestreckt, endlos lang schienen.

Als Smiley den Blick wieder an ihrem Körper hinaufgleiten ließ, hatte er plötzlich Angst, sie zu berühren. Angst, dass dies doch nur ein Traum war. So wie die Träume, die er hatte, seit sie eingezogen war. Aber dieser war so lebhaft und detailliert.

Er konnte ihren schnellen Atem hören, das Heben und Senken ihres Brustkorbs sehen, ihre Erregung riechen.

»Smiley?«, flüsterte sie unsicher.

Das war verdammt noch mal inakzeptabel.

»So schön«, murmelte er. »Ich weiß nicht, wo ich anfangen oder wo ich hinschauen soll.«

»Ich habe das gleiche Problem«, sagte Bree, den Blick zwischen seine Beine gerichtet.

Smiley war hart. Verdammt, es bildete sich bereits ein Lusttropfen. Das war nicht seine Art. Im Bett war er genauso kontrolliert wie auf dem Schlachtfeld. Aber diese Frau hatte die Spielregeln geändert. Sie hatte alles verändert.

Mit einer Hand griff sie nach seinem Schwanz, aber Smiley fing sie ab, bevor sie ihn berühren konnte.

Sie runzelte die Stirn und hob den Blick zu ihm.

»Wenn du mich berührst, verliere ich die Kontrolle.«

»Na und?«, sagte sie mit einem frechen Grinsen.

»Wenn ich komme, wird es tief in deinem Körper sein. Ich werde dich bis zum Rand füllen. Dich markieren. Dich für mich beanspruchen.«

»Ja.«

Das war alles, was Smiley hören musste. Er stürzte sich auf sie wie ein wildes Tier. Mit einer Hand streichelte er sie von der Brust bis zur Hüfte, hob ihr Bein über seinen Hintern und öffnete sie für ihn, die andere ließ er direkt zu ihrer Brust wandern, um sie zu drücken und zu kneten.

Sie stöhnte in seinen Mund, als er sie erneut küsste. Sie lag jedoch nicht still unter ihm, sondern wand und krümmte sich seiner Berührung entgegen und hob ihre Hüften in einer rhythmischen Bewegung, die Sex imitierte.

Er musste in ihr sein. Sofort.

Aber er musste sichergehen, dass sie ihn ohne Schmerzen aufnehmen konnte. Er würde sich lieber den Schwanz abschneiden, als ihr wehzutun.

Er zog ihr Bein herunter, drückte seine Finger zwischen ihre Schenkel und hielt sich nur mit Mühe zurück, sofort zu kommen, als er ohne jeglichen Widerstand in sie eindrang. Sie war klatschnass. Für *ihn*. Der Beweis, dass sie ihn genauso sehr wollte wie er sie.

Smiley bewegte sich und stützte sich über ihr ab. »Ich will dich ungeschützt nehmen. Ich hatte auch schon lange keine Frau mehr. Und ich wurde letzten Monat von der Marine getestet. Darf ich?«

»Ja. Jetzt, Smiley. Bitte!«

Im einen Moment sah er noch auf sie herab, ihre Beine weit gespreizt und ihre Muschi glänzend, und im nächsten Moment steckte er bis zu den Hoden in ihr.

Beide schnappten nach Luft.

Smiley griff nach dem Ansatz seines Schwanzes, um sich vor einem vorzeitigen Höhepunkt zu bewahren. So hatte er sich noch nie gefühlt. Er hatte schon viel Sex gehabt, aber noch nie hatte er das Gefühl gehabt, bei nur einem Stoß von innen heraus zu explodieren.

»Oh mein Gott, du bist riesig!«, rief sie mit weit aufgerissenen Augen.

Smiley musste unwillkürlich lachen. »Du bist gut für mein Ego«, sagte er.

»Ich liebe dein Lächeln«, erwiderte sie.

»Ich deins noch mehr.«

»Smiley?«

»Ja?«

»Wirst du dich bewegen?«

»Noch nicht.«

»*Warum nicht?*« Ihre Frage klang eher wie ein Wimmern als wie Worte, und das brachte Smiley erneut zum Grinsen.

»Weil ich komme, wenn ich mich bewege. Und ich will noch nicht. Ich will deine heiße, feuchte Muschi so lange wie möglich um mich spüren.«

»Ich dachte, du wolltest mich von innen heraus füllen. Mich markieren. Mich beanspruchen«, erwiderte sie und schleuderte ihm seine Worte entgegen.

Das war so ziemlich alles, was Smiley brauchte, um die letzte Kontrolle zu verlieren, an die er sich noch klammerte. Er beugte sich über seine Frau und begann, sie zu ficken – hart.

Jedes Mal wenn er sich in ihr vergrub, stöhnte sie vor Lust. Er wusste, dass er zu schnell und zu hart war. Aber Bree beschwerte sich nicht. Er wollte ihren Orgasmus an seinem Schwanz spüren, bevor er sie füllte, aber er war schon zu weit gegangen. Dies war ein wahr gewordener Traum, und er konnte sich nicht davon abhalten, das zu nehmen, wovon er bisher nur geträumt hatte.

Es dauerte nicht lange. Smileys Bewegungen wurden unregelmäßig, dann stieß er noch ein paarmal zu, bevor er sich so tief wie möglich in den Körper seiner Frau drückte – und sich gehen ließ.

Es fühlte sich an, als würde er ewig kommen. Seine Sicht verschwamm, als er zum Orgasmus kam.

Als er in die Gegenwart zurückkehrte, keuchte er, eine Hand unter Bree, mit der er ihre Pobacke so fest umklammerte, dass er wahrscheinlich Fingerabdrücke hinterließ.

Smiley hob den Kopf und sah auf die Frau hinunter, die seine ganze Welt geworden war. Wenn sie ihn bitten würde, die Marine zu verlassen, mit ihr in einer Kommune zu leben und Sonnenblumen anzubauen, würde er, ohne zu zögern, Ja sagen.

Aber seine Bree würde das nie von ihm verlangen. Das wusste er ganz genau. Sie würde sich lieber die Hand abhacken, als ihn zu etwas zu zwingen, was er nicht wollte.

Sie lächelte ihn an. »Das war unglaublich«, sagte sie leise.

»Glaubst du, wir sind fertig?«, platzte Smiley heraus.

»Ähm ... ja? Du bist gekommen.«

»Aber *du* nicht. Wenn du denkst, ich bin so ein Mann, der

sich auf seine Frau legt, ein paarmal stößt und sich dann wegrollt, liegst du völlig falsch.«

Sie sah verwirrt aus, was Smiley wütend machte. Es war offensichtlich, dass sie mit egoistischen Arschlöchern im Bett gewesen war, die an nichts anderes dachten als an ihre eigene Befriedigung. Sie würde bald selbst entdecken, dass er nicht so war. Dass ihr Sexleben eine Wendung zum Besseren genommen hatte. Ab sofort.

»Beweg dich nicht«, befahl er, während er vorsichtig auf die Knie ging, ihre Hüften zu sich zog, bis ihr Hintern auf seinem Schoß lag, und dabei darauf achtete, dass er nicht aus ihr herausrutschte.

»Smiley ...«, begann sie zögernd.

»Wir sind noch nicht fertig. Nicht einmal annähernd«, informierte er sie. »Mach dich bereit, dass deine Welt auf den Kopf gestellt wird, Süße.«

Er hörte, wie sie Luft holte, als er seine Hände unter ihre Schulterblätter legte und sie zwang, den Rücken zu krümmen, während er sich über sie beugte.

Bree atmete tief ein, als Smileys Lippen sich um eine ihrer Brustwarzen schlossen. Wie konnte er nur so gelenkig sein? Wie konnte *sie* das sein? Sie konnte immer noch spüren, wie Smileys Schwanz in ihrem Körper zuckte, während er sich über sie beugte ... dann konnte sie an nichts anderes mehr denken als daran, wie gut seine Lippen sich um ihre extrem empfindliche Brustwarze anfühlten. Das war schon immer so gewesen, aber bis jetzt hatte keiner ihrer Liebhaber ihrer Brust jemals viel Aufmerksamkeit geschenkt. Sie hatten es vorgezogen, direkt zwischen ihre Beine zu gehen.

Sie hatte ehrlich geglaubt, Smiley sei fertig, nachdem er gekommen war. So war es in der Vergangenheit immer gewesen. Aber es schien, als hätte sie ihn wieder einmal falsch eingeschätzt. Er war noch nicht fertig. Nicht einmal annähernd.

Bree bog den Rücken noch mehr durch und stöhnte, als er mit den Zähnen leicht in ihre Brustwarze biss. Funken sprühten von ihrer Brust zwischen ihre Beine und ließen sie in seinen Armen zittern.

»Winde dich für mich, Bree«, murmelte er an ihrer heißen Haut, bevor er sie erneut biss.

Sie konnte nicht denken. Was er mit ihr machte, war ... es stellte sie völlig auf den Kopf. »Smiley!«, stöhnte sie.

Sie spürte, wie er an ihrer Haut lächelte, was sie unglaublich antörnte.

Er hielt sie mit solcher Autorität fest. Bree spürte, wie sie sich entspannte und ihm die volle Kontrolle überließ.

»Genau so«, murmelte er, da er offensichtlich spürte, dass sie sich ihm hingab.

Erst in diesem Moment wurde Bree klar, dass sie sich bei all ihren bisherigen sexuellen Begegnungen, die wirklich nicht allzu zahlreich waren, zurückgehalten hatte. Sie hatte nur mechanisch mitgemacht. Sie hatte die Männer glauben lassen, sie seien die besten, die sie je gehabt hatte, um ihre Gefühle nicht zu verletzen. Aber sie konnte ehrlich behaupten, dass Smiley der beste war. Er stellte alle anderen in den Schatten. Er ließ sie Dinge fühlen, die sie noch nie zuvor gefühlt hatte.

Er hob den Kopf und hielt sie von der Matratze hoch, während er auf sie herabblickte. Seine Armmuskeln spannten sich an, und er hatte ein verschmitztes Lächeln auf den Lippen. Ihre Muschi zuckte.

»*Verdammt*, das fühlt sich unglaublich an. Zeit für mehr davon.« Er ließ sie wieder auf die Matratze sinken, legte seine Hände auf ihre Oberschenkel und drückte ihre Beine auseinander.

Bree fühlte sich entblößt. Verletzlich. Aber sicher. Bei Smiley war sie immer sicher.

»Du hast keine Ahnung, wie erotisch das ist. Mein Schwanz tief in deiner Muschi, mein Sperma läuft heraus, deine Schamlippen weit geöffnet, um mich aufzunehmen.«

Bree spürte, wie sie rot wurde. »Smiley«, protestierte sie. »Weniger reden, mehr tun.«

Er lachte leise, und sie konnte es tief in ihrem Körper spüren.

»Ja, Ma'am«, knurrte er.

Aber anstatt sie zu ficken, drückte er mit einer Hand auf ihren Oberschenkel und schob die andere Hand zwischen ihre Beine.

Bree zuckte fast heftig zusammen, als er ihre Klitoris streichelte.

»Oh ja, du bist empfindlich«, murmelte er, den Blick auf die Stelle geheftet, an der sie miteinander verbunden waren.

Empfindlich? Verdammt, sie war mehr als empfindlich.

»Oh!«, keuchte sie, als sie spürte, wie sich ihr Orgasmus wie ein außer Kontrolle geratener Güterzug ohne Bremsen näherte.

Zwischen einem Atemzug und dem nächsten flog sie.

Sie hatte schon Orgasmen gehabt, natürlich hatte sie das, die meisten hatte sie sich selbst verschafft. Aber dieser hier, mit Smileys rauen, schwieligen Fingern, mit denen er ihre Klitoris streichelte, seinem Schwanz tief in ihrem Körper, der Art, wie er sie mit solcher Ehrfurcht und Lust ansah, stellte alle anderen in den Schatten.

Bree griff nach Smileys Unterarmen und krallte ihre Fingernägel hinein, als sie über den Abgrund flog. Ihr ganzer Körper zitterte, als die Welle der Lust sie überflutete. Es war überwältigend, und sie wusste mit Sicherheit, dass er sie für jeden anderen Mann ruiniert hatte.

»So verdammt schön«, flüsterte Smiley, und dann, zu Brees großer Freude und Erleichterung, begann er, sich zu bewegen.

Sein Schwanz glitt mühelos in ihren nassen Körper hinein und wieder heraus, und die Geräusche, die sie dabei machten, waren fast peinlich.

»Sieh mich an«, befahl er.

Bree zwang sich, die Augen ganz zu öffnen, als sie seinem Blick begegnete.

»Genau so. Schau mich an. Ich will sehen, wie du wieder kommst.«

»Ich glaube nicht, dass ich ...«

»Du wirst«, unterbrach er sie, offensichtlich wissend, was sie sagen würde.

Bree wollte am liebsten mit den Augen rollen und ihn erneut als selbstgefällig bezeichnen. Aber sie verlor jeglichen Sinn für das, worüber sie sprachen, als er mit dem Daumen wieder über ihre Klitoris strich. Sie hatte nicht bemerkt, dass er noch immer eine Hand zwischen ihnen hatte, während er in sie eindrang und sich wieder zurückzog.

Sie konnte nicht anders, als unter seiner Berührung zu zucken. Sie war empfindlich. Fast schon schmerzhaft empfindlich. Aber er ließ nicht locker. Er spielte mit ihr wie ein professioneller Pianist. Ein Maestro. Wie ein Rockstar, der seine Gitarre zupfte. Die Metaphern schossen ihr durch den Kopf, eine nach der anderen, während Smiley beim zweiten Mal viel länger durchhielt. Und dann konnte sie überhaupt nicht mehr denken.

Ihr zweiter Orgasmus war nicht so stark wie der erste, aber als Smiley sich mit beiden Händen über ihr abstützte und begann, sie hart und schnell zu ficken, schien es endlos weiterzugehen. Jedes Mal wenn er ganz in sie eindrang, verlängerte der Druck auf ihre Klitoris ihr Vergnügen.

Währenddessen hielt Bree den Blick auf Smiley gerichtet. In seinen Augen wirbelten so viele Emotionen, dass sie sie nicht alle auseinanderhalten konnte. Dies war intimer als alles, was sie jemals zuvor getan hatte. Irgendwie verband sie der

Blick in seine Augen auf einer Ebene, die sie mit früheren Liebhabern nie erlebt hatte.

Selbst als Smiley kam, schloss er nicht die Augen. Er wandte den Blick nicht von ihr ab.

Sie verloren den Blickkontakt erst, als er wie ein geplatzter Ballon in sich zusammenfiel. Er sank auf ihre Brust, ohne sie zu erdrücken. Stattdessen rollte er sich sofort zur Seite und nahm sie mit.

Sie stieß einen kleinen mädchenhaften Schrei der Überraschung aus, schmiegte sich dann an ihn und genoss es, oben zu sein und ihn als Kissen zu benutzen. Eine Hand landete auf ihrem Hintern, so hielt er sie fest an sich gedrückt und verhinderte, dass sein Schwanz herausrutschte.

Bree war erschöpft. Und aus irgendeinem Grund fast schon beschämt. Sie war noch nie so ungehemmt gewesen. Noch nie hatte sie sich so verzweifelt nach einem Mann gesehnt. Würde er jetzt weniger von ihr halten, nachdem sie mit ihm geschlafen hatte?

»Das war ... wow«, murmelte Smiley.

Bree grinste an seiner Schulter. Er klang genauso erschöpft wie sie, was sie veranlasste, sich ein wenig besser zu fühlen. Sie hob den Kopf, um sein Gesicht zu sehen, und bemerkte, dass seine Wangen rosa waren und seine Brust fleckig. Sein Haar war zerzaust und auf seiner Stirn glänzte Schweiß.

Er war wunderschön.

»Das mache ich normalerweise nicht«, platzte Bree heraus.

Seine Augenbrauen zogen sich zusammen. »Was? Schlafen?«

»Mit jemandem schlafen, den ich erst seit so kurzer Zeit kenne. One-Night-Stands.«

Jeder Muskel seines Körpers spannte sich an, und sie wusste das, weil sie es an ihrem ganzen Körper spüren konnte.

»Erstens ist dies kein One-Night-Stand. Das würde bedeuten, dass es eine einmalige Sache ist. Das ist hier nicht der Fall.

Zweitens kennen wir uns. Du stalkst mich schon eine ganze Weile, und ich habe mehr als genug über dich recherchiert. Und drittens war ich noch nie ein Fan von Sex nur um des Sex willen. Ich habe meine Faust, und die reicht mir, wenn ich mich befriedigen will. Das hier ist etwas anderes. Etwas Besonderes. Und wenn du nicht meiner Meinung bist, wenn du nur einen Spannungsabbau brauchst ... dann musst du sofort von mir runter und ich werde im Wohnzimmer schlafen, so wie ich es bisher getan habe.«

Am Ende seiner kleinen Rede klang Smiley wütend. Alle wohlig warmen Gefühle, die er nach seinem Orgasmus gehabt haben mochte, hatte sie offensichtlich ruiniert.

Aber sie konnte sich nicht ganz der Erleichterung entziehen, dass er so emotional war. Und sie freute sich über das, was er gesagt hatte.

Als Antwort legte sie ihren Kopf wieder auf seine Schulter und schlang ihre Arme und Beine – und ihre inneren Muskeln – um ihn, während sie »Nein« sagte.

Nach einer Sekunde fragte er: »Nein?«

»Nein, ich gehe nicht von dir runter. Ich fühle mich genau hier wohl, vielen Dank. Ich mag dich genau hier. Wo ich dich im Auge behalten kann.«

Sie spürte, wie er leise lachte. Die Vibrationen hallten durch ihren Körper. »Okay.«

»Ist bei uns alles gut?«, fragte sie, weil sie das Bedürfnis danach verspürte.

»Mehr als gut.« Dann, nach einem Moment fügte er hinzu: »Du musst das weiterhin machen.«

»Was denn?«, fragte Bree, die nach den beiden Orgasmen immer schläfriger wurde.

»Nicht nachgeben, wenn ich ein Arsch bin.«

Bree hob den Kopf. »Du warst kein Arsch«, sagte sie verwirrt.

»Doch, das war ich. Lass mich nicht damit davonkommen,

so mit dir zu reden. Ich war unhöflich. Anstatt dich anzumachen, hätte ich eine ruhige, vernünftige Diskussion führen sollen.«

Bree musste lachen. »Smiley, das *war* eine ruhige, vernünftige Diskussion. Du hast gesagt, was du fühlst, und mir eine Wahl gelassen. Das war in Ordnung. Dir geht es gut. Mir geht es gut.« Er starrte sie so lange an, dass Bree sich unwohl fühlte. »Was?«

Aber er schüttelte nur den Kopf. »Nichts. Es ist nur ... neun von zehn Frauen wären sauer geworden, wenn ich so mit ihnen gesprochen hätte.«

»Ich mag es, das Unerwartete zu tun.«

»Wie einen Navy SEAL und seine Freunde zu stalken?«

»Ja, genau das«, stimmte sie unbekümmert zu.

»Übrigens ... ich bin beeindruckt«, sagte Smiley. »Nicht viele Menschen hätten das tun können, was du getan hast, und das so lange. Ich meine, ich bin nicht glücklich darüber, du hättest mir einfach sagen sollen, dass du Hilfe brauchst, sobald du in der Stadt angekommen warst, aber die Tatsache, dass du dich so gut versteckt gehalten hast und weder ich noch meine Freunde bemerkt haben, dass du uns beobachtet hast ... das ist beeindruckend.«

»Danke.«

»Traue ich mich zu fragen, wo du das gelernt hast?«

Sie lächelte und legte ihren Kopf wieder zurück. »Nein.«

»Verstehe.«

Bree wollte nicht an ihre Teenagerjahre denken. Sie war eine Rebellin gewesen. Sie hatte alle Grenzen ausgetestet, die ihre Eltern ihr gesetzt hatten. Dazu gehörte auch, sich nachts aus dem Haus zu schleichen und all die dummen Sachen zu machen, die Teenager so machen. Rauchen, trinken, feiern. Und während ihre Freundinnen unweigerlich erwischt wurden und Hausarrest bekamen, bemerkten ihre eigenen Eltern nie etwas.

Sie hatte gelernt, sich in aller Öffentlichkeit zu verstecken. Zum Beispiel, wie man sich vor der Polizei versteckte, wenn sie eine Party auflöste und man in den Wald laufen musste, um zu entkommen. Und als sie anfing, Auto zu fahren, wurde sie sehr geschickt darin, der Polizei zu entkommen, wenn aus der Flucht zu Fuß das Wegfahren von denselben Partys wurde.

Bree war nicht stolz auf das, was sie getan hatte, als sie jung und dumm gewesen war, aber unter dem Radar zu bleiben war für sie zur zweiten Natur geworden. Als sie sich also zu ihrer eigenen Sicherheit verstecken musste, fiel sie in alte Gewohnheiten zurück. Zum Glück schien sie immer noch ein Talent dafür zu haben, unsichtbar zu sein.

»Ich mochte Fiona und Julie wirklich sehr. Und alle anderen auch«, sagte Bree nach einem Moment.

»Wir hatten keine Gelegenheit, nach deinem Besuch bei ihnen zu reden. Ist alles gut gelaufen?«

Bree erinnerte sich an den Blick, den er ihr zugeworfen hatte, als sie mit den Frauen auf der Terrasse war, und errötete. »Ja. Ich finde es schrecklich, was ihnen widerfahren ist. Aber ich bin beeindruckt, wie sie damit umgehen.«

»Sie sind unglaublich. Aber das wären sie auch ohne das, was ihnen widerfahren ist.«

Er hatte recht. Und durch seine Worte mochte Bree ihn noch mehr. »Ja«, stimmte sie zu.

Sein Schwanz, der die ganze Zeit in ihr gewesen war, glitt aus ihrem Körper.

Beide stöhnten, was Bree zum Kichern brachte.

»Verdammt, das ist beschissen«, beschwerte Smiley sich. Dann rollte er sich zur Seite und nahm Bree wieder mit sich.

»Smiley!«, rief sie, überrascht von der Bewegung.

»Ich muss aufstehen und dir einen Waschlappen holen«, erklärte er. Dann küsste er sie auf die Nasenspitze, bevor er aus dem Bett stieg.

Bree hatte nicht einmal die Gelegenheit, ihm zu sagen, dass

er sich keine Mühe machen müsse. Dass es ihr gut ginge. Aber der Anblick, als er mit breiten Schritten in Richtung Badezimmer ging, würde ihr für den Rest ihres Lebens in Erinnerung bleiben. Sie hatte noch keine Gelegenheit gehabt, ihn richtig zu betrachten, da sie beide so verzweifelt darauf aus gewesen waren, sich auszuziehen und miteinander zu schlafen.

Er war ein griechischer Gott. Oder zumindest wie einer geformt. Sein Hintern war ein Kunstwerk. Die Pobacken waren perfekt rund, und sie konnte sehen, wie sich die Muskeln beim Gehen zusammenzogen.

Als sie unter die Decke kroch, hörte sie Wasser im Badezimmer laufen, und als er zurück zum Bett kam, war er zu ihrer Überraschung immer noch nackt.

Und ... oh Gott. Seine Vorderseite war fast noch besser als seine Rückseite. Bree ließ den Blick gierig an seinem Körper auf und ab wandern, als er auf sie zukam. Sein Schwanz war jetzt schlaff, und dennoch konnte sie kaum glauben, dass er ganz in sie hineinpasste. Seine Brust war leicht behaart, und er hatte diese V-Form an den Hüften, nach der alle heterosexuellen Frauen verlangten.

Als ihr Blick wieder in seinem Gesicht landete, als er neben dem Bett stehen blieb, grinste er. »Fertig?«, fragte er.

»Nicht einmal annähernd«, murmelte sie.

Zu ihrer Überraschung machte Smiley keine Anstalten, wieder ins Bett zu steigen. Stattdessen hob er die Arme, drehte sich langsam im Kreis und erlaubte ihr, sich sattzusehen.

Kichernd sagte sie: »Komm zurück«, während sie die Decke anhob.

Als Antwort darauf griff er nach der Decke und zog sie ihr vom Körper.

Bree schrie vor Überraschung auf. Aber als sie den Ausdruck der Ehrfurcht und Wertschätzung in seinem Blick sah, erstarrte sie und erkannte, dass er dasselbe tat wie *sie* zuvor. Er sah sich satt, jetzt, da Verzweiflung und Lust seinen Blick nicht mehr trübten.

»Wie konnte ich nur solches Glück haben?«, fragte er und kniete sich auf die Matratze. Er legte sich neben sie und schob seine Hand mit dem Waschlappen zwischen ihre Beine.

»Das kann ich selbst«, sagte Bree.

»Ich mache das schon.«

Das hätte seltsam sein müssen. Unangenehm. Aber Smiley zögerte nicht. Er wischte sie sauber und warf den nassen Waschlappen auf den Boden.

»Willst du den da liegen lassen?«, fragte sie.

»Ja.«

»Aber es könnte schimmeln. Die Teppichunterlage wird nass und dann schimmelt es.«

Er sah sie einen Moment lang an, dann schwang er wortlos die Beine zurück über die Bettkante. Zu Brees Erstaunen bückte er sich, nahm den Waschlappen und ging ohne ein Wort zurück ins Badezimmer.

Sekunden später war er zurück, schaltete das Deckenlicht aus und zog die Decke über sie beide.

»Ich kann nicht glauben, dass du das getan hast«, sagte Bree.

»Was denn?«

»Aufstehen, um den nassen Waschlappen wegzubringen.«

»Warum nicht? Du hattest recht. Und ich wollte nicht, dass du dir die ganze Nacht Gedanken darüber machst.«

»Ich hätte mir nicht die *ganze* Nacht darüber Gedanken gemacht«, protestierte sie.

Als Antwort hob Smiley eine Augenbraue, die sie im schwachen Schein des Nachtlichts in seinem Badezimmer gerade noch erkennen konnte.

Verdammt. Wie konnte er sie schon so gut kennen? »Okay, vielleicht hätte ich das. Aber trotzdem. Ich habe nicht wirklich erwartet, dass du sofort aufstehst und ihn wegbringst.«

»Wenn du mich um etwas bittest, werde ich es tun, wenn es in meiner Macht steht«, sagte Smiley schlicht.

Bree starrte ihn an. »Manche Frauen würden diese Macht missbrauchen.«

»Ja. Aber du nicht.«

Das würde sie nicht. Wieder einmal war es fast beängstigend, wie gut er sie zu kennen schien. »Du bist irgendwie unheimlich«, platzte es aus ihr heraus, und sie sagte, was sie dachte.

»Nicht für dich«, entgegnete er ruhig. »Können wir jetzt aufhören, über einen verdammten Waschlappen zu reden, und schlafen gehen? Wir hatten einige frühe Morgen, und morgen ist keine Ausnahme. Wir könnten eine frühe Nachtruhe gebrauchen.«

Bree holte tief Luft und lehnte sich entspannt an Smiley. Sie war immer noch ein wenig verwirrt darüber, wie sie hierhergekommen war, aber sie war glücklicher als seit langer Zeit. Sie fühlte sich sicher. Das war ein Gefühl, das sie in ihrem Leben nicht oft gehabt hatte.

»Smiley?«

»Meine Güte, Frau. Was?«

Sie konnte sich ein Kichern nicht verkneifen. »Ich wollte dir nur danken, dass du bist, wie du bist. Dass du mich deinen Freunden vorgestellt hast. Dass du deine Welt mit mir teilst. Das bedeutet mir sehr viel.«

»Du wirst mit der Zeit lernen, dass sie nervig sein können. Dass sie auftauchen, wenn man sie am wenigsten erwartet. Sich in deine Angelegenheiten einmischen. Dir ungebetene Ratschläge geben.«

»Ganz zu schweigen davon, dass sie dir den Rücken stärken, dich bedingungslos unterstützen und dir treu sind.«

»Ja, das auch«, stimmte Smiley zu. »Schlaf jetzt, Frau.«

Bree schlief mit einem Lächeln auf den Lippen ein. Ihr Leben war alles andere als geregelt, Mateo war immer noch eine Bedrohung, aber dank Fionas und Julies aufmunternden Worten und weil sie sah, wie glücklich und ausgeglichen die beiden waren, schien er ihr irgendwie nicht mehr ganz so furchterregend.

Sie hatte ihren SEAL hinter sich, ebenso wie seinen ganzen Kreis von knallharten Freunden. Falls das Schlimmste passieren sollte, würde sie kämpfen, um zu Smiley zurückzukehren. Denn das war das Leben, das sie wollte. Hier in Riverton. Mit ihm.

KAPITEL ACHT

»Wow, ich habe diesen Parkplatz noch nie so voll gesehen!«, rief Bree aus, als Smiley eineinhalb Wochen später auf den Parkplatz von *Aces Bar and Grill* fuhr.

Ehrlich gesagt hatte Smiley das auch noch nie gesehen. Aber es war ja auch kein gewöhnlicher Freitagabend.

Kevlar und Remi sowie Josie und Blink würden heiraten. Sie hatten beschlossen, nicht nur die Feier hier in der Kneipe zu veranstalten, sondern auch die Trauung. Denn als sie begonnen hatten, die Namen der Personen aufzuschreiben, die bei der Trauung dabei sein sollten, war die Liste zu lang geworden für das Standesamt oder eine einfache Hochzeit im Garten.

Kelli und Flash hatten vor ein paar Tagen auf dem Standesamt geheiratet – ohne jemandem davon zu erzählen –, und Remi und Josie hatten beide erklärt, dass die Party nach ihrer eigenen Zeremonie für alle sein würde. Um die Hochzeiten aller zu feiern.

Es sah so aus, als würden Smiley und Bree sich verspäten. Das war nicht verwunderlich, denn als Smiley das Kleid sah, das Julie für Bree geschickt hatte, hatte er nicht widerstehen können, sie überall zu berühren.

Er hatte sich bemüht, ihr Haar, ihr Make-up und das wunderschöne Designerkleid, das sie trug, nicht zu zerzausen, aber nachdem er sie auf seinem Küchentisch gefickt hatte, brauchte sie noch etwas Zeit, um sich »herzurichten«, wie sie es nannte. Für Smiley war sie perfekt. Nach kurzem Überlegen entschied er jedoch, dass er Brees frisch gefickten Look nicht mit der ganzen Welt teilen wollte.

Das Leben mit Bree war seit Beginn ihrer körperlichen Beziehung nur noch besser geworden. Sie hielt sich nicht zurück und hatte keine Angst, ihm zu sagen, was sie wollte. Und neulich Abend, als sie sich vor ihm auf den Boden warf, während er am Esstisch saß, und darauf bestand, dass sie schon immer einem Mann beim Essen einen blasen wollte ... Wer war er, dass er protestieren konnte?

Er hatte nicht vorgehabt, in ihrem Mund zu kommen, aber als sie sich weigerte aufzuhören, ihren Mund fest um ihn schloss und wie ein verdammter Staubsauger saugte, konnte er sich nicht mehr zurückhalten. Aus Rache hob er sie auf die Küchentheke, zog einen Hocker heran und ließ sie nicht wieder herunter, bis sie dreimal an seinem Gesicht gekommen war – dann fickte er sie hart und schnell, direkt neben dem schmutzigen Geschirr, das von der Zubereitung ihrer Mahlzeit übrig geblieben war.

Aber es war nicht der Sex, mit dem sie ihn so um den kleinen Finger gewickelt hatte. Es war Bree selbst. Sie beschwerte sich nie. Sie tat alles, was ihr gesagt wurde, und das mit einem Lächeln. Es schien ihr nichts auszumachen, in leeren Konferenzräumen auf dem Marinestützpunkt zu sitzen, während er arbeitete. Und sie hatte die letzten Tage damit verbracht, Remi und Josie bei den Vorbereitungen für den Empfang heute Abend zu helfen.

Das Lächeln, das vor nicht allzu langer Zeit noch so selten

gewesen war, war jetzt fast ständig zu sehen. Und Smiley konnte gar nicht genug davon bekommen.

»Ich hoffe, die Dekoration ist in Ordnung«, sagte sie und biss sich besorgt auf die Unterlippe, als Smiley seinen Pick-up parkte.

Nachdem er den Motor abgestellt hatte, beugte er sich zu ihr hinüber, legte seinen Arm um ihren Nacken und zog sie zu sich heran, damit er ihren Mund erreichen konnte. Er küsste sie sanft. »Sie ist perfekt.«

Sie kicherte. »Du hast sie noch nicht einmal gesehen.«

»Das muss ich nicht. Du hast sie gemacht, also weiß ich, dass sie perfekt ist.«

Sie verdrehte die Augen. »Wie auch immer.«

Er war eindeutig ein kranker Mann, denn selbst ihre kleinen Widerworte erregten ihn.

Und er hasste es, die Stimmung zu ruinieren, aber er musste sie daran erinnern, dass sich die Lage, auch wenn sie derzeit ruhig schien, innerhalb von Sekunden ändern konnte. Tex hatte Mateo Castillo noch immer nicht gefunden – aber er hatte jedoch die Bestätigung erhalten, dass der Mann sich in Riverton aufhielt. Ob das wegen Bree war oder aus einem anderen ruchlosen Grund, musste noch geklärt werden.

Morgen würde Tex auch Cookie und Hurt – und dem Rest von Wolfs Team – die Nachricht überbringen, dass Castillo tatsächlich Verbindungen zu derselben Organisation hatte, die damals Fiona und Julie entführt hatte. Er wollte damit bis nach der Feier heute Abend warten.

Smiley hatte keinen Zweifel daran, dass die Männer morgen einen Aufstand machen würden, um herauszufinden, was er und der Rest seines Teams wussten. Es würde ein unangenehmes Treffen werden, aber es war längst überfällig.

»Du weißt, dass das *Aces* heute Abend wegen der Feier geschlossen ist. Nur diejenigen, die auf der Gästeliste stehen, werden hineingelassen, also sollte es sicher sein. Aber sei trotzdem auf der Hut. Bei so vielen Leuten könnten trotzdem Fremde hineinkommen.«

Smiley hatte immer noch seine Hand um ihren Nacken gelegt, sodass er spürte, wie Bree sich versteifte. Aber sie nickte sofort. »Okay.«

»Wir werden alle auf der Hut sein, und da viele der Anwesenden dir unbekannt sein werden, wirst du nicht unterscheiden können, wer Freund und wer Feind ist. Aber wir werden es wissen.«

Sie nickte erneut.

Smiley hasste das. Er *hasste* es verdammt noch mal. Heute sollte ein Tag zum Feiern sein. Ein Tag für seine Lieblingsmenschen, die ihre bessere Hälfte fanden und ihr Leben miteinander verbanden. Stattdessen machte er sich Sorgen, dass jemand sich in die Kneipe schleichen und Bree vor seiner Nase wegschnappen könnte.

Bree legte eine Hand auf seinen Arm. »Ist schon gut, Smiley. Ich verstehe dich. Glaub mir, ich habe nicht vergessen, dass er da draußen ist. Dass er uns beobachtet und wartet. Ich spüre es. Ich spüre *ihn*.«

Smiley runzelte die Stirn. »Was? Hast du etwas gesehen?«

»Nein. Nichts dergleichen. Es ist nur ein Gefühl, das ich habe. Das ich habe, seit ich aus dem Wagen in Las Vegas geflohen bin. Er ist immer da. Im Hinterkopf.«

Smiley gefiel das gar nicht. Überhaupt nicht.

»Es ist okay. Jetzt, da ich die Peilsender habe, die Tex geschickt hat, und dich, ist es nicht mehr so beängstigend wie früher.«

Smiley zog sie näher zu sich heran und legte seine Stirn an ihre. »Scheiß auf ihn. Er wird untergehen. Er hat sich die falsche Frau ausgesucht, denn du bist knallhart, Bree.«

Zu seiner Überraschung lächelte Bree. Und das war kein

kleines höfliches Lächeln. Es war ein Lächeln, das von einem Ohr zum anderen reichte.

»Das ist das Romantischste, was mir jemals jemand gesagt hat. Danke.«

Smiley wich überrascht zurück.

»Das ist es«, beharrte sie. »Zu wissen, dass du so über mich denkst? Dass ich mit allem fertigwerde, was er mir antut ... natürlich mit deiner Hilfe. Das bedeutet mir alles.«

Verdammt, dieser Frau konnte man viel zu leicht Komplimente machen, und Smiley nahm sich vor, das öfter zu tun.

»Wie wäre es, wenn wir diesen Parkplatz verlassen und loslegen?«

»Ja!«, entgegnete Bree.

Sie betraten schnell das *Aces* und hielten an, um ihre Namen und Ausweise auf einer Liste überprüfen zu lassen, die eine von Jessykas Töchtern führte – und dabei ihre Aufgabe äußerst ernst nahm. Benny stand in der Nähe für den Fall, dass jemand ihr Ärger machte, was jedoch niemand aus der Gruppe tun würde. Er war hauptsächlich dort, um ungebetene Gäste fernzuhalten.

Sobald sie eintraten, war Bree umringt, alle wollten sie begrüßen. Smiley runzelte die Stirn, als er ihr etwas Platz machte. Er fand es toll, dass sie sich so gut in seine Clique einfügte, aber er war auch mürrisch, da er sie ganz für sich allein haben wollte.

Was dumm war, denn er war seit dem Vorfall mit Kelli praktisch jede Minute mit ihr zusammen gewesen. Abgesehen von seinen Besprechungen war er an ihrer Seite.

Als könnte sie seine Gedanken lesen, sah Bree über ihre Schulter zu ihm und lächelte. Dass sie ihn bemerkte, trug wesentlich dazu bei, dass er sich besser fühlte.

Smiley ging durch den Raum, begrüßte seine Freunde und lernte die Leute kennen, die er noch nicht kannte.

Remis Eltern waren auch da. Und überraschenderweise sah Fernando Stephenson, der Mann, der *Crown Condoms* im Alleingang zu einem Begriff gemacht hatte, in der schäbigen Kneipe so aus, als fühlte er sich ganz wie zu Hause. Er stand neben seiner Frau Claire Crown-Stephenson, und beide strahlten über das ganze Gesicht.

Er lernte auch Remis Großmutter kennen, die all den Geschichten entsprach, die er von Remi über sie gehört hatte. Sie stand gerade an der Bar und trank mit zwei der Night Stalkers, die von Blink und Josie eingeladen worden waren. Es waren Teamkameraden von Blinks Bruder, der ebenfalls einer der legendären Armee-Hubschrauberpiloten war.

Während er zusah, nickte einer der Männer heimlich dem Barkeeper zu, der vorsichtig und heimlich die nächsten Shots mit Wasser verdünnte. Es war eine Sache, sich zu amüsieren, aber eine ganz andere, Remis Großmutter auf einer Hochzeitsfeier betrunken zu machen.

Smiley hörte lautes Gelächter und sah Marley, Remis beste Freundin, die mit Blinks Vater, der aus Florida angereist war, in einer Ecke saß. Wohin er auch blickte, sah Smiley Menschen, die sich amüsierten. Sie waren glücklich, zusammen mit ihren Freunden und ihrer Familie zu feiern.

Für einen Moment überkam Smiley eine so starke Reue, dass er die Augen schließen musste, um sein Gleichgewicht wiederzufinden. Er wünschte sich, seine eigene Mutter wäre auch da. Dass er eine normalere Beziehung zu ihr und seinem Vater gehabt hätte.

»Alles klar, Smiley?«

Als Smiley die Augen öffnete und sich umdrehte, sah er Tate »Casper« Davis neben sich stehen. Für den Bruchteil einer Sekunde dachte er, es sei Blink, und er wollte ihn gerade fragen, was zum Teufel er hier draußen machte und warum er nicht hinten war, um sich für seine Hochzeit fertig zu machen.

Blink und Casper waren Zwillinge. Der eine war zur Marine gegangen, der andere zur Armee. Sie hatten eine wetteifernde Beziehung, aber wenn es darauf ankam, hätten sie alles füreinander getan.

»Ja«, sagte Smiley etwas verspätet zu dem anderen Mann. »Schön, dich zu sehen.«

»Freut mich, *dich* zu sehen«, erwiderte Casper. »Wie geht es Blink? Ich hatte nicht viel Zeit, mit ihm zu reden, nachdem das mit ihm und Josie passiert war. Zumindest nicht persönlich. Und am Telefon ist es manchmal schwer einzuschätzen, wie es jemandem geht.«

»Es geht ihm gut«, sagte Smiley, ohne Casper Zucker in den Arsch zu blasen. »Wirklich gut. Josie ist sein Fels in der Brandung, und obwohl er nicht viel redet, macht er das durch seine Arbeit vor Ort mehr als wett.«

Casper nickte. »Das ist mein Bruder. Er war noch nie ein großer Redner, aber er war immer der Erste, der aufgestanden ist und für das Richtige gekämpft hat. Ich habe Bree vorhin kennengelernt.«

Das war ein abrupter Themenwechsel, und Smiley kniff fragend die Augen zusammen.

Casper lachte. »Schau mich nicht so schief an. Ich wollte nur sagen, dass ich sie mag. Sie ist temperamentvoll. Und freundlich. Das Gegenteil von dir. Ihr passt gut zusammen.«

Smiley war sich nicht sicher, ob er beleidigt sein sollte oder nicht, entschied aber schließlich, dass er sich nicht wirklich über Casper ärgern konnte, da dieser nichts gesagt hatte, was er nicht schon wusste. »Komm bloß nicht auf dumme Gedanken«, warnte er den erfolgreichen Hubschrauberpiloten.

Casper grinste. »Niemals. Ich habe meine eigene Frau. Sie ist traurig, dass sie nicht mit mir hierherkommen konnte, aber vielleicht nächstes Mal.«

Smiley hatte nicht gehört, dass Casper mit jemandem zusammen war, aber er freute sich für ihn. Das war ein seltsames Gefühl, da er sich nie wirklich Gedanken über die Beziehungen der Männer in seinem Umfeld gemacht hatte. Das war einfach etwas, was Männer taten ... sie gingen mit Frauen aus, trennten sich, fanden jemand anderen.

Aber nachdem er von Männern in ernsthaften, gesunden Beziehungen umgeben war, hatte er jetzt eine andere Sicht auf Freundinnen und Ehefrauen.

»Ich bitte um eure Aufmerksamkeit!«, rief Jessyka laut von ihrem Platz an der Bar. »Wir fangen gleich an. Bitte bildet einen Gang von der Eingangstür zum Billardtisch, vielen Dank.«

Smiley sah sich um, auf der Suche nach Bree. Er war erleichtert, als er sie mit einem Lächeln im Gesicht auf sich zukommen sah.

»Bis später«, sagte Casper zu ihm, aber Smiley hörte ihn kaum. Seine ganze Aufmerksamkeit galt Bree.

Sie sah glücklich aus. Schon ein wenig beschwipst. Ihr rotbraunes Haar war nicht mehr ganz so perfekt frisiert wie bei ihrer Ankunft. Als sei sie ein paarmal mit der Hand hindurchgefahren. Ihr Lächeln war schief. Und sie fixierte ihn mit einem Blick aus ihren grün-braunen Augen, als sie näher kam.

»Ist das nicht toll?«, fragte sie, als sie sich an ihn schmiegte, sobald sie nahe genug war. Sie legte einen Arm um seine Taille und lehnte sich an ihn.

Ein Gefühl der ... Richtigkeit breitete sich in Smileys Brust aus. Er hielt sie fest und sagte: »Ja.«

Die Menge drängte sich beiseite, bis genügend Platz war, dass zwei Personen nebeneinander zu dem provisorischen Altar gehen konnten, den Jessyka aus einem der Billardtische gebaut hatte. Dort stand ein mit Blumen geschmückter Holzbogen, unter dem sich die Paare das Jawort geben würden.

Keines der Paare hatte Brautjungfern, da sie darauf bestanden hatten, alles einfach zu halten. Aber Smiley wusste, es lag auch daran, dass keiner wollte, dass jemand sich ausgeschlossen fühlte, und da sie so viele Freunde hatten, wäre es ohnehin unmöglich gewesen, eine Auswahl zu treffen.

Alle drehten sich um, als die Eingangstüren sich öffneten und Remi und Kevlar die Kneipe betraten. Sie standen Arm in Arm und strahlten so sehr, dass es fast blendete. Remi trug ein cremefarbenes Kleid mit kleinen Ärmeln, und Kevlar trug seine Paradeuniform mit all seinen Orden. Sie hielten einen Moment inne, dann ertönte Queens »Crazy Little Thing Called Love« aus den Lautsprechern der Kneipe, und sie gingen auf den Bogen zu.

Alle klatschten und pfiffen zu dem unkonventionellen Lied. Es war eine großartige Wahl für die beiden. Die Entfernung von der Tür zum Bogen war nicht besonders groß, aber es dauerte trotzdem eine ganze Weile, weil Remi immer wieder anhielt, um ihre Freunde und Familie zu umarmen, die den Weg säumten.

Als sie schließlich die Plattform mit dem Bogen erreichten, drehten sie sich wieder zur Eingangstür um. Diese öffnete sich erneut, und diesmal traten Josie und Blink ein. Josie sah neben Blink so winzig aus, und sie strahlte vor Glück, als sie zu ihrem zukünftigen Ehemann aufblickte. Blink trug ebenfalls seine Paradeuniform, aber statt eines weißen oder cremefarbenen Kleides hatte Josie ein rosa Kleid gewählt, das ihr bis zu den Knöcheln reichte und sie eher schweben als gehen ließ, als sie und Blink sich auf den Weg zur Plattform machten.

»Ich kenne sie kaum, doch ich finde das hier so schön«, flüsterte Bree neben ihm.

Sie hatten den Refrain von Pinks Song »Trustfall« für ihren gemeinsamen Gang zum Altar gewählt. Smiley musste zugeben, dass das perfekt zu den beiden passte.

Sie gesellten sich zu Remi und Kevlar am Altar, und sobald sie ihren Platz eingenommen hatten, reichten Remi und Josie sich die Hände, während ihre zukünftigen Ehemänner ihre Arme um die Taillen ihrer Verlobten legten.

Zu Smileys Überraschung trat Wolf mit einer offenen Mappe vor sie. Es hätte ihn *nicht* überraschen dürfen, dass die Paare einen ihrer Mentoren als Offiziant ausgewählt hatten, aber irgendwie tat es das doch. Wolf trug keine Uniform, sondern einen Anzug und eine Krawatte. Er sah vornehm und professionell aus.

»Ich möchte alle Freunde und Familienangehörigen von Remi, Kevlar, Josie und Blink zu diesem wunderbaren Anlass willkommen heißen. Es ist eine Gelegenheit für uns zusammenzukommen, um Liebe, Freundschaft, Stärke und Widerstandsfähigkeit zu feiern. Denn ohne diese Dinge würden diese Paare vielleicht nicht ihr Leben miteinander verbinden, während wir alle Zeugen sind. Widrigkeiten werden normalerweise als etwas Negatives angesehen. Als etwas, das man überwinden muss, um zu überleben. Aber ich denke, die meisten von uns hier würden zustimmen, dass sie manchmal auch als eine Reihe von Umständen gesehen werden können, die unsere größten Stärken zum Vorschein bringen.

Die vier Menschen vor mir haben sich unter den schlimmsten Umständen überhaupt kennengelernt. Viele würden behaupten, es waren die schlimmsten Tage ihres Lebens. Aber gemeinsam haben sie durchgehalten. Es ist mir egal, was andere sagen, das Leben ist voller Hindernisse, Höhen und Tiefen. Dinge, die einen Menschen zerstören können, wenn er nicht aufpasst. Aber mit dem richtigen Partner an seiner Seite kann man diese Höhen und Tiefen überstehen. Man kann alles überwinden, was das Leben einem entgegenwirft. Ich denke, diese vier großartigen Menschen haben uns das allen bewiesen.

Zusammen sind Remi und Kevlar sowie Josie und Blink stärker als jeder für sich allein. Darum geht es heute. Zwei Paare zusammenzubringen, die füreinander bestimmt sind.

Aber schaut euch um. Die Menschen hier in diesem Raum sind *auch* unsere Stärke. Diejenigen, die uns aufrichten, wenn wir es am meisten brauchen. Diejenigen, die da sind, wenn wir sie brauchen. Wenn wir eine Auszeit brauchen. Es gibt nichts Wichtigeres als ein Unterstützungssystem.

Ich könnte jetzt hier stehen und den ganzen Abend über das Rampenlicht beanspruchen, aber niemand ist hier, um mich zu sehen oder mir zuzuhören, wie ich endlos rede.«

Alle lachten.

»Kevlar ... du bist dran«, sagte Wolf und nickte seinem Freund zu.

Remi ließ Josies Hand los und wandte sich ihrem Fast-Ehemann zu.

»Remi, schon an dem Tag, an dem ich dich zum ersten Mal getroffen habe, hat mich etwas an dir angezogen. Es war nicht nur die Art, wie du mit dem Mist umgegangen bist ... äh ... tut mir leid ... mit den *Dingen*, die passiert sind. Es war eine Verbindung, die ich noch nie zuvor gespürt hatte. Um ehrlich zu sein, war es verwirrend, aber ich wollte dich nicht gehen lassen, ohne herauszufinden, was zwischen uns war. Wolf sagte, das könnte der schlimmste Tag unseres Lebens sein, aber ich glaube, es war einer der *besten* Tage meines Lebens. Wer vergisst schon den Tag, an dem er seine bessere Hälfte trifft? Die Person, die dich jeden Tag aus dem Bett treibt und dich zu einem besseren Menschen macht, weil sie an deiner Seite ist?

Ich verspreche dir, dass ich dir immer vertrauen und deine Meinung schätzen werde. Dass ich dich auf allen Abenteuern begleiten werde, die uns erwarten. Dass ich immer für uns kämpfen werde, denn das ist es, wozu ich geboren bin. An deiner Seite zu sein. Ich werde dich beschützen und ehren. Mit dir lachen. Manchmal auch *über* dich, denn seien wir ehrlich ... du bist unglaublich witzig.«

Alle um sie herum lachten, und Kevlar lächelte seine Braut an.

»Vor allem verspreche ich dir, dich so zu lieben, wie du es verdienst. Ich werde vor Fremden im Supermarkt mit dir prahlen und dich immer in meinem Herzen und meinen Gedanken behalten, wenn wir getrennt sind. In guten wie in schlechten Zeiten werde ich für dich da sein. *Für* dich und *mit* dir. Für immer.«

»Mist, danach muss ich ran?«, beschwerte Remi sich und wischte sich eine Träne weg.

Wieder brach Gelächter im Raum aus.

Remi holte tief Luft, bevor sie sprach. »Kann ich einfach *Dito* sagen und es damit hinter mich bringen?«

»Ja.«

Aber Remi schüttelte den Kopf. »Nein, das kann ich nicht. Okay, los geht's. Vincent, ich hatte keine Ahnung, wie sehr mein Leben sich verändern würde, als ich allein nach Hawaii gereist bin. Als ich meine Komfortzone verlassen und mich entschlossen habe, allein einen Schnorchelausflug zu machen. Die Wahrheit ist, dass ich Angst hatte, als mir klar wurde, was mit uns geschah, aber mit dir an meiner Seite fiel es mir leichter, ruhig zu bleiben. Das hast du für mich getan. Du gibst mir Halt. Du gibst mir das Gefühl, dass ich alles schaffen kann. Du lachst über meine Comics mit Pecky, dem reisenden Taco, du unterstützt mich, aber vor allem liebst du mich. So wie ich bin. Und das ist mehr wert als alles andere auf der Welt.

Ich liebe dich. Ich werde dich *immer* lieben. Ich werde dich unterstützen und beschützen, wenn es nötig ist. Und … ich werde auch für deine Freunde da sein …« Sie drehte den Kopf und sah Blink an. »Ich habe auf die harte Tour gelernt, dass jemand, der sagt, er sei dein Freund, nicht unbedingt das Beste für dich will. Aber echte Freunde, die für dich durch die Hölle gehen würden … die sind Gold wert.«

Blink legte eine Hand auf sein Herz und nickte Remi einmal zu.

Mittlerweile weinten die meisten Frauen im Raum, und Smiley musste zugeben, dass auch er ein wenig gerührt war.

Remi und Blink verband eine besondere Beziehung, die aus einer Tragödie entstanden war.

»Gut, also ...«, sagte Remi und sah wieder zu Kevlar. »Vincent. Ich wähle dich. Heute, morgen und für den Rest unserer Tage.«

Nach ihrer Erklärung herrschte eine unangenehme Stille.

»Bist du fertig?«, fragte Wolf leise.

»War das nicht genug?«, fragte Remi.

Im Raum ertönte leises Lachen.

»Es war perfekt«, antwortete Kevlar anstelle von Wolf.

Wolf wandte sich an Josie und Blink. »Ihr seid dran.«

»Ich komme zuerst!«, platzte sie heraus.

Blink verzog die Lippen zu einem breiten Grinsen.

»Ich liebe dich, Nate. Genau so, wie du bist. Du bist mein Ein und Alles. Mein Licht in einer ansonsten dunklen Welt. Du bist in mein Leben getreten und hast mir meine Menschlichkeit zurückgegeben. Mein Leben. Du bist ein Mann weniger Worte, aber jedes einzelne ist sorgfältig gewählt und hat Bedeutung. Du bringst mich zum Lachen, du hast mir gezeigt, was Liebe ist. Du hast mir einen sicheren Ort gegeben, wie ich ihn noch nie zuvor gekannt habe. Bei dir kann ich ich selbst sein, und das ist mehr, als ich jemals mit jemand anderem hatte. Ich habe meinen Platz gefunden. Mein Zuhause. Du machst mich komplett. Ich liebe dich.«

Blink starrte sie einen langen Moment an, als versuchte er, sein Gleichgewicht wiederzufinden. Dann sprach er. »Josie, ich gehöre dir. Du kommst immer an erster Stelle. Immer. Wenn du mich brauchst, bin ich da. Egal was es kostet. Ich liebe dich.«

Dann sah er Wolf an und nickte.

»Kurz und bündig. Das überrascht mich nicht, aber verdammt, das war das herzlichste Gelübde, das ich je gehört habe«, sagte Wolf. Dann sah er beide Paare an. »Wenn ihr euch bitte einander zuwenden, die Hände halten und mir nachsprechen würdet.«

Die beiden Paare taten, wie ihnen geheißen.

»Remi, Josie, wollt ihr Vincent und Nate zu euren Ehemännern nehmen? Versprecht ihr, sie zu lieben, zu ehren, zu schätzen und zu beschützen, allen anderen zu entsagen und für immer an ihnen festzuhalten?«

»Ja, ich will«, sagten Remi und Josie gleichzeitig.

»Vincent, Nate, wollt ihr Remi und Josie zu euren Ehefrauen nehmen? Versprecht ihr, sie zu lieben, zu ehren, zu schätzen und zu beschützen, allen anderen zu entsagen und für immer an ihnen festzuhalten?«

»Verdammt ja.«

»Ich will auf jeden Fall.«

Smiley war nicht überrascht, dass seine Freunde so enthusiastisch zustimmten.

Wolf grinste, als er fortfuhr: »Die Paare werden nun Ringe als Symbol für das Gelübde, das sie heute hier vor uns allen abgelegt haben, austauschen. Ein Ring hat keinen Anfang und kein Ende. Er ist ein Versprechen ewiger Liebe und gegenseitigen Respekts. Indem ihr diese Ringe an den Finger des anderen steckt, gelobt ihr, euch nicht nur zu lieben, sondern auch zu ehren, mitfühlend, geduldig und verständnisvoll zu sein, während ihr gemeinsam eure Zukunft aufbaut.

Josie und Remi, bitte steckt jeweils den Ring an den Finger eures Partners und sprecht mir nach. Ich gebe dir diesen Ring ... als Symbol meiner Liebe ... mit dem Versprechen, dich zu lieben und zu unterstützen ... heute, morgen und für immer.«

Wolf machte eine Pause, um den Frauen Zeit zu geben, seine Worte zu wiederholen.

»Kevlar und Blink, steckt jeweils den Ring an den Finger eurer Partnerin und sprecht mir nach. Ich gebe dir diesen Ring ... als Symbol meiner Liebe ... mit dem Versprechen, dich zu lieben und zu unterstützen ... heute, morgen und für immer.«

Beide Paare drehten sich wieder zu Wolf um.

»Und nun, kraft der mir vom Staat Kalifornien übertragenen Befugnis, ist es mir eine Ehre und Freude, euch zu Mann und Frau zu erklären. Ihr dürft diese Erklärung mit einem Kuss besiegeln!«

Noch bevor er zu Ende gesprochen hatte, hatten Kevlar und Blink ihre frisch angetrauten Ehefrauen über ihre Arme gebeugt. Die Küsse, die sie austauschten, waren leidenschaftlich und innig. Alle im Raum brachen in lautes Jubeln und Pfeifen aus, während die Küsse weitergingen.

»Dies ist kein Wettbewerb«, sagte Wolf schließlich trocken.

Kevlar und Blink grinsten beide, als sie sich wieder aufrichteten. Remi und Josie erröteten, was ihre Schönheit und die Perfektion des Augenblicks nur noch unterstrich.

»Ich freue mich, euch Remi Stephenson-Hill, Vincent Hill sowie Josie und Nate Davis vorstellen zu dürfen.«

Wieder jubelten alle und klatschten. Die Frischvermählten wurden umringt, da alle als Erste gratulieren wollten.

Smiley stand mit Bree im Hintergrund und sah zu ihr hinunter. Sie strahlte, als sei sie selbst diejenige, die geheiratet hatte. Hätte er diesen Moment in einer Flasche konservieren können, hätte er es getan. Er wollte seine Frau schon immer so glücklich sehen. Sie hatte eine schwere Zeit hinter sich, und ihr diese Gelegenheit zu geben, sich vollkommen zu entspannen und sich für ihre neuen Freunde zu freuen, war etwas, das Smiley immer in Ehren halten würde.

»Das war großartig«, sagte Bree, als sie zu ihm aufsah.

»Ja.« Es war eine lahme Antwort, aber Smiley war sprachlos. Es fiel ihm schwer, an etwas anderes zu denken als daran, wie sehr er sich wünschte, dass dieses Lächeln auf ihrem Gesicht bleiben würde.

»Die erste Runde geht auf mich!«, rief Remis Vater.

Der Rest des Abends war pure Freude. Alle freuten sich für die beiden Paare und für Kelli und Flash, die kürzlich selbst auf dem Standesamt geheiratet hatten. Jessyka hatte alkoholfreie Cocktails für die schwangeren Frauen und für diejenigen, die keinen Alkohol tranken. Und Sekt und Bier flossen in Strömen, während alle ihre Seelenverwandten und die Liebe feierten.

Die Musik war laut und Smileys Ohren klingelten am Ende des Abends. Aber er konnte nicht leugnen, dass er sich sehr amüsiert hatte. Es machte Spaß, mit den älteren SEALs und ihren Frauen zusammen zu sein, und er genoss es, Zeit außerhalb der Arbeit mit seinen eigenen Freunden zu verbringen. Die Night Stalkers waren eine Stimmungskanone, und Smiley wusste zu schätzen, wie sie sich bemühten, mit allen Frauen ins Gespräch zu kommen, sie zum Tanzen aufforderten und sich im Allgemeinen so verhielten, als würden sie alle schon ihr ganzes Leben lang kennen.

Und obwohl Smiley Geschichten über Remis berüchtigte Großmutter gehört hatte, hatte er nicht wirklich die Hälfte davon geglaubt. Aber er war der Erste, der zugab, dass die Frau ein Kracher war. Sie sagte, was sie dachte, ohne ein Blatt vor den Mund zu nehmen. Es war schwer, sie nicht zu lieben, und er konnte sehen, woher Remi ihren Sinn für Humor hatte.

Smileys Füße taten weh – verdammt, sogar sein Gesicht tat weh vom Lächeln, was definitiv etwas Neues für ihn war. Und die meisten dieser Gesichtsausdrücke waren darauf zurückzuführen, dass er Bree den ganzen Abend beobachtet hatte. Ohne eine Bedrohung über ihr schwebend blühte sie auf. Sie tanzte, trank und lachte mit allen.

Zum Glück hatten er und sein Team am nächsten Tag frei, sodass sie einmal ausschlafen konnten. Als Smiley Bree um zwei Uhr morgens zu seinem Pick-up führte, vergaß er nicht, sich umzusehen. Zu seiner Erleichterung sah er niemand Verdächtigen. Niemand lungerte auf dem Parkplatz herum. Keine Fremden saßen in einem Wagen und beobachteten die Kneipe. Er hatte keinen Zweifel, dass Castillo oder seine Handlanger noch da draußen waren, aber diese Nacht schien es ruhig zu sein.

Nachdem er Bree auf dem Beifahrersitz seines Pick-ups untergebracht hatte, lief er zur Fahrerseite und startete den Motor.

»Smiley?«, fragte sie mit etwas undeutlicher Stimme.

»Ja?«

»Das war großartig. Ich liebe deine Freunde. Das *Aces*. Remis Großmutter. Marley. Den Kondomkönig. Blinks Bruder ... Ich kann nicht glauben, wie ähnlich sie sich sind. Den Rest der Night Walkers.«

Smiley schnaubte. »Night Stalkers.«

Sie winkte ab. »Egal. Ich habe seit ... nun ja, seit langer Zeit nicht mehr so getanzt. Und ich habe zu viel getrunken.«

»Das habe ich gemerkt. Geht es dir gut?«, fragte Smiley.

»Ich fühle mich großartig«, sagte sie mit einem Seufzen.

Und genau in diesem Moment erwachte die Erektion, gegen die er den ganzen Abend über gekämpft hatte, in seiner Hose zum Leben.

»Was ist an Männern in Uniform nur *so* heiß?«, fragte Bree und bohrte ihren Blick in seinen.

Smiley und der Rest seines Teams sowie die ehemaligen SEALs hatten ihre Uniformen nicht angezogen. Kevlar und Blink hatten darauf bestanden, dass sich alle so lässig wie möglich kleiden sollten. Der Gedanke, dass seine Frau einen anderen Mann in seiner Paradeuniform begaffte, gefiel ihm daher gar nicht.

Er runzelte die Stirn.

»Nicht die Stirn runzeln!«, ermahnte sie ihn.

»Ich weiß nicht, ob es mir gefällt, dass du meine Freunde in Uniform heiß findest«, gab er ehrlich zu.

»Na, dann solltest du vielleicht deine anziehen, wenn wir nach Hause kommen, damit ich *dich* heiß finden kann«, konterte Bree. »Nicht dass ich das nicht schon tun würde. Du heute Abend in diesem Polohemd und dieser Anzughose? *Wow* ... du hast Glück, dass ich dich nicht auf der Tanzfläche angesprungen habe. Aber ich glaube, wenn ich dich in dieser Paradeuniform mit dieser Mütze und all den Orden sehen würde, die du sicher hast, würdest du bestimmt flachgelegt«, kicherte sie.

Smiley hielt es keinen Moment länger aus. Er musste seine Frau nach Hause bringen. Ins Bett. Sofort. Er fuhr aus der Parklücke und bog in die dunklen, leeren Straßen in Richtung seiner Wohnanlage ein.

»Ja?«, brachte er schließlich heraus.

»Oh ja«, sagte sie mit dieser atemlosen Stimme, die seine Erektion nicht im Geringsten dämpfte.

Smiley fuhr etwas schneller.

Er brachte sie sicher nach Hause und eilte dann mit ihr in die Wohnung. Sobald sie sicher hinter der Tür waren, nahm er Bree bei der Hand und führte sie ins Schlafzimmer. Als sie mitten im Raum stand, legte er seine Hände auf ihre Schultern und sagte: »Bleib hier. *Genau* hier. Beweg dich nicht. Keinen Zentimeter, verstanden?«

Sie nickte eifrig. Die Lust war ihr ins Gesicht geschrieben und daran erkennbar, wie sie sich über die Lippen leckte.

Dankbar für den großen begehbaren Kleiderschrank, der ihm Platz zum Umziehen bot, brauchte Smiley nicht lange, um sich auszuziehen und seine Paradeuniform anzuziehen.

Seine Bree wollte einen Mann in Uniform? Sie sollte einen Mann in Uniform bekommen.

Er schritt zurück in sein Schlafzimmer.

Bree hatte sich nicht von der Stelle gerührt, und als er aus dem Schrank trat, fiel ihr die Kinnlade herunter.

»Heilige Scheiße«, flüsterte sie.

»Ma'am«, sagte Smiley und verbeugte sich leicht, als er sie erreichte.

Er war sich nicht sicher, was ihn erwartete – aber dass Bree auf die Knie fallen und schnell an seinem Gürtel zerren würde, war es nicht.

Bevor er den nächsten Atemzug nehmen konnte, war sein Schwanz in ihrem Mund verschwunden. Smiley konnte sich nur mit Mühe auf den Beinen halten. Er grub seine Finger in ihr Haar und ruinierte ihre Frisur endgültig, während er den intensivsten Blowjob seines Lebens bekam.

Er versuchte einmal, sie von seinem Schwanz zu ziehen, weil er unbedingt in sie eindringen wollte, aber sie ließ sich nicht davon abbringen. Bree neigte den Kopf nach oben, während sie ihn lutschte, und als er ihre Lippen um seinen Schwanz gespannt sah und ihren Blick auf seinen fixiert, war das mehr, als Smiley ertragen konnte.

»Hör lieber auf, wenn du nicht willst, dass ich in deinem Mund komme«, warnte er sie.

Als Antwort darauf saugte Bree noch fester.

Smiley kam. Und seine Bree tat ihr Bestes, um jeden Tropfen Sperma zu schlucken, den er ihr gab, aber etwas lief ihr dennoch aus den Mundwinkeln. Es war das Erotischste, was Smiley je erlebt hatte.

Er zog sie hoch und hob ihr das Kleid über die Hüften. Er riss ihr die Unterwäsche herunter und nahm sie dann in die Arme.

Sein Schwanz, der Sekunden zuvor noch schlaff gewesen war, war bereits wieder voll erigiert. Ohne eine Sekunde zu zögern, drang er tief in ihren Körper ein.

Beide stöhnten. Smiley stolperte nach vorn und stützte Bree gegen die Wand, während er sie hart und schnell nahm. Sie griff ihm mit beiden Händen ins Haar und schob ihm die Mütze vom Kopf. Keiner von beiden bemerkte es.

Smiley hatte keine Ahnung, wie lange er schon hart in seine Frau gestoßen hatte, verloren in der Lust, als sie zu zittern begann und seinen Schwanz von innen heraus zusammendrückte. Sie stieß einen kleinen Schrei aus, als sie kam und Smiley mit sich riss.

Als er wieder atmen konnte, fühlte er sich wie ausgelaugt. Schwankend ging er zum Bett und ließ Bree auf den Rücken fallen, sobald er es erreicht hatte.

Sie lächelte ihn träge an, ließ ihre Beine von seiner Hüfte gleiten und streckte sich wie eine Katze in der Sonne. »Oh ja, du bist heiß in deiner Uniform, Jude Stark.«

Ihre Worte ließen ihm eine Gänsehaut über beide Arme laufen. »Freut mich, dass du das denkst«, sagte er, bevor er begann, die Uniform auszuziehen, die er erst wenige Minuten zuvor angezogen hatte.

»Ein Striptease obendrein? Ich Glückspilz«, neckte Bree, während sie sich auf die Ellbogen stützte, um ihm beim Ausziehen zuzusehen.

Sie hatte ihren Rock nicht heruntergezogen, um sich zu bedecken, und als Smiley sich so schnell wie möglich auszog, sah er ihre Muschi im Licht der Deckenlampe von seinem Sperma und ihren eigenen Säften glänzen.

»Verdammt«, murmelte er und spürte, wie sein Schwanz zuckte.

»Meine Güte«, sagte sie, als sie sah, wie er dicker wurde, und leckte sich die Lippen.

»Du bringst mich um«, jammerte er gespielt, als er sich über sie beugte.

»Aber was für eine Art zu gehen«, entgegnete sie und hob die Arme, um sie um seinen Hals zu legen.

In weniger als einer Minute hatte Smiley Bree das Kleid ausgezogen und sie lagen beide nackt in seinem Bett, bereit für eine weitere Runde.

Später, viel später, als sie beide erschöpft waren, die Bettdecke völlig zerwühlt war und er sich eher wie achtzig als wie dreißig fühlte, lag Smiley da und grinste an die Decke. Dies war nicht er. Er lag nie einfach so im Bett und lächelte, während er an die Lampe über seinem Kopf starrte.

Aber mit Bree, die leicht schnarchend auf ihm lag, schlaff, verschwitzt und nach Sex riechend, konnte er nichts anderes tun, als zu lächeln. In diesem Moment war er so glücklich wie nie zuvor in seinem Leben.

Er würde für diese Frau sterben. Für das Recht, diesen Moment immer wieder erleben zu dürfen. Nicht unbedingt den Sex – obwohl der großartig war –, sondern mit Bree in seinen Armen zu liegen und ihr Schnarchen zu hören, das bedeutete, dass sie vollkommen entspannt war. Dass sie ihm ihr Leben anvertraute.

Er würde töten, um das für den Rest seines Lebens zu haben.

Die Anspannung zu wissen, dass jemand hinter ihr her war, hatte Bree offensichtlich mitgenommen. Sie hatte heute Nacht ihre Schutzmauer fallen lassen. Und Smiley wurde klar, wie viel von sich sie vor ihm verborgen hatte. Er wollte, dass die Bree von *heute Nacht* die Frau war, die er jeden Tag hatte. Und er würde alles tun, um das zu erreichen.

───

Mateo Castillo starrte auf die Wohnanlage, die sein Eigentum betreten hatte. Dies musste ein Ende haben. Er wusste, wo sie war, und er hatte dieses Land satt. Er musste zurück zu seinem Anwesen. Es hieß, ohne ihn würde alles auseinanderfallen. Vor vier Tagen war eine seiner Frauen geflohen – das war unverzeihlich. Die Verantwortlichen würden dafür sterben. Er musste ein Exempel statuieren.

Er hatte Bree Haynes zusammen mit den anderen beiden Schlampen mitnehmen wollen, denen, die vor all den Jahren geflohen waren, aber er hatte noch keine Gelegenheit dazu gefunden. Er hatte gedacht, dass heute Abend der richtige

Moment dafür sei. Die Frauen waren alle zusammen. Und er hatte versucht, in die beschissene Kneipe zu kommen, in der Hoffnung, dass er, während alle betrunken waren und nicht aufpassten, eine oder sogar alle drei aus der Hintertür schmuggeln könnte. Aber es stellte sich heraus, dass es eine private Party war. Er kam nicht an dem Arschloch an der Tür vorbei.

Er hatte sich als Tourist ausgegeben, der nur vorbeikam und etwas trinken wollte, aber egal, was er sagte, er durfte nicht hinein. Und als er alle drei seiner Ziele mit einem Drink in der Hand auf der Tanzfläche tanzen sah, hatte er sich mit aller Kraft dazu zwingen müssen, sich umzudrehen und zu gehen.

Er war so nahe dran gewesen – und doch hatte man ihm seinen Preis verwehrt.

Scheiß drauf.

Es war Zeit zu handeln. Zeit, nach Ecuador zurückzukehren. Er hatte alles organisiert. Für drei Personen, aber wenn es sein musste, würde er auch nur eine mitnehmen. Die Jüngste. Die, für die er bezahlt hatte und die ihm am meisten Geld einbringen würde. Seine Käufer in Russland und Nordkorea würden wohl auf eine weitere Lieferung warten müssen.

Mateo sah auf die Uhr und stellte fest, dass es drei Uhr morgens war. Er beugte sich vor und startete den Motor. In einer Woche würde er zu Hause sein. Er würde sein Geld zählen und dafür sorgen, dass keine andere Schlampe auf die Idee kam zu fliehen. Er war ihr Herr, und sie taten, was er verlangte. Punkt.

Bree Haynes würde das auf die harte Tour lernen. Sie würde lernen, dass Flucht das Unvermeidliche nur hinauszögerte. Nach ihrer Ausbildung würde sie den Rest ihres Lebens in einer ganz besonderen Kiste verbringen, die er extra für sie bauen ließ. Sie würde nur zweimal am Tag herauskommen dürfen, um auf die Toilette zu gehen ... oder wenn es Zeit war, sich von einem Mann nehmen zu lassen.

Mateo grinste. Frauen waren nur für eine Sache gut. Die

Beine breit zu machen und Männer nehmen zu lassen, was sie wollten. Das würde sie lernen oder sterben. So einfach war das. Er hatte viel Geld für diese Schlampe ausgegeben und er würde dieses Geld auf die eine oder andere Weise wieder herausholen. So lief sein Geschäft. Die Schlampen zu trainieren war der spaßige Teil. Sie zu brechen. Er liebte es zu sehen, wie das Leben aus ihren Augen wich, wenn sie ihre neue Realität akzeptierten.

Bree Haynes würde keine Ausnahme sein. Sie gehörte ihm – und er bekam immer, wofür er bezahlte.

KAPITEL NEUN

Bree war vorsichtig optimistisch. Sie und der Rest von Smileys Team hatten gestern Nachmittag einen Anruf von dem mysteriösen Tex erhalten, der erneut bestätigt hatte, dass er und seine Crew von Computergenies nicht nur Beweise dafür hatten, dass Mateo Castillo in Riverton war, sondern nun auch wussten, wo er sich aufhielt – und diese Informationen an das FBI, die Polizei von Riverton und das Büro des Sheriffs weitergeleitet hatten.

Heute hatte die *Fugitive Apprehension Tactical Enforcement Unit*, eine Einheit der FBI-Taskforce für Gewaltverbrechen, Vorbereitungen getroffen, um ihn festzunehmen, und das sollte jeden Moment geschehen. Castillo wurde offenbar in mehreren Ländern wegen Entführung und Beteiligung am Sexhandel gesucht. Die verschiedenen Polizeibehörden waren überrascht, dass er sich in den Vereinigten Staaten aufhielt, aber sie wollten keine Zeit damit verschwenden, sich nach dem Grund zu fragen.

Hoffentlich würde Brees Albtraum bis heute Abend vorbei sein und sie könnte ihr Leben wieder in den Griff bekommen. Das war natürlich auch ein bisschen beängstigend ... denn sie genoss das Leben mit Smiley hier in Riverton. Sie war Kelli, Remi und all den anderen Frauen nähergekommen und wollte ehrlich gesagt nicht zurück nach Las Vegas.

Aber obwohl es mit Smiley gut lief, zumindest dachte sie das, war sie sich nicht sicher, ob sie beide schon so weit waren, dass sie dauerhaft zusammenziehen wollten.

Nun ja ... Bree war sich ziemlich sicher, dass *sie* das wollte, aber sie wollte keine Vermutungen anstellen, wenn es um Smiley ging. Er hatte sie aus einer Notlage heraus aufgenommen. Aus *ihrer* Notlage. Und soweit sie verstanden hatte, war er irgendwie besessen davon gewesen, sie zu finden, seitdem sie in jener schrecklichen Nacht aus seinem Pick-up geflohen war, als er, Preacher und Blink gekommen waren, um Josie vor der Mutter und der Schwester ihres Ex-Freundes zu retten.

Die Wahrheit war, dass Bree ein wenig hin- und hergerissen war. Ein kleiner Teil von ihr vermisste ihr altes Leben, das vorhersehbar und langweilig war ... aber sicher. Ein größerer Teil liebte *dieses* Leben. Jeden Tag jede Minute mit Smiley zu verbringen. Mit ihm zu kochen. Fernzusehen. Zu lachen. Liebe zu machen. Sie mochte es nicht, dass sie kein eigenes Geld verdiente, aber sie war zuversichtlich, dass sie hier in Südkalifornien einen Job finden würde.

Sie schüttelte den Kopf und unterdrückte ihre abwegigen Gedanken. Sie hatte kein Recht, sich hier in Riverton ein Leben aufzubauen, bevor sie ihr derzeitiges Chaos in den Griff bekommen hatte. Mit etwas Glück würden Tex und die Polizei sich in ein paar Stunden melden und ihnen mitteilen, dass Mateo gefasst worden und ihr Leben auf der Flucht und im Versteck vorbei war.

»Bist du sicher, dass das okay ist?«, platzte Bree heraus.

Smiley sah sie hinter dem Lenkrad seines Wagens an und runzelte die Stirn. »Was ist okay?«

»Dass du mich zu *My Sister's Closet* bringst, um mich mit

Fiona und Julie zu treffen. Es muss alt werden, mich überall hinzufahren.«

»Warum sollte das nicht in Ordnung sein?«, fragte Smiley, anstatt ihre Frage direkt zu beantworten.

Sie zuckte mit den Schultern. »Weil ich nicht glauben kann, dass es deine Vorstellung von Spaß ist, in einer Frauenboutique herumzuhängen. Und außerdem bist du ein knallharter Navy SEAL, der wahrscheinlich mit seinen Teamkameraden Pläne schmieden sollte, um die Welt zu retten oder so. Stattdessen fährst du mich herum, als seist du mein Chauffeur oder so.«

Zu ihrer Überraschung hielt Smiley an und stellte den Motor ab. Er streckte die Hand aus, legte sie an ihren Nacken und sagte: »Ich habe dir zu Beginn gesagt, dass ich dich nicht aus den Augen lassen werde, und das meinte ich auch so. Du möchtest Julie und Fiona besuchen und dir noch ein paar Kleidungsstücke aussuchen, dann machen wir das. Ich habe versucht, mehr Kleidung für dich in meinen Schrank zu packen, seit du bei mir angekommen bist. Was die Arbeit angeht ... Ich habe so viel Urlaub angesammelt, dass es schon fast lächerlich ist. Aber das spielt in diesem Fall keine Rolle, denn wir sind nur eine halbe Stunde früher gegangen. Und der Kommandant und das Team wissen, dass *du* im Moment meine Priorität bist.«

»Ich bin mir nicht sicher, ob Einkaufen mit mir als Priorität gilt«, murmelte Bree und senkte den Blick. »Vor allem jetzt, da Mateo kurz davor steht, gefasst zu werden. Ich kann wieder in meinen Lagerraum in Las Vegas.«

»Sieh mich an«, befahl Smiley.

Bree hob den Blick.

»Es geht nicht um Kleidung«, sagte er in einem Tonfall, der in krassem Gegensatz zu seiner mürrischen Fassade stand, die er immer nach außen zeigte. »Es geht darum, dass du etwas tun musst, während wir auf Nachricht von Tex warten. Es geht darum, dass du Kontakt zu zwei Frauen aufbaust, die

Ähnliches durchgemacht haben wie du in den letzten Monaten. Es geht darum, dass ich *dir* beweise, dass *du* an erster Stelle stehst und ich dich bedingungslos unterstütze. Alles klar?«

Brees Magen verkrampfte sich, ihr Atem ging schneller, und sie wollte sich am liebsten auf den Mann neben ihr stürzen. Er gab ihr das Gefühl, gesehen zu werden. Wichtig zu sein. Gewollt zu sein. Es war ein berauschendes Gefühl. Und sie wollte Smiley so gern ihre Dankbarkeit zeigen.

»Später«, sagte er mit einem zuckenden Mundwinkel und bewies damit, dass er wirklich Gedanken lesen konnte.

»Danke, Smiley. Im Ernst. Ich mache mir wirklich Sorgen wegen Mateo. Ich möchte wissen, was passiert ist. Ich möchte nicht, dass jemand verletzt wird, aber ich möchte auf jeden Fall hören, dass er in Gewahrsam ist. Glaubst du wirklich, dass ich in Sicherheit bin, wenn er gefasst wird? Werden nicht andere hinter mir her sein? Leute, mit denen er zusammenarbeitet?«

Smiley streichelte einen Moment lang ihre Wange mit den Fingern, bevor er seine Hand sinken ließ und sich wieder nach vorn wandte. Er sah sich nach Fahrzeugen um, die hinter ihnen herfuhren, und als er bemerkte, dass die Luft rein war, bog er wieder auf die Straße und fuhr weiter in Richtung Innenstadt von Riverton und Julies Secondhandladen.

»Tex hat das durchgespielt. Er glaubt nicht. Aus irgendeinem Grund scheint Castillo selbst entschlossen zu sein, den Verkauf deines Arschloch-Ex zu vollenden. Ich vermute, der Rest seiner Crew sieht dich als Belastung. Sie könnten viel leichter andere Frauen in die Finger bekommen.«

Bree runzelte die Stirn. Sie hasste es, das zu hören, auch wenn es wahr war.

»Lass uns erst einmal abwarten, was Tex uns sagt, bevor wir uns Gedanken über das machen, was als Nächstes kommt.«

»Okay«, stimmte Bree zu.

Smiley parkte geschickt auf einem öffentlichen Parkplatz in

der Straße vor Julies Laden. Er nahm Bree bei der Hand, als sie zu *My Sister's Closet* gingen.

»Ich werde versuchen, mich nicht zu lange aufzuhalten«, sagte sie zu ihm, während sie immer noch darüber nachdachte, warum er wohl Zeit in einem Damenmodegeschäft verbringen wollte.

»Nimm dir so viel Zeit, wie du willst. Ich weiß, dass Julie normalerweise Snacks und Kaffee und so etwas hat. Du kannst einkaufen und dich unterhalten. Ich werde dich nicht allein lassen, tut mir leid, aber ich werde versuchen, mich so unauffällig wie möglich zu verhalten.«

Bree lächelte ihn an, während sie gingen. »Es macht mir nichts aus, dass du dabei bist, Smiley. Ich habe nichts vor dir zu verbergen.«

»Trotzdem möchtest du vielleicht über Mädchensachen reden.«

Sie lachte. »Mädchensachen? Was denn zum Beispiel?«

»Ich weiß nicht. Die Periode, Geburten, Hämorrhoiden ...«

Bree blieb stehen und starrte ihn einen Moment lang an, bevor sie in Gelächter ausbrach. Smiley lächelte sie nur an. Sie merkte, dass er sie auf den Arm nahm, konnte aber nicht aufhören zu kichern. Als sie *My Sister's Closet* erreichten, kicherte sie immer noch. Die Glocke über der Tür klingelte, als sie eintraten.

Fast sofort tauchten Julie und Fiona aus einem Raum im hinteren Teil des Ladens auf.

»Hallo!«

»Schön, dich wiederzusehen!«

Beide Frauen kamen auf Bree zu und umarmten sie herzlich. Sie war sich bewusst, dass Smiley noch hinter ihr stand.

»Was ist so lustig?«, fragte Fiona, nachdem sie Bree und Smiley begrüßt hatte.

»Smileys Vorstellung von Frauengesprächen.«

Julie hakte sich bei Bree unter und führte sie zu der Kaffeebar, die an einer Wand des Ladens in der Nähe der Kasse aufgestellt war. »Lass mich raten. Diese Zeit des Monats, welche Tampons die besten sind und Brüste.«

Bree kicherte erneut. »Fast richtig.«

Smiley schien es nicht zu stören, dass er zum Gegenstand des Witzes geworden war. Er zuckte nur mit den Schultern, drehte sich um und setzte sich auf einen der bequemen Sessel mit hoher Lehne, die im Laden verteilt standen. Julie hatte sie wahrscheinlich für genau solche Situationen gekauft, in denen ein Mann seine Freundin oder Frau begleitete und einen Platz brauchte, um sich eine Weile auszuruhen.

»Smiley, möchtest du einen Kaffee?«, fragte Julie.

»Nein danke.«

»Wie viel Zeit haben wir?«, fragte Fiona Bree.

»So viel wir brauchen«, antwortete sie. »Smiley hat für heute Feierabend, also fahren wir danach direkt nach Hause.«

»Super. Ich habe einen Stapel Spenden erhalten, den ich noch nicht sortieren konnte. Willst du mir helfen? Oder möchtest du dir die Sachen ansehen, die ich für dich beiseitegelegt habe, Bree?«, fragte Julie.

»Ooooh, schwierige Entscheidung. Können wir beides machen?«, fragte sie.

»Klar, beides. Fangen wir mit den neuen Sachen an?«

»Klingt gut.«

»Die sind im Hinterzimmer. Aber ich warne dich, sie sind wahrscheinlich zerknittert und so, sodass manche Sachen aus den Plastiktüten, in denen sie normalerweise abgegeben werden, ziemlich chaotisch aussehen, aber nach dem Reinigen und Bügeln sind sie echte Schätze.«

»Ich kann es kaum erwarten, mich darauf zu stürzen«, sagte Bree mit einem Lächeln.

»Willst du mit uns nach hinten kommen?«, fragte Julie Smiley.

»Ich bleibe lieber hier. Ich stelle den Sessel so hin, dass ich euch dort sehen kann, wenn das okay ist.«

»Natürlich.«

Bree konnte sich nicht zurückhalten und ging zu Smiley hinüber. Ihr fiel buchstäblich kein einziger ihrer früheren Freunde ein, der das getan hätte, was dieser Mann gerade tat. Er passte auf sie auf, sorgte für ihre Sicherheit, während sie etwas so Frivoles tat wie Kleider aussuchen. Vor allem da sie in Las Vegas einen ganzen Lagerraum voller Kleider hatte.

Sie legte ihre Hände auf die Armlehnen des Sessels und beugte sich zu ihm hinunter. »Danke«, flüsterte sie, bevor sie ihn leicht küsste.

Als sie sich wieder aufrichten wollte, legte er seine Hand um ihren Nacken. »Dies ist keine Strafe«, sagte er streng. »Dich lachen und glücklich zu sehen ist mir eine Freude, Bree.«

Er brachte sie um.

»Heute Abend werde ich dir zeigen, wie sehr ich dich schätze«, sagte sie.

»Heute Abend? Ich dachte, wir könnten vielleicht gleich anfangen, sobald wir zu Hause sind ...«

Sie kicherte. »Du bist so ein Mann«, erwiderte sie.

»Ja, das bin ich. Ein Mann, der das Gute zu schätzen weiß, wenn er es hat. Falls du verwirrt bist: *Du* bist das Gute.«

»Du wirst so was von flachgelegt«, flüsterte sie, bevor sie sich erneut zu ihm hinunterbeugte. Diesmal war der Kuss weder kurz noch süß.

»Ihr beiden könnt später knutschen, wir müssen noch die Tüten ausräumen!«, rief Fiona, wobei die Belustigung in ihrer Stimme zu hören war.

Bree stand auf und Smiley streichelte dabei ihre Hüfte. Sie hatte das Gefühl, dass sie rot wurde, aber zum ersten Mal seit langer Zeit fühlte sie sich völlig unbeschwert.

Der heutige Tag fühlte sich an wie der erste Tag ihres neuen Lebens, und sie würde das Beste daraus machen. Sie würde sich nehmen, was sie wollte. Und was sie am meisten wollte, war Smiley.

»Geh schon. Wenn du etwas brauchst, sag mir Bescheid«, sagte er und rutschte auf seinem Sitz hin und her.

Bree ließ den Blick zwischen seine Beine wandern und sie sah seine Erektion. Sie rümpfte die Nase, das konnte nicht angenehm sein. Aber Smiley drehte sie herum und schob sie ein wenig in Richtung der beiden anderen Frauen, bevor sie etwas sagen konnte.

»Los, mach deine Arbeit.«

»Ja, Sir«, antwortete sie frech.

In dem Moment, in dem sie die Schwelle zwischen dem Laden und dem Hinterzimmer überschritt, fingen Fiona und Julie an zu kichern.

»Mädchen, ihr zwei seid heiß zusammen!«, rief Fiona.

Julie wedelte mit der Hand vor ihrem Gesicht wie mit einem Fächer. »Glühend heiß.«

»Wie auch immer«, sagte Bree mit einem Augenrollen, obwohl sie insgeheim beiden Frauen zustimmte. »Wo fangen wir an?«

»Gut. Die neuen Sachen sind dort drüben«, sagte Julie und zeigte auf vier große Müllsäcke, die an einer Wand standen.

Der Hinterraum war voll mit mehreren Kleiderständern, an denen hauptsächlich Kleider hingen. Einige hatten Reinigungsetiketten, andere waren zerknittert, als würden sie darauf warten, in die Reinigung gebracht zu werden. Außerdem standen dort noch weitere Kartons mit Zubehör. Der Raum war vollgestopft, aber ordentlich und sauber. Es gab eine Tür, die wahrscheinlich zu der Gasse hinter den Geschäften an der Hauptstraße führte, und Bree konnte auch eine kleine Toilette erkennen.

»Als Erstes nehmen wir alles aus den Tüten raus und hängen es auf. Wenn alles herausgenommen ist, schaue ich mir jedes Teil an, überprüfe die Echtheit der Marke, also ob es eine

Fälschung oder ein Original ist, und sortiere dann aus, was sich meiner Meinung nach verkaufen lässt und was ich zu einem der anderen Secondhandläden bringe«, erklärte Julie, während sie zu den Tüten ging.

Bree folgte ihr, seltsam aufgeregt zu sehen, was gespendet worden war. Es war wie Weihnachten und ihr Geburtstag zugleich.

Sie vergaß für einen Moment die Verhaftung von Mateo Castillo und verlor sich in der Freude, mit neuen Freundinnen zusammenzuarbeiten.

———

Smiley beobachtete die Frauen mit einem kleinen Lächeln, während sie im Hinterzimmer arbeiteten. Wenn einer seiner Teamkameraden ihn jetzt sehen könnte, würde er wahrscheinlich denken, dass er krank sei und einen Arzt aufsuchen müsse. Normalerweise saß er nicht untätig herum ... geschweige denn, dass er einer Frau beim Einkaufen zusah.

Aber Bree und den anderen zuzuhören, wie sie kicherten und vor Überraschung und Freude nach Luft schnappten, wenn sie etwas Besonderes entdeckten, war eine Erfahrung, die er noch nie gemacht hatte und von der er nie gedacht hätte, dass sie ihm tatsächlich Spaß machen würde.

Bree hielt das vielleicht für Zeitverschwendung, aber je mehr Zeit er mit ihr verbrachte, desto mehr entdeckte er die Freuden der einfachen Dinge.

Das Klingeln seines Handys ließ Smiley zusammenzucken, und er lachte leise. Was für ein knallharter SEAL er doch war, dass er sich vor seinem eigenen verdammten Handy fürchtete.

Als er nach unten schaute, sah er, dass es Cookie war – und er wurde nervös.

Das konnte nichts Gutes bedeuten.

Tex' Telefonat mit Wolfs Team wegen Castillo war

verschoben worden. Smiley wusste nicht warum und hatte auch nicht gefragt – aber es sollte heute stattfinden. Es konnte nur einen Grund geben, warum Cookie ihn jetzt anrief, und der war nicht, um Hallo zu sagen.

»Smiley«, sagte er, als er abnahm.

»Was zum verdammten *Teufel*?«, sagte Cookie mit leiser, wütender Stimme.

Smiley seufzte, während er stirnrunzelnd auf den Boden starrte. Ja. Tex hatte definitiv mit Cookie und den anderen über Mateo Castillo gesprochen. Und der ehemalige SEAL war eindeutig nicht glücklich darüber, dass man ihn im Dunkeln gelassen hatte, was Smiley ihm nicht verübeln konnte.

Mit jedem Tag, der verging, fühlte Smiley sich schlechter, weil er Wolfs Team Informationen vorenthielt. Es war nicht richtig, aber er hatte das Gefühl, dass ihm wegen allem, was Tex tat, um Bree zu helfen, die Hände gebunden waren.

Aber es war falsch, seinen Freunden nichts zu sagen. Punkt.

»Ich habe Tex gesagt, dass es keine gute Idee ist, euch nichts mitzuteilen«, sagte Smiley.

»Verdammt richtig. Ich kann nicht glauben, dass er – und du und dein Team – mir das verschwiegen hat! Meine Frau hat durch Castillo *die Hölle* durchgemacht! Nun, vielleicht nicht durch ihn persönlich, aber durch die verdammte Organisation, für die er gearbeitet hat, und ihr alle haltet es für eine gute Idee, mir *nicht* zu sagen, dass er sich möglicherweise nicht nur in den USA, sondern im verdammten *Riverton* aufhält?«

Cookies Stimme war immer lauter geworden, und Smiley befürchtete, dass die Frauen ihn hören könnten, obwohl sein Handy nicht auf Lautsprecher gestellt war.

»Ich gehe kurz nach draußen«, rief er den Frauen zu.

»Okay!«

»Wir sind hier.«

»Kein Problem!«

Smiley ging schnell zur Eingangstür des Ladens und blieb

draußen auf dem Bürgersteig stehen, während er mit Cookie sprach.

»Wie ich schon sagte, das war nicht meine Idee. Ich habe Tex gesagt, dass du und Hurt das Recht habt, es zu erfahren.«

»Fiona hat nach ihrer Rückkehr weiterhin die Hölle durchgemacht. Tex wusste, wie sehr sie zu kämpfen hatte. Verdammt, er hat sie beruhigt, als sie in der Wahnvorstellung lebte, dass ihre Entführer gekommen seien, um sie zu holen. Und jetzt, obwohl die Möglichkeit besteht, dass sie *wirklich* gekommen sind, um sie zu holen, schweigt er? Das ist doch Schwachsinn!«

»Das ist es«, stimmte Smiley zu, »aber es gibt keine Beweise dafür, dass Castillo etwas über Fiona weiß. Oder über Julie. Nach dem zu urteilen, was Tex herausfinden konnte, war er nicht einmal im Dschungel, als du sie gerettet hast.«

»Das ist mir egal«, sagte Cookie, immer noch wütend. »Wenn auch nur eine Chance von einem Prozent besteht, dass jemand aus dieser verdammten Organisation den *Namen* meiner Frau kennt, hätte ich informiert werden müssen.«

»Und ich habe dir zugestimmt«, sagte Smiley. »Tex glaubt wirklich nicht, dass Castillo wegen deiner Frau oder Julie hier ist. Er will Bree. Er hat Geld für sie bezahlt. Ich habe Tex gesagt, er solle mit dir reden, aber er hat um mehr Zeit gebeten, um zu überprüfen, ob Castillo überhaupt Teil dieser damaligen Organisation war. Er wollte dich nicht unnötig beunruhigen, falls er sich irren sollte. Ich habe ihm diese Zeit gegeben. Das war nicht die richtige Entscheidung, und es tut mir leid.«

Er hörte, wie Cookie tief Luft holte, und konnte sich fast vorstellen, wie er sich nervös mit der Hand durchs Haar fuhr.

»Alles, was mit meiner Frau und dieser Zeit in ihrem Leben zu tun hat, bringt das Schlimmste in mir zum Vorschein«, gab er schließlich zu.

»Ich finde eigentlich, dass es das Beste in dir zum Vorschein bringt.«

»Stimmt. Rede mit mir, Smiley. Tex hat mir schon die

Details über die hoffnungsvolle Festnahme von Castillo heute erzählt, aber ich muss wissen, was *du* denkst. Alles, was du über den Mann weißt. Warum er so entschlossen ist, Bree in die Finger zu bekommen. Alles.«

Smiley war von Cookies Forderung nicht überrascht. Er hätte dasselbe verlangt, wären die Rollen vertauscht gewesen.

Zehn Minuten später hatte er Cookie alles erzählt. All seine Bedenken über die Situation, seine Meinung, und als er auflegte, war sein Freund viel ruhiger als zu Beginn des Gesprächs. Aber er war auf dem Weg zum Laden, um Fiona abzuholen, nur für alle Fälle. Er sagte auch, er würde Patrick Hurt, seinen ehemaligen Kommandanten, anrufen und ihm einen Überblick über die Lage geben, was Smiley zu schätzen wusste. Auf keinen Fall wollte er sich auch noch von Hurt die Leviten lesen lassen, nachdem er schon Cookies Zorn auf sich gezogen hatte.

Er betrat erneut *My Sister's Closet* und rief: »Ich bin's nur!« Er wollte nicht, dass die Frauen in ihrer Arbeit unterbrochen wurden, weil sie dachten, ein Kunde sei hereingekommen.

Aber zu seiner Überraschung bekam er keine Antwort.

Die Haare in seinem Nacken stellten sich sofort auf, und Smiley griff nach dem Armeemesser, das er immer bei sich trug. Er ging schnell zur offenen Tür zum Hinterzimmer und spähte hinein.

Sein Adrenalinspiegel stieg noch weiter an, als er sah, dass die Hintertür weit offen stand und die Frauen nirgends zu sehen waren.

»*Verdammt!* Scheiße, Scheiße, Scheiße!«, fluchte er und zog sein Handy heraus.

Als er in seinen Kontakten auf Cookies Namen tippte, wusste Smiley, dass er es vermasselt hatte. Er hatte geschworen, Bree nicht aus den Augen zu lassen, bis Castillo gefasst war – und doch hatte er bereitwillig den Laden verlassen und nicht nur seine Frau allein gelassen, sondern auch Fiona und Julie.

Es traf ihn hart, als das Telefon an seinem Ohr klingelte.

Bree war weg. Julie und Fiona auch. Die drei Frauen, die Mateo Castillo aus gutem Grund entführen wollte. Er holte sich zurück, was ihm seiner Meinung nach gehörte. Die Ängste seines Freundes waren berechtigt ...

Und Smiley hatte fünfzehn Meter entfernt gestanden, als es passiert war.

Cookie würde durchdrehen. Er hatte jedes Recht, noch wütender zu sein als zuvor.

Smiley wusste aus tiefster Überzeugung, dass Castillo derzeit nicht vom Spezialeinsatzkommando festgenommen wurde. Er hatte endlich seinen Zug gemacht.

Die Jagd war eröffnet. *Niemand* legte sich mit den Navy SEALs und ihren Frauen an.

Castillo mochte glauben, er hätte gewonnen, aber in Wirklichkeit hatte er gerade sein eigenes Todesurteil unterschrieben.

KAPITEL ZEHN

»Ooooh, schaut euch das an!«, rief Fiona, als sie ein glitzerndes Kleid hochhielt. »Auf dem Etikett steht, dass es von Versace ist.«

Bree konnte kaum glauben, wie viel Spaß das machte. Jede Tüte war eine Fundgrube aus Satin und Spitze. Es waren zwar auch ein paar Nieten dabei, aber das meiste war wunderschön. Die Spenden würden so vielen Mädchen und Frauen eine Freude bereiten. Für sich selbst hatte sie noch nichts Passendes gefunden, nichts für den Alltag, aber das war völlig in Ordnung. Sie hatte trotzdem eine Menge Spaß.

Als Bree durch die Tür nach vorn schaute, sah sie Smiley mit seinem Handy am Ohr draußen auf und ab gehen. Er sah nicht glücklich aus. Nun, er sah unglücklicher aus als sonst. Wer auch immer sein Gesprächspartner war und worüber sie sprachen, es schien intensiv zu sein. Für den Bruchteil einer Sekunde fragte sie sich, ob es um sie ging, aber dann verdrehte sie innerlich die Augen. Nur weil Smiley ein wichtiges Telefonat zu führen schien, hieß das noch lange nicht, dass es um sie ging.

Außerdem, wenn es darum ging, dass Mateo hoffentlich

gefasst worden war, würde er ihr das sicher sofort sagen. Er wusste, wie gestresst sie wegen der Ereignisse des Tages war.

Sie hatte sich gerade umgedreht, um weiter in der Tüte zu kramen, die ihr zugewiesen worden war, als plötzlich die Tür zur Gasse aufgerissen wurde.

In ihrem Schock hatte Bree keine Zeit, etwas zu tun, außer zu starren, bevor drei Männer hereinstürmten. Jeder von ihnen steuerte direkt auf eine Frau zu. Der größte der Männer kam auf sie zu, und Bree versuchte zurückzuweichen, stolperte jedoch über eine der Tüten, die hinter ihr auf dem Boden standen.

»Nein!«, schrie Julie. »Lasst ...«

Der Rest ihres Satzes wurde abrupt abgeschnitten, als der Mann, der sie gepackt hatte, ihr die Hand auf den Mund presste.

Fiona kämpfte mit einem anderen Mann, der sie komplett von den Füßen gerissen hatte und bereits auf die Tür zuging.

Der Mann, der Bree am nächsten stand, griff nach ihrem Oberarm und riss sie grob wieder auf die Beine.

Dann legte er einen Arm um ihren Hals und drückte zu.

Bree packte seinen Arm und versuchte, ihn von ihrem Hals zu reißen, damit sie atmen konnte, aber ohne Erfolg. Er zerrte sie gewaltsam zur Hintertür hinaus und folgte den beiden anderen.

Die gesamte Entführung dauerte weniger als dreißig Sekunden. Abgesehen vom Knallen der Tür war es unheimlich still. Die Männer hatten kein Wort gesagt, und Bree – ebenso wie Julie und Fiona – war zu überrascht und überwältigt gewesen, um zu schreien. Um Smiley darauf aufmerksam zu machen, dass etwas Schreckliches vor sich ging.

Die Entführer zerrten sie zu einem großen schwarzen Geländewagen und öffneten die Heckklappe. Bree wurde schwarz vor Augen, da der Mann, der sie festhielt, seinen Arm keinen Millimeter lockerte. Sie schnappte nach Luft, als er sie endlich losließ, um sie in den Kofferraum des Fahrzeugs zu stoßen.

Ihre Arme und Beine verfingen sich in denen von Julie und Fiona, und bevor sie sich befreien konnten, schlug die Heckklappe zu.

»Verdammt!«, rief Julie, als sie verzweifelt nach einem Riegel oder Griff suchte, mit dem sie die Heckklappe wieder öffnen konnte.

Bree warf einen Blick auf Fiona und sah, dass sie zusammengekauert dasaß und ins Leere starrte.

»Hilf mir!«, schrie Julie, als das Fahrzeug losfuhr.

Bree kroch zu ihr hinüber, und als sie keinen Griff entdecken konnte, setzte sie sich auf den Hintern und begann, mit aller Kraft gegen die Scheibe zu treten. Julie tat es ihr gleich, aber die Scheibe gab nicht nach.

Da bemerkte Bree, dass ihre Sicht verschwamm.

Als sie sich umsah, stellte sie fest, dass es nicht ihre Sicht war. Der hintere Teil des Fahrzeugs war buchstäblich mit Nebel gefüllt! Erst dann bemerkte sie die durchsichtige Trennwand zwischen dem Laderaum, in dem sie, Julie und Fiona untergebracht waren, und dem Rücksitz.

Zwei der Männer, die sie gepackt hatten, starrten durch das Plexiglas zurück und grinsten manisch.

Bree hustete und spürte, wie sich die Welt zu drehen begann.

»Oh Scheiße«, murmelte Julie und hielt sich ihre Bluse vor Nase und Mund.

Aber es half nichts. Der Nebel war dicht und es fiel ihr immer schwerer, klar zu denken. Sie wurden betäubt. Ihr fiel nur ein Mensch ein, der ein Fahrzeug mit unzerbrechlichem Glas, einer Trennwand zwischen dem Laderaum und dem Rest des Wagens und einer Möglichkeit, die Insassen zu betäuben, haben könnte.

Mateo Castillo.

Er wurde nicht mit Handschellen gefesselt und ins Gefängnis gebracht. Er war *hier*. Jetzt. Und er hatte sie gefunden.

Nicht nur sie, sondern auch Julie und Fiona hatte er mitgenommen.

Das war nicht fair! Sie hatten schon genug durchgemacht.

Bree kroch zu Fiona, schlang ihre Arme um die Frau und hielt sie so fest sie konnte, obwohl sie spürte, wie sie das Bewusstsein verlor. Was Mateo für sie vorgesehen hatte, würde nichts Gutes sein. Das wusste sie so sicher, wie sie ihren eigenen Namen kannte. Aber sie schwor sich, alles zu tun, um Fiona und Julie hier rauszubringen. Mateo war hinter *ihr* her. Nicht hinter ihnen.

Ihr letzter Gedanke, bevor sie ohnmächtig wurde, galt der Vorstellung, wie wütend Smiley sein würde. Die Schuldgefühle würden ihn überwältigen. Er hatte sich selbst zu ihrem Beschützer ernannt, und doch war sie direkt vor seiner Nase weggebracht worden.

Sie hatte keine Ahnung, woher Mateo wusste, wo und wann er zuschlagen musste, aber das spielte jetzt keine Rolle mehr. Alles, was zählte, war das Überleben, bis Smiley und seine Freunde sie finden konnten.

***

Eine halbe Stunde später war Safes Haus brechend voll, aber Smiley bemerkte es kaum. Er bekam den Anblick des leeren Hinterzimmers nicht aus dem Kopf. Er hatte nichts gehört. Keine Schreie. Nichts. Castillo war hereingestürmt und hatte irgendwie alle drei Frauen mitgenommen, ohne ein Geräusch zu machen.

Hurt hatte Tex bereits Zugang zu den Aufnahmen der Überwachungskamera des Ladens gewährt. Er war bereits dabei, Castillo über andere Überwachungskameras in der

Gegend aufzuspüren. Währenddessen versuchte Hurt, die Überwachungskamera-App für Julies System mit dem Fernseher in Safes Haus zu verbinden, damit sie die Aufnahmen ansehen konnten.

Obwohl Smiley wusste, dass Tex daran arbeitete, fühlte er sich schlecht. Er konnte nicht anders, als sich für alles verantwortlich zu fühlen.

»Was zum Teufel ist bei der Task Force schiefgelaufen?«, zischte Cookie. Er wendete sich nicht an jemand Bestimmtes, sondern an alle Anwesenden.

Alle ehemaligen Teamkameraden von Cookie waren da. Ebenso wie Smileys Freunde. Alle wollten etwas tun, aber sie hatten noch keine Idee, wie sie vorgehen sollten. Also mussten sie warten. Normalerweise wäre das kein Problem gewesen, sie waren alle daran gewöhnt zu warten, aber diesmal war es etwas Persönliches. Nicht nur Bree schwebte in Lebensgefahr, sondern auch Fiona und Julie.

Und alle waren sich nur allzu bewusst, was vor all den Jahren in Mexiko passiert war. Wie schlimm die Frauen misshandelt worden waren. Wie Fiona unter Drogen gesetzt worden war. Und wie sie nach ihrer Rückkehr nach Kalifornien einen Rückfall erlitten hatte. Das war buchstäblich ihr schlimmster Albtraum, der wahr geworden war.

Und Julie ... sie war das letzte Mal nicht gerade gut damit umgegangen, gefangen zu sein, obwohl sie jetzt definitiv ein anderer Mensch war als damals.

Dann war da noch Bree. Ja, sie war aus ihrer Wohnung in Las Vegas entführt worden, aber sie war ziemlich schnell gerettet worden. Wie ging es ihr?

Smiley konnte nicht aufhören, darüber nachzudenken, was er hätte tun sollen. Wie er sie auf dem Stützpunkt oder in seiner Wohnung hätte behalten sollen, bis er die Bestätigung erhalten hatte, dass Castillo festgenommen worden war.

Minuten später hatte Hurt endlich die Überwachungsaufnahmen aus *My Sister's Closet* abgerufen, und alle versammelten sich um den Fernseher, um sie anzusehen.

Kevlar schlich sich neben Smiley und legte seinen Arm um seine Schultern. Er brauchte die Unterstützung und schob den Arm seines Teamleiters nicht weg. Er war sich nicht sicher, ob er es ertragen konnte zu sehen, wie Bree entführt worden war.

Als er sich gegen Kevlar lehnte, drückte Hurt auf Abspielen. Smiley hielt den Atem an und beobachtete, wie die Mädchen lächelten und plauderten. Fiona hielt ein Kleid hoch, das sie gerade aus einem der Müllsäcke voller Kleidung gezogen hatte. Dann schlug die Hintertür auf, und alle drei Frauen drehten sich um, als drei Männer hereinstürmten.

Zu Smileys Entsetzen war Castillo selbst unter den drei Entführern. Er stach aus der Gruppe hervor, da er sowohl von der Größe als auch vom Gewicht her ziemlich massig war. Er stürmte auf Bree zu, die zurücktaumelte und über eine der Tüten stolperte.

Fiona und Julie rangen mit den beiden anderen Männern, während Castillo Bree packte. Er legte seinen Arm um ihren Hals, und Smiley konnte kaum atmen, als er sich vorstellte, wie panisch Bree sein musste.

Und einfach so war der Hinterraum leer.

Die gesamte Entführung hatte nicht länger als dreißig Sekunden gedauert.

Genauer gesagt vierundzwanzig Sekunden.

Die Aufnahme schwenkte zur Kamera in der Seitengasse, und Smiley sah, wie die Frauen in den Laderaum eines großen Geländewagens gestoßen wurden. Er konnte sehen, wie Julie gegen die Heckscheibe schlug, als das Fahrzeug aus der Gasse raste.

Zur Bestürzung aller konnten sie deutlich sehen, dass das Kennzeichen des Geländewagens verdeckt war. Zweifellos würden sie irgendwo anhalten und das Klebeband entfernen, damit sie nicht von der Polizei angehalten wurden.

Nachdem sie sich das Video angesehen hatten, herrschte Stille im Raum, während die Männer das Gesehene verarbeiteten.

Smiley wusste nicht, was er sagen oder tun sollte. Sein erster Impuls war, sich in seinen Wagen zu setzen und nach dem schwarzen Geländewagen zu suchen. Aber er wusste nicht, wo er anfangen sollte. Riverton selbst war keine große Stadt, aber es lag in der Nähe anderer Städte in Südkalifornien. Sie konnten inzwischen überall sein.

Tex hatte die Grenzpolizei informiert, die nach dem Fahrzeug und den Männern, die die Frauen entführt hatten, fahndete. Aber Castillo war nicht dumm. Er würde nicht versuchen, mit demselben Fahrzeug, mit dem er die Frauen entführt hatte, einfach über die Grenze zu fahren. Außerdem wusste Smiley ganz genau, dass Bree nicht einfach hinten sitzen und nicht um Hilfe schreien würde, wenn die Chance bestand, dass jemand sie hören konnte. Er nahm an, dass Fiona und Julie dasselbe tun würden.

Nein, Castillo würde die Frauen irgendwie außer Gefecht setzen müssen – und das bereitete ihm die größte Sorge.

»*Scheiße*«, fluchte er.

Kevlar verstärkte kurz seinen Griff um Smiley und richtete sich dann auf.

»Okay. Tex hat bereits bestätigt, dass die verdammten Peilsender defekt sind – was bedeutet, dass die Entführer mit ziemlicher Sicherheit etwas daran manipuliert haben, da alle drei Frauen mindestens einen trugen und es unmöglich ist, dass mehrere Peilsender gleichzeitig ausfallen – wir können also nicht einfach direkt zu ihrem Standort fahren. Was verdammt *beschissen* ist. Aber wir können auch nicht einfach herumstehen und Däumchen drehen. Also teilen wir uns auf. Einige von uns überprüfen die Straßen, die zur Grenze führen, andere fahren zur Küste und zu den Werften. Wir sollten auch einen Blick auf die Raststätten werfen. Er wird versuchen, sie aus dem Land zu bringen, da sind wir uns alle einig, oder?«

Alle nickten.

»Er könnte nach Osten fahren, bis er einen Grenzübergang findet, der ihm weniger gefährlich erscheint«, schlug Dude vor.

»Was ist mit Flughäfen? Der Arsch hat doch genügend Geld, um einen Piloten zu bezahlen, oder nicht?«, fragte Preacher.

Smiley hatte daran noch gar nicht gedacht. Mit jedem Wort seiner Kameraden stieg seine Anspannung um ein Vielfaches.

»Wir müssen sie finden. Fiona darf das nicht noch einmal durchmachen«, sagte Cookie verzweifelt.

»Wir werden sie finden. Alle«, erklärte Wolf streng, klopfte Cookie auf die Schulter und hielt sie fest.

»Du hast Tex gehört. Er ist sauer. Vor allem auf sich selbst. Er hat es vermasselt, und das weiß er. Hätten wir vor heute von Castillo gewusst, hätten wir die Frauen in Sicherheit bringen können«, sagte Benny.

Smiley hatte genug. Er konnte nicht darüber nachdenken, was Bree und die anderen gerade durchmachten, während sie alle herumstanden und darüber redeten, wie beschissen die Lage war. Er musste etwas *tun*. Er drehte sich um und ging zur Tür.

»Wo willst du hin?«, rief Mozart.

»Ich suche Bree«, blaffte Smiley, ohne langsamer zu werden.

Er hörte Schritte und bereitete sich darauf vor, mit demjenigen zu kämpfen, der ihm folgte, falls er versuchen sollte, ihn aufzuhalten.

Stattdessen hörte er Cookie sagen: »Ich komme mit.«

»Ich fahre«, sagte Blink zu ihnen.

»Gib mir eine Sekunde, Smiley«, sagte Kevlar.

»Nein.«

»Verdammt! Bleib eine Sekunde stehen. Wir müssen methodisch vorgehen. Wir wollen sie nicht verpassen!«

Kevlar klang wütend, und Smiley hörte den Befehl in seinem Tonfall. Er holte tief Luft, hielt an und drehte sich zu seinem Freund um. Aus Respekt würde er ihm noch eine Minute geben, aber danach würde er verschwinden.

Kevlar schnappte sich schnell einen Notizblock, der auf Safes Theke lag. »Okay, Smiley – du, Cookie und Blink fahrt nach Osten und überprüft die Raststätten auf dem Weg zur I-8. Hurt, Wolf und Flash, ihr fahrt nach Süden und überprüft die Raststätten in der Nähe der I-5 in Richtung Tijuana. Safe, Preacher, Dude und Benny fahren zur Werft. Versucht, mit einem Vorarbeiter zu sprechen, und schaut euch die Überwachungsvideos an. Ich bin mir sicher, dass Tex und seine Leute das irgendwann auch tun werden, aber wenn wir einen Vorsprung haben und sehen können, ob ein schwarzer Geländewagen etwas in einen Schiffscontainer geladen hat, wäre das gut. MacGyver, Mozart, Abe und ich werden die regionalen Flughäfen überprüfen. *Alle* bleiben ruhig und kontrolliert. Wir sind alle sauer wegen dieser Sache, aber unüberlegt zu handeln wird Fiona, Julie oder Bree nicht helfen. Verstanden?«, fragte Kevlar.

»Was sagen wir den Frauen? Caroline hat mein Handy heiß laufen lassen. Sie weiß, dass etwas nicht stimmt, weil ich so plötzlich aus dem Haus gegangen bin«, sagte Wolf.

»Die Wahrheit«, antwortete Smiley, bevor jemand anderes seine Meinung äußern konnte. »Sie müssen wachsam bleiben. Wir haben keine Ahnung, ob Castillo sie nicht auch im Blick hat.«

»Scheiße!«

»Mist!«

»Verdammt!«

Es war offensichtlich, dass niemand sonst daran gedacht hatte. Sie waren so darauf konzentriert gewesen herauszufinden, wohin Castillo Fiona, Julie und Bree bringen könnte, dass sie nicht einmal daran gedacht hatten, dass er versuchen könnte, noch jemand anderen zu entführen.

Wie auf Kommando griffen alle im Raum – außer Smiley, Cookie und Hurt – zu ihren Handys und riefen ihre Frauen und Freundinnen an.

Fünf Minuten später hatten alle eine finstere Miene und die Spannung in der Luft war so dick, dass man kaum atmen konnte. »Jessyka kontaktiert die anderen und sagt ihnen, sie sollen zu uns kommen«, sagte Benny zu seinen Teamkameraden. »Das Haus ist groß genug für alle, auch für die Kinder.«

»Und Wren will, dass sich alle hier treffen«, fügte Safe hinzu.

»Halten wir es für eine gute Idee, alle Frauen und Kinder an einem Ort zu versammeln?«, fragte Preacher.

»Ja«, entgegnete Dude entschlossen. »Zusammen sind wir stark und sicher. Und jetzt, da alle Bescheid wissen, werden sie nicht mehr so überrascht sein wie Fiona, Julie und Bree. Cheyenne wird bewaffnet sein. Niemand wird sich ihr oder den anderen nähern können.«

»Das Gleiche gilt für Remi«, stimmte Kevlar zu. »Sie ist wütend. Verängstigt, aber stinksauer.«

Smiley war fertig. Er war froh, dass die Frauen geschützt sein würden, aber er musste immer wieder an Bree denken und daran, wie viel Angst *sie* hatte. Er wollte sich nicht vorstellen, was sie durchmachte.

Er drehte sich um und ging erneut zur Tür, Cookie und Blink dicht hinter ihm. Die Suche an Raststätten kam ihm wie eine aussichtslose Mission vor. Aber es war nun schon eine Stunde seit ihrer Entführung vergangen, und *etwas* zu tun war besser, als herumzusitzen und darauf zu warten, dass Tex oder eine der Frauen, mit denen er zusammenarbeitete, sich meldete. Wenn sie irgendetwas herausfanden, würden sie sich melden und könnten zu Plan B übergehen. Oder C, D, F, Q. Egal.

Es zählte nur, die Frauen zu finden, bevor Castillo sie außer Landes bringen konnte. Dann würde alles viel komplizierter werden.

Kompliziert, aber nicht unmöglich.

Zum ersten Mal verstand Smiley Phantom ein wenig besser.

Phantom war ein SEAL, der abtrünnig geworden und auf eigene Faust ins Ausland gereist war, um eine Frau zu retten, mit der er noch nie persönlich gesprochen hatte, die er nur einmal gesehen hatte – am Boden einer mit Leichen gefüllten Grube, in die Rebellen sie geworfen hatten, nachdem sie sie angeblich getötet hatten. Aber sie war nicht tot. Nachdem sein Team Timor-Leste verlassen hatte, glaubte Phantom, gesehen zu haben, wie sich ihr Fuß bewegte ... aber niemand hatte ihm geglaubt. Er war entschlossen gewesen, sie zu retten, mit oder ohne die Erlaubnis seines Kommandanten oder der Marine.

Smiley hatte das Ganze nicht gutgeheißen, als er hörte, was der SEAL getan hatte. Er konnte nicht verstehen, warum der Mann seine Karriere aufs Spiel setzen und eine Gefängnisstrafe riskieren würde, um eine Frau zu retten, die er nicht einmal kannte. Verdammt, selbst wenn er sie gekannt *hätte*, hätte er nicht verstanden, warum er alles riskieren wollte, wofür er so hart gearbeitet hatte, ohne konkrete Beweise dafür, dass sie überhaupt noch lebte.

Aber jetzt verstand er es.

Wenn Bree aus den USA gebracht würde, würde ihn nichts davon abhalten, sie zu suchen. Er hatte versprochen, dass er sie holen würde, falls ihr etwas zustoßen sollte. Und verdammt noch mal, er würde dieses Versprechen nicht brechen. Auf keinen Fall. Er hatte das Gefühl, dass Cookie und Hurt ihm zur Seite stehen würden. Sie hatten vielleicht nicht so viel zu verlieren wie er, was ihre Berufe anging, aber sie riskierten dennoch ihre Rente.

»Ich fahre«, verkündete Blink, als sie das Haus verließen. Smiley warf seinem Freund wortlos den Schlüssel zu. Es machte ihm nichts aus, wenn Blink fuhr. Der Mann redete vielleicht nicht viel, aber hinter dem Steuer konnte er ein Psycho sein. Das hatte er bei einer ihrer Missionen gelernt.

Als er, Cookie und Blink sich in seinen Pick-up quetschten, atmete Smiley tief durch. Bree musste in Ordnung sein. Das musste sie einfach. Er hatte sie gerade erst gefunden. Er durfte sie jetzt nicht verlieren.

KAPITEL ELF

Bree träumte, dass sie zu spät zur Schule kam und durch einen Schneesturm lief, um dorthin zu gelangen. Sie hatte gerade die Tür zum Schulgebäude geöffnet, als sie feststellte, dass sie stattdessen in eine Art Scheune gelangt war. Sie fror. Als sie nach unten sah, merkte sie, dass sie keine Schuhe anhatte. Und auch keine Kleidung.

Verdammt, sie hatte wieder einen dieser »Nackt«-Träume. Die hasste sie.

Zitternd öffnete sie die Augen ... und stellte fest, dass sie nicht träumte. Sie fror wirklich. Ihre Hände fühlten sich eiskalt an, und worauf auch immer sie lag, war hart wie Stein.

Verwirrt drehte Bree den Kopf und fragte sich, warum Smiley nicht neben ihr im Bett lag und sie wärmte.

Aber statt Smiley sah sie Gitterstäbe.

Gitterstäbe?

Sie kraxelte zu schnell auf die Knie und schrie auf, als ihr Kopf gegen etwas Hartes stieß. Bree beugte sich wieder vor und versuchte zu verstehen, was los war. Wo sie war.

Über ihrem Kopf war ein seltsames rotes Licht, das ihr die Sicht ermöglichte, aber alles war fast verzerrt. Die Stäbchen und Zapfen in ihren Augen hatten Schwierigkeiten, sich an die Umgebung anzupassen. Verwirrt wimmerte sie und drehte den Kopf zur anderen Seite – und erstarrte.

»Was zum Teufel?«, flüsterte sie. Es war irgendwie beruhigend, ihre eigene Stimme zu hören. »Fiona?«, sagte sie etwas lauter.

Und plötzlich erinnerte sie sich an alles.

Nun, nicht an alles natürlich, aber genug. Sie, Julie und Fiona waren in *My Sister's Closet* gewesen und hatten sich die neuesten Spenden angesehen, als drei Männer hereinkamen und sie packten. Ihre letzte Erinnerung war, dass sie in den hinteren Teil dieses schwarzen Geländewagens gestoßen wurde und bemerkte, dass der Nebel in der Luft tatsächlich eine Art Gas oder Betäubungsmittel war.

»Fiona!«, rief sie erneut, diesmal lauter, während sie sich so nahe wie möglich an die Gitterstäbe ihres Käfigs drückte. Sie befand sich in einer Art Hundebox. Um sie herum waren Metallstäbe, unter ihrem Hintern lag eine Plastikwanne. Als Bree nach unten schaute, wurde ihr klar, warum ihr so kalt war. Sie trug nur ein Nachthemd mit Spaghettiträgern. Ein Negligé oder ein Unterkleid. Sie war sich nicht sicher, *was* es war, nur dass es kaum ihren Hintern bedeckte und bei Weitem nicht aus genügend Stoff bestand, um sie warm zu halten.

Aber im Moment machte sie sich mehr Sorgen um Fiona. Sie lag regungslos in dem Käfig neben Bree. Bree streckte ihren Arm so weit wie möglich durch die Gitterstäbe, aber sie konnte sie nicht erreichen.

»Fiona!«, schrie sie in der verzweifelten Hoffnung, dass die andere Frau aufwachte.

»Bree?«

Als Bree an Fionas Käfig vorbeisah, entdeckte sie Julie auf der anderen Seite, ebenfalls in einem Käfig.

»Julie!« Die Erleichterung, nicht allein in dieser Hölle zu sein, war fast überwältigend. Julie trug das gleiche knappe

Outfit. Bei ihr, die so zierlich war, reichte es natürlich fast bis zu den Knien.

Fiona stöhnte, und Bree wandte die Aufmerksamkeit wieder der anderen Frau zu.

»Fiona! Wach auf! Ich bin's, Bree. Julie ist auch hier. Bitte, wach auf.«

Es dauerte eine Weile, aber schließlich kam Fiona wieder zu Bewusstsein. Bree war sich nicht sicher, wie die andere Frau mit der Situation umgehen würde. Sie war irgendwie erstarrt, als sie hinten in dem Geländewagen eingesperrt worden waren. Völlig blockiert. Bree machte ihr keine Vorwürfe. Wie hätte sie das können, wo sie doch buchstäblich ihren schlimmsten Albtraum noch einmal durchlebte?

»Wo sind wir?«, krächzte Fiona.

»So wie es sich anfühlt, sind wir in einem Lastwagen oder so etwas«, sagte Julie.

»Was ist das für ein Geruch?«

Bree war so darauf konzentriert gewesen, Fiona aufzuwecken und zu versuchen, ihren Verstand dazu zu bringen zu begreifen, was gerade geschah, dass sie nicht bemerkt hatte, wie übel es in dem Container roch, in dem sie festgehalten wurden.

»Schau dich um. Hühner.«

Bree tat genau das und stellte fest, dass Julie recht hatte. Sie waren von Käfigen voller Hühner umgeben. Offensichtlich hatte sie die Geräusche der Vögel verdrängt, während sie alles andere verarbeitete. Aber jetzt, als die Realität einsetzte, nahm sie den Gestank der Exkremente aller Tiere um sie herum wahr. Sie würgte.

»Ich kann nicht glauben, dass das verdammt noch mal schon wieder passiert!«, zischte Fiona.

Überrascht von dem Gift in ihrer Stimme, sah Bree sie noch einmal an. Sie saß jetzt mit gekreuzten Beinen in ihrem Käfig, den Kopf gesenkt, da sie nicht aufrecht sitzen konnte, und starrte finster vor sich hin.

»Fiona?«, fragte Bree, besorgt um ihren psychischen Zustand.

»Was?«, blaffte sie und drehte sich zu ihr um. »Verdammt noch mal entführt. *Schon wieder!* Als sei einmal nicht schon schlimm genug gewesen. Scheiße!«

Erleichtert, dass sie nicht heulte und kurz vor einem Nervenzusammenbruch stand, war Bree dennoch unsicher, wie sie auf die wütende Frau reagieren sollte. Sie betrachtete sie als Freundin, kannte sie aber noch nicht lange genug, um zu wissen, ob ihre aktuellen Emotionen ein Vorbote dafür waren, dass sie völlig durchdrehen würde oder nicht.

»Fiona, hast du deine Ohrringe drin?«, fragte Julie.

Fiona griff nach ihren Ohren und fluchte erneut. »Scheiße, nein. Du?«

»Nein. Die haben mir auch meine Haarspangen weggenommen.«

»Und unsere Kleidung. Alles«, sagte Fiona.

Bree war verwirrt. Sie befanden sich in einer Art Lastwagen voller Viehzeug, nachdem sie entführt, betäubt und in Käfige gesteckt worden waren ... und Fiona und Julie machten sich Sorgen um ihre Accessoires?

»Und meine Ringe auch. Die, die Cookie mir geschenkt hat«, sagte Fiona und klang zum ersten Mal seit ihrem Erwachen traurig.

»Meinen auch. Bree, hast du noch einen von Tex' Peilsendern bei dir?«, fragte Julie.

Endlich dämmerte es ihr. Sie waren nicht wegen verlorener Schmuckstücke aufgebracht. Sie dachte nach und tastete nach der Halskette, die sie heute Morgen umgebunden hatte – und fand sie nicht. »Nein«, sagte sie leise.

Wie sollte Smiley sie ohne die Peilsender finden? Wie

sollten die SEALs sie finden? So sehr sie auch versuchte, es zu unterdrücken, begann Panik in ihr aufzusteigen.

»Okay, keine Panik«, befahl Fiona, als könnte sie Brees Abwärtsspirale spüren. »Weiß jemand, wer diese Arschlöcher sind, die uns entführt haben?«

Bree hasste es, dass Fiona das noch nicht wusste – und sie hatte Angst, ihr die Nachricht überbringen zu müssen. Aber es war zu spät, um sie noch zu schützen. Sie steckten tief in der Scheiße. Mit einem resignierten Seufzer sagte sie: »Mateo Castillo. Es tut mir so leid, dass ihr beide in diese Sache verwickelt seid. Er ist der Mann, der mich von meinem Ex gekauft hat. Er ist derjenige, der mich so lange gesucht hat, vor dem ich mich versteckt habe. Er sollte heute festgenommen werden. Tex sagte, dass ein Spezialeinsatzkommando sein Hotel umstellen und ihn festnehmen würde.«

»Das war offensichtlich ein großer Reinfall«, sagte Julie sarkastisch.

Bree konnte sich nicht dazu bringen, darüber zu lachen. Nicht einmal ein bisschen. »Und es gibt noch mehr«, sagte sie etwas zögerlich. Bisher gingen Julie und Fiona besser mit der Situation um als sie ... aber sie kannten den Rest noch nicht.

»Mehr?«, fragte Fiona.

Bree zwang sich, den Blick der anderen Frau zu erwidern. »Ja. Mateo? Er gehörte zu der Gruppe, die euch vor all den Jahren entführt hat. Er war nicht der Anführer und war auch nicht dabei, als ihr gerettet wurdet, aber er war ein kleines Rädchen in dieser Gruppe. Tex sagte, dass er im Laufe der Jahre aufgestiegen ist und dann seine eigene Organisation gegründet hat.«

»Willst du mich verarschen?«, fragte Julie.

Bree ließ Fiona nicht aus den Augen. »Nein. Tex wollte Cookie und Hurt nichts sagen, bevor er sich nicht ganz sicher war und mehr Informationen über den Kerl hatte.« Sie hielt den Atem an und betete, dass Fiona nicht völlig durchdrehen würde.

Zu ihrer Überraschung rückte Fiona an die Seite ihres Käfigs, die Bree am nächsten war. Sie streckte ihre Finger durch die Gitterstäbe und wackelte ungeduldig mit ihnen.

Ohne nachzudenken, hob Bree die Hand und umfasste Fionas Finger.

»Dies ist nicht wie letztes Mal«, sagte sie entschlossen. »Erstens sind wir nicht allein. Wir haben einander. Und selbst wenn diese Idioten uns trennen, haben wir noch ein Ass im Ärmel.«

»Was denn?«, fragte Bree, die der Gedanke, von diesen Frauen getrennt zu werden, fast in eine Nervenkrise stürzte. Im Moment kam sie nur so gut damit zurecht, weil sie nicht allein war.

»Unsere Männer. Cookie hat einmal etwas zu mir gesagt, nachdem ich gerettet worden war und diese kleine ... Episode hatte, in der ich dachte, meine Entführer hätten mich gefunden. Er sagte zu mir: ›Ich werde immer nach dir suchen.‹ Das habe ich nie vergessen. Niemals. Cookie wird niemals aufgeben, bis er mich gefunden hat. Daran habe ich keinen Zweifel.«

»Unsere SEALs stellen wahrscheinlich gerade Riverton auf den Kopf«, stimmte Julie zu.

»Aber ich schätze, wir sind nicht in Riverton«, flüsterte Bree. »Und wir haben Tex' Peilsender nicht mehr. Wir könnten überall sein. Wie sollen sie uns finden?«

»Ich weiß es nicht. Aber ich vertraue Hurt. Und Tex. Und Cookie. Und Smiley und seinem Team. Wir müssen nur durchhalten. Egal was passiert, wir müssen durchhalten. Sie werden uns holen«, versprach Julie.

Fiona drückte fest Brees Finger. »Denk positiv, Bree. Du musst positiv denken.«

»Ich weiß nicht, ob ich das kann«, gab sie zu und hatte plötzlich Angst vor dem, was kommen würde. All die Monate, in denen sie sich versteckt und in ihrem Wagen gelebt hatte, hatte sie nie wirklich darüber nachgedacht, was passieren würde, falls sie gefasst würde. Theoretisch war ihr bewusst, was Fiona, Julie und unzählige andere Frauen durchgemacht hatten, als sie in die Sexsklaverei gezwungen wurden. Aber das war alles nur ein abstraktes Konzept gewesen.

Jetzt? Hier in diesem Käfig zu sitzen, umgeben von Viehzeug, auf dem Weg nach wer weiß wohin ... da wurde ihr die Realität bewusst. Mit voller Wucht.

»Du kannst das«, sagte Fiona streng. »Nichts, was sie uns antun können, wird dafür sorgen, dass unsere Männer uns weniger lieben.«

Bree ließ ihre Worte auf sich wirken. Fiona und Julie waren verheiratet. Schon seit Jahren. Sie waren in festen Beziehungen. Sie und Smiley ... was waren sie? Sie waren praktisch noch Fremde. Sie wusste nicht einmal, was seine Lieblingsfarbe war. Oder ob er gegen irgendwelche Lebensmittel allergisch war. Oder wo sein Lieblingsurlaubsort war.

In diesem Moment ruckelte der Lastwagen und die Frauen wurden gegen die Seiten ihrer Käfige geschleudert, ebenso wie die Vögel um sie herum. Ein ohrenbetäubender Lärm brach los, sodass Bree sich die Ohren zuhielt, um ihn auszublenden. Es war eine kluge Entscheidung gewesen, sie zu all diesen lebenden Tieren zu stecken. Jeder Laut, den sie von sich gaben, würde die Vögel aufschrecken und ihre Schreie und Rufe übertönen.

Während der Tumult weiterging, hatte Bree eine Erleuchtung. Sie musste nicht alle trivialen Dinge über Smiley kennen, um zu wissen, dass sie ihn liebte. Sie wäre nicht mit ihm zusammengezogen, wenn sie ihn nicht liebte. Sie würde nicht jede Nacht mit ihm schlafen.

Sie *kannte* Smiley. Und sie liebte ihn. Sie war sich ziemlich sicher, dass ein Mann wie er, der jede Frau haben konnte, die er wollte, sie niemals zu sich nach Hause geholt hätte, wenn er sie nicht auch liebte.

Die drei waren nicht allein auf der Welt. Sie hatten nicht nur knallharte Navy SEALs, die sie liebten, sondern ihre Männer hatten auch noch andere, die *ihnen* den Rücken freihielten. Bree hatte das Gefühl, wenn sie darum bäten, würde das gesamte SEAL-Netzwerk aktiviert werden. Niemand würde aufhören, nach ihnen zu suchen, bis sie gefunden und wohlbehalten nach Hause gebracht worden wären.

Das war ein mächtiger Gedanke. Er gab Bree die Kraft, tief Luft zu holen – und dann verschluckte sie sich prompt an den Federn, dem Geruch von Exkrementen und dem Gefühl der Gefahr, das in der Luft lag.

Das war keine gute Idee gewesen, aber sie fühlte sich trotzdem stärker.

Egal was passierte. Egal was Mateo für sie bereithielt, sie würde nicht zusammenbrechen. Sie hatte Smiley vielleicht nicht gesagt, dass sie ihn liebte, und sie hatte vielleicht auch nicht die gleichen Worte von ihm gehört, aber das bedeutete nicht, dass sie nicht bis in die Tiefen ihrer Seele wusste, dass sie und Smiley füreinander bestimmt waren. Er war da draußen. Er verlor den Verstand, blickte finster drein, schrie Leute an und tat alles, was nötig war, um sie zu finden. Sie musste einfach durchhalten, bis das geschah.

»Bree? Ist alles in Ordnung?«, fragte Fiona aus dem nächsten Käfig.

»Mir geht es gut. Julie, bist du okay?«, fragte Bree.

»Wütend, aber ich halte durch«, antwortete die andere Frau.

»Gut. Dann geht es uns allen gut«, sagte Fiona. »Umgeben von Scheiße, erstickt vom Gestank, frierend in diesen verdammt lächerlichen Kleidern, aber es geht uns gut. Und jetzt – wie kommen wir hier raus?«

Bree war überrascht, als sie spürte, wie sich ein Lächeln auf ihrem Gesicht ausbreitete. Niemals im Leben hätte sie gedacht, dass Fiona sich als Anführerin anbieten würde. Nicht nach dem, was sie durchgemacht hatte, als ihr vor all den Jahren dasselbe passiert war, oder nachdem sie sich im Kofferraum des Geländewagens in Embryonalstellung zusammengerollt hatte. Aber Zeit und wahre Liebe hatten eine Art, einem Kraft zu geben.

Bree hoffte nur, dass es genug war. Dass Mateo nicht einfach beschließen würde, sie alle zu töten. Lebendig konnten sie mit allem fertigwerden, was er geplant hatte, lange genug, bis ihre Männer einschreiten und sie retten konnten. Aber wenn sie tot waren ...

Bree verdrängte den Gedanken.

Nein. Mateo wäre nicht so weit gegangen, wenn er sie einfach nur töten wollte. Das hätte er im Laden tun können. Oder während sie bewusstlos waren. Er hatte einen Plan für sie.

Er begriff allerdings nicht, dass er mit ihrer Entführung so gut wie tot war.

Smiley würde ihn nach dieser Tat nicht am Leben lassen, daran hatte Bree keinen Zweifel. Und Cookie, Hurt und der Rest der SEALs würden Schlange stehen, um dafür zu sorgen, dass die Tat vollendet wurde. Sie, Julie und Fiona mussten einfach einen Weg finden, ihnen die Arbeit zu erleichtern. Wenn sie Mateo und seinen Schlägern sowie diesen verdammten Hühnern entkommen konnten, würde das die Aufgabe der SEALs um einiges einfacher machen.

Es war an der Zeit, einen Plan zu schmieden.

»Irgendetwas?«, blaffte Cookie in sein Telefon, als sie an der vierten Raststätte östlich von Riverton hielten, um nach Anzeichen des schwarzen Geländewagens und der Frauen zu suchen.

»Nein. Bei euch?«, fragte Wolf, dessen Stimme durch den Lautsprecher des Handys in der Fahrerkabine hallte.

»Nein. Ich habe mit Dude und Mozart gesprochen, die haben auch nichts. Irgendetwas von Tex?«

»Noch nicht«, sagte Wolf.

Smiley biss die Zähne zusammen, während Blink langsam durch das Labyrinth aus geparkten Lastwagen fuhr. Es war mittlerweile stockfinster. Die Frauen waren seit fast vier Stunden verschwunden. Gedanken daran, was sie gerade durchmachen könnten, quälten ihn. So hatte er sich noch nie gefühlt. Als würde ihm langsam, ein Zentimeter nach dem anderen, das Innere aus dem Körper gerissen werden.

Er hatte sich Sorgen gemacht, als er Bree während all seiner Reisen nach Las Vegas nicht finden konnte, als er nach ihr suchte. Und das war, bevor er sie kennengelernt hatte. Bevor er sich ihr sowohl körperlich als auch emotional verbunden fühlte.

Während der letzten Wochen hatte er fast jede freie Minute mit ihr verbracht. Sie jetzt nicht bei sich zu haben tat ihm körperlich weh. Aber unter dem Schmerz brodelte eine Wut, die immer stärker wurde. Sie war kurz davor überzukochen.

Selbst in seinem Job als SEAL hatte er sich nie als besonders gewalttätigen Mann empfunden. Ja, er hatte im Rahmen seiner Arbeit gewalttätige Dinge getan, aber wenn es um die Arschlöcher ging, denen er in seinem normalen Leben begegnete, war er in der Lage, die andere Wange hinzuhalten. Menschen, die ihre Bedürfnisse und Wünsche für wichtiger hielten als die ihrer Mitmenschen. Arschlöcher, die kein Problem damit hatten, ihn im Verkehr zu schneiden oder sich in einer Schlange vorzudrängeln, nur weil *sie* es eilig hatten.

Aber jetzt? Smiley wollte jemandem wehtun. Nein, nicht irgendjemandem. Mateo Castillo und den anderen Arschlöchern, die es gewagt hatten, in *My Sister's Closet* einzubrechen und sich etwas zu nehmen, das ihnen nicht gehörte. Nicht dass

Julie, Fiona und Bree irgendjemandem gehörten außer sich selbst.

Die Wut und Gewalt, die unter seiner Haut brodelten, hätten ihn beunruhigen sollen. Aber das taten sie nicht. Er war mehr als bereit, die Männer zu töten, weil sie Bree angefasst hatten. Er hatte das Video gesehen. Hatte die Panik in ihren Augen gesehen, als ihr der Sauerstoff abgeschnitten wurde. Er hatte gesehen, wie sie sich an Castillos Arm festgekrallt hatte. Die Bilder in seinem Kopf brachten ihn dazu, die Fäuste zu ballen, während er angestrengt nach Anzeichen dafür suchte, dass die Frauen an der Raststätte gewesen waren. Vielleicht waren sie noch dort.

Er wusste allerdings nicht, wonach er suchte. Dem schwarzen Geländewagen, ja, aber inzwischen waren die Frauen sicherlich schon in ein anderes Transportmittel umgeladen worden. Lastwagen, Zug, Boot ... Das Blöde war, dass sie keine Ahnung hatten, wie Castillo sie aus dem Land bringen wollte. Sie hatten nur keinen Zweifel daran, dass er es tun würde. Seine Organisation hatte ihren Sitz in Ecuador. Dort würde er sicherlich hinwollen.

»Scheiße! Das ist hoffnungslos«, fluchte Cookie, als er sein Gespräch mit Wolf beendete. »Wir sollten einfach nach Ecuador fahren. Den Arsch in *seinem* Haus treffen.«

»Wenn wir nicht herausfinden können, wie er sie aus dem Land bringt, werden wir das tun«, sagte Blink ruhig. »Aber wenn es irgendwie möglich ist, wollen wir ihn jetzt abfangen. Wir wollen den Frauen das Trauma des Transports ersparen.«

Er hatte recht. Natürlich hatte er recht. Aber seine Worte sorgten nur dafür, dass Smiley noch übler wurde, als es ohnehin schon der Fall war.

Sie fuhren an einer Reihe von Sattelschleppern vorbei, die alle rückwärts in ausgewiesene Parkplätze an der Raststätte gefahren waren, aber zwischen einem Sattelschlepper eines

Großmarktes und einem Lastwagen einer Logistikfirma war ein Platz frei.

Hätte er sich nicht genau auf den Bereich hinter den Lastwagen konzentriert, hätte er es übersehen. Smiley war sich allerdings nicht sicher, *was* er gesehen hatte.

»Warte! Halt an!«

Alle drei Männer wurden nach vorn geschleudert, als Blink auf die Bremse trat.

»Zurück! Ich habe etwas gesehen!«, rief Smiley.

Blink legte den Rückwärtsgang ein und fuhr rückwärts, bis sie parallel zu der freien Parklücke standen. Smiley blinzelte, um zu sehen, was unter den Bäumen hinter der Reihe von Lastwagen im Gras lag, und griff nach der Tür.

Blink und Cookie waren ihm dicht auf den Fersen, als er zur Baumreihe lief.

Leider – oder zum Glück – war das Objekt auf dem Boden keine der Frauen. Es war ein Haufen Kleidung. Für jeden anderen hätte es wie Müll aussehen können.

Aber Smiley erkannte die Bluse, die Bree getragen hatte.

Sie gehörte zu einem der vier Outfits, die sie aus Las Vegas mitgebracht hatte, und sie hatte ihm gesagt, dass es ihr Lieblingsstück sei, weil es überall Sonnenblumen hatte, die sie zum Lächeln brachten, wenn sie es trug. Wie oft hatte er diese Bluse schon gewaschen und gefaltet?

Smiley drehte sich abrupt um, schaffte gerade drei Schritte von dem Kleiderhaufen weg, krümmte sich und übergab sich.

Als er Brees Kleidung in einem Haufen auf dem Boden liegen sah, im Dreck, wurde ihm klar, dass das, was ihr widerfahren war, was *immer noch* geschah, nichts Gutes bedeutete.

»Das gehört Fiona«, sagte Cookie und zeigte auf ein weiteres Hemd.

»Alles okay?«, fragte Blink leise und legte eine Hand auf Smileys Rücken.

Er stand auf und wischte sich den Mund mit dem Ärmel

seines Hemdes ab. »Nein«, sagte er knapp und wandte sich wieder dem Kleiderhaufen zu. Er hockte sich daneben und war sich nicht sicher, ob er etwas anfassen sollte oder nicht. Er beugte sich näher heran und fluchte erneut.

»Cookie, sag mir, dass das nicht die Ohrringe sind, die deine Frau getragen hat ... die, von denen du mir erzählt hast, dass sie mit Peilsendern versehen sind.«

»*Scheiße*. Und ihre Ringe. Und das sind die Haarspangen und Ohrringe, von denen Hurt gesagt hat, dass Julie sie getragen hat, auch von Tex.«

Smiley nickte. »Bree hat diese Halskette getragen. Es war ihr Liebling unter all den Stücken, die Tex ihr geschickt hatte.« Er sah zu Cookie hinüber, der auf der anderen Seite der weggeworfenen Sachen hockte. »Sie haben sie komplett ausgezogen«, flüsterte er.

Cookies Kiefer zuckte. Er sah genauso aus, wie Smiley sich fühlte. Als sei er zwei Sekunden davon entfernt, die Beherrschung zu verlieren. Er stand auf und sah sich um. »Sie waren hier. Wahrscheinlich wurde ein Lastwagen hierhergefahren. Ihre Sachen wurden ihnen weggenommen, bevor sie verladen wurden. Wir wissen also, dass sie in einem Lastwagen sind.«

»Aber wir wissen nicht, in *welchem* Lastwagen oder wohin sie fahren!«, rief Smiley aufgeregt. Er begann, auf und ab zu gehen, und konnte Brees Habseligkeiten, die wie Müll weggeworfen worden waren, nicht ansehen. Er war sich nicht sicher, was er als Nächstes tun sollte.

»Blink hier. Wo ist Tex?«

Als Smiley aufblickte, sah er, dass Blink sein Handy in der Hand hielt. Er hatte den Lautsprecher eingeschaltet, sodass er und Cookie das Gespräch mithören konnten, was Smiley sehr zu schätzen wusste. Hätte Blink versucht, ihm auch nur die kleinste Information vorzuenthalten, hätte er wahrscheinlich etwas getan oder gesagt, was er später bereut hätte. Selbst wenn es schlechte Nachrichten waren, musste er sie hören.

»Hey, ich bin Ryleigh«, sagte eine Frau am anderen Ende der Leitung.

»Wo ist Tex? Ich habe ihn angerufen«, wiederholte Blink.

»Und ich habe abgenommen. Es ist nicht so schwer – zumindest nicht für mich –, Anrufe von einer Nummer auf eine andere umzuleiten.«

»Es ist mir egal, ob du der Präsident der Vereinigten Staaten oder die Königin von England bist. Ich muss mit Tex sprechen. Sofort«, sagte Blink mit harter Stimme.

Zu jeder anderen Zeit hätte Smiley das beeindruckt. Blink war nicht der Typ Mann, der besonders durchsetzungsfähig war. Er überließ es anderen, den Bösewicht zu spielen, während er sie unterstützte.

»Er ist nicht erreichbar. Weißt du, wie lange es dauert, die Überwachungskameras in einer Stadt von der Größe Rivertons zu durchsuchen? Das ist nicht wie im Fernsehen, wo alles im Handumdrehen erledigt ist.«

»Wir haben die Peilsender gefunden, die die Frauen getragen haben.«

»An der Raststätte östlich von Riverton. Ich weiß.«

»Du weißt es verdammt noch mal? Warum wurde uns das nicht gesagt? Wir verschwenden Zeit und Ressourcen, indem wir die ganze verdammte Stadt absuchen, und du *weißt* es?«, fragte Blink empört.

»Die Peilsender waren deaktiviert worden, aber einer, ein Ring, war nicht ganz zerstört. Er sendete ein sehr schwaches Signal. Ich habe eine Weile gebraucht, um ihn aufzuspüren, und da waren die Frauen schon längst weg. Ich wollte euch noch anrufen, um euch den Standort mitzuteilen, aber ... ihr seid jetzt dort. Und ich dachte mir, ihr wollt lieber wissen, wo sie *sind*, und nicht, wo sie *nicht* sind. Also habe ich versucht, den Lastwagen zu verfolgen, der dort geparkt war, wo ihr drei jetzt steht«, sagte die Frau – Ryleigh. »Ich habe stundenlang verdammte Sicherheitsvideos durchgescrollt.«

Smiley sah sich um, konnte aber keine Kameras entdecken, aber das bedeutete natürlich nichts. Wenn Ryleigh wusste, dass sie zu dritt waren, beobachtete sie sie offensichtlich gerade.

»Und?«, fragte Blink gereizt.

»Und es war ein Lastwagen von *Perry Fried Chicken*. Er fuhr nach Osten, was schade ist, denn sobald er die Stadtgrenze verlassen hatte, war er viel schwerer zu verfolgen. Aber ich weiß, dass er auf der I-8 nach Osten gefahren und dann auf der State Route 94 in Richtung Tecate nach Süden abgebogen ist.«

»Wo ist er jetzt? Können wir ihn abfangen, bevor er die Grenze nach Mexiko überquert?«

»Zu spät. Ich habe mich in die Kameras am Grenzübergang gehackt und nach einer kurzen Wartezeit in der Schlange ist er vor über einer Stunde ohne Probleme durchgekommen.«

Smiley fluchte heftig.

»Ich weiß es nicht genau, aber wenn Castillo wirklich nach Ecuador will, ist es unwahrscheinlich, dass er den ganzen Weg dorthin fährt. Er würde seine Fracht auf ein Schiff verladen. Wahrscheinlich in Ensenada.«

Smiley war immer noch sauer darüber, dass sie die Frauen verpasst hatten und sie nicht mehr in den USA waren. Er wollte auch wissen, wo zum Teufel Tex war. Er war extrem wütend gewesen, als er erfahren hatte, dass das Spezialeinsatzkommando versagt hatte und die Frauen entführt worden waren. Warum hatte er nicht vor seinem Computer gesessen und alles getan, um sie zu retten, bevor sie nach Mexiko gelangten? Oder mit den mexikanischen Behörden zusammengearbeitet, um diesen verdammten *Perry* Lastwagen abzufangen und die Frauen zu retten?

Er hatte zu viele Fragen und keine Antworten.

»Hört zu, ich habe unter den gegebenen Umständen die beste Entscheidung getroffen, die ich treffen konnte. Ja, ich hätte euch früher über die Peilsender informieren können, aber die Frauen waren bereits weg, und ich dachte, ich könnte meine Zeit besser nutzen, um den Lastwagen zu finden. Ich melde mich, sobald ich mehr Informationen habe, zum Beispiel, ob sie definitiv nach Ensenada fahren, auf welches Schiff sie umgeladen werden und ob ich Videoaufnahmen von den Frauen bekommen kann. Aber bis dahin ... müsst ihr mir vertrauen, dass ich weiß, was ich tue, und dass ich diesen Arsch auf keinen Fall davonkommen lassen werde.«

Der entschlossene Tonfall in ihrer Stimme trug wesentlich dazu bei, dass Smiley sich besser fühlte. Er war immer noch nicht glücklich, ganz im Gegenteil, aber die Tatsache, dass diese Ryleigh in ihrem Namen gestresst und wütend war, half ihm tatsächlich.

»In der Zwischenzeit kehrt zum Stützpunkt zurück. Euer Kommandant bemüht sich bereits um die Genehmigung, ein Team nach Ensenada zu schicken, um den Lastwagen abzufangen.«

»*Was?* Warum hast du damit nicht angefangen?«, blaffte Cookie angewidert.

»Das hätte ich tun sollen«, sagte Ryleigh schlicht, »aber ihr hattet Fragen.«

Blink reichte Cookie sein Handy und eilte wortlos zurück zum Pick-up, aber Smiley blieb wie angewurzelt stehen. Dies war der letzte Ort, an dem Bree mit Sicherheit gesehen worden war. Aus irgendeinem Grund wollte er nicht weggehen. Es war lächerlich, sie war nicht mehr da, aber sein Verstand schrie ihn an, dass er hierbleiben müsse, falls sie zurückkäme.

Das würde natürlich nicht passieren, sie war bereits in Mexiko, aber er konnte nicht anders, als sich das Unmögliche zu wünschen.

»Fahr zum Stützpunkt, Smiley«, befahl Ryleigh und erinnerte ihn daran, dass sie sie auch jetzt noch beobachtete. »Wir können es jetzt nicht gebrauchen, dass ihr einen Unfall baut. Fiona und Bree werden ihre Männer sehen wollen, also fahr verdammt noch mal vorsichtig, Blink.«

»Ja, Ma'am«, sagte Blink, während er sich auf den Boden kniete. Er war mit einer wiederverwendbaren Tasche aus dem Wagen zurückgekommen, eine von denen, die Smiley benutzte, wenn er zum Supermarkt fuhr. Er begann, die Kleidung und den Schmuck der Frauen zusammenzusuchen.

»Leg auf, Cookie«, sagte Ryleigh in sanfterem Ton. »Ich kümmere mich um alles und melde mich.«

Er tat wie geheißen und hielt Blink sein Handy hin. Dieser nahm es und streckte Cookie seine andere Hand entgegen. »Hier.«

Cookie schloss die Augen, als er seine Finger um den Schmuck seiner Frau schloss.

»Smiley«, sagte Blink, um seine Aufmerksamkeit zu erregen.

Als er sich umdrehte, sah er, dass Blink die Halskette hielt, die Bree getragen hatte.

Dies fühlte sich ... falsch an. Irgendwie endgültig.

Smiley biss die Zähne so fest zusammen, dass sie fast zerbrachen, nahm die Halskette und steckte sie in seine Tasche. Er würde die Kette aufbewahren, bis er sie Bree persönlich zurückgeben konnte. Der Peilsender funktionierte vielleicht nicht mehr, aber sie liebte dieses Schmuckstück. Und wenn er sie fand und nach Hause brachte, würde er ihn reparieren. Oder Tex bitten, es zu tun.

Smiley war sich sicher, dass Castillo Bree und die anderen Frauen nicht töten würde. Er hatte Pläne für sie. Er und seine Freunde mussten nur dafür sorgen, dass er keine Gelegenheit bekam, diese Pläne in die Tat umzusetzen.

Castillo hatte sein Todesurteil unterschrieben, als er die Frauen entführt hatte. Er war ein toter Mann. Smiley wusste vielleicht nicht, wie sich das Ganze letztendlich entwickeln würde, aber Castillos Tod war ein Ergebnis, das verdammt noch mal garantiert war.

Bree wurde übel von dem Geruch von Hühnerkot. Und die Luft, die durch die Ladefläche des Lastwagens strömte, wirbelte die Hühnerfedern und Hautschuppen zusammen mit dem Gestank durch die Luft, sodass man kaum atmen konnte.

Ganz zu schweigen davon, dass die spärlichen Kleidungsstücke, die sie zum Anziehen bekommen hatten, bei Weitem nicht ausreichten, um sie warm zu halten. Das rote Licht an der Decke ermöglichte ihnen zwar die Sicht, beeinträchtigte aber auch stark Brees Sehvermögen. Die Schatten schienen sich um sie herum zu bewegen, und es war unmöglich, etwas zu fokussieren.

Sie saß in der Ecke ihres Käfigs, den Kopf an die Seite gelehnt, die Fiona am nächsten war, und hatte das Gefühl, an der Decke zu schweben und das Geschehen von oben zu beobachten.

Fiona und Julie waren … nun ja, sie waren unglaublich. Sie hatten jedes Recht, hysterisch zu sein, sich völlig zu verschließen, weil sie dasselbe durchmachten wie vor Jahren. Wer wurde schon *zweimal* in seinem Leben entführt? Von jemandem aus derselben Organisation? Von Menschen, die ihren Körper missbrauchen wollten, nur weil sie Frauen waren?

Fiona und Julie, genau die beiden.

Aber sie weinten nicht und beklagten auch nicht ihr Schicksal. Sie waren wütend. Und sie taten ihr Bestes, um die Gitterstäbe ihrer Käfige zu verbiegen.

Was machte Bree? Sie saß da und bemitleidete sich selbst.

Sie war hungrig und durstig, und sie hatte zuvor in die Ecke ihres Käfigs pinkeln müssen, was demütigend und demoralisierend war. Und zu allem Überfluss war der Urin nicht in der verdammten Ecke geblieben, nein – die Bewegung des Lastwagens hatte dazu beigetragen, dass die Flüssigkeit bis zu ihr gelangte. Jetzt war der Saum ihres knappen Unterrocks mit ihrem eigenen Urin durchnässt, und sie saß auch noch darin.

»Bree! Sprich mit uns«, befahl Fiona in einem herrischen Ton, den Bree noch nie von ihr gehört hatte. Nicht dass sie viel Zeit mit der älteren Frau verbracht hätte, aber sie schien ziemlich ausgeglichen zu sein und nicht jemand, der andere herumkommandierte.

»Worüber?«, fragte Bree etwas aggressiv. »Willst du über das Wetter reden oder so?«

»Nicht«, warnte Julie.

»*Was* nicht?«, fragte Bree.

»Sei nicht so zickig. Glaub mir, das wird dich später quälen. Ich weiß das aus Erfahrung. Als ich das erste Mal entführt wurde, war ich der zickigste Mensch der Welt. Und ich bereue es noch heute, so viele Jahre später.«

»Wir haben dir alle vergeben«, sagte Fiona in einem sanfteren Ton.

»Ich weiß. Und ihr werdet nie erfahren, wie viel mir das bedeutet. Aber das ändert nichts an dem, was ich getan habe. Ich werde nie vergessen, wie schrecklich ich war. Wie ich Cookie angefleht habe, dich in dieser Hütte zurückzulassen.«

Bree sah die Frau an. »Das hast du getan?« Diesen Teil der Geschichte hatte sie noch nicht gehört.

»Ja«, bestätigte Julie. »Und ich habe mich bei jedem Schritt unserer Flucht beschwert. Ich habe mich über das Essen beschwert, das Cookie uns gebracht hat, darüber, wie Fiona mit allem fertiggeworden ist, was ihr widerfahren ist, indem sie rückwärts gezählt hat, und über tausend andere Dinge.«

Bree konnte sich nicht vorstellen, dass Julie so etwas getan hatte. Die Frau, die sie kannte, war nicht grausam.

»Ich habe mich absolut schrecklich verhalten und Dinge gesagt, die ich bis heute bereue. Deshalb rate ich dir, tief durchzuatmen und nachzudenken, bevor du etwas sagst. Sei nicht wie ich. Dies hier ist beschissen, keine Frage. Ich habe Angst, bin wütend und empfinde noch hundert andere Gefühle. Aber ich werde nie wieder so handeln wie in der Vergangenheit. Dieses Mal wird es anders sein. Ich bin stärker. Und vor allem habe ich einen Mann, der mir den Rücken stärkt. Ich kann mir genau vorstellen, was Patrick gerade macht. Er wird versuchen, die Kontrolle zu übernehmen, obwohl er im Ruhestand ist und nichts mehr zu sagen hat. Er wird Leute anschreien und herumkommandieren.«

»Und Cookie wird finster dreinschauen und alle auffordern, sich zu beeilen. Und wenn er zu uns kommt, wird er diesmal mehr als nur ein paar Müsliriegel dabeihaben. Er wird mir richtige Schuhe und Mückenschutz mitbringen, nur für den Fall«, fügte Fiona hinzu.

»Verdammt richtig«, stimmte Julie zu.

Es war offensichtlich, dass die beiden Frauen eine Verbindung hatten. Sie hatten auch recht. Sie und Smiley waren nicht verheiratet, aber sie waren zusammen. Und nach dem zu urteilen, was sie über ihn wusste, würde er sich nicht zurücklehnen und andere die ganze Arbeit machen lassen, um sie zu finden. Verdammt, als er sie noch nicht einmal kannte, hatte er *alles* getan, um sie zu finden. Und jetzt, da sie miteinander schliefen? Zusammenlebten? Er sie mehr zu mögen schien, als es bei einer Gelegenheitsaffäre der Fall wäre?

Ja, er würde bis ans Ende der Welt gehen, um sie zu finden.

»Smiley hat einen Teddybären, mit dem er früher geschlafen hat. Er ist zerfleddert und sieht aus, als sei er durch die Mangel gedreht worden, ein Arm hängt nur noch an einem Faden, der Stoff ist überall zerrissen und abgenutzt, und aus einem der Ohren quillt die Füllung heraus, aber er sitzt in seinem Schlafzimmer auf einem Regal, und er hat mir gesagt, dass er einer seiner wertvollsten Besitztümer ist. Wenn sein Vater seine Mutter schlug, vergrub er sein Gesicht in seinem Fell und tat so, als sei er weit, weit weg«, platzte Bree heraus.

Fiona und Julie drehten sich beide zu ihr um und starrten sie an.

Bree fuhr fort: »Er hat Schuldgefühle, dass er seiner Mutter nie geholfen hat. Ich habe versucht, ihm zu sagen, dass er nur ein Kind war. Dass er nichts hätte tun können, aber er ist anderer Meinung. Ich möchte ändern, wofür der Teddybär steht. Ich möchte, dass er kein Symbol seiner Scham mehr ist, keine Erinnerung daran, dass er sich versteckt hat, während seine Mutter verletzt wurde. Ich möchte ihn reparieren. Vielleicht ist das symbolisch gesehen so, als würde ich Smileys Psyche reparieren. Aber ich bin mir nicht sicher, ob das eine gute Idee ist. Er könnte wütend werden, dass ich es wage, etwas anzurühren, das ihm so viel bedeutet.«

Fiona setzte sich dicht an die Gitterstäbe ihres Käfigs und streckte die Hand nach Bree aus. »Ich finde die Idee großartig. Aber vielleicht solltest du zuerst mit ihm darüber reden. Frag ihn, ob es für ihn in Ordnung ist.«

»Ja.«

»Es ist wunderschön, Patrick mit unserem Sohn zu beobachten«, sagte Julie. »Er ist dieser machomäßige ehemalige Navy SEAL, und doch hat er kein Problem damit, mit ihm in Musicals zu gehen und über Mode zu reden. Viele Väter würden es hassen, einen Sohn zu haben, der nicht genau wie sie ist, der nicht jagen und angeln gehen und all diese sogenannten männlichen Dinge tun will. Neulich habe ich die beiden dabei belauscht, wie sie über Beziehungen gesprochen haben. Patrick hat unserem Sohn erklärt, dass Respekt einer der wichtigsten Faktoren in jeder Beziehung ist. Das war so süß. Da wurde mir klar, dass der Tag, an dem ich Patrick angerufen und ihn gebeten habe, mir zu erlauben, mich bei seinem SEAL-Team zu entschuldigen, der beste Tag meines Lebens war.«

»Hunter ist ... er ist mein Fels in der Brandung«, gab Fiona zu. »Ohne ihn wäre ich wahrscheinlich jetzt in einer psychiatrischen Klinik. Er steht seit dem Tag, an dem ich ihn zum ersten Mal getroffen habe, zu mir. Er ist manchmal stur und nervig, aber ich wusste schon in dem Moment, in dem er sich weigerte, mich in dieser Hütte zurückzulassen, was für ein Mann er ist. Wild. Loyal. Und so verdammt süß, dass ich fast ein schlechtes Gewissen habe, dass er mir gehört und so viele Frauen da draußen nicht erleben können, was ich mit ihm habe.«

Bree nickte. Tränen traten ihr in die Augen. Sie hatte solche Angst. Aber wenn Julie und Fiona stark sein konnten, dann konnte sie es auch.

»Sie kommen«, flüsterte Fiona, »aber das heißt nicht, dass wir hier sitzen und nichts tun sollten. Wir müssen uns selbst helfen.«

»Ich bin mir nicht sicher, ob es klug ist, unsere Energie damit zu verschwenden, die Gitterstäbe dieser Käfige zu verbiegen«, sagte Bree zu ihr.

»Das ist nicht das erste Mal, dass sie das tun«, erwiderte Julie von Fionas anderer Seite. »Sie haben schon andere Frauen in diesen Käfigen eingesperrt, da bin ich mir sicher. Sie glauben, sie sind schlauer als wir. Sie rechnen damit, dass wir vor Angst gelähmt sind und uns nicht wehren können. Aber sie haben keine Ahnung, mit wem sie sich angelegt haben. Patrick hat mir in den Jahren, die wir zusammen sind, einiges beigebracht. Sie zu überraschen ist unser größter Vorteil.

Wir können die Gitterstäbe vielleicht nicht verbiegen, aber möglicherweise gibt es irgendwo eine Schwachstelle. All dieser Hühnermist könnte die Verbindungen der Käfige geschwächt haben. Oder vielleicht können wir ein Stück von den Plastikschalen abbrechen, auf denen wir sitzen. Ich weiß nicht. Aber wir müssen *etwas* tun. Ich habe vor all den Jahren meine Lektion gelernt. Ich bin nicht mehr bereit, mich mit dem Status quo abzufinden. Herumzusitzen und alles hinzunehmen, was sie uns auftischen. Sie können uns betäuben, uns zu Dingen zwingen, die wir nicht tun wollen, aber sie können uns nicht unseren Willen nehmen. Unsere Stärke. Das hat Fiona mir beigebracht.«

»Ich hab dich lieb, Julie«, flüsterte Fiona.

»Ich dich auch. Bree, kannst du vielleicht deinen Käfig überprüfen? Schauen, ob du irgendwelche Schwachstellen findest, die wir ausnutzen können?«

Sie wollte am liebsten genau dort bleiben, wo sie war. Auf ihrem Hintern sitzen und sich selbst bemitleiden. Aber Julie und Fiona hatten recht. Das würde nichts bringen. Außerdem wollte Mateo *sie*. Sie war sein Hauptziel. Die anderen Frauen waren nur zur falschen Zeit am falschen Ort gewesen. Es wäre schrecklich von ihr, ihnen die ganze Arbeit zu überlassen, wo sie doch in dieser ganzen Sache wirklich unschuldige Opfer waren.

Nein, keine Opfer ... unschuldige Zuschauer. Sie sah Julie und Fiona keineswegs als Opfer.

Das brachte sie zum Nachdenken. Wenn *die beiden* keine Opfer waren, warum war *sie* es dann? Sie hatte auch nichts Unrechtes getan. Carl, ihr Ex, war derjenige gewesen, der sie verkauft hatte. Als sei sie ein Stück Eigentum.

Das war sie nicht. Sie war Bree Haynes, und sie hatte es geschafft, Mateo und seinen Schlägern monatelang zu entkommen. Und sie hatte Smiley auf ihrer Seite. Und seine Freunde. Sie hatte eine Armee hinter sich, oder sollte man eher von einer Marine sprechen? Sie grinste über ihren eigenen Witz.

»Bree? Du verlierst doch nicht den Verstand, oder?«, fragte Julie besorgt.

Zu ihrer Überraschung musste Bree kichern. »Nein. Ich habe nur an etwas gedacht, das mich zum Lachen gebracht hat. Ich muss es sagen ... Ich habe Angst. Dies ist ein Albtraum, und ich will nicht darüber nachdenken, was passieren wird, wenn wir dort ankommen, wo wir hingebracht werden. Ich weiß, dass Mateo aus Ecuador kommt, aber wir werden doch nicht den ganzen Weg dorthin gefahren werden. Und sie können uns doch nicht die ganze Zeit in diesen Käfigen lassen, oder? Sie müssen anhalten und uns etwas zu essen geben. Zumindest Wasser. Ich denke, das ist unsere Chance. Wir müssen sie überraschen, wie du gesagt hast, Julie.«

»Ich stimme dir zu«, antwortete Fiona mit einem entschlossenen Nicken.

»Ich auch. Also brauchen wir eine Waffe. Etwas, das wir benutzen können, wenn sie uns aus diesen Käfigen lassen.«

Bree holte tief Luft und bereute es sofort wieder, weil sie die verschmutzte Luft in ihre Lunge gesaugt hatte. Sie hustete, dann nickte sie. Sie ging auf die Knie, ihr Kopf streifte die Oberseite des Käfigs, und sie kroch zum Ende der Plastikwanne. Methodisch, Zentimeter für Zentimeter, untersuchte sie das Plastik. Sie suchte nach Schwachstellen, nach allem, was man ausnutzen und was ihnen bei der Flucht helfen könnte.

KAPITEL ZWÖLF

Smiley lehnte sich gegen die Wand des Konferenzraumes auf dem Marinestützpunkt. Es war fast ein Uhr morgens – und sie waren bei der Suche nach den vermissten Frauen keinen Schritt weitergekommen. Smiley hatte nicht geschlafen, aber auch niemand sonst. Alle waren nervös und angespannt, die Gemüter waren erhitzt.

Es war keine gute Idee, mehr als ein Dutzend überdrehte, gestresste Navy SEALs in einen Raum zu stecken, ohne klares Ziel oder Plan. Und doch würde niemand gehen. Nicht ohne Informationen über den Verbleib von drei ihrer Leute.

Jemand hatte Essen bestellt, aber kaum jemand hatte etwas angerührt. Allein der Geruch sorgte dafür, dass Smiley übel wurde. Außerdem konnte er nur daran denken, was Bree gerade aß – oder besser gesagt *nicht* aß, wie er befürchtete. Wie konnte er essen, wenn er wusste, dass sie hungrig war und litt?

Sie hatten ein paarmal mit Ryleigh telefoniert, aber sie hatte noch keine neuen Informationen. Eine Frau namens Beth versuchte, Castillo über seine möglichen Verbindungen zu den Werften in Ensenada aufzuspüren. Sie mussten herausfinden, wo dieser Hühner-Lastwagen landen würde, bevor ein Team nach Mexiko aufbrach.

Der Kommandant telefonierte, um eine Notgenehmigung für die Entsendung von Smiley und seinem Team in das Land zu erhalten, aber es gab eine Menge bürokratischer Hürden, die sowohl mit der US- als auch mit der mexikanischen Regierung zu überwinden waren. Natürlich waren die Behörden südlich der Grenze nicht begeistert von einer Gruppe bis an die Zähne bewaffneter SEALs, die in ihr Land kamen, aber aufgrund der Vergangenheit von Fiona und Julie in Mexiko kam der Kommandant langsam voran.

Smiley, Cookie und Hurt ging das jedoch nicht schnell genug.

Die älteren Männer sahen aus, als seien sie über Nacht um zehn Jahre gealtert. Smiley hatte das Gefühl, dass er wahrscheinlich genauso aussah. Nur weil er und Bree nicht verheiratet waren, bedeutete das nicht, dass er weniger betroffen war.

Er liebte sie.

Er hatte keinen Zweifel daran, dass Bree Haynes der Mensch war, mit dem er den Rest seines Lebens verbringen wollte. Sie war seine perfekte Partnerin. Er hatte das Gefühl, das schon gewusst zu haben, als er sie nach ihrer ersten Begegnung in Las Vegas verzweifelt gesucht hatte. Etwas an ihr hatte ihn einfach tief berührt. Es ergab keinen Sinn, und viele Leute würden über die Idee von Seelenverwandten spotten. Aber Smiley hatte keinen Zweifel daran, dass er ohne Bree wieder zu dem mürrischen Arschloch geworden wäre, für das ihn alle hielten, bevor er sie kennengelernt hatte.

Und das war nicht der Smiley, der er sein wollte. Nicht mehr. Er lachte mehr und tolerierte die Dummheit seiner Mitmenschen besser, wenn sie in seiner Nähe war. Sie brachte ihn dazu, der Mann sein zu wollen, auf den sie sich verlassen konnte, der sie jeden Tag zum Lachen und Lächeln bringen konnte.

Ohne sie war seine Zukunft ein tiefes, dunkles Loch. Das wusste Smiley ganz genau. Und falls er sie verlor ...

Nein. Er durfte nicht daran denken. Nicht während er sich auf das konzentrieren musste, was er zu tun hatte.

Er zuckte überrascht zusammen, als die Tür zum Konferenzraum aufsprang, und sah sich um, wer so abrupt hereingekommen war. Alle Gespräche verstummten, und es war so still, dass das Ticken des Sekundenzeigers der Wanduhr in dem stillen Raum laut zu hören war.

»Nun?«, dröhnte der Mann, dessen leichter Südstaatenakzent selbst in diesem einen Wort deutlich zu hören war. »Was ist passiert, seit ich in diesem verdammten Flugzeug festgesessen habe? Ich habe vor meiner Abreise mit Ryleigh zusammengearbeitet und ihr dabei geholfen, Videoaufnahmen durchzugehen, aber das WLAN im Flugzeug funktionierte nicht, sodass ich keine Möglichkeit hatte, mit irgendjemandem zu kommunizieren. Dann hatten wir nicht nur eine Verspätung, sondern *drei* verdammte Verspätungen. Ich bin unglaublich genervt und habe das Gefühl, total im Rückstand zu sein. Jemand muss mich auf den neuesten Stand bringen. Sofort.«

Tex.

Smiley konnte es nicht glauben. Tex Keegan war hier. Höchstpersönlich. Er konnte sich nicht erinnern, dass dieser Mann sich jemals persönlich in eine ... Situation eingemischt hatte. Normalerweise kommunizierte er per Telefon und blieb an seinem Computer, um zu helfen, wo er konnte. Dass er jetzt hier war, persönlich, sagte viel über die aktuelle Lage aus. Smiley wusste nicht, ob er beeindruckt oder verdammt verängstigt sein sollte.

»Nun?«, fragte Tex erneut.

Wolf erholte sich als Erster von seinem Schock, ging auf den Mann zu und umarmte ihn fest.

Der Rest von Wolfs Team folgte, und bald war Tex von seinen ältesten und besten Freunden umringt. Sie hatten eine lange gemeinsame Vergangenheit, und es war nicht verwunderlich, dass die SEALs so froh waren, den Mann zu sehen.

Dann war Kevlar an der Reihe. Safe, Blink, Preacher, MacGyver und Flash folgten seinem Beispiel. Smiley fühlte sich geehrt, die Legende persönlich kennenzulernen, aber er hasste den Grund, warum er überhaupt hier war.

Tex löste sich von den anderen und ging auf ihn zu. Er hatte sich nicht von seinem Platz an der Wand bewegt.

»Smiley«, sagte er mit einem Nicken.

»Tex«, erwiderte er.

»Die Arschlöcher haben die Peilsender deaktiviert«, sagte Tex als Nächstes.

»Ja.«

»Ich stimme Ryleighs Einschätzung zu, dass der Lastwagen in Richtung Küste fährt, wahrscheinlich nach Ensenada. In zwei Stunden geht es los. Könnt ihr bereit sein?«

Smiley blinzelte überrascht. »Der Kommandant bemüht sich um die Genehmigung.«

»Er kann weiter daran arbeiten, so viel er will. Ich habe sie schon. Aber es ist nur Platz für vier Personen.«

Smiley schlug das Herz bis zum Hals. Er hätte nicht überrascht sein dürfen, dass Tex bereits den Transport organisiert und die Genehmigung eingeholt hatte, und doch war er es.

»Also ... wer geht mit?«, fragte Tex.

Smiley blinzelte erneut. »Was?«

»Wer geht mit?«, wiederholte er.

Smiley blickte von dem legendären ehemaligen SEAL zu den besorgten Gesichtern hinter ihm. *Er* sollte entscheiden, wer nach Süden fliegen würde, um die Frauen zu suchen und zu retten? Er wollte niemanden zurücklassen. Sein Team war sein Fels in der Brandung. Sie alle hatten unterschiedliche und unverzichtbare Fähigkeiten.

Und dann war da noch Wolfs Team. Sie waren zwar nicht

mehr im aktiven Dienst, aber genauso kompetent wie vor ihrer Pensionierung.

Smiley holte tief Luft und folgte seinem Instinkt. »Ich, Cookie, Kevlar und ... du, Tex.«

»Ich? Scheiße, Mann. Ich bin der am wenigsten Geeignete hier im Raum«, sagte er.

»Blödsinn«, entgegnete Smiley, während alle anderen gleichzeitig ihre Ungläubigkeit zum Ausdruck brachten. »Du bekommst mehr mit deinem verdammten Handy zustande als die meisten Leute mit einer ganzen Reihe von Servern. Ja, die Frau, die mit dir arbeitet, ist gut, aber sie ist nicht *du*. Du hast Kampferfahrung und bist schon länger in den Köpfen von Arschlöchern wie Castillo, als Ryleigh wahrscheinlich auf der Welt ist.« Smiley wandte sich an Hurt. »Es tut mir leid, Sir, aber ...«

Hurt unterbrach ihn. »Nein. Du hast recht. So sehr es mich auch schmerzt, ich bin nicht der Richtige für diese Mission. Ich bin schon zu lange raus. Ich vertraue dir, dass du dich um meine Frau kümmerst. Dass du sie nach Hause bringst.«

Smiley nickte voller Respekt.

»Ich rufe Tate an«, sagte Blink. »Das hätte ich schon gestern Abend tun sollen. Ich weiß, dass dies keine offizielle Mission ist und er und sein Night-Stalker-Team an der anderen Küste sind, aber sie haben Verbindungen. Ehemalige Night Stalkers, die sich in Mexiko zur Ruhe gesetzt haben. Wenn nötig könnte vielleicht einer von ihnen nützlich sein.«

Smiley war von Dankbarkeit überwältigt. Er hatte so viel Zeit seines Lebens damit verbracht, Menschen auf Distanz zu halten, um sich selbst zu schützen, dass er gar nicht gemerkt hatte, dass das sinnlos war. Sie waren ihm bereits ans Herz gewachsen. Sie standen trotzdem hinter ihm. Diese Männer waren seine Brüder, seine Familie – im wahrsten Sinne des Wortes. Wenn er litt, litten sie mit ihm. Wenn die Frau, die er liebte, in Gefahr war, nahmen sie das alle persönlich. Genauso wie er es getan hatte, als *ihre* Angehörigen in Schwierigkeiten gewesen waren.

Sie waren ein Team, sie hielten zusammen. Und wenn das bedeutete, dass sie zurückbleiben und die Stellung halten mussten, während er weg war, dann taten sie das.

Erleichtert, dass niemand seine Entscheidung beanstandete, wandte Smiley sich an Cookie, der kein Wort gesagt hatte.

»Cookie?« Er war sich nicht einmal sicher, was er fragte, aber er wollte wohl die Bestätigung, dass er die richtige Entscheidung getroffen hatte. Dass Cookie der Aufgabe gewachsen war. Dass er seine Emotionen unter Kontrolle halten konnte, um eine Bereicherung zu sein und keine Belastung.

Smileys eigene Gefühle waren völlig durcheinander, aber er konzentrierte sie auf ein einziges Ziel. Bree und die anderen Frauen zu finden und jeden zu töten, der sich ihm in den Weg stellte. Er hatte Tex wegen seiner technischen Fähigkeiten ausgewählt, aber er wäre auch eine Bereicherung, falls es zu einem Blutvergießen kommen sollte. Auf keinen Fall wollte er den Rest seines Lebens in einem beschissenen mexikanischen Gefängnis verbringen, und er wusste, dass Tex der Mann war, der alles drehen konnte, was auch immer passieren würde, um sie reinzuwaschen.

Cookie näherte sich Smiley und legte ihm eine Hand auf die Schulter. Die Entschlossenheit in seinem Gesichtsausdruck entsprach der, die Smiley in seiner Seele spürte. »Lass uns das tun. Holen wir unsere Frauen zurück.«

»Zwei Stunden«, sagte Tex entschlossen.

»Mach eine draus«, entgegnete Smiley.

»Eine«, stimmte Cookie zu.

»Reicht dir das, Kevlar? Vorausgesetzt du willst Remi noch sehen, bevor wir aufbrechen?«, fragte Tex.

»Eine Stunde ist mehr als genug«, versicherte Kevlar den anderen.

Die Einzigen, die zur Tür gingen, waren die vier, die bald nach Ensenada aufbrechen würden. Die anderen blieben, wo sie waren. Es war klar, dass niemand gehen würde, bevor die Frauen gefunden und gerettet waren. Die meisten Männer hielten sich ihr Handy ans Ohr, wahrscheinlich um ihre Frauen anzurufen, aber Smiley war bereits auf die bevorstehende Aufgabe konzentriert.

»Smiley?«, fragte Kevlar, als sie den Raum verließen. »Hast du einen Moment Zeit?«

»Wir sehen uns am Flughafen auf dem Stützpunkt«, sagte Tex und ging mit Cookie im Schlepptau den Flur entlang.

»Du musst dich beeilen, wenn du Remi noch sehen willst, bevor wir losfliegen«, ermahnte Smiley ihn.

»Ich habe ihr schon geschrieben. Sie kommt zum Stützpunkt. Ich bin rechtzeitig vor dem Abflug bei dir. Ich wollte nur sagen ... Ich werde dich nicht im Stich lassen.«

»Ich weiß.«

»Ich meine es ernst. Du hättest jeden mitnehmen können, und ich fühle mich geehrt, dass du mich ausgewählt hast.«

»Kevlar, du bist mein Teamleiter. Du hast immer wieder bewiesen, dass du keine Angst hast, dir die Hände schmutzig zu machen. Du drückst dich nicht vor einem Feuergefecht. Und du scherst dich einen Dreck um moralische Grauzonen, wenn es darum geht, einem unschuldigen Zivilisten oder Passanten zu helfen. Aber das ist nicht der einzige Grund, warum ich dich ausgewählt habe. Ich brauche dich, damit ich nicht die Nerven verliere. Falls die Sache schiefgeht ...«

Smiley hielt inne und schluckte schwer. Er wollte die Worte nicht aussprechen, aber er musste es tun.

»Falls Bree bereits weggebracht oder getötet wurde oder falls sie zu traumatisiert ist, um mich überhaupt zu erkennen, musst du mich zurückhalten. Denn wenn ich sie verliere ... ich weiß nicht, wie ich reagieren werde. Aber es wird nicht gut sein.«

Kevlar drückte ihm die Schulter. »Du brauchst mich dafür nicht, Smiley. Von allen in unserem Team bist du derjenige, von dem ich weiß, dass er immer unser Fels in der Brandung sein wird. Du hattest immer unser Bestes im Sinn und tust, was getan werden muss. Andere mögen dich für eine gefühllose Maschine halten, aber ich weiß es besser. Und Bree hat dir geholfen, diese Seite von dir noch mehr zum Vorschein zu bringen.

Du bist der größte Beschützer von uns allen. Und das liegt an deiner Mutter. Weil du für etwas büßen willst, für das du nie büßen musstest. Wenn sie heute hier wäre, würde sie dir dasselbe sagen. Glaubst du etwa, deine Mutter hat dich nicht beschützt? Und ich würde alles darauf verwetten, dass die Schuldgefühle, die sie wegen der Situation hatte, in die sie dich als Kind gebracht hat, sie noch mehr zerfressen haben als deine Schuldgefühle dich.

Wir werden diese Frauen finden, daran habe ich keinen Zweifel. Ob das in Ensenada oder Ecuador ist, weiß ich nicht. Aber wir werden nicht aufgeben, bis sie in Sicherheit und wieder zu Hause sind, wo sie hingehören. Was immer du brauchst, wann immer du es brauchst – es gehört dir.«

Smiley nickte, Kevlars Worte trafen ihn hart.

Seine Mutter hatte wahrscheinlich tatsächlich Schuldgefühle empfunden, dass sie keinen Ausweg aus ihrer Ehe gefunden und dass er mit ihr gelitten hatte.

Das hatte er nie in Betracht gezogen. Er hatte es nicht sehen können, weil er so viele Jahre lang unter seiner eigenen Schuld begraben gewesen war. Und es war höchste Zeit, das loszulassen. Kevlar und Bree hatten beide recht ... er war ein Kind gewesen. Er hätte wirklich nichts tun können.

Es war die Verantwortung seiner Mutter, ihren Mann zu verlassen. Und sie konnte oder wollte es nicht.

»Danke«, sagte er leise zu Kevlar.

»Gern geschehen. Holen wir deine Frau. Remi und die

anderen Mädchen werden nicht glücklich sein, bis eine aus ihrer Herde wieder im Nest ist. Ich sehe nach ihr und treffe dich am Hangar.«

Smiley nickte und folgte Kevlar, der den Flur entlang zur Treppe ging. Draußen blieb er einen Moment stehen und blickte in den sternenklaren Himmel.

Er dachte an Bree. Er fragte sich, ob sie dieselben Sterne sah wie er. Durch seinen Job hatte er erfahren, dass die Welt kleiner war, als die meisten Menschen glaubten. Was in einem Winkel der Welt geschah, würde irgendwann auch jemanden Tausende von Kilometern entfernt erreichen.

»Ich komme, Bree. Bleib stark. Du schaffst das.«

Einfach die Worte laut auszusprechen und sie in die Welt hinauszusenden gab ihm ein besseres Gefühl. Er hatte keine Ahnung, wie die Dinge sich entwickeln würden, aber niemand würde jemals behaupten können, er hätte nicht alles getan, was in seiner Macht stand.

»Bleib stark. Du schaffst das.«

Bree hörte auf, an dem Plastikteil zu zerren, und neigte den Kopf. Sie hatte die Worte gehört, als seien sie ihr ins Ohr geflüstert worden. Es war ein seltsames Gefühl, Smileys Stimme zu hören und doch zu wissen, dass er nicht in ihrer Nähe war.

Aber ... selbst wenn sie Halluzinationen hatte, fühlte sie sich durch diese Worte besser. Es war etwas, das Smiley ihr auf jeden Fall gesagt hätte, wenn er gekonnt hätte. Er hatte immer an sie geglaubt. Er hielt sie für stärker, als sie war.

»Hast du es geschafft?«, fragte Julie.

»Fast«, antwortete Bree, griff erneut nach dem Plastiktablett und zog so fest sie konnte.

Das Stück brach so schnell ab, dass sie hochflog, mit dem

Kopf an die Oberseite des Käfigs stieß und dann wieder auf ihren Hintern fiel.

Bree starrte auf das lange Stück Plastik in ihrer Hand. Sie hatte es geschafft!

»Wooooo!«, jubelte Fiona.

»Gut gemacht!«, rief Julie.

Bree hielt das gezackte Stück hoch und stellte erschrocken fest, dass es die perfekte Größe für eine Waffe hatte. Ein Ende war spitz und scharf, etwa so lang wie ein Fleischermesser. Sie musste jedoch noch einen Griff anbringen, damit es ihr nicht in die Hand schnitt.

»Hier, lass mich mal kurz sehen«, bat Julie und streckte eine Hand aus.

Bree zögerte nicht und reichte es Fiona, die es durch die Gitterstäbe auf ihrer anderen Seite an Julie weitergab.

Bree blinzelte, um Julie durch die trübe Luft und das schwache rote Licht zu sehen, und beobachtete, wie die andere Frau mit der scharfen Kante einen Streifen vom Saum ihres Unterkleides abschnitt. »Da ich viel kleiner bin als ihr beide, habe ich mehr Material zum Arbeiten«, erklärte sie sachlich. Als sie fertig war, reichte sie das provisorische Messer und das Stück Stoff, das sie aus ihrer eigenen Kleidung geschnitten hatte, zurück an Fiona, die es Bree zurückgab.

Bree sah auf das Stück Stoff und hatte Tränen in den Augen. Jede der beiden Frauen hätte das Plastik für sich behalten können. Eine Waffe zu haben fühlte sich wie ein riesiger Vorteil an. Und doch schien keine der beiden auch nur einen Moment zu zögern, darauf zu verzichten. Und Julie hatte einen Teil ihrer Kleidung geopfert – von der ohnehin nicht viel vorhanden war –, um das Plastik brauchbarer zu machen.

Bree fummelte mit dem Material herum und versuchte herauszufinden, wie sie es um das Plastik wickeln und befestigen konnte. Frustriert über ihren Misserfolg, stieß sie einen Seufzer aus.

»Ich kann noch etwas mehr abschneiden«, sagte Julie leise. »Vielleicht kann man es um das Material binden, das du schon hast.«

Bree setzte sich aufrechter hin und nickte. Das war es, was sie brauchte. Etwas, das sie um das Material binden konnte.

Ohne zu zögern, hob sie das Plastik und schnitt, bevor eine der beiden Frauen etwas sagen konnte, eine Strähne ihres langen Haares ab.

Sie sah zu Fiona auf und sagte: »Ich musste sowieso zum Friseur.«

Einen Moment lang sagte niemand etwas – dann brachen Fiona und Julie in schallendes Gelächter aus.

Lächelnd beugte Bree sich über die abgeschnittenen Haarsträhnen und begann vorsichtig, sie in drei Teile zu teilen. Hätte sie eine Sekunde länger darüber nachgedacht, wäre sie schlauer gewesen und hätte ihr Haar geflochten, *bevor* sie es abgeschnitten hatte, aber jetzt war es zu spät.

Als sie fertig war, tat ihr der Rücken weh vom Vorbeugen, ihre Augen schmerzten vom Konzentrieren in dem seltsamen roten Licht und davon, dass sie darauf achten musste, keine Haare zu verlieren, und ihre Finger waren wund von einer Aufgabe, die viel schwieriger war, wenn das Haar nicht mehr an ihrem Kopf war.

Aber sie hatte es geschafft. Sie hatte das Haar geflochten, es um den Stoff gewickelt und festgebunden, um einen seltsam aussehenden Griff zu erhalten.

Er würde zwar nicht viel aushalten, aber es war ein gutes Gefühl, eine Art Waffe zu haben.

»Jetzt müssen wir eine von uns aus diesem verdammten Käfigen befreien«, murmelte Fiona, während sie auf ihrem Hintern saß, sich auf ihre Hände stützte und gegen die Gitterstäbe vor ihrem Käfig trat.

Aber egal, wie fest sie auch trat oder wie verzweifelt sie versuchte, die Gitterstäbe mit den Händen auseinanderzudrücken, sie bewegten sich nicht. Bree hatte keine Ahnung, woraus sie bestanden ... Titan? Es war frustrierend. Wie sollten sie ihren Entführern entkommen, wenn sie in diesen verdammten Käfigen festsaßen?

Während die anderen Frauen mit ihren Käfigen kämpften, versuchte Bree, die Kanten ihres provisorischen Messers so scharf wie möglich zu schleifen. Irgendwann würde sie eine Gelegenheit bekommen, es zu benutzen, und sie musste jede sich bietende Chance nutzen.

»Was glaubt ihr, was die Jungs machen?«, fragte Julie und lehnte sich frustriert zurück, als klar wurde, dass ihre Bemühungen vergeblich waren.

»Sie sind gestresst. Sie schmieden Pläne. Sie bewaffnen sich«, sagte Fiona, ohne zu zögern.

Das brachte Bree ein wenig zum Lächeln. Sie konnte sich vorstellen, wie Smiley und sein Team auf dem Stützpunkt über einen Tisch gebeugt saßen, Karten studierten und Rache an Mateo und allen anderen schworen, die an ihrer Entführung beteiligt waren.

Dann wurde sie ernst. Sie hasste es, daran zu denken, dass Smiley oder einer seiner Freunde wegen dieser Situation gestresst war. Und die arme Remi, Caroline und die anderen. Würden Maggie und Addison diesen zusätzlichen Stress verkraften? Das konnte für ihre Babys nicht gut sein.

Sie *hasste* das. Sie hasste es, der Grund dafür zu sein, dass ihre engsten Freundinnen seit der Highschool-Zeit wahrscheinlich nicht richtig aßen, gestresst und besorgt waren.

Verdammt, sie machte sich auch Sorgen. Sie hatte keine Ahnung, was Mateo für sie geplant hatte.

Nein, das stimmte nicht. Sie wusste genau, was er vorhatte, und das löste in ihr den Wunsch aus, sich das Plastikmesser, das sie gebastelt hatte, in ihr eigenes Herz zu rammen. Lieber würde sie sterben, als von einem Mann nur als Mittel zum Zweck benutzt zu werden.

Sobald sie diesen Gedanken hatte, fühlte Bree sich schrecklich. Sie wollte das hier überleben, damit sie ein Leben mit Smiley aufbauen konnte. Außerdem waren Fiona und Julie der lebende Beweis dafür, dass es möglich war, das zu überleben, was viele Menschen für das Schlimmste halten würden, was einer Frau jemals passieren könnte.

Bree schwor sich, alles zu tun, um sich aus dieser Situation zu befreien. Und falls das Schlimmste passieren sollte, falls sie vergewaltigt würde, würde sie nicht zusammenbrechen. Smiley und die anderen waren da draußen. Sie taten alles, um sie zu finden. Sie musste daran glauben, dass sie es schaffen würden.

»Spürt ihr das auch?«, fragte Fiona mit einem Anflug von Dringlichkeit in der Stimme.

Bree setzte sich in ihrem Käfig auf und sah zu den anderen Frauen hinüber.

»Ja!«, rief Julie aus. »Wir werden langsamer.«

Der Lastwagen, in dem sie saßen, war schon einmal langsamer gefahren, aber nichts war passiert. Einmal waren sie für eine ganze Weile langsamer gefahren, waren nur noch im Schritttempo vorangekommen und hatten dann kurz angehalten.

Alle drei Frauen waren aufgeregt und dachten, sie seien wahrscheinlich an einer Grenze angekommen. Sie versuchten zu rufen in der Hoffnung, dass jemand sie hören und den Lastwagen kontrollieren würde. Aber eine Kakophonie aus hupenden anderen Fahrzeugen hatte die Hühner bereits in einen gackernden Rausch versetzt.

Niemand hörte sie. Niemand kontrollierte die Ladefläche des Lastwagens. Und schon bald rasten sie wieder vor sich hin. Es kam ihnen wie eine Stunde vor, obwohl der ganze Vorgang wahrscheinlich nur fünfzehn oder zwanzig Minuten gedauert hatte.

Aber jetzt konnte Bree den Adrenalinstoß nicht mehr aufhalten, der durch ihren Körper schoss. Sie umklammerte ihre provisorische Waffe fester. Sie mussten auf alles vorbereitet sein.

»Hört zu, ich habe nachgedacht. Wir können hier in diesen Käfigen nichts ausrichten«, sagte Fiona schnell. »Wir müssen hier irgendwie rauskommen. Wenn jemand kommt, um uns zu holen, müssen wir alles tun, um ihn davon zu überzeugen, uns freizulassen.«

Bree nickte. Sie war einverstanden.

»Eine Krankheit vortäuschen?«, fragte Julie.

»Glaubst du, das interessiert die?«, entgegnete Fiona.

»Hm, wahrscheinlich nicht. Aber vielleicht? Ich meine, ich schätze, sie wollen uns gesund genug haben, um ... du weißt schon«, sagte Julie leise.

Bree wollte nicht an *du weißt schon* denken, aber sie konnte nicht anders. Ihr fiel kein Szenario ein, in dem ihre Entführer alle drei Käfige öffnen würden. »Eigentlich muss nur eine von uns aus dem Käfig entkommen. Die kann dann die anderen beiden befreien.«

»Ich weiß nicht. Die Vorhängeschlösser an diesen Käfigen sind nicht leicht zu öffnen, vor allem wenn mehr als ein Arschloch kommt, um uns zu holen. Selbst wenn sie die Schlüssel dabeihaben, müssen wir sie erst finden, herausfinden, welcher zu welchem Schloss passt, und dann die verdammten Dinger aufschließen«, sagte Julie pessimistisch.

»Ich mache es«, sagte Bree zu den anderen.

»Was?«, fragte Fiona.

»Sie dazu bringen, meinen Käfig zu öffnen.«

»Wie?«, fragte Julie.

Bree hatte keine Ahnung. Sie wusste nur, dass es ihre Verantwortung war, ihre Freundinnen hier rauszuholen. Sie hatte immer noch das Gefühl, dass es ihre Schuld war, dass sie überhaupt hier waren. Wenn sie nach Osten gegangen wäre, weg von Riverton und Smiley, wären Julie und Fiona jetzt nicht in Käfigen in diesem schrecklichen Lastwagen eingesperrt.

Alle drei Frauen hielten den Atem an, als der Lastwagen noch langsamer wurde. Der Boden unter ihnen rumpelte, während der Lastwagen weiterfuhr. Bree betete, dass es diesmal anders war als bei den anderen Malen, als sie langsamer geworden waren. Sie hatte schon längst aufgehört zu zählen, wie oft das schon passiert war. In diesem Lastwagen war es unmöglich, die Zeit zu schätzen. Sie wusste nicht, wie lange sie schon hier drin waren, bevor sie in den Käfigen aufgewacht waren. Seitdem kam es ihr vor, als seien sie schon seit Tagen gefangen, aber sie wusste, dass es eigentlich nur Stunden waren.

Auf jeden Fall, so wurde ihr klar, konnte es noch nicht allzu lange her sein, denn ohne Wasser wären sie nicht in so guter Verfassung gewesen.

Dennoch begannen alle, die Auswirkungen des Nahrungsmangels zu spüren. Und Bree hatte die Demütigung überwunden, nach Urin zu riechen und in ihren eigenen Exkrementen zu sitzen. Um sie herum war nichts als Hühnerkot. Es war nicht so, dass sie sich selbst durch den Gestank riechen konnte, aber wenn sie es gekonnt hätte, wäre sie wahrscheinlich entsetzt gewesen.

Sie hatte den Gedanken, dass ihr Zustand ihre Entführer vielleicht dazu bringen würde, Abstand zu halten. Schmutzig und ekelhaft zu sein war vielleicht das Beste, was ihnen im Moment passieren konnte.

Der Lastwagen kam ruckartig zum Stehen, sodass Bree nach vorn fiel und erneut mit dem Kopf gegen die Gitterstäbe des Käfigs schlug.

»Aua!«, jammerte Fiona. »Der Arsch muss erst mal Fahren lernen.«

Die Hühner um sie herum waren offensichtlich derselben Meinung, denn sie begannen alle, aufgeregt zu gackern.

Einige Minuten vergingen, und Bree hielt den Atem an. Sie hatte immer noch keinen Plan. Für den Fall, dass jemand kam, um sie zu befreien, musste sie sich etwas einfallen lassen. Schnell.

Dann ertönte ein lautes Klirren aus dem hinteren Teil des Lastwagens, woraufhin die Hühner in den überfüllten Käfigen mit den Flügeln schlugen und der Lärmpegel in dem geschlossenen Raum erneut auf ein unerträgliches Niveau anstieg.

Das Licht, das plötzlich durch die offene Tür am anderen Ende des Lastwagens fiel, blendete Bree fast. Es war künstlich, kam von einer Art Straßenlaterne und leuchtete schwach in der Dunkelheit hinter der offenen Tür. Das war wahrscheinlich gut so, denn nachdem sie so lange in dem düsteren Lastwagen mit nur rotem Licht gewesen waren, wären die drei wahrscheinlich geblendet gewesen, hätten sie jetzt das Sonnenlicht gesehen.

Dennoch musste Bree schnell blinzeln, um ihre Augen daran zu gewöhnen. Sie sah, wie eine verschwommene Gestalt in den hinteren Teil kletterte und zwischen den gestapelten Hühnerkäfigen hindurchging. Er hatte eine Maske über Nase und Mund, damit er atmen konnte. Arschloch. *Natürlich* hatte er eine Atemmaske, aber es war ihm scheißegal, ob sie, Julie oder Fiona atmen konnten.

»Zeit zu gehen«, verkündete er mit dumpfer Stimme.

Bree musterte den Mann. Er war nicht groß. Vielleicht so groß wie Fiona. Und er war dünn, nicht besonders muskulös. Es war offensichtlich, dass er keine von ihnen als Bedrohung ansah, was, so hoffte sie, sein Verhängnis sein würde.

Noch wichtiger war jedoch, dass ihr Blick auf die Schlüssel in seiner Hand fiel. Sie musste sie irgendwie zu fassen bekommen. Sie musste sie Fiona und Julie geben, die dann die Schlösser öffnen konnten, die sie in ihren Käfigen gefangen hielten. Aber wie?

Gerade als sie den Mund öffnete, um vorzugeben, sie hätte Krämpfe oder ein anderes weibliches Leiden – Männer schienen immer nervös zu werden, wenn sie mit Themen wie

Periode oder Krämpfen konfrontiert wurden –, beugte der Mann sich zu ihrem Käfig hinunter und griff nach dem Schloss.

Er ließ sie frei? Einfach so? Ohne dass sie eine Szene machen musste?

Sie warf einen Blick auf Julie und Fiona und sah, dass ihre Augen riesig waren und sie gleichzeitig verwirrt und begeistert aussahen.

Das war es. Ihre Chance. Vielleicht die einzige, die sie hatten.

»Du zuerst«, sagte der Mann zu ihr. »Der Boss hat etwas Besonderes mit dir vor. Die anderen werden nach Russland und Nordkorea verschifft. Ihre Käufer haben bereits den Transport organisiert. Aber *du* kommst in sein Anwesen in Ecuador. Er hat beschlossen, dass du eine persönliche Sklavin für seine Angestellten sein sollst ... die sie benutzen können, wann und wie sie wollen. Kostenlos. Eine Art Belohnung für ihre harte Arbeit.« Er lachte leise. »Sie werden es genießen – aber du wohl eher nicht. Aber das ist egal, oder? Du gehörst dem Boss. Du bist sein Eigentum und er kann mit dir machen, was er will. Je eher du dich damit abfindest, desto besser. Willst du etwas zu essen? Wasser? Einen Ort, an dem du scheißen und pissen kannst, der nicht dein Bett ist? Dann benimm dich besser. Je mehr du tust, was er will, desto besser wird dein Leben sein.«

»Ich werde alles tun!«, jammerte Bree und versuchte, eingeschüchtert und unterwürfig zu klingen. »Ich habe so einen Durst! Hast du Wasser?«

»Was gibst du *mir*, wenn ich dir Wasser gebe?«, fragte der Mann, richtete sich auf und griff sich anzüglich in den Schritt. »Vielleicht sollte ich mir erst von dir einen blasen lassen, bevor ich dich zum Boss bringe.«

Bree wollte am liebsten würgen. Stattdessen zwang sie sich, den Blick gesenkt zu halten und mit hängenden Schultern unterwürfig dazusitzen. Mit den Fingern umklammerte sie das Messer fester, während sie darauf wartete, dass er die Käfigtür öffnete. Sie konnte ihr Herz laut in ihrer Brust schlagen hören. Das dumpfe Pochen war eine Erinnerung daran, dass sie noch am Leben war. Und dass es an ihr war, Fiona und Julie zu helfen.

»Hast du nichts dazu zu sagen? Nicht einmal ein *Ja, Sir? Bitte, Sir?*«, fragte der Mann. »Dann bekommst du wohl kein Wasser. Du wirst schon lernen. Der Boss legt großen Wert auf Respekt. Solange du tust, was er sagt, wirst du leben. Wenn nicht ...« Er zuckte mit den Schultern.

Er drehte den Schlüssel im Schloss, und trotz des Gackerns der Hühner hörte Bree, wie es aufsprang. Sie leckte sich die Lippen und wartete.

Der Mann schwang die Tür auf und griff nach ihr. Bree hielt ihre Muskeln locker, als der Mann sie am Oberarm packte und aus ihrem Käfig zog. Das Stehen tat weh, und für einen Moment hatte sie Angst, dass ihre Beine sie nicht aufrecht halten würden. Sie musste das wackelige Gleichgewicht nicht vortäuschen, bevor sie ihre Knie durchdrückte.

Der Mann ließ seinen Blick über ihren Körper gleiten, und Bree konnte sich nur mit Mühe davon abhalten, sich vor seinem lüsternen Blick zu schützen. Das pastellfarbene Kleidchen, das sie trug, verbarg nichts. Es war durchsichtig, und sie spürte, wie sich ihre Brustwarzen unter der kalten Luft, die hinter dem Mann hereinströmte, zusammenzogen.

Ohne ein Wort hob er seine freie Hand, mit der er nicht ihren Arm – und die Schlüssel – hielt, und griff nach einer ihrer Brüste. Er streichelte sie, als hätte er jedes Recht der Welt dazu.

Scheiß drauf.

Scheiß auf *ihn*.

Sie handelte, ohne nachzudenken. Sie schwang das Plastikmesser und stach ihm so fest sie konnte in den Hals.

Seine Augen weiteten sich fast komisch, als er sofort ihren Arm losließ und sich mit beiden Händen an den Hals griff.

Als Nächstes hob Bree ihr Knie und traf ihn im Schritt. Er reagierte wie jeder Mann in dieser Situation – er sank auf die Knie. Hart, während er laut stöhnte.

Die Schlüssel fielen auf den Boden des Lastwagens. Bree schnappte sie sich, drehte sich um und warf sie in einer fließenden Bewegung in Richtung von Fionas Käfig.

Dann schwang sie, ohne zu zögern, erneut das Messer und stieß es wieder in den Hals des Mannes.

Sie vermutete, dass dies im Moment die verwundbarste Stelle seines Körpers war, da das Messer seine Kleidung nicht durchdringen und sein Herz erreichen würde. Sie musste ihr Bestes tun, um ihn außer Gefecht zu setzen – und wenn sie Glück hatte, ihn zu töten. Aber zumindest musste sie ihm so viel Schaden wie möglich an der Kehle zufügen, damit er nicht um Hilfe rufen konnte.

Wie oft sie auf den Mann einstach, wusste Bree nicht, aber sie spürte sein Blut an ihren Fingern. Auf ihrem Gesicht. Jemanden zu erstechen war eine schmutzige Angelegenheit. Sie war irgendwie in Trance geraten, während sie ihre Frustration, ihre Angst und ihre Wut an diesem Arschloch ausließ, der die drei Frauen damit verspottet hatte, was sie erwartete. Auf keinen Fall würden Julie und Fiona nach Nordkorea und Russland verschleppt werden. Nicht wenn sie das verhindern konnte!

»Probierst du die Ware aus?«, rief eine Stimme aus dem hinteren Teil des Lastwagens und riss Bree aus ihrer Benommenheit.

Sie atmete schwer, als sei sie gerade kilometerweit gelaufen. Und ihre Beine fühlten sich wie Pudding an.

Eine Berührung an ihrem Arm ließ sie mit gezücktem Messer herumwirbeln.

»Ich bin es nur«, sagte Fiona und trat mit erhobenen Händen einen Schritt zurück.

»Scheiße, tut mir leid«, entgegnete Bree und ließ das Messer sinken.

Dann wurde es ihr klar. Fiona war draußen. Und Julie auch. Sie standen da, zerzaust und erbärmlich aussehend, aber sie waren frei.

Nun ja ... noch nicht ganz frei.

»Carlos?«

Scheiße. Sie mussten noch an demjenigen vorbeikommen, der vor dem Lastwagen wartete. »Ich lenke sie ab, ihr beide schleicht euch raus, während ich sie wegführe«, sagte Bree.

»Nein«, sagte Fiona und schüttelte entschieden den Kopf. »Wir bleiben zusammen.«

»Das wird nicht funktionieren. In ein paar Sekunden wird derjenige, der nach Carlos ruft, hier hereinkommen und nach ihm suchen. Ohne mich wärt ihr nicht hier! Ich mache das«, beharrte Bree. »*Lauft weg*. Findet einen Weg, die Jungs zu kontaktieren. Sagt Smiley ...« Ihr brach die Stimme. »Sagt ihm, dass ich ihn liebe. Und dass er das Beste ist, was mir je passiert ist.«

Damit umklammerte sie das Messer fester und eilte zum anderen Ende des Lastwagens. Jedes Mal wenn sie an einem Käfig voller Hühner vorbeikam, schüttelte sie ihn leicht, sodass die Tiere gackerten und jammerten. Ihr Herz schmerzte für die Vögel. Wahrscheinlich würde sie nie wieder Huhn essen. Aber im Moment brauchte sie ihre lauten, nervigen Geräusche.

Sie holte tief Luft, hielt inne – und lief dann direkt auf die offene Tür zu.

Gerade als sie sprang, sah sie einen Mann vor der Tür stehen. Das Timing war nicht besonders gut. Aber vielleicht war es auch perfekt. Sie landete auf ihm und beide fielen zu Boden. Er bremste ihren Fall und milderte ihre Landung.

Bree rappelte sich von ihm auf und verfluchte sich dafür, dass sie ihre Waffe hatte fallen lassen. Aber sie hatte nicht die

Zeit, sie zu suchen. Zwei weitere Männer starrten sie mit großen, überraschten Augen an.

Sie stieß einen wilden Schrei aus und lief los.

»Holt sie!«

Bree warf einen Blick über ihre Schulter, während sie lief, und war sowohl erschrocken als auch erleichtert, dass alle drei Männer ihr folgten.

Sie musste so weit wie möglich von dem Lastwagen wegkommen, um Julie und Fiona Zeit zu geben, sich davonzuschleichen und zu verstecken. Um zu entkommen.

Mit klopfendem Herzen lief Bree davon. Ihre Beine waren wackelig, weil sie sie lange nicht benutzt und weil sie nichts gegessen oder getrunken hatte. Aber sie weigerte sich aufzugeben.

Ihre Gedanken kreisten um Fiona. *Sie* hatte nicht aufgegeben. Vor all den Jahren, als sie gefangen gehalten worden war, hatte sie nie nachgegeben. Sie hatte nie getan, was ihre Entführer von ihr verlangten. Sie war monatelang gefangen gehalten worden und musste in Flipflops durch den Dschungel laufen. Sie hatte Cookie vor Drogenhändlern gerettet, die auf sie geschossen hatten. Wenn sie das alles geschafft hatte, würde Bree ihren Verfolgern für die kurze Zeit entkommen können, die Fiona und Julie brauchten, um zu fliehen.

Sie hatte gehofft, in einen Dschungel laufen zu können. Oder in eine riesige Stadt, in der sie sich in den Seitengassen verlieren konnte. Stattdessen lief sie im Dunkeln an einem hohen Maschendrahtzaun entlang und nur die schwachen Lichter hinter ihr wiesen ihr den Weg.

Ihr Atem ging immer schneller. Bree hatte keine Ahnung, wo sie war, irgendeine Art von Versandanlage – was ironisch war. Auf der Flucht vor jemandem, in einer anderen Werft, zum zweiten Mal innerhalb weniger Monate. Sie konnte das Wasser riechen, aber ansonsten sah sie nicht viel mehr als das, was direkt vor ihr war.

»Nach rechts, John!«

Verdammt. Sie wollten sie einkreisen. Bree versuchte, schneller zu laufen, aber es war zwecklos. Sie war erschöpft. Ihre Muskeln zitterten. Das Adrenalin, das durch ihre Adern schoss, hatte sie bis jetzt auf den Beinen gehalten, aber nun schien ihr Körper zu versagen.

Bree weigerte sich zu weinen und stieß einen kleinen Schrei aus, als einer der Männer nahe genug herankam, um sie zu packen. Seine Hand streifte ihren Arm, aber sie riss sich los und sprintete noch einmal los. Nur um an die Ecke des Grundstücks zu stoßen.

Sie prallte gegen den Zaun und begann sofort zu klettern.

Zwei der Männer packten ihre Beine. Sie versuchte verzweifelt, nach ihnen zu treten, aber es war zwecklos. Sie klammerte sich so lange wie möglich an den Maschendrahtzaun, bis einer ihrer Entführer ihr mit der Faust auf das Handgelenk schlug und sie vor Schmerz aufschrie. Sie fand sich auf dem Rücken im Dreck wieder, wo alle drei Männer sie an Armen und Beinen festhielten.

»*Scheiße*, ist das Blut?«, fragte einer von ihnen.

Bree fletschte die Zähne und knurrte ihn an.

»Verdammt, die ist ja fast wild!«, rief ein zweiter Mann.

»Das macht es noch lustiger, sie zu zähmen«, sagte der letzte Mann mit einem bösen Grinsen im Gesicht. »Haltet sie fest. Es ist Zeit, dass diese Schlampe lernt, wo sie steht. Ich bin zuerst dran, dann könnt ihr beide.« Er griff nach dem Gürtel an seiner Hüfte.

Nein. Das würde nicht passieren. Sie wusste, dass es unvermeidlich war, dass sie irgendwann vergewaltigt werden würde. Aber dies war nicht der richtige Moment. Nicht wenn sie es verhindern konnte.

Bree wehrte sich. Sie bäumte sich auf, wand sich und biss zu. Sie weigerte sich, einfach dazuliegen und sich vergewaltigen zu lassen.

Es schien, als hätte sie doch noch etwas Adrenalin übrig, denn die Männer hatten große Mühe, sie festzuhalten. Sie schrie, bis ihre Stimme heiser war, und tat alles in ihrer Macht Stehende, um diese Arschlöcher daran zu hindern, ihr das zu nehmen, was sie ihnen nicht geben wollte.

»Scheiße! Wir haben keine Zeit dafür«, blaffte einer der Männer, nachdem er mehrere Minuten lang mit ihr gerungen hatte.

»Der Boss erwartet sie zum vereinbarten Zeitpunkt am Dock in Ecuador«, merkte ein anderer an.

Der Mann, der nach seiner Hose gegriffen hatte, knurrte schließlich, stand auf und trat sie.

Bree versuchte, sich zusammenzurollen, aber die anderen Männer hielten sie zu fest. Bald schlossen sie sich ihrem Kumpel an und schlugen auf sie ein. Leider war ihr das nur allzu vertraut. Auch in der anderen Werft war sie geschlagen worden, als sie Ellory und Yana geholfen hatte.

Bree würde jederzeit lieber geschlagen als vergewaltigt werden.

Sie tat ihr Bestes, um ihre empfindlichsten Stellen zu schützen, und war trotz der Schmerzen erleichtert, dass die Männer sich auf sie konzentrierten. Hoffentlich bedeutete das, dass Julie und Fiona entkommen waren. Dass sie ein Versteck gefunden hatten. Sie weigerte sich zu glauben, dass ihr Opfer umsonst gewesen war.

Sie war stark. Sie konnte das schaffen.

Sie wiederholte die Worte, die sie von Smiley gehört hatte, immer und immer wieder in ihrem Kopf, und bemerkte nicht einmal, dass die Männer aufgehört hatten, ihr wehzutun, und einer von ihnen sie sich über die Schulter geworfen hatte.

Sie hing da, benommen und blutend. Alle Kampfeslust war aus ihr gewichen. Wenn sie beschlossen, sie zu vergewaltigen, würde sie nicht viel tun können, um sie aufzuhalten. Aber es schien, als hätten die Männer, die sie verfolgt hatten, zu viel

Angst vor ihrem Boss – Mateo, wie sie vermutete –, um etwas anderes zu tun, als sie dorthin zu bringen, wo sie sie hinbringen sollten.

Blut tropfte von ihrer Schläfe auf den Boden, als sie zurück zum Lastwagen mit den Hühnern getragen wurde. Sie konnte ihre Rufe hören, als sie näher kamen.

»Carlos!«, schrie einer der Männer. »Hör auf rumzualbern ... im wahrsten Sinne des Wortes. Beweg deinen Arsch hierher!«

Aber natürlich tauchte Carlos nicht aus dem Lastwagen auf.

»Verdammt! Holt ihn«, befahl der Mann, der sie festhielt, den anderen.

Sie sprangen in den Lastwagen und versetzten die Hühner in eine weitere Runde lauten Gackerns. Bree konnte sich ein kleines Lächeln nicht verkneifen, da sie wusste, was sie erwarten würde.

»Er ist tot!«, rief einer der Männer und tauchte schnell wieder in der offenen Tür auf.

»Was? Wie?«

»Keine Ahnung. Er ist voller Blut und trägt noch immer die Atemmaske.«

»Und die anderen Mädchen sind weg«, sagte der zweite Mann grimmig, als er neben dem ersten Mann stand.

Der Mann, der sie festhielt, fluchte so lange und heftig, dass Bree lächelte.

Scheiß auf ihn. Scheiß auf sie alle.

»Wie zum Teufel hat diese Schlampe ihn umgebracht?«, fragte einer der Männer und sprang aus dem Lastwagen.

»Keine Ahnung. Aber der Boss wird stinksauer sein. Wir müssen uns eine Geschichte ausdenken, sonst sind wir geliefert.«

Bree hatte nicht das geringste Mitleid mit diesen Arschlöchern.

»Gib sie mir«, befahl einer der beiden anderen mit tödlicher Miene.

»Nein. Zurück, John«, sagte der Mann, der sie festhielt. »Ich weiß, dass du sauer bist, aber wenn wir sie umbringen, bringt der Boss *uns* um. Du weißt, wie viel Zeit und Geld er investiert hat, um sie aufzuspüren. Und er hat schon dafür bezahlt, sie nach Ecuador bringen zu lassen.«

Der Mann, John, packte Bree am Haar und zwang ihren Kopf nach oben, wo er über der Schulter seines Kollegen hing.

»Du *Schlampe*«, knurrte er mit zusammengebissenen Zähnen. »Wo sind die anderen?«

»Weg«, krächzte sie. »Und ihre Navy-SEAL-Ehemänner sind gerade auf dem Weg hierher, um euch Arschlöcher zu erledigen.«

»Ja, klar«, spottete der Mann. Aber Bree konnte die Besorgnis in seiner Stimme hören.

Sie hatte einen Moment Zeit, stolz auf sich zu sein, bevor er seinen Arm zurückzog, immer noch ihr Haar festhaltend, und seine Faust nach vorn schnellen ließ.

Das war das Letzte, woran sie sich erinnern konnte, bevor die Welt vor ihr in seliger Dunkelheit versank und sie keinen Schmerz mehr spürte.

KAPITEL DREIZEHN

Es war fast vier Uhr morgens, als Kevlar zu der Werft raste, von der Tex gesagt hatte, dass Castillo sie höchstwahrscheinlich in Ensenada benutzen würde. Wie er darauf gekommen war, wusste Smiley nicht. Aber wenn Tex sagte, dass die Frauen wahrscheinlich dort sein würden, stellte er keine Fragen. Er nahm an, dass Ryleigh oder Beth Castillos Zahlungen an andere oder Bestechungsgelder, die er in der Gegend gezahlt hatte, zurückverfolgt hatte.

»Das Tor ist geschlossen«, rief Cookie, während Kevlar den Jeep fuhr, den sie von einem anderen Kontaktmann von Tex bekommen hatten, als sie zwanzig Minuten zuvor am Flughafen gelandet waren.

Tex mitzunehmen war eine der besten Entscheidungen gewesen, die Smiley je getroffen hatte. Er war vielleicht nicht der Beste, wenn es zu einer Verfolgungsjagd kam oder wenn sie tagelang im Dschungel ausharren mussten, aber die Informationen, die er beschaffen konnte, und seine Verbindungen waren besser als alles, was sie im Moment sonst zur Verfügung hatten.

»Kevlar!«, schrie Cookie erneut. »Tor.«

»Ich sehe es«, antwortete er, ohne sich im Geringsten beunruhigt zu zeigen.

Er rammte das Tor mit voller Wucht, und alle vier Männer im Inneren wurden nach vorn geschleudert, aber ansonsten zuckten sie nicht mit der Wimper, obwohl sie gerade das Metalltor zerstört hatten, als sie sich den Weg in die Werft bahnten. Hier gab es keine riesigen Containerschiffe wie damals in Riverton, als sie nach Ellory und Yana gesucht hatten. Dies war im Wesentlichen eine private Werft, die von Leuten genutzt wurde, die sich den staatlichen Schifffahrtsvorschriften entziehen wollten.

Aber die Regierung musste wissen, was hier vor sich ging. Die Waren, die durch die Tore transportiert wurden, waren nicht gerade legal, aber wahrscheinlich drückte man wegen Bestechungsgeldern ein Auge zu. Smiley fand das widerlich, aber es gehörte zum Leben dazu und war nichts, was sie in anderen Ländern nicht schon oft gesehen hatten.

An einem Ende des riesigen unbefestigten Parkplatzes standen Sattelschlepper, Pick-ups und mindestens hundert Personenkraftwagen. Smiley hatte keine Ahnung, wo er nach Bree und den anderen Frauen suchen sollte.

Aber natürlich hatte er deshalb Tex ausgewählt.

»Da. Rechts, Kevlar. In Richtung der Lastwagen. Am Ende stehen drei mit dem Logo von *Perry Fried Chicken*.«

Der Jeep hob kurz an zwei Rädern ab, als Kevlar scharf in die von Tex angegebene Richtung abbog.

Es war unheimlich, wie verlassen die Werft war. Niemand lief herbei, um zu sehen, was der Tumult am Tor zu bedeuten hatte. Zu dieser späten Stunde waren keine Arbeiter mehr da. Die Stille ließ Smiley die Haare zu Berge stehen.

Kevlar brachte den Jeep abrupt zum Stehen und Staub wirbelte um die Räder, als alle vier Männer aus dem Fahrzeug sprangen.

»Tex, du und Cookie nehmt den da, Smiley und ich überprüfen diesen hier«, befahl Kevlar und zeigte auf die beiden Lastwagen, die am Ende der Reihe standen.

Die Türen der Lastwagen waren nicht verschlossen, was Smileys Hoffnungen ein wenig schwinden ließ. Wenn die Frauen darin waren, wären die Türen sicherlich gesichert gewesen.

Smiley zog eine der Pistolen, die Tex ebenfalls hatte liefern lassen, als sie in Mexiko gelandet waren, und hielt sie bereit, während Kevlar die Türgriffe packte und nickte.

Sobald Smiley zurücknickte, riss Kevlar die hintere Tür auf.

Der Gestank, der ihnen entgegenschlug, zwang Smiley fast in die Knie. Der Innenraum des Lastwagens war vom Boden bis zur Decke mit Käfigen ausgekleidet. Einige waren leer, aber in vielen lagen die Kadaver toter Hühner. Die Käfige waren mit Exkrementen bedeckt, ebenso wie jeder Zentimeter des Bodens und sogar Teile der Wände.

Wenn *Perry Fried Chicken* die Hühner, mit denen sie die Lebensmittelgeschäfte belieferten, so transportierte, würde er nie wieder Hähnchen essen. Niemals.

Ohne zu zögern, obwohl ihm die Augen tränten und seine Lunge nach frischer Luft schrie, sprang Smiley in den Lastwagen. Mit einer Taschenlampe in der einen Hand und der Pistole in der anderen bahnte er sich einen Weg durch den Laderaum.

»Alles klar!«, rief er Kevlar zu, drehte sich dann um und eilte zurück zu den Türen. Er wollte gar nicht daran denken, dass Bree hier drin gewesen sein könnte.

Als er sprang, kam Cookie aus dem anderen Lastwagen und hatte offensichtlich auch nichts gefunden. Die vier gingen zu dem dritten, dem letzten mit dem Logo von *Perry Fried Chicken* an der Seite.

Bree musste hier drin sein. Das musste sie einfach. Tex konnte sich nicht irren, zu viele Leben hingen davon ab.

Tex und Kevlar öffneten die Türen, und Cookie und Smiley

stiegen gemeinsam ein. Dieser Lastwagen ähnelte stark dem letzten, in dem er gewesen war. Der Gestank war überwältigend, und der Gedanke, dass Hühner unter solch schmutzigen und grausamen Bedingungen transportiert wurden, sorgte dafür, dass Smiley übel wurde.

Aber das war nichts im Vergleich zu dem, was ihn und Cookie erwartete, als sie sich zum hinteren Teil des Laderaums begaben.

»Verdammter Mist.«

»Scheiße!«

Käfige. Was sich nicht von den anderen Lastwagen unterschied ... aber diese waren größer. Menschengroß. Sie standen nebeneinander ganz hinten, außer Sichtweite von jedem, der die Tür öffnen könnte, um eine flüchtige Inspektion der Ladung vorzunehmen.

»Sie waren hier«, sagte Cookie mit wütender Stimme.

Smiley stimmte ihm zu – aber viel wichtiger war in diesem Moment der große dunkle Fleck vor einem der Käfige. Sein Herz setzte einen Schlag aus, als er mit seiner Taschenlampe auf den Boden leuchtete. Er erkannte Blut, wenn er es sah. Davon hatte er in seinem Leben genug gesehen.

Cookie kniete sich neben den Blutfleck und senkte den Kopf.

Die Frauen waren hier gewesen ... aber wer war verletzt? Julie? Fiona? Bree? Keines der Szenarien, die Smiley durch den Kopf gingen, war gut.

Plötzlich musste er aus diesem Lastwagen raus.

Smiley drehte sich um, eilte zur Tür, sprang hinaus und beugte sich mit den Händen auf den Knien vor, während er sich bemühte, seine tobenden Gefühle unter Kontrolle zu bringen.

Er hörte, wie Cookie heruntersprang und sich zu ihm auf den Boden gesellte.

»Smiley, schau mal«, sagte er und leuchtete mit seiner Taschenlampe auf etwas, das im Dreck lag.

Smiley drehte sich herum, um zu sehen, was er gefunden hatte, hockte sich hin, griff nach dem Gegenstand und hob ein grob aussehendes Stück Plastik auf, das mit Stoff und … Haaren? … bedeckt war.

Adrenalin schoss so schnell und heftig durch seinen Körper, dass Smiley schwindelig wurde.

»Das ist nicht ihr Blut!«, rief er mit absoluter Überzeugung. »Im Lastwagen. Das ist nicht ihres!«

»Das wissen wir nicht«, sagte Cookie.

»Schau – das ist Brees Haar. Darauf würde ich mein Leben verwetten. Sie hat es benutzt, um das Material um das Plastik zu binden, um einen Griff zu machen.« Er ließ den Blick zurück zum Lastwagen wandern und erinnerte sich, etwas in einem der Käfige gesehen zu haben. »Das Plastik stammt aus diesen Käfigen. Bei einem der Tabletts fehlte ein Stück an der hinteren Kante.«

Wenn Smiley das Ding neben die Schale hielt, würde es perfekt passen, dessen war er sich sicher.

»Das ist nicht ihr Blut«, wiederholte er. »Sie haben eine Waffe gebaut und sie gegen mindestens einen ihrer Entführer eingesetzt. Wahrscheinlich haben sie gewartet, bis er den Käfig geöffnet hat, und ihn dann angegriffen. Ich schätze, er hat das nicht kommen sehen. Er hat gedacht, sie seien schwach und verängstigt. Der Mistkerl hat unsere Frauen unterschätzt.«

»Okay, aber wo sind sie jetzt?«

»Ich weiß es nicht.« Aber Smiley konnte nicht anders, als stolz zu sein. Sie mussten Angst gehabt haben, aber sie hatten nicht aufgegeben. Nach allem, was er von Cookie über Fiona gehört hatte, überraschte ihn das nicht sonderlich. Er hatte auch selbst erlebt, wie hartnäckig Bree war, wenn es darum ging, unauffällig zu bleiben und alles zu tun, um in Sicherheit zu sein. Und Julie hatte sich seit ihrer Zeit in dem Dschungel in Mexiko sehr verändert.

Smiley steckte das Messer, das die Frauen angefertigt hatten, in seine Tasche – und das sie, nach dem Blut auf dem Boden des Lastwagens und auf dem Plastik zu urteilen, auch effektiv eingesetzt hatten. Es war ein greifbarer Beweis für die Stärke der Frau, die er liebte.

Er würde Bree nicht verlieren. Nicht wenn er es verhindern konnte. Er würde ihr bis ans Ende der Welt folgen und dann selbst gegen den Teufel kämpfen, um sie nach Hause zu bringen. Gemeinsam würden sie alle Schwierigkeiten überwinden, die sie durch ihre Entführung erlitten hatte.

Er machte sich keine Illusionen. Mittlerweile war sie höchstwahrscheinlich auf die schlimmste Weise missbraucht worden, auf die eine Frau missbraucht werden konnte. Er würde ihr jede Hilfe zukommen lassen, die sie benötigte. Und er würde dafür sorgen, dass sie verstand, dass er sie liebte, egal was ihr angetan worden war. Bree Haynes war seine Seelenverwandte, und er würde sich verdammt noch mal nicht davon abhalten lassen, sie zurückzuholen.

»Ihr habt Blut im Lastwagen gefunden?«, fragte Kevlar alarmiert.

Er hatte völlig vergessen, dass Kevlar und Tex in der Nähe standen. Sie wussten nichts von den Käfigen. Sie hatten das Blut nicht gesehen.

»Ja«, sagte Cookie grimmig. »Sie waren hier. Hinten sind drei Käfige, groß genug für die Frauen. Auf dem Boden ist auch Blut. Smiley glaubt nicht, dass es von einer der Frauen stammt, aber wir können das nicht mit Sicherheit sagen.«

»Wenn Smiley nicht glaubt, dass es von ihnen ist, dann ist es das auch nicht«, sagte Kevlar entschlossen. »Was jetzt? Tex? Was denkst du?«

Tex runzelte die Stirn, und Smiley spürte, wie eine dunkle

Wolke über ihn hinwegzog. Scheiße. Wenn Tex die Stirn runzelte, stand es schlecht.

»Ich bin mir sicher, dass Castillo sie zum Transport hierhergebracht hat. Er hat seinen Sitz in Ecuador, also könnte er sie dorthin bringen, aber es ist auch nicht klar, an wen er sie verkauft hat. Er könnte eine, zwei oder sogar alle drei von hier aus an verschiedene Orte verschicken. Ryleigh versucht, die Geldflüsse zu verfolgen, aber es gibt so viele. Russland, Indien, China … sogar Nordkorea.«

»Was willst du damit sagen? Dass sie weg sind? Dass wir sie nicht finden können?«, fragte Cookie mit kalter, harter Stimme.

»Nein. Nur, dass die Suche aufwendiger geworden ist, als ich erwartet hatte. Wir können mit seinem Anwesen in Ecuador anfangen, aber wir müssen uns auch neu formieren. Verstärkung anfordern. Wir können nicht jedes Boot auf See durchsuchen, wir brauchen die Hilfe der Küstenwache und der mexikanischen Behörden. Wir müssen eine Vermisstenanzeige herausgeben und so viel Hilfe wie möglich von den Ländern einholen, in die Ryleigh Castillos Geldflüsse verfolgt hat.«

Smiley fühlte sich, als läge ein tonnenschweres Gewicht auf seinem Herzen. All sein Gerede davon, Bree zu finden und dafür zu sorgen, dass sie nach Hause kam, schien sich in Luft aufzulösen. Wie zum Teufel sollte er sie finden, wenn die Frauen bereits auf dem Weg in ein weit entferntes Land waren? Sie waren so nahe dran – und doch hatten sie zu lange gebraucht. Die Frauen waren weg.

Sein Versagen und seine Schuld lasteten noch schwerer auf ihm als jedes Mal, wenn seine Mutter geschlagen worden war. Er hatte nicht mehr die Ausrede, »nur ein Kind« zu sein. Er war ein erwachsener Mann. Ein Navy SEAL. Und doch war seine Frau direkt vor seiner Nase entführt worden und spurlos verschwunden.

Ein Geräusch in der Nähe brachte alle vier Männer dazu, mit gezogener Waffe herumzuwirbeln. Aber was war das? Kam es von einem der hundert Fahrzeuge, die willkürlich um die Lastwagen herum geparkt waren?

Cookie war der Erste, der sich bewegte. Er steckte seine Waffe weg und eilte zu einem unscheinbaren braunen Kleinwagen, der inmitten einer Reihe anderer Fahrzeuge geparkt war.

Smiley eilte hinter ihm her, seine Waffe immer noch gezogen und schussbereit. Er hatte keine Ahnung, was der andere Mann gesehen hatte, aber er ging kein Risiko ein. Sie konnten es nicht gebrauchen, dass einer von ihnen verletzt wurde.

Zu Smileys Überraschung tauchte der Kopf einer Frau unter dem Wagen auf.

Es war Fiona.

Cookie sank auf die Knie, zog sie vorsichtig unter dem Fahrzeug hervor, nahm seine Frau in die Arme und wiegte sie hin und her.

Ein zweiter Kopf tauchte dort auf, wo Fiona hervorgekommen war – Julie.

Tex sank ebenfalls auf ein Knie und umarmte Julie stürmisch, als sie sicher unter dem Fahrzeug hervorgekrochen war.

Sein Herz schlug vor Erwartung heftig, als Smiley darauf wartete, dass Bree unter dem Wagen oder einem anderen in der Nähe hervorkam. Aber als sie nach mehreren langen Sekunden immer noch nicht auftauchte, zog seine Brust sich zusammen und Emotionen schnürten ihm die Kehle zu.

Fiona blickte von ihrer Position hoch, wo sie noch immer fest in Cookies Armen gehalten wurde. Als könnte sie seine Gedanken lesen, flüsterte sie: »Sie ist nicht hier.«

Smiley wollte fragen, wo zum Teufel Bree war. Was passiert war. Aber er brachte keinen Ton heraus. Die Enttäuschung und Angst waren erdrückend.

Cookie bewegte sich, ohne Fiona loszulassen, aber er trat ein Stück zurück, sodass er sein T-Shirt ausziehen konnte. Zärtlich stülpte er es seiner Frau über den Kopf. Die Kleider, die sie und Julie trugen, waren durchsichtig und überließen nichts der Fantasie. Zu sehen, was ihnen angezogen worden war, machte ihn wütend. Und es bewies nur, in welcher Gefahr sie sich befunden hatten.

Smiley bewegte sich ungeduldig ... aber er brachte es nicht übers Herz, Cookies Wiedersehen mit seiner Frau zu unterbrechen. Wäre Bree da gewesen und hätte er sie in den Armen gehalten, wäre Smiley vor Wut explodiert und hätte jeden angegriffen, der es gewagt hätte, sich ihm in den Weg zu stellen.

Tex holte sein Handy heraus, drückte ein paar Tasten und reichte es Julie, ohne seinen Arm von ihrer Taille zu nehmen.

»Patrick?«, sagte sie mit zittriger Stimme.

Smiley wandte sich ab. Das emotionale Wiedersehen der Frauen mit ihren Ehemännern war zu viel für ihn. Er freute sich für seine Freunde, aber ...

Kevlar legte eine Hand auf Smileys Schulter, sagte aber nichts. Das musste er nicht. Die Enttäuschung und Angst in der Luft waren greifbar. Wo war Bree? Warum war sie nicht bei Julie und Fiona? Wie waren sie entkommen? Wie lange hatten sie sich versteckt? Smiley hatte so viele Fragen, aber er würde auf die Antworten warten müssen.

Er suchte die Werft ab in der Hoffnung, Bree auf sich zukommen zu sehen. Vielleicht war sie auch entkommen. Vielleicht hatte sie sich einfach von den anderen Frauen getrennt und traute sich nicht aus ihrem Versteck heraus.

»Steck deine Waffe weg«, sagte Kevlar leise.

Smiley sah nach unten und bemerkte, dass er seine Pistole noch immer mit der rechten Hand umklammerte. Eine der schlimmsten Sünden, die ein SEAL begehen konnte, bestand darin, seine Waffe aus den Augen zu verlieren. Und obwohl sein Finger nicht am Abzug war, konnte er sich an nichts erinnern, was in den letzten Minuten mit der Waffe geschehen war.

Langsam, als würde er in Treibsand versinken, steckte Smiley die Pistole zurück in das Holster an seinem Rücken. Er holte tief Luft, dann noch einmal, und wandte sich den anderen zu. Bree war nicht hier. Das wusste er so sicher wie seinen Namen. Er fühlte sich leer, hohl.

Es war, als würde er die Szene vor sich aus großer Entfernung beobachten. Oder als sei er einfach nur ein Zuschauer, der ein Theaterstück ansah. Ihm war kalt. Er fühlte sich taub.

Er trat auf Tex und Julie zu, die sich gerade die Tränen aus den Augen wischte, nachdem sie mit ihrem Mann telefoniert hatte, und zog sein T-Shirt aus. Er hielt es der zierlichen Frau hin, die es mit einem dankbaren Lächeln entgegennahm.

Cookie stand auf, ohne seinen Arm von Fionas Taille zu nehmen, und hielt sie fest an sich gedrückt.

»Seid ihr sicher, dass Bree nicht hier ist?«, fragte Kevlar sanft.

Smiley hielt den Atem an und wartete auf die Antwort. Er wusste bereits, wie sie ausfallen würde, aber vielleicht würde ein Wunder geschehen.

»Wir müssen erfahren, was passiert ist, und wir müssen euch beide in Sicherheit bringen«, sagte Kevlar. »Aber wenn auch nur die geringste Chance besteht, dass Bree hier ist und sich versteckt, müssen wir das wissen.«

Fiona schüttelte den Kopf. »Wir haben gesehen, wie sie dort rübergetragen wurde«, sagte sie und zeigte auf einen großen Steg. Einen *leeren* Steg. Es wartete kein Boot darauf, beladen zu werden. Es standen keine Fahrzeuge mit laufendem Motor da. Die Gegend war menschenleer.

»Sie sind auf ein Boot gestiegen und weggefahren. Seitdem verstecken wir uns für den Fall, dass die Männer, die Bree mitgenommen haben, Verstärkung gerufen haben.«

»Wie lange ist das Boot schon weg?«, fragte Tex.

Smiley war seinen Freunden dankbar. Er brachte kein Wort heraus. Wenn er den Mund aufgemacht hätte, hätte er entweder angefangen zu schreien, zu fluchen oder zu stöhnen. Er war sich nicht sicher, was davon.

»Ich bin mir nicht sicher. Es kommt mir wie eine Ewigkeit vor. Aber wahrscheinlich mindestens ... vier oder fünf Stunden«, mutmaßte Julie.

»Scheiße. Okay. Während wir hier verschwinden, müsst ihr beide euch intensiv an alle Details erinnern, die ihr über das Boot und die Männer wisst, alles, was uns helfen könnte, sie aufzuspüren«, sagte Tex.

Cookie bückte sich, hob Fiona auf und trug sie an seine Brust gepresst zum Jeep.

Kevlar bot an, Julie zu tragen, und sie nahm sein Angebot schüchtern an, da sie keine Schuhe trug.

Als er ihre Zehen im Dreck sah, wurde Smiley das Herz noch schwerer. Bree trug wahrscheinlich auch keine Schuhe. Er wollte unbedingt wissen, was hier passiert und wie sie von den anderen Frauen getrennt worden war, aber er wollte den Frauen nicht die Zeit nehmen, die sie brauchten, um zu begreifen, dass sie in Sicherheit waren.

Tex und Cookie kletterten mit den Frauen auf den Rücksitz. Fiona saß auf dem Schoß ihres Mannes, Julie zwischen ihnen und Tex.

»Ich wusste, dass du kommen würdest«, sagte Fiona leise, als sie alle im Jeep saßen und Kevlar aus der Werft fuhr.

Alles in Smiley drängte ihn zu bleiben. Genau so hatte er sich gefühlt, als er ihre Kleidung an der Raststätte gesehen hatte. Wieder einmal war dies der Ort, an dem Bree zuletzt gesehen worden war. Es tat körperlich weh wegzufahren. Er rieb sich die Brust, während er geradeaus starrte.

»Ich habe dir einmal gesagt, dass ich immer zu dir kommen würde, und das habe ich auch so gemeint«, sagte Cookie zu Fiona.

»Hurt wollte mitkommen, aber ...«

»Aber er war schon sehr lange nicht mehr im Einsatz«,

unterbrach Julie Tex. »Es ist in Ordnung. Mit ihm sprechen zu können, ihm zu versichern, dass es mir gut geht ... das war genug für den Moment.«

»Scheiße«, fluchte Smiley leise. Er spürte mehr als er sah, wie Kevlar hinter dem Lenkrad zu ihm herüberblickte. Aber er hielt den Blick geradeaus gerichtet. Er hielt sich nur noch mit Mühe unter Kontrolle.

»Bree«, flüsterte Fiona.

»Wir lassen sie nicht zurück«, sagte Tex mit leiser, emotionsgeladener Stimme.

»Sie ... ohne sie hätten wir nicht entkommen können.«

»Merk dir den Gedanken«, sagte Cookie. »Wir fahren zu einem Hotel, wo ihr duschen, etwas essen und euch umziehen könnt. Dann setzen wir uns zusammen und ihr erzählt uns die ganze Geschichte. Es sei denn, ihr habt Informationen, die wir sofort brauchen, um sie zu finden.«

Smiley blickte zurück und sah, wie Fiona und Julie traurig den Kopf schüttelten. Julie streckte die Hand aus und nahm eine von Fionas Händen in ihre. Ihm gefiel der Blick, den die beiden Frauen austauschten, nicht.

Er biss die Zähne so fest zusammen, dass sie zu schmerzen begannen. Er wollte widersprechen. Kevlar sagen, er solle anhalten, damit sie hören konnten, was Fiona und Julie zu sagen hatten. Aber Cookie hatte recht. Sie mussten sie ins Hotel bringen und alles tun, damit sie sich sicher und wohl fühlten.

Zu wissen, dass sie in diesem Moment nichts für Bree tun konnten, war schmerzhafter als jede Verletzung, die er jemals während eines Einsatzes erlitten hatte. Smiley hätte sich lieber erschießen lassen, als sich so zu fühlen.

»Smiley? Ist alles in Ordnung?«, fragte Fiona.

Sein erster Impuls war, sie anzuschreien. Ihr zu sagen, dass es ihm *natürlich* nicht gut ging. Bree war in den Händen eines verdammten sadistischen Verrückten, der sie sowohl seelisch als auch körperlich missbrauchen und verletzen wollte.

Stattdessen schüttelte er nur den Kopf und starrte weiter auf die Windschutzscheibe.

Er hörte, wie Cookie seiner Frau zuflüsterte, sie solle ihn nicht drängen, ihm Zeit geben. Aber Zeit würde das nicht in Ordnung bringen. Sie würde Bree nur weiter und weiter von ihm wegbringen. Und Castillo mehr Gelegenheiten geben, ihr wehzutun.

Smiley schloss die Augen und betete um Geduld. Und er betete, dass Bree stark genug sein würde, um alles zu ertragen, was die Arschlöcher, die sie entführt hatten, vorhatten.

KAPITEL VIERZEHN

Bree lag auf dem Boden eines weiteren verdammten Käfigs und versuchte, sich nicht zu bewegen. Sie hatte sich zu einem Ball zusammengerollt und versuchte, sich nicht zu übergeben oder aufgrund der Bewegungen des Bootes zu stöhnen. Sie fuhren unglaublich schnell, und jedes Mal, wenn das Boot über eine Welle sprang und hart auf das Wasser aufschlug, schmerzten ihre Knochen.

Sie war sich ziemlich sicher, dass sie mindestens eine gebrochene oder angeknackte Rippe hatte, weil sie getreten worden war. Und ein Auge war zugeschwollen. Sie musste von Kopf bis Fuß mit blauen Flecken übersät sein. Sie hatte überall Schmerzen. Aber sie lebte.

Und Fiona und Julie waren entkommen. Sie hatte gehört, wie die Männer auf dem Boot sich darüber Sorgen machten. Sie waren sichtlich besorgt darüber, wie »unzufrieden« der Boss sein würde, wenn er davon erfuhr. Für Tagesanbruch war eine Durchsuchung der Werft geplant, und sie konnte nur hoffen, dass ihre Freundinnen entkommen und den Zaun überwinden konnten, bevor es so weit war.

Obwohl sie vor Wut schreien und die Männer auf dem Boot beschimpfen wollte, wusste Bree instinktiv, dass es das Beste war, sich bewusstlos zu stellen. Bislang hatte das funktioniert, zumindest ließen die Männer sie in Ruhe. Auf keinen Fall wollte sie deren Aufmerksamkeit wieder auf sich lenken. Sie hatte keine Ahnung, ob diese Männer zu denen gehörten, die eine bewusstlose Frau vergewaltigen würden, aber sie musste hoffen, dass sie es nicht taten, da sie sie bisher nicht angerührt hatten.

Also lag sie auf dem Boden des Käfigs und tat ihr Bestes, um so zu tun, als sei sie völlig weggetreten. Dabei versuchte sie, sich an das Spanisch zu erinnern, das sie während ihrer College-Zeit gelernt hatte, um irgendwelche Informationen zu bekommen.

Ehrlich gesagt hätte Bree, obwohl sie zusammengeschlagen worden war, nichts an ihrem Verhalten geändert. Sie hatte kein schlechtes Gewissen, weil sie den Mann im Lastwagen getötet hatte. Sie würde keine Sekunde länger an ihn denken. Er hatte seinen Weg gewählt, indem er unschuldige Frauen entführte, um sie in die Prostitution zu verkaufen, und sein Tod war die direkte Folge seiner Lebensentscheidungen.

Aber das Wichtigste war, dass Julie und Fiona von ihrem Opfer profitiert hatten. Alles, was ihr jetzt noch passieren würde, wäre es wert.

Bree machte sich allerdings ein wenig Sorgen darüber, was sie jetzt tun würden, nachdem sie aus dem Lastwagen entkommen waren. Vor allem ohne richtige Kleidung. Würde ein gutherziger Fremder in der Gegend sie aufnehmen? Ihnen Nahrung, Wasser und Kleidung geben? Oder würden sie jemandem begegnen, den Mateo oder jemand anderes dafür bezahlte wegzuschauen, wenn in der Werft illegale Geschäfte abliefen?

Bree schüttelte mental den Kopf und weigerte sich, pessimistisch zu sein. Julie und Fiona waren klug. Sie würden vorsichtig sein. Sie würden einen Weg finden, an ein Telefon zu kommen, um ihre Ehemänner zu kontaktieren. Um ihnen alles zu erzählen, was passiert war. Sie würden alles tun, um den Männern die Informationen zu geben, die sie brauchten, um *sie* zu finden.

Sie musste nur am Leben bleiben, bis das geschah. Jeder schmerzhafte Atemzug erinnerte sie daran, dass das vielleicht leichter gesagt als getan war, aber Bree war entschlossen, lange genug zu leben, um Smiley zu sagen, wie viel er ihr bedeutete. Dass er sie schon bei ihrer ersten Begegnung fasziniert hatte. Als sie zum ersten Mal seinen Namen gehört hatte, Jude Stark, war etwas in ihr wach geworden.

Sie wollte sich mit aller Kraft dafür einsetzen, dass Addison oder Maggie ihr Kind Jude nannten, wenn es ein Junge würde. Es war ein cooler Name, und Smiley hatte ein Gefühl der Geborgenheit in ihr hervorgerufen.

Wenn sie an ihn dachte, musste sie weinen. Wie sehr wünschte sie sich, wieder in seiner Wohnung zu sein, an ihn gekuschelt, und mit ihm über ihre Pläne für den Tag zu sprechen. Er musste gerade total ausflippen.

Nein, nicht ausflippen, das war nicht Smileys Art. Er würde die Stirn runzeln, die Falte zwischen seinen Augenbrauen würde sich deutlich abzeichnen. Er würde alle anschreien, die seine Fragen nicht schnell genug beantworteten, und er würde auf und ab gehen. Daran hatte sie keinen Zweifel.

Bevor sie vorgegeben hatte, vor Schmerzen ohnmächtig zu werden, hatten ihre Entführer ihr ein wenig Wasser und ein Stück altbackenes Brot gegeben, als sie Delirium vortäuschte und um etwas zu essen und zu trinken bettelte. Aber sie gaben ihr nichts zum Anziehen. Das Nachthemd, das sie in den Staaten getragen hatte, war schmutzig. Und einer der Träger war in ihrem verzweifelten Kampf um ihre Freiheit gerissen. Sie war froh, dass sie nicht völlig nackt war.

Sie roch furchtbar, nach Hühnerkot, Urin und dem Dreck, in dem sie gelegen hatte, als sie geschlagen worden war. Ihr Haar war fettig und nun ungleich, da sie sich einige Strähnen abgeschnitten hatte, um sie für ihr Messer zu verwenden. Der Gedanke an das Stück Plastik, mit dem sie das Arschloch abgelenkt hatte, das sie begrapscht hatte, machte Bree traurig. Sie war stolz auf diese Waffe gewesen. Selbst MacGyver hätte ihr wahrscheinlich zu ihrer Leistung gratuliert. Und jetzt war sie weg. Sie würde keine Gelegenheit haben, etwas Ähnliches zu basteln, da der Käfig, in dem sie sich befand, statt Plastik eine Metallablage hatte.

Ihre beste Verteidigung war im Moment Zeit. Stillzubleiben. Zu versuchen, ihren Körper auszuruhen, damit er für alles bereit war, was kommen würde. Sie hatte den Mann im Lastwagen gehört. Sie wurde nach Ecuador gebracht. Zu Mateos Privatgelände. Dort würde ihr nichts Gutes widerfahren, aber vielleicht würden ihre Bewacher nach einer Weile ihre Wachsamkeit verringern und sie könnte fliehen. Sie würde nichts tun, was von ihr verlangt wurde, aber auf lange Sicht war das vielleicht ihre einzige Chance zu entkommen.

Allein der Gedanke daran, was sie tun musste, um Mateo glauben zu lassen, er hätte gewonnen, war abscheulich. Aber sie würde nicht aufgeben. Niemals. Ihr einziges Ziel war es, zu überleben. Und dann zu fliehen. Selbst wenn sie dafür Hunderte von Kilometern durch den Dschungel laufen musste, würde sie es tun. Wenn Fiona und Julie es geschafft hatten, dann konnte sie es auch.

Smiley konnte nicht stillstehen. Das Adrenalin schoss ihm noch immer durch den Körper. Er musste etwas tun. Er konnte nicht einfach in diesem Hotelzimmer herumstehen. Bree war da draußen, sie brauchte ihn, und doch war er hier.

Aber er war sich auch bewusst, dass er Informationen brauchte. Er konnte nicht einfach wie ein kopfloses Huhn herumrennen. Er brauchte einen Plan. Und um einen Plan zu schmieden, musste er erst einmal Fionas und Julies Geschichte hören.

Die Sonne ging gerade auf, und die beiden Frauen hatten geduscht, gegessen und trugen die Kleidung, die die Männer für sie mitgebracht hatten. Smiley weigerte sich, an die Hose, das Hemd, die Unterwäsche und die Toilettenartikel zu denken, die unbenutzt in seiner Tasche für Bree lagen. Das tat zu sehr weh.

»Fangt ganz von vorn an«, sagte Kevlar sanft. Julie saß auf einem Stuhl, der mit einer Decke bedeckt war, und hatte die Beine in einer etwas defensiven Haltung angezogen. So sehr sie auch beteuerte, dass sie verstand, warum ihr Mann nicht da war, fühlte Smiley dennoch einen Anflug von Schuld, weil er nicht Patrick Hurt ausgewählt hatte, um sie zu begleiten.

Fiona saß auf dem Bett auf Cookies Schoß. Er lehnte sich gegen das Kopfteil, das mit einer weiteren Decke bedeckt war. Sie saß seitlich, einen Arm um seine Schultern gelegt und ihren Kopf an seinem. Cookie hatte sie buchstäblich nicht aus den Augen gelassen, seit sie unter dem Wagen hervorgekrochen war.

Tex saß auf einem Stuhl neben einem kleinen runden Tisch, vor sich seinen Laptop. Seit sie ins Hotel zurückgekehrt waren, tippte er ununterbrochen auf den Tasten herum, und Smiley konnte nur hoffen, dass er Informationen über Bree von den Frauen, mit denen er zusammenarbeitete, verschickte und erhielt.

Kevlar lehnte an einer Wand und sah entspannt aus. Aber sein Kiefer zuckte und es war offensichtlich, dass er genauso gespannt auf die ganze Geschichte war wie alle anderen.

»Also, wir waren hinten in meinem Laden und haben die

Spendenpakete durchgesehen, als plötzlich die Tür aufgerissen wurde und drei Männer hereinstürmten«, begann Julie.

»Ja, wir haben das Überwachungsvideo gesehen. Was ist passiert, nachdem ihr in den Geländewagen gesetzt wurdet?«, fragte Tex.

Smiley war froh, dass er die Dinge vorantrieb. Er hatte ein schlechtes Gewissen, weil es für Julie und Fiona wahrscheinlich therapeutisch wertvoll war, ihnen alle Details zu erzählen, aber er brauchte neue Informationen.

»Sie haben irgendeine Art von Gas eingesetzt. Der hintere Teil des Geländewagens, in dem wir saßen, war durch Plexiglas vom Rest der Sitze getrennt«, erzählte Fiona. »Es entstand ein Nebel, und ich kann mich nicht einmal daran erinnern, die Innenstadt von Riverton verlassen zu haben.«

»Wir sind in diesem Hühner-Lastwagen aufgewacht«, fuhr Julie fort. »Wir waren in Käfigen, nebeneinander, ganz hinten. Es roch furchtbar, und wir hatten weder unsere Peilsender noch unsere Kleidung, nur diese Unterwäsche.«

»Die Hühner waren laut, und ich vermute, der Geruch sollte unseren eigenen Geruch überdecken«, sagte Fiona. »Wir konnten erkennen, dass wir in einem Lastwagen waren, aber das war auch schon alles, was wir wussten.«

»Und Bree? Wie ging es ihr?«, fragte Smiley, da er nicht anders konnte.

»Sie war verängstigt. Das waren wir alle. Ich hatte die Idee zu versuchen, die Plastikschalen, auf denen wir saßen, zu zerbrechen. Aber sie war die Einzige, die es tatsächlich geschafft hat. Ich glaube, ihre hatte einen Riss oder so etwas, unter den sie ihre Finger schieben und wo sie etwas abbrechen konnte«, sagte Julie.

Smiley fingerte an dem Messer herum, das Bree angefertigt hatte und das noch immer in seiner Tasche steckte. Er war stolz auf sie, obwohl er sauer war, dass sie überhaupt in diese Situation geraten war. »Es tut mir leid«, platzte es aus ihm heraus.

Alle drehten sich verwirrt zu ihm um.

»Was tut dir leid?«, fragte Fiona.

»Ich sollte auf euch aufpassen. Und ich habe den Laden verlassen. Ich habe euch allein gelassen. Das war genau die Chance, die diese Arschlöcher gebraucht haben, um euch zu schnappen.«

»Smiley, du konntest nicht wissen, dass sie auf den richtigen Moment gewartet haben. Es war Zufall, dass du gerade draußen warst und telefoniert hast. Wenn du drinnen gewesen wärst, hättest du verletzt werden können.«

Smiley schnaubte. Sie war sehr großmütig. Diese Männer hatten nur getan, was sie getan hatten, und zwar genau zu dem Zeitpunkt, an dem sie es getan hatten, weil er abgelenkt gewesen war. Daran hatte er keinen Zweifel.

»Er hat mit mir gesprochen«, erklärte Cookie seiner Frau. »Ich war sauer, dass mein Team und ich nicht darüber informiert worden waren, dass der Mann, der Bree verfolgt hat, mit deiner Entführung vor Jahren in Verbindung gestanden hat. Ich habe ihm die Hölle heißgemacht.«

Fiona richtete sich auf, um ihren Mann anzusehen. »Bree hat uns davon erzählt. Davon, dass der Mann, der hinter ihr her war, für dieselbe Organisation gearbeitet hat, die uns in Mexiko festgehalten hat.«

»Und?«

»Und was?«, fragte Fiona.

»Hattest du irgendwelche Flashbacks? Panikattacken?«

»Nein«, sagte Fiona. »Ich leugne nicht, dass es ein Schock war. Aber ich war eher wütend als alles andere. Bree war diejenige, die mit den Geschehnissen am meisten zu kämpfen hatte.«

Smileys Herz schmerzte, als er diese Worte hörte.

»Was ist dann passiert? Bree hat das Messer gemacht ...?«, fragte Kevlar.

»Ich habe etwas von meinem Kleid abgeschnitten, da ich die Kleinste bin und es bei mir am längsten war. Bree hat mit dem Stück Plastik etwas von ihrem Haar abgetrennt, um den Stoff am Griff zu befestigen. Dann haben wir gewartet.«

»Es schien ewig zu dauern«, sagte Fiona, während die Frauen abwechselnd die Geschichte erzählten. »Wir hielten an, und aus irgendeinem Grund fühlte es sich diesmal anders an. Als hätten wir unser Ziel erreicht.«

»Im Inneren des Lastwagens brannte ein rotes Licht, und als die Tür endlich aufging, war es draußen dunkel. Das Licht von irgendwelchen Straßenlaternen blendete uns. Ein Mann stieg in den Lastwagen und ging zwischen den Käfigen mit den Hühnern hindurch, die laut gackerten, weil sie gestört wurden. Oder vielleicht wussten sie einfach, dass etwas Böses unter ihnen war. Wer weiß.«

»Es war unser Plan, irgendwie jemanden dazu zu bringen, unsere Käfige zu öffnen, um uns eine Chance zur Flucht zu geben. Es war kein besonders guter Plan, aber Bree sagte, sie würde sich krank stellen oder so etwas. Ich war mir nicht sicher, ob das viel bringen würde, denn bis zu diesem Zeitpunkt hatte sich noch niemand um unser Wohlergehen gekümmert.«

Smiley ließ den Blick zwischen Fiona und Julie hin und her wandern, während sie von ihren Qualen berichteten. Hass stieg in ihm auf, und er musste sich mit aller Kraft beherrschen, um ihn zu unterdrücken. Er konnte es sich jetzt nicht leisten, emotional zu werden. Er musste ungerührt bleiben und jede noch so kleine Information in sich aufnehmen.

»Er erzählte Bree, dass Fiona und ich an Männer in Russland und Nordkorea verkauft worden seien, sie aber in die Anlage ihres Chefs in Ecuador gebracht werde. Sie sei ein Geschenk für die Angestellten, die mit ihr machen könnten, was sie wollten.« Julie schauderte.

»Sie bettelte um Wasser. Sie tat so, als hätte sie Angst, obwohl sie das wahrscheinlich nicht wirklich vortäuschte, wenn ich jetzt so darüber nachdenke. Aber sie verhielt sich unterwürfig, als sei sie bereits gebrochen. Ich glaube, das hat den Mann unachtsam gemacht. Er schloss ihren Käfig auf und zog sie heraus. Er berührte sie ... drückte ihre Brust ... und dann schlug sie zu.«

Der Stolz und die Ehrfurcht in Fionas Stimme konnten die Wut nicht vertreiben, die Smiley durchfuhr, als er daran dachte, dass jemand Bree ohne ihre Zustimmung angefasst hatte.

»Sie hat auf ihn eingestochen. Direkt in den Hals«, sagte Julie mit blutrünstiger Stimme, ohne auch nur im Geringsten traumatisiert zu sein von dem, was sich direkt vor ihren Augen abgespielt hatte.

»Und dann hat sie ihm in die Eier getreten«, fügte Fiona hinzu.

»Er ließ seine Schlüssel fallen, und sie warf sie Fiona zu. Dann stach sie dem Mann erneut in den Hals, während er am Boden lag. Überall war Blut, aber sie machte weiter. Sie wollte sichergehen, dass er nicht aufstehen oder um Hilfe rufen konnte.«

»Ich öffnete das Vorhängeschloss an meinem Käfig, kroch heraus und befreite Julie.«

»Dann hörten wir, wie ein anderer Mann nach demjenigen rief, der blutüberströmt und sterbend zu unseren Füßen lag. Bree sagte uns, sie würde sie ablenken. Wir sollten weglaufen«, sagte Julie, und ihr brach zum ersten Mal die Stimme.

»Wir weigerten uns, aber sie bestand darauf«, fügte Fiona hinzu.

»Sie sagte uns, wir sollten dir sagen ...« Julie stockte, als könnte sie die Worte nicht herausbringen.

»Dass sie dich liebt«, beendete Fiona leise den Satz für ihre Freundin. »Und dass du das Beste bist, was ihr je passiert ist.«

Smileys erster Gedanke war Glück. Es traf ihn hart und schnell. Aber die Angst überwältigte ihn augenblicklich. Er sah Bree vor sich stehen, in demselben verdammten Unterkleid, das die anderen getragen hatten, mit ihrer behelfsmäßigen Waffe in der Hand, wahrscheinlich bespritzt mit dem Blut ihres Opfers. Sie sah aus wie eine Walküre. Bereit, sich zu opfern, damit ihre neuen Freundinnen entkommen konnten.

Er hasste es, dass sie sich geopfert hatte ... aber er war auch noch nie so stolz auf jemanden gewesen wie auf sie in diesem Moment.

»Sie lief aus dem Lastwagen, sprang auf einen der Männer vor der Tür, schrie wie eine Furie und lief dann so schnell sie konnte davon«, sagte Julie.

»Und alle folgten ihr«, ergänzte Fiona mit einem traurigen Nicken. »Genau wie sie es gehofft hatte. Dank ihrer Tat konnten wir uns aus dem Lastwagen schleichen und verstecken.«

»Hat jemand nach euch gesucht?«, fragte Cookie sanft.

»Ja, aber wir sind einfach unter verschiedene Fahrzeuge gekrochen. Die standen so dicht beieinander, dass es nicht schwer war, den Männern zu entkommen. Und es war dunkel, das hat uns sehr geholfen. Sie wurden ungeduldig, und ich glaube, sie hatten Angst, dass etwas passieren und Bree wieder entkommen könnte, obwohl einer der Männer sie sich über die Schulter geworfen hatte und sie bewusstlos zu sein schien. Schließlich gaben sie auf und gingen zum Dock. Ich glaube, sie haben nicht länger als vielleicht dreißig Minuten gesucht. Dann stiegen sie in ein Boot und fuhren weg.«

»Was für ein Boot?«, fragte Tex, der sich zum ersten Mal zu Wort meldete. »Wie sah es aus? Welche Farbe hatte es? Habt ihr einen Namen darauf gesehen?«

»Ähm ... es war nicht besonders groß«, sagte Fiona unsicher.

»Aber auch nicht klein«, widersprach Julie.

»Stimmt. Es war spitz. Vorn.«

»Und dunkel. Vielleicht marineblau? Oder schwarz?«

»Ich dachte, es sei grün«, sagte Fiona kopfschüttelnd.

»Ich habe keinen Namen gesehen, tut mir leid«, sagte Julie.

Smileys Hoffnung schwand. Wie sollten sie ein Boot finden, wenn sie nichts darüber wussten?

»Ist schon okay«, sagte Tex. Er hatte ununterbrochen getippt, seit die Frauen angefangen hatten zu reden.

»Wie kann das okay sein?«, platzte Smiley heraus. »Wir wissen nicht, wo sie ist. Welches Boot wir verfolgen sollen. Wie sollen wir sie finden, wenn wir keine Ahnung haben, auf welchem der wahrscheinlich Tausenden Boote auf dem Wasser sie sich befindet?«

»Weil wir wissen, wohin sie fährt«, sagte Tex ruhig und hielt inne, um zu Smiley aufzublicken. »Ich weiß, dass du dich auf sie stürzen und sie retten willst, während sie auf diesem Boot ist, aber du hast recht. Wir haben keine Ahnung, auf welchem Boot sie sich befindet. Aber da wir wissen, wohin Castillo sie bringt, können wir dorthin fahren und sie abfangen.«

Verdammt. Daran hätte Smiley denken müssen. Sein einziger Trost für seine mangelnde Weitsicht war, dass diese Mission persönlich war. Er konnte nicht objektiv denken. Er konnte überhaupt *kaum* denken. Er sah nur Bree vor sich, bewusstlos über die Schulter eines Arschlochs geworfen.

Er wandte sich an Cookie. »Du musst Fiona und Julie nach Hause bringen.«

Es war leicht zu sehen, wie hin- und hergerissen Cookie war. »Ruf dein Team an. Sag den Jungs, sie sollen sich dir anschließen«, schlug er vor. »Es wird eine Weile dauern, bis das Boot Ecuador erreicht. Selbst wenn es ein Schnellboot ist – und so klingt es –, wird es keine Tagesreise sein. Sie werden mindestens drei Tage brauchen.«

Er hatte recht.

»Ich habe bereits alles in die Wege geleitet«, verkündete Tex. »Ich habe mit deinem Kommandanten geschrieben, er ist schon in Bereitschaft. Deine Teamkameraden können um vierzehn Uhr aufbrechen. Sie werden dich dort treffen.«

»Wir brauchen dich auch, Tex«, widersprach Smiley.

Der ältere Mann schüttelte den Kopf. »Ich bin zu alt für diesen Mist. Ich fliege mit Cookie, Fiona und Julie zurück. Ich werde zum Stützpunkt fahren und mit deinem Kommandanten, Ryleigh und Beth zusammenarbeiten. Mit deinem Team vor Ort und meinem Blick aus der Luft und auf Castillos digitale Spuren werden wir sie zurückholen und diese ganze verdammte Operation zerschlagen. Oh, und ich habe Kontakt zu jemandem aufgenommen, mit dem ihr auch sprechen solltet.«

»Zu wem?«, fragte Kevlar.

»Er heißt Rex. Er gehört zu den Mountain Mercenaries.«

»Der Typ, dessen Frau von del Rio entführt wurde?«, fragte Cookie.

»Genau der. Er ist nicht glücklich darüber, dass Castillo im Grunde dort weitermacht, wo sein Erzfeind aufgehört hat. Er dachte, diese Organisation sei ein für alle Mal erledigt. Aber als er hörte, dass Castillo diese Operation übernommen und von Peru nach Ecuador verlegt hat, war er ernsthaft aufgebracht. Er wird euch anrufen, um euch so viele Informationen wie möglich zu geben, sobald ihr in Ecuador angekommen seid und eine Zentrale eingerichtet habt.«

Smiley würde gern mit dem Mann sprechen. Es war unfassbar, dass Rex seine Frau nach einem Jahrzehnt lebend gefunden hatte, aber es gab Smiley Hoffnung. Bree war stärker, als sie wusste – wenn jemand eine ähnliche Tortur überstehen konnte, dann seine Frau.

»Ich habe für euch beide Tickets für heute Abend um neunzehn Uhr besorgt. Bis dahin habt ihr Zeit, alles zu planen und euch auszuruhen«, sagte Tex. »Unser Flug nach Südkalifornien geht ungefähr zur gleichen Zeit.«

»Ich gehe davon aus, dass es kein Problem ist, dass wir nicht mit unseren Pässen entführt wurden?«, fragte Fiona mit einem kleinen Lächeln.

»Natürlich nicht«, antwortete Tex ruhig.

»Das habe ich auch gedacht ... damals«, sagte Fiona.

»Damals war es kein Problem und heute ist es auch kein Problem. Apropos, Brees Pass liegt für dich am Flughafen bereit«, sagte Tex zu Smiley. »Ich habe jemanden, der dort auf uns wartet. Er wird den Jeep und die Waffen nehmen und sie gegen die Ausweise eintauschen. Wenn ihr in Ecuador ankommt, wird ein weiterer Kontaktmann vor dem Zoll auf euch warten. Er wird ein Schild mit der Aufschrift *Mr. Hill* bei sich haben. Geht mit ihm mit, er wird euch alles geben, was ihr dort braucht.«

Tex war irgendwie unheimlich, aber Smiley war noch nie so froh gewesen, jemanden an seiner Seite zu haben, wie in diesem Moment.

»Peilsender?«, fragte Kevlar.

Tex seufzte und runzelte die Stirn. »Ich habe keine dabei. Wie du dir wahrscheinlich denken kannst, bin ich in Eile von zu Hause aufgebrochen. Dann ging alles so schnell mit der Fahrt hierher nach Ensenada, dass ich keine Ersatzgeräte von Wolf holen konnte, die er sicher bei sich zu Hause hat.«

»Ich habe meine«, sagte Smiley.

»Habt ihr unsere Peilsender gefunden? Als wir aufgewacht sind, war unser gesamter Schmuck verschwunden«, sagte Fiona.

Cookie nickte. »Sie waren größtenteils zerstört, aber ich habe deine Ringe. Das Signal ist schwach, aber noch vorhanden, zumindest hat Ryleigh das gesagt.« Er griff in seine Tasche und holte ihre Ringe heraus. »Gib mir deine Hand«, befahl er.

Fiona tat es, und Cookie schob ihr die Ringe wieder auf den Finger. Dann hob er ihre Hand an seinen Mund und küsste ihren Handrücken.

Julie nahm ihre Ohrringe von Kevlar entgegen und betrachtete sie mit einem traurigen Ausdruck, da sie so verbogen und zerbrochen waren.

»Ich werde dafür sorgen, dass eure Teamkameraden ihre Peilsender dabeihaben, bevor sie nach Südamerika fliegen«, sagte Tex und blickte zurück auf seinen Computerbildschirm. »Castillo ist erledigt«, murmelte er. »Er hat sich die falsche Frau ausgesucht. *Frauen.* Das falsche Team. Er ist schon vor all den Jahren nicht damit davonkommen, er hätte wissen müssen, dass ihm das auch beim zweiten Mal nicht gelingt. Leg dich nicht mit Navy SEALs an. *Punkt.*«

»Hoo-yah«, sagten Cookie und Kevlar leise.

Aber Smiley dachte zu sehr über das nach, was kommen würde, um sich mit dem typischen Schlachtruf der Marine zu beschäftigen. Einen Plan zu schmieden fühlte sich wie ein Schritt nach vorn an, aber bis zum Nachmittag warten zu müssen, um Mexiko zu verlassen, gefiel ihm gar nicht. Selbst das Wissen, dass das Boot, auf dem Bree sich befand, nicht einfach so nach Ecuador schweben konnte, tröstete ihn nicht.

Sie mussten herausfinden, wo das Boot anlegen würde. Ecuador war kein kleines Land. Und zu wissen, wo Castillos Anwesen lag, würde es nicht einfacher machen, den Standort des Bootes einzugrenzen. Tex war gut, aber *so* gut war er nicht.

Oder doch? Vielleicht wäre das Glück ihnen hold und sie könnten das Boot in einer Werft finden, wenn es anlegte. Dann könnten sie das Ganze ein für alle Mal beenden, ohne in den verdammten Dschungel wandern zu müssen.

Smiley würde es niemals zugeben, aber er hasste den Dschungel. Insekten machten ihm Angst. Und Schlangen? Von denen wollte er gar nicht erst reden. Aber er würde sich einer Million Schlangen stellen, wenn er Bree dadurch sicher zurückbekäme.

Nachdem er Fiona und Julie gesagt hatte, wie erleichtert er war, dass es ihnen gut ging, entschuldigte Smiley sich und ging zurück in sein Zimmer. Er wollte gerade niemanden um sich haben. Er musste nachdenken. Planen. Sich den Kopf zerbrechen. Sobald er das hinter sich hatte, konnte er nach Ecuador fliegen und der knallharte Navy SEAL sein, zu dem er jahrelang ausgebildet worden war. Denn diese Mission? Das war die wichtigste seines Lebens. Und er hatte nicht die Absicht zu versagen.

KAPITEL FÜNFZEHN

Es war offiziell. Bree war seekrank. Sie fühlte sich schrecklich. Flucht war das Letzte, woran sie dachte. Da sie nichts mehr im Magen hatte, konnte sie nur noch würgen ... was vielleicht ein Glücksfall war, denn ihre Entführer wollten nichts mit ihr zu tun haben. Sie ekelte sie an.

Sie ließen sie größtenteils in Ruhe. Sie zogen es vor, sich von der kleinen Kabine fernzuhalten, in der sich ihr Käfig befand, der nun nach Erbrochenem und Schweiß roch. Zu ihrer Überraschung hatten sie ihr auch Wasser dagelassen, was mehr war, als sie ihr und den anderen in dem verdammten Lastwagen voller Hühner gegeben hatten.

Aber sie konnte es nicht wirklich zu schätzen wissen. Sie versuchte zu trinken, aber meistens kam alles wieder hoch. Bree war schwach, desorientiert und hatte es so satt, auf diesem Boot zu sein, dass sie sich tatsächlich darauf freute, in Ecuador anzukommen. Und das war einfach nur traurig, denn die Ankunft in diesem Land bedeutete, dass ihr Leiden erst richtig beginnen würde. Mateo würde dort sein, und ihm wäre es wahrscheinlich egal, dass sie seekrank war.

Das Einzige, was Bree davon abhielt, völlig aufzugeben, war

der Gedanke an Smiley. Und daran, dass Fiona und Julie gerettet worden waren. Sie hatte keine Möglichkeit zu wissen, ob sie entkommen waren, aber angesichts des Verhaltens der Männer, die sie geschlagen hatten, und der Gesprächsfetzen, die sie hatte verstehen können, schienen sie Todesangst vor Mateo zu haben. Und sie hoffte, das bedeutete, dass die anderen Frauen nicht gefunden worden waren.

Sicherlich würden die SEALs sie inzwischen gefunden haben. Vielleicht hatten Julie und Fiona jemanden gefunden, der ihnen ein Telefon gegeben hatte, und konnten Wolf oder Tex oder jemanden anrufen, der sie abholen würde. Der Gedanke brachte Bree zum Lächeln, auch wenn ihr Gesicht schmerzte.

Ihr Körper war völlig geschwollen und voller blauer Flecke. Vielleicht würde ihr Aussehen Mateos Angestellte abschrecken. Dann stieß sie einen verzweifelten Seufzer aus. Nein, das würde es nicht. Männer, die kein Problem damit hatten, Frauen zu vergewaltigen, die gegen ihren Willen festgehalten wurden, würde es einen Dreck interessieren, ob diese Frauen voller blauer Flecke waren oder sie anflehten, sie in Ruhe zu lassen. Sie würden sich nehmen, was sie wollten, ohne Rücksicht auf die Folgen.

Bree verdrängte diesen Gedanken, doch als das Boot erneut von einer großen Welle erfasst wurde, zog sich ihr Magen zusammen und sie musste wieder würgen. Sie war völlig fertig. Tränen traten aus ihrem nicht zugeschwollenen Auge und rollten ihr über die Wange. Im Moment hätte sie alles für eine Zahnbürste gegeben. Und dafür, dass das Boot aufhörte zu schaukeln.

Zeit hatte keine Bedeutung mehr. Bree hatte keine Ahnung, wie lange sie schon auf dem Boot war oder wie lange sie noch fahren mussten. Sie konnte nur die Augen schließen und beten, dass diese Qual bald vorbei sein würde. Natürlich musste sie vorsichtig sein, was sie sich wünschte ... denn was sie an Land erwartete, war höchstwahrscheinlich hundertmal schlimmer als das, was sie gerade durchmachte.

Unfähig, sich vorzustellen, dass es ihr jemals noch schlechter gehen könnte als jetzt, tat Bree das Einzige, wozu sie im Moment in der Lage war. Sie schloss ihr gutes Auge, rollte sich zusammen und betete um Schlaf, um dieser Hölle zu entkommen. Wenn auch nur für einen Moment.

———

Smiley war nervös. Nein, innerlich war er völlig außer sich. Er und Kevlar waren in Ecuador. Genauer gesagt in der Stadt Guayaquil. Dort, wo Tex vermutete, dass Castillo höchstwahrscheinlich auf Bree warten würde. Aber wenn er sich geirrt hatte …

Smiley wollte nicht einmal an diese Möglichkeit denken. Guayaquil war mit etwa zwei Komma zwei Millionen Einwohnern die größte Stadt des Landes. Aber es war auch der Ort, an dem der größte Teil des Import- und Exporthandels abgewickelt wurde. Hier befand sich der wichtigste Hafen des Landes, in dem die meisten Schiffe ein- und ausliefen. Das machte ihn ideal für Castillo. Wahrscheinlich waren viele der Arbeiter bestochen worden, um alles Illegale, das sie sehen oder hören könnten, zu ignorieren.

Der Hafen von Guayaquil allein war für neunzig Prozent des Handelsverkehrs verantwortlich, der die nationale Wirtschaft beeinflusste, aber es gab auch andere, kleinere See- und Jachthäfen. Sie hatten keine Möglichkeit herauszufinden, wo das Boot mit Bree anlegen würde.

Als Smiley und Kevlar ankamen, war es fast drei Uhr morgens, und sie trafen sich mit Tex' Kontaktmann, der wie versprochen vor dem Zoll auf sie wartete. Der Mann sprach nicht viel, nickte ihnen nur zu und führte sie zu seinem Wagen.

Als er sie durch die Stadt fuhr, war offensichtlich, dass das Land mitten in einer Krise steckte.

Männer mit Gewehren streiften offen durch die dunklen Straßen, und überall waren Spuren jüngster Gewalttaten zu sehen. Aufgrund der späten Stunde und der Nervosität der Zivilbevölkerung waren nur sehr wenige Menschen unterwegs.

Ihr Kontaktmann fuhr in eine Tiefgarage unter einem großen Gebäude, nachdem jemand aus dem Nichts aufgetaucht war, um ein Metalltor zurückzuziehen. Smiley kam der Gedanke, dass er und Kevlar möglicherweise selbst verschwinden würden, Opfer der Gewalt, der das Land ausgesetzt war, aber in diesem Moment war er bereit, das Risiko einzugehen. Er würde alles riskieren, um Bree zu finden.

Der Mann stieg aus dem Fahrzeug und führte sie durch eine Tür. In dem Flur, den sie betraten, war es dunkel, und Smiley konnte sich eines Gefühls der Unruhe nicht erwehren. Aber es passierte nichts, außer dass ihr Kontaktmann eine weitere Tür öffnete und ihnen bedeutete einzutreten.

Im Raum befand sich eine wahre Schatzkammer voller Waffen.

»Wählt aus«, sagte der Mann zu ihnen.

Kevlar und Smiley verloren keine Zeit. Sie fanden gezackte Messer, die sie sofort mit den beiliegenden Holstern an ihren Oberschenkeln befestigten. Pistolen verschwanden in allen verfügbaren Taschen, und sie hängten sich so viele Gewehre über die Schultern, wie sie tragen konnten. Sie brauchten genügend Waffen für sich selbst und den Rest des Teams, wenn es eintraf. Und nach den Männern auf den Straßen zu urteilen würden sie jede Feuerkraft brauchen, die sie bekommen konnten.

Ihr Begleiter nickte zustimmend, dann hob er eine Kiste auf, die Smiley bei der Inspektion der Waffen bemerkt hatte. Sie war voller Munition, die ebenfalls unverzichtbar war, falls sie gezwungen sein sollten, Castillos Anwesen zu stürmen.

Nach dem zu urteilen, was Tex ihnen gezeigt hatte, hatte Castillo seine Operation im Amazonas-Dschungel aufgebaut. Die nächstgelegene Stadt war Coca, die über einen kleinen Flughafen verfügte. Für den Fall, dass sie Bree in Guayaquil nicht finden konnten, hatte Tex bereits einen Flug zum Flughafen Francisco de Orellana organisiert. Von dort aus würden sie zu Castillos Anwesen wandern. Smiley freute sich nicht gerade darauf, in den Dschungel zu gehen, aber er wäre buchstäblich durch die Hölle gegangen, wenn er Bree dadurch finden könnte.

Nachdem sie so viele Waffen mitgenommen hatten, wie sie tragen konnten, wurden sie zurück zum Parkhaus geführt, wo etwas stand, das wie ein verdammter Panzer aussah. Es war ein Geländewagen auf Steroiden. Die Reifen waren größer als normal, und Smiley bemerkte, dass die Karosserie mit Stahlplatten verstärkt worden war. Jemand hatte dieses Fahrzeug so ausgerüstet, dass es fast allem standhalten konnte.

Er war beeindruckt.

Sie luden schnell die Waffen, ihre Taschen, die Munition und eine große Kiste mit Lebensmitteln ein. Smiley war sich nicht sicher, was ihr Kontaktmann vorhatte und wie lange sie weg sein würden, aber über Letzteres wollte er sich nicht beschweren. Weder er noch Kevlar hatten seit ihrer Ankunft in Ensenada etwas gegessen. Sie waren zu sehr damit beschäftigt gewesen, die Werft zu durchsuchen, zu planen und zu versuchen vorauszusagen, wo Castillos Boot anlegen würde.

Aus Sicht des Menschenhandels wäre es einfacher gewesen, in einer kleinen Stadt wie Manta ins Land einzureisen, sich nach Quito zu begeben und von dort aus nach Coca weiterzufahren. Aber Guayaquil hatte den Vorteil, dass es derzeit eine Stadt voller Unruhen war. Castillo hatte wahrscheinlich Verbindungen, die wegschauen würden, wenn eine oder mehrere Frauen gegen ihren Willen von einem Boot gebracht würden.

Es war gut möglich, dass Castillo dafür gesorgt hatte, dass auf ihrem Weg nach Süden noch einige andere Frauen abgeholt wurden. Es war nicht abzuschätzen, wie viele Frauen er für seine ruchlosen Zwecke entführt hatte.

Gerade als sie mit dem Beladen des Fahrzeugs fertig waren, ließ das Geräusch eines sich öffnenden Metalltors Smiley und Kevlar herumschnellen, jeder mit einer Hand an der Pistole an der Hüfte. Da ihre Eskorte jedoch nicht überrascht schien, dass der Van angekommen war, bemühte Smiley sich, keine voreiligen Schlüsse zu ziehen.

Als die Türen aufgingen und der Rest seines Teams ausstieg, war Smiley unglaublich erleichtert.

Blink stürzte auf sie zu – und schockierte ihn zutiefst, indem er Smiley in eine lange, feste Umarmung zog. Dann ließ er ihn los, packte ihn an den Schultern, sah ihm fest in die Augen und sagte: »Wir werden sie zurückholen. Sie gehört uns, und kein Arschloch wird uns nehmen, was uns gehört.«

Manche hätten Blinks Wortwahl vielleicht infrage gestellt, aber Smiley hatte Mühe, seine Gefühle unter Kontrolle zu halten. Er hatte dasselbe empfunden, als Josie verschwunden war. Das galt für alle Frauen seiner Freunde. Sie gehörten ebenso zu seiner Familie wie sein Team.

»Danke«, brachte er hervor.

Dann waren auch die anderen da. Sie hatten sich um ihn herum aufgestellt und alle legten mindestens eine Hand auf ihn. Auf seine Schulter. An seinen Rücken. Auf seinen Arm. Niemand sagte etwas, aber ihre Unterstützung in diesem Moment war genau das, was Smiley brauchte. Zusammen waren sie besser als jedes andere Team. Sie hatten die Hölle durchlebt und hatten es geschafft, sie zu überstehen. Sie würden Bree finden und diesen verdammten Castillo töten, damit er nicht noch das Leben anderer Frauen ruinieren konnte.

»Die Pistolen und Messer sind im Geländewagen«, sagte Kevlar nach einer langen Pause.

Safe, MacGyver und Flash nickten Smiley zu und wandten sich dann dem Fahrzeug zu. Als alle bewaffnet waren, stiegen sie ein.

»Wohin zuerst?«, fragte Safe.

»Zum Motel. Dort laden wir unser Zeug ab und erzählen euch, was wir wissen. Dann fahren wir bei Sonnenaufgang zum Hafen. Wir gehen jeweils zu zweit vor und erkunden die Lage. Tex hat eine Liste aller Schnellboote geschickt, die in Richtung Guayaquil fahren. Wir wissen nicht, welches unser Ziel ist, aber es ist hilfreich zu wissen, wo sie anlegen werden. Seiner Einschätzung nach sollten sie morgen oder übermorgen ankommen. Wenn sie Zwischenstopps einlegen, könnte es auch drei oder vier Tage dauern. Wenn wir Bree nicht innerhalb von vier Tagen finden, begeben wir uns in den Dschungel. Direkt zu seinem Anwesen.«

Smiley wollte nicht darüber nachdenken, in welchem Zustand Bree in vier Tagen sein könnte und was mit ihr passieren würde, wenn Castillo sie in sein Anwesen brächte. Aber er verdrängte diese Gedanken. Wenn er zu lange darüber nachdachte, was sie durchmachen musste, würde er vielleicht nicht mehr funktionieren. Seine Bree war stark, aber selbst die stärkste Frau konnte zerbrechen.

Kevlar setzte sich hinter das Steuer des Geländewagens und warf einen Blick über die Schulter. »Versuche, Smiley etwas zu essen zu geben, Flash.«

Verärgert starrte Smiley auf den Hinterkopf seines Teamleiters. Er wollte nichts essen. Der Gedanke an Essen machte ihn sogar krank. Aber Flash akzeptierte kein Nein als Antwort. Er kramte in der Kiste und holte einen Proteinshake heraus. Er öffnete ihn und hielt ihn Smiley hin.

Er überlegte, ob er ablehnen sollte, wusste aber, dass seine Teamkameraden genauso stur waren wie er. Sie würden nicht aufhören, ihn zu bedrängen, bis er das verdammte Ding getrunken hatte. Smiley riss es seinem Freund aus der Hand, führte es an seine Lippen und trank es in einem Zug aus.

Es schmeckte scheußlich, aber er musste zugeben, dass das Gurgeln in seinem Magen nachließ, sobald dieser gefüllt war.

MacGyver griff nach einem Proteinriegel und reichte ihn Kevlar, als er unter dem Gebäude hervorfuhr. Das Metalltor schloss sich hinter ihnen mit einem lauten Klirren. Smiley atmete tief durch und hoffte, dass sie auf dem Weg zum Motel keine Probleme bekommen würden. Er starrte durch die Windschutzscheibe und betete, dass das Glück ihnen hold war und sie einen Hinweis finden würden, auf welchem Boot Bree war und wann sie eintreffen würde.

Zwei Tage später waren Smileys Gebete noch nicht erhört worden. Die sieben hatten den Hafen durchkämmt, nach Anzeichen von Bree auf den einlaufenden Schnellbooten gesucht und generell so gut wie möglich die Lage im Auge behalten. Ihre Aufgabe wurde dadurch erschwert, dass sie nicht genau wussten, wonach sie suchten. Aber nichts, was sie bisher gesehen hatten, deutete darauf hin, dass eine Frau an Land geschmuggelt wurde.

Drei von ihnen hatten sich in ein Hotel zurückgezogen, das in den USA als Ein-Stern-Motel gegolten hätte. Die anderen vier Teammitglieder waren wieder im Hafen und beobachteten und warteten.

Kevlar, Smiley und Blink sollten eigentlich schlafen, damit sie sich nach ihrer Wache mit dem Rest des Teams abwechseln konnten, aber keiner von ihnen war auch nur im Entferntesten müde. Der Teil der Stadt, in dem sich der Hafen befand, gehörte zu den Orten, vor denen das amerikanische Außenministerium warnte. Niemand, der nur ein bisschen

Verstand hatte, sollte sich dort aufhalten oder auch nur durchfahren.

Es war ein armes Viertel, in dem Gewalt an der Tagesordnung war. Etwa alle zwanzig Minuten waren durch die dünnen Wände des Raumes, in dem sie sich nur wenige Blocks vom Hafeneingang entfernt befanden, Schüsse zu hören. Von Zeit zu Zeit hörten sie Schreie und sogar gelegentliche Explosionen. Smiley hatte mehrere Kinder gesehen, die in der Nähe des heruntergekommenen Gebäudes, das sich Motel nannte, herumliefen, und ihr Zustand machte ihn unglaublich traurig. Sie kannten nichts als Armut. Das Leben war nicht fair, das stand fest.

Das Klingeln von Kevlars Handy schien in dem ansonsten stillen Raum laut zu sein. Keiner von ihnen sprach. Es gab kein belangloses Geplauder. Alle drei Männer waren in Gedanken versunken und überlegten, wie sie die bevorstehende Suche erfolgreich gestalten konnten.

»Kevlar hier. Ja, okay, ich schalte den Lautsprecher ein. Okay, fahr fort.«

»Wie gesagt, mein Name ist Rex. Ich bin der Anführer der Mountain Mercenaries aus Colorado. Tex hat mir gesagt, dass du und dein Team in Ecuador seid, um einen Mann namens Mateo Castillo zu jagen.«

»Ja. Er hat Smileys Frau entführt. Er war schon eine Weile hinter ihr her. Hat sie ihrem Ex in Las Vegas abgekauft.«

»Las Vegas. Das passt ins Bild. Das war del Rios Lieblingsjagdgebiet. Tex hat auch gesagt, dass Castillo praktisch del Rios Geschäft übernommen und nach Ecuador verlegt hat. Stimmt das?«

»Soweit wir wissen, ist das richtig«, antwortete Kevlar.

»Verdammter Mistkerl. Gut. Okay, ich werde euch sagen, was ich darüber weiß, wie del Rio vorgegangen ist. Wie sein Betrieb organisiert war. Die Arbeitszeiten der Wachen, wie und wo die Frauen gefangen gehalten wurden. Alles, was mir bekannt ist. Hoffentlich könnt ihr diese Informationen nutzen, um diesen Castillo-Arsch ein für alle Mal auszuschalten. Ihr müsst eine Botschaft senden, dass jedem, der versucht, dort weiterzumachen, wo er aufgehört hat, nachdem ihm die Eier abgeschnitten und in den Hals gestopft wurden, dasselbe passieren wird, egal in welches Loch er sich verkriecht, um sich zu verstecken.«

Smiley billigte Rex' kaum unterdrückte Gewalt. Sein Hass auf alle, die im Sexhandel arbeiteten, war laut und deutlich zu spüren. Und warum auch nicht? Seine Frau war jahrelang gefangen gehalten und gefoltert worden.

Eine Stunde später war Smiley übel, und sein Drang, Castillo zu finden und zu töten, war größer denn je.

Aber er hatte auch ein besseres Verständnis für die geschäftliche Seite des Sexhandels gewonnen. Wie die Kunden kontaktiert wurden, wie sie bezahlten, wohin das Geld floss und solche Dinge. Tex und die Frauen, mit denen er zusammenarbeitete, waren in diesem Moment sicherlich dabei, die Geldspur zu verfolgen. Sie wollten so viele Männer wie möglich fassen, die Castillos Dienste in Anspruch nahmen und Frauen von ihm kauften, und sie wollten Bree finden.

Im Moment konnte Smiley nur an seine Frau denken. Ja, er sorgte sich um die anderen, die möglicherweise unter Castillos Fuchtel standen, aber er wollte um jeden Preis verhindern, dass seine Bree auch nur eine Sekunde länger als nötig in Gefangenschaft verbrachte.

Rex hatte die Dienste seiner Söldner angeboten, aber Kevlar lehnte ab. So wie es aussah, waren sie schon auffällig genug. Sechs weitere große Männer in ihrer Gruppe würden es für die Regierung und die Polizei fast unmöglich machen, ihre Anwesenheit zu übersehen.

Als Kevlar sich von Rex verabschiedete, war Smiley nervös. Er wollte sofort zurück zum Hafen. Er musste etwas tun, statt herumzusitzen, sich Sorgen zu machen und sich all die schlimmen Dinge auszumalen, die der Frau, die er liebte, zustoßen könnten.

Ohne ein Wort zu den anderen zu sagen, tippte Kevlar auf den Bildschirm seines Handys. Dann sah er auf und sagte: »Wir sind dran.«

Gott sei Dank.

Froh, dass sein Teamleiter auf derselben Wellenlänge war wie er, stand er auf. Er vergewisserte sich, dass seine Waffen noch sicher waren, und ging zur Tür, entschlossener denn je, das Boot zu finden, auf dem Bree war, und sie von den Männern zu befreien, die dumm genug waren, ihren Lebensunterhalt mit der Entführung unschuldiger Frauen zu verdienen.

Und wenn ihr auch nur ein Haar gekrümmt würde ... dann würden diese Männer dafür büßen. Ihr Tod würde lang und qualvoll sein statt schnell und human. Sie mussten genauso leiden wie er gerade. Genauso sehr, wie sie Bree leiden ließen.

Bree glaubte nicht, dass sie sich jemals wieder normal fühlen würde. Ihr war so lange übel gewesen, dass sie kaum noch klar sehen konnte ... oder vielleicht lag das daran, dass ihr Auge noch immer zugeschwollen war. Und ihre Rippen taten wahnsinnig weh – trockenes Würgen war nicht gerade das Beste für eine gebrochene Rippe.

Aber zum Glück war es schon mindestens einen Tag her, seit sie sich das letzte Mal übergeben hatte, und sie konnte das Wasser und die Cracker, die ihr gegeben worden waren, bei sich behalten. Sie hatte immer noch Hunger, aber sie konnte förmlich spüren, wie ihre Zellen das Wasser aufsaugten, während sie kleine Schlucke trank.

Sie fühlte sich immer noch etwas unwohl und hatte Schmerzen von den Schlägen, die sie erhalten hatte, aber als das Boot langsamer wurde und sie Lichter durch das kleine Bullauge an der Seite des Schiffes funkeln sah, begann ihr Herz, schneller zu schlagen.

Sie waren da.

Wo *da* war, wusste sie nicht. Nein, das stimmte nicht. Sie nahm an, dass sie endlich in Ecuador waren. Aber sie wusste nicht genau, wo in dem Land. Wie auch immer, ihre einzige Chance, der Hölle zu entkommen, die Castillo für sie geplant hatte, bestand darin zu fliehen, bevor sie auf seinem Anwesen ankam.

Soweit sie den Gesprächen ihrer Entführer entnehmen konnte, lag diese Anlage im Amazonas-Dschungel. Weit weg von der Zivilisation. Männer ... Kunden ... flogen unter dem Vorwand, Urlaub zu machen oder ähnlichen Unsinn, in die nächste Stadt. Dann wurden sie zu der Anlage gebracht, wo sie sich für Geld sexuell austoben konnten, so viel sie wollten. Je mehr sie bezahlten, desto mehr durften sie mit den Frauen machen.

Es war widerlich, abscheulich und verdammt beängstigend. Auch wenn der Mann, den sie getötet hatte, gesagt hatte, dass sie eine Belohnung für die Arbeiter in der Anlage sein sollte und nicht für die zahlenden Kunden, fühlte sie sich dadurch nicht besser. Für Bree war es fast noch schlimmer.

Verdammt, wem machte sie etwas vor? Es war alles schlimm. Schrecklich. Furchtbar. Grauenvoll.

Sie musste einen Weg finden zu entkommen, bevor sie im Dschungel eintrafen. Denn sie war *kein* Dschungelmädchen. Insekten machten ihr Angst. Und Schlangen? Vergiss es.

Die Männer waren auf dem Deck damit beschäftigt, das Boot zum Anlegen vorzubereiten, und Bree sah sich verzweifelt nach etwas um, das ihr helfen könnte. Die Männer würden sie aus dem Käfig holen müssen, denn sie konnte sehen, dass er fest mit dem Boden des Bootes verbunden war. Bolzen fixierten ihn, damit er bei stürmischer See nicht herumrutschen konnte.

Das würde ihr zugutekommen. Vorausgesetzt sie brachten keinen anderen Käfig, um sie dort einzusperren, bevor sie sie vom Boot holten.

Die Männer hielten sie für völlig schwach und verängstigt, vor allem weil sie während der gesamten Reise so seekrank gewesen war. Sie fühlte sich immer noch nicht gut, aber die Seekrankheit würde sie nicht davon abhalten, alles in ihrer Macht Stehende zu tun, um diesen Arschlöchern zu entkommen. Notfalls würde sie zurück in die Staaten schwimmen.

Okay, nein, das würde sie nicht. Sie war nicht die beste Schwimmerin der Welt.

Laute Stimmen draußen ließen ihr Herz noch schneller schlagen. Das war es. Sie legten an. Für einen Moment geriet Bree in Panik. Was glaubte sie, wer sie war? Sie war nicht Superwoman. Sie konnte nicht gegen drei Männer kämpfen, das war klar angesichts dessen, was bereits passiert war. Sie hatte kein Plastikmesser mehr, das sie gegen jemanden einsetzen konnte, und ihre Rippen taten höllisch weh. Wahrscheinlich konnte sie nicht einmal laufen, nachdem sie wer weiß wie viele Tage in diesem Käfig eingesperrt gewesen war. Und da sie so wenig gegessen hatte, würde sie wahrscheinlich hinfallen, sobald sie einen Schritt machte.

Dann stellte sie sich Smiley vor. Wie er sie angrinste. Ihr sagte, wie stark sie war. Wie stolz er auf sie war. Dann würde er sie finster anblicken und ihr sagen, sie solle aufhören, sich selbst zu bemitleiden, und tun, was getan werden musste.

Das half. Sie wollte, dass Smiley stolz auf sie war, und wenn sie sich selbst retten musste, dann würde sie das tun.

Es dauerte nicht lange, bis einer der Männer, die sie in Ensenada mit Freude geschlagen hatten, den kleinen Bereich des Bootes betrat, in dem sie festgehalten wurde. Ohne ein Wort zu sagen, griff er nach dem Vorhängeschloss an ihrem Käfig.

Brees Herz schlug so schnell, dass ihr schwindelig wurde,

als das Adrenalin durch ihren Körper schoss, sodass sie zitterte. Er griff in ihren Käfig und riss sie heraus, als sei sie ein lebloser Gegenstand.

Sie stolperte, aber sie drückte die Knie durch, um nicht zu fallen. Sie wurde aus der kleinen Kabine in die sternenklare Nacht gezogen, und der erste Atemzug frischer Luft seit Tagen belebte Bree. Der Mann zerrte sie zur Seite des Bootes und übergab sie einem anderen, den sie noch nie zuvor gesehen hatte. Als dieser neue Mann sie zum Ufer schob, blickte Bree zurück und sah, wie die drei Männer das Boot für die Abfahrt vorbereiteten.

Innerlich lächelte sie. Sie hatte keine Ahnung, was ihre Entführer diesem neuen Mann gesagt hatten, aber hoffentlich würde er sie unterschätzen. Sie sah furchtbar aus, das wusste sie. Bree konnte nur hoffen, dass er sie nicht für eine Bedrohung hielt.

Während er sie einen langen Steg entlang zu einem Van führte, sah Bree sich um und ihre Gedanken kreisten. Das war es. Ihre einzige Chance. Wenn er es schaffte, sie in diesen Van zu verfrachten, war alles vorbei.

Sie wünschte sich Schuhe oder wenigstens ein verdammtes Hemd und zuckte zusammen, als sie auf etwas Scharfes trat.

Wenn sie schon Wünsche hatte, konnte sie sich auch wünschen, dass Smiley hinter der Wand des kleinen Gebäudes vor ihnen hervorkam und diesem Arschloch, das sie festhielt, in die Stirn schoss.

Mit jedem Schritt, den sie dem Ende des Stegs näher kam, schlug Brees Herz schneller. Es musste sich mittlerweile in der Gefahrenzone befinden. Ihr Blick verengte sich, während sie immer wieder überlegte, wie sie ihren Arm am besten aus dem Griff dieses Mannes befreien konnte.

Als sie das Ende des Stegs erreichten und auf den Parkplatz traten, landete Bree erneut mit dem Fuß auf etwas Scharfem.

Sie schnappte nach Luft und blieb instinktiv stehen, um nachzusehen, worauf sie getreten war.

Zu ihrer Überraschung blieb auch der Mann, der sie festhielt, stehen.

Und nun beugte sie sich vor – und ihr Kopf befand sich auf Höhe seines Schritts.

Sie hatte das nicht so geplant, aber ihr Körper bewegte sich, bevor ihr Gehirn den Befehl gegeben hatte. Ihre Faust flog und sie schlug dem Mann so fest sie konnte in die Eier.

Ihre Knöchel pochten, aber zu ihrer Überraschung hatte es funktioniert. Der Mann schrie auf und presste beide Hände zwischen seine Beine.

Sie konnte nicht glauben, dass es schon zum zweiten Mal funktioniert hatte, einem Mann in die Eier zu schlagen!

Und Bree lief los. Sie hatte keine Ahnung, wohin sie lief, ihr einziges Ziel war es, von diesem verdammten Van wegzukommen. Er bedeutete einen langsamen, schmerzhaften, demütigenden Tod, und sie war noch nicht bereit zu sterben.

Sie spürte weder die Schmerzen durch die Steine und Glasscherben auf dem Parkplatz unter ihren Füßen noch das Pochen in ihrer Seite, wo ihre Rippen beim Laufen erschüttert wurden. Sie benahm sich einfach wie ein in die Enge getriebenes Tier, das verzweifelt zu entkommen versuchte.

Das Glück war auf ihrer Seite, denn der Hafen war schlecht beleuchtet und es war niemand zu sehen. Sie hatte keine Ahnung, ob es Nacht oder früher Morgen war, aber das spielte keine Rolle. Ihre Entführer wollten die Dunkelheit nutzen, um ihre schmutzigen Geschäfte und ihre illegale Fracht zu verbergen, und sie würde dies zu *ihrem* Vorteil nutzen.

Der Mann schrie hinter ihr, aber Bree hielt nicht an. Sie lief, als hinge ihr Leben davon ab – und das tat es auch. Sie schlängelte sich zwischen den auf dem Parkplatz geparkten Fahrzeugen hindurch, duckte sich hinter Blech- und Holzhütten und floh weiter, ohne anzuhalten. Es kam ihr vor, als würde sie ewig laufen.

Und bevor sie sich bremsen konnte, prallte sie mit voller Wucht gegen einen weiteren verdammten Maschendrahtzaun.

Fluchend schaute sie nach rechts, dann nach links. Soweit sie sehen konnte, gab es nur Zäune. Zugegebenermaßen war das nicht sehr weit, da es dunkel war.

Verdammte Zäune! Dies war schon das zweite Mal, dass ein Zaun sie an der Flucht hinderte.

Verzweiflung überkam sie schnell und heftig. Es sah nicht so aus, als könnte sie unter dem Ding hindurchkriechen, und sie konnte auch nicht darüber klettern, weil oben ein spiralförmiger, scharf aussehender Stacheldraht war. Die Art von Abschreckung, die Gefängnisse verwendeten, um Menschen davon abzuhalten herauszuklettern ... oder auch hinein.

Bree unterdrückte ein Schluchzen und bog nach links ab. Irgendwo musste es eine Öffnung geben. Einen Ort, an dem Fahrzeuge vom Hafen kommen und gehen konnten. Aber je länger sie lief, desto größer wurde ihre Sorge. Wie groß war dieser Ort überhaupt?

Sie konnte immer noch Schreie hinter sich hören, und es klang, als seien jetzt mehrere Männer hinter ihr her. Scheiße! Sie würde nicht zurückgehen. Auf keinen Fall.

Als der erste Adrenalinstoß nachließ, spürte sie nun bei jedem Schritt Schmerzen. Das Atmen fiel ihr schwer, und jeder Atemzug fühlte sich an, als würde sie Nägel schlucken. Ihre Glieder zitterten, und es war nur eine Frage der Zeit, bis ihr Körper sie im Stich lassen würde.

Nein! Sie konnte nicht so weit gekommen sein, um jetzt aufzugeben.

Aber ihr Verstand konnte ihren Körper nicht mehr beherrschen. Bree fiel hart auf die Knie. Ein Schmerzensschrei kam ihr über die Lippen, als sie sich die Beine aufschürfte. Sie blieb einen Moment lang auf Händen und Knien liegen und keuchte.

Sie war so müde. Sie hatte sich so sehr bemüht. Und nun sah es so aus, als würde sie doch scheitern. Das war beschissen! Sie überlegte, aufzustehen und weiterzulaufen, aber selbst als sie ihrem Körper den Befehl gab, weigerten sich ihre Glieder, sich zu bewegen.

Mit letzter Kraft schleppte Bree sich zu einem großen Trümmerhaufen. Es waren Steine, Blätter und Erde, die von einem Bulldozer oder etwas Ähnlichem aufgeschüttet worden waren. Vielleicht konnte sie sich dahinter verstecken.

Als sie sich dem Haufen näherte, wurden die Männerstimmen lauter. Sie waren ihr dicht auf den Fersen.

Zu ihrer Überraschung war der Haufen nachgiebig. Bröckelig. Sie drehte sich so, dass ihre Beine zu dem Haufen zeigten, und kroch vorwärts. Ihre Beine wurden schnell von den Trümmern verschluckt.

Bree wand und krümmte sich und versuchte verzweifelt, so viel wie möglich von ihrem Körper zu bedecken. Sie versuchte, sich in den Haufen hineinzudrängen. Es gelang ihr, bis auf Kopf und Schultern im Schmutz zu verschwinden.

Ihr wurde klar, dass sie sich im Grunde selbst lebendig begrub. Dass sie es den Männern, die nach ihr suchten, leichter machte, ihr auf den Kopf zu schlagen und dann den Haufen als ihr eigentliches Grab zu benutzen, um ihre Tat vor den Behörden und allen, die nach ihr suchen könnten, zu verbergen.

Und das ließ sie erneut an Smiley denken.

Entschlossen, alles zu tun, um sich selbst zu helfen, begrub sie sich nicht, sondern schaufelte etwas Erde um sich herum auf, rieb sie sich ins Haar und auf die Schultern und versuchte, sich besser in den dunklen Haufen aus Erde und Schutt einzufügen.

Als die Stimmen gefährlich nahe kamen, direkt auf der anderen Seite ihres Verstecks, senkte sie die Stirn auf den Boden, hielt den Atem an und betete, dass sie gut genug versteckt war und ihre Verfolger an ihr vorbeigehen würden.

KAPITEL SECHZEHN

Als der erste Mann schrie, drehte Smiley den Kopf in die Richtung, aus der der Schrei gekommen war. Blink und Kevlar waren nach Süden zu einem der kleineren Docks gelaufen, und er war zurückgeblieben, um ein größeres im Auge zu behalten. Langsam wurde ihm klar, dass sie Bree vielleicht nicht finden würden. Der Gedanke lähmte ihn fast. In Ensenada waren sie so nahe dran gewesen. So nahe dran, sie zu finden und alles ein für alle Mal zu beenden.

Aber ein Teil von Smiley, tief in seinem Inneren, weigerte sich aufzugeben. Genauso wie er in den Staaten unermüdlich nach Bree gesucht hatte. Und sie war die ganze Zeit direkt vor seiner Nase gewesen. Er brauchte nur eine Pause. Eine winzige Pause. Dann würde er weitermachen.

Die Rufe von jemandem nicht weit von ihm entfernt könnten genau die Pause sein, auf die er gewartet hatte. Es war spät ... oder früh ... und obwohl dies ein aktiver Hafen war, hatte er noch nie zuvor mitten in der Nacht Rufe gehört.

Smiley lief schnell in Richtung der Geräusche und bewegte sich lautlos zwischen den Kisten, Fahrzeugen und Containern, die über die vielen Docks und Lagerflächen verstreut waren.

Anders als in den Vereinigten Staaten schien es hier nicht viel Aufsicht zu geben, was die Instandhaltung anging. Bulldozer standen verlassen herum und überall lagen Haufen von Bauschutt. Es schien ihm, als sei ein großes Projekt in Arbeit gewesen, das dann plötzlich eingestellt worden war.

Smiley wich willkürlich herumliegenden Holzstapeln, Betonbrocken und Schmutz aus und suchte nach dem Mann, der den schmerzerfüllten Schrei ausgestoßen hatte ... doch als er sich weiter vom Wasser entfernte, kamen ihm Zweifel. War er auf einer aussichtslosen Suche? Würde er das Boot verpassen, mit dem Bree ankam, wenn er den Blick vom Wasser abwandte?

Er sollte umkehren, zumindest Kevlar und Blink kontaktieren und mit seinen Teamkameraden zusammenarbeiten, um herauszufinden, was los war.

Aber etwas trieb ihn weiter. Trieb ihn weiter weg von dem Dock, das er beobachtet hatte.

Er befand sich nun am Rand des Hafens, wo aus Sicherheitsgründen ein hoher Maschendrahtzaun errichtet worden war. Plötzlich tauchten drei Männer auf, die offensichtlich nach etwas suchten – was Smileys Herz höherschlagen ließ. Hier gab es kein Licht, außer den kleinen Strahlen der Taschenlampen, die die drei Männer trugen, denen er nun folgte.

Smiley konnte sich gerade noch davon abhalten, sich durch Stolpern über einen großen Schutthaufen zu verraten. Sie gingen an der Zaunlinie auf und ab und leuchteten mit ihren Taschenlampen die Umgebung ab.

Smiley blinzelte, um zu sehen, worauf sie zeigten, und entdeckte Fußspuren im Dreck.

Hoffnung stieg in ihm auf, auch wenn er keinen Grund zu der Annahme hatte, dass die Männer *Brees* Fußspuren suchten. Er hatte keine Boote eintreffen sehen, obwohl es in dem riesigen Hafen Dutzende von Anlegestellen gab, die er und sein Team nicht rund um die Uhr überwachen konnten.

Die Männer wirkten aufgebracht, fast schon verzweifelt. Gerade als er sein Handy herausholte, um Kevlar um Hilfe zu bitten, stieß einer der Männer einen triumphierenden Schrei aus.

Er lief zu einem Haufen, der größtenteils aus Erde zu bestehen schien, und begann, darin zu wühlen.

Das nächste Geräusch, das Smiley hörte, ließ sein Herz fast stehen bleiben. Es war ein herzzerreißender Schrei der Verzweiflung und Frustration. Und er würde ihn sein Leben lang nicht vergessen.

Bree!

Ohne nachzudenken, lief er auf die drei Männer zu.

Der Mann, der sie gefunden hatte, packte Bree an den Armen und zog sie aus ihrem Versteck hervor. Sie wehrte sich und versuchte verzweifelt, sich zu befreien, doch ohne Erfolg. Staubwolken flogen von ihrem Körper.

Die beiden anderen Männer standen lachend daneben und halfen ihrem Freund nicht, in der Annahme, dass er mit Bree allein fertigwerden würde.

Smiley nahm sich zuerst den größeren der beiden Männer vor. Er schlich sich lautlos von hinten an ihn heran und schnitt ihm mit dem Messer, das er an seinem Oberschenkel befestigt hatte, schnell die Kehle durch. Noch während der Mann zu Boden fiel, hatte Smiley sich bereits dem zweiten zugewandt.

Da er das Überraschungsmoment verloren hatte, war der nächste Mann etwas besser vorbereitet. Aber er war Smiley nicht gewachsen. Er war ein wütender Navy SEAL, in dessen Kopf noch immer die Schreie seiner Frau hallten.

Smiley opferte das Messer, als es sich tief in die Brust des Mannes bohrte, direkt über seinem Herzen, als er mit dem Gesicht nach unten in den Dreck fiel.

Er wandte sich dem letzten Mann zu. Demjenigen, der es gewagt hatte, Bree anzurühren.

Jeder Muskel seines Körpers spannte sich an. Der dritte

Mann hatte Bree im Schwitzkasten. Er riss ihren Kopf so weit nach hinten, dass sie statt zu Smiley nach oben starrte. Sie machte würgende Geräusche in ihrer Kehle und stand auf Zehenspitzen.

Smileys Sinne waren überlastet. Die Geräusche von Bree, der salzige Geruch des Ozeans und toter Fische, das Blut, das er an seinen Händen spürte, der bittere Geschmack der Angst in seinem Mund – und schließlich der Anblick der Frau, die er liebte, praktisch nackt, nur mit diesem verdammten Unterkleid bekleidet, dessen Stoff und ihr Körper darunter mit Schmutz bedeckt waren. Das Unterkleid hing wegen eines gerissenen Trägers von einer Schulter herab und entblößte eine ihrer Brüste. Wie Fiona und Julie hatte sie keine Schuhe an den Füßen.

Von allem traf Smiley das Fehlen der Schuhe am härtesten.

»Zurück!«, befahl der Mann.

Aber Smiley hatte nicht die Absicht, das zu tun. Er würde auch nicht einfach dastehen und sich mit diesem Arschloch unterhalten oder ihm die Chance geben, Bree noch mehr wehzutun, als er es bereits getan hatte.

Mit einer fließenden Bewegung griff Smiley nach der Pistole in seinem Holster und hob sie an. Er feuerte einen Schuss ab.

Die Kugel ging direkt durch die Stirn des Mannes.

Er fiel wie ein Stein zu Boden und riss Bree mit sich.

Smiley stürzte vorwärts und versuchte verzweifelt, sie aus dem Griff des Toten zu befreien. Auf den Knien zog er Bree in seine Arme und hielt sie so fest, dass es wehtun musste, aber er schien seine Arme nicht lockern zu können.

Das änderte sich erst, als er ein leises Wimmern aus ihrem Mund hörte.

Das ließ ihn schneller zurückweichen als alles, was sie ihm jemals hätte sagen können.

»Bree?«

»Smiley ... Du bist hier«, krächzte sie.

»Natürlich bin ich hier. Ich habe dir gesagt, dass ich dich holen werde, egal was passiert.«

»Wie ... wie bist du hierhergekommen?«, fragte sie.

Smiley runzelte die Stirn. Sie klang benommen. »Wo bist du verletzt?«, blaffte er und zuckte bei seinem eigenen Tonfall zusammen. Aber sie schien es nicht einmal zu bemerken. Sie blinzelte, und erst dann bemerkte er, dass eines ihrer Augen zugeschwollen war.

Er hatte diese Arschlöcher zu schnell getötet.

»Bree? Sprich mit mir. Wo bist du verletzt?«

»Ähm ... überall. Hast du etwas zu essen? Ich bin so hungrig.«

Sein Herz brach erneut. Smiley glaubte nicht, dass es etwas Schmerzvolleres geben konnte, als die Frau, die er liebte, so verletzt zu sehen. Aber die Verzweiflung und Angst in ihrer Stimme zu hören war wie ein Schlag ins Gesicht.

»Ich habe etwas im Wagen. Komm, ich muss dich hier wegbringen, an einen sicheren Ort.«

Kaum hatte er den Satz zu Ende gesprochen, hallten laute Schreie durch den Hafen, die vom Wasser her kamen. Er griff nach seinem Handy, fand es aber nicht. *Verdammt.* Er erinnerte sich, dass er es in der Hand gehalten hatte, um Kevlar eine SMS zu schreiben, als Bree entdeckt worden war. Er musste es fallen gelassen haben.

Smiley handelte schnell und instinktiv. Er hob Bree auf, drückte sie an seine Brust und entfernte sich schnell von den toten Männern.

Er hatte noch seine Pistole, aber nicht genügend Kugeln, um eine ganze Gruppe von Bösewichten auszuschalten. Seine Teamkameraden hatten den Schuss mit Sicherheit gehört, aber es würde zu lange dauern, bis sie herausfänden, woher er gekommen war. Ohne sein Handy hatte er keine Möglichkeit, mit Kevlar und Blink zu kommunizieren, und Bree war schwer verletzt.

Er musste sie hier wegbringen. *Sofort.*

Er lief los, ohne ein Ziel vor Augen, außer den Schreien hinter ihm zu entkommen. Leider befand sich das Fahrzeug des Teams in der anderen Richtung, aber im Moment war es seine einzige Aufgabe, Bree von den Männern wegzubringen, die hinter ihm schrien – etwa ein Dutzend, wie er schätzte.

»Smiley?«, fragte sie, und die Angst und Unsicherheit waren in diesem einen Wort deutlich zu hören.

»Ich hab dich«, sagte er zu ihr, als er genau sah, was er brauchte. Vor ihnen befand sich ein Tor in der Umzäunung. Bei näherer Betrachtung sah er, dass es mit einem kleinen Schloss verschlossen war. Widerwillig stellte Smiley Bree auf die Füße. »Halte dich kurz am Zaun fest, Süße.«

Sie schlang ihre Arme fester um seinen Hals. »Lass mich nicht allein!«, rief sie panisch.

Smiley drehte sich zu ihr um, legte seine Hände an ihr Gesicht und beugte sich zu ihr hinunter, sodass seine Stirn an ihrer ruhte. »Ich lasse dich nicht allein. Ich werde dich niemals verlassen. Ich muss nur dieses Tor aufmachen, dann können wir weitergehen.«

Er war noch nie so stolz auf Bree gewesen wie in diesem Moment, als sie tief Luft holte, nickte, einen Schritt zur Seite trat und sich mit dem Rücken gegen den Zaun lehnte. »Es tut mir leid. Ich weiß, dass du mich nicht verlassen wirst. Ich kann nur nicht glauben, dass du hier bist.«

Langsam hob Smiley das Stück Stoff von ihrer Brust und versuchte, ihre entblößte Brust zu bedecken. Sie sah nach unten und hob dann ihre Hand, um das Unterkleid festzuhalten.

Smiley spürte, wie Wut durch seine Adern schoss, und wandte sich dem Zaun zu, bevor er etwas Dummes tat, wie sich umzudrehen, die Männer aufzuspüren, die nach ihr suchten, und sie mit bloßen Händen einen nach dem anderen zu töten. Er hatte keinen Zweifel, dass er das schaffen würde. So wie er sich fühlte, wären sie tot, bevor sie wüssten, wie ihnen geschah. Aber er hatte versprochen, Bree nicht zu verlassen, und auf keinen Fall würde er dieses Versprechen brechen.

Er wandte sich dem Tor zu, holte tief Luft, hob dann sein Bein und trat mit seinem Stiefel so fest er konnte gegen das Schloss. Das kleine, schwache Schloss zerbrach unter dem Aufprall und Metallteile flogen in alle Richtungen. Dann musste er nur noch den Riegel anheben und das Tor aufstoßen. Er drehte sich zu Bree um und hob sie wortlos wieder hoch.

Er ging durch das Tor und wollte sich nicht mal umsehen, aber Bree hielt ihn zurück.

»Wir sollten es schließen. Damit sie nicht sicher wissen, dass wir hier entlanggekommen sind.«

Sie hatte recht. Das Adrenalin machte es Smiley schwer, klar zu denken. Das und die Tatsache, dass er die verwundete und verletzte Bree trug.

Er drehte sich zum Tor um und wollte sie gerade absetzen, aber wieder einmal dachte sie klarer als er.

»Geh einfach näher ran, ich schließe und verriegele es.«

Smiley beugte sich vor und tat genau das, dann zog Bree das Tor zu und senkte den Riegel.

Wenn jemand genau hinsah, konnte er das kaputte Schloss auf dem Boden sehen, aber das Schließen verschaffte ihnen vielleicht ein paar wertvolle Minuten, um sich in den Slums rund um den Hafen zu verstecken.

Smiley war nicht glücklich darüber, dass er Bree nicht sofort zu einem Arzt bringen konnte, oder besser noch direkt zum Flughafen, um sie aus Ecuador herauszubringen. Dennoch konnte nichts die immense Erleichterung trüben, die er empfand, Bree gefunden zu haben.

Sie vorerst zurück zum Motel zu bringen wäre ideal gewesen. Aber das lag auf der anderen Seite des Hafens. Er wollte nicht riskieren, sie durch die Werft zurückzutragen, und er konnte unmöglich wissen, ob die Arschlöcher, die nach ihnen suchten, genügend Leute hatten, um sich auf die nächstgelegenen Straßen zu verteilen ...

Er musste einen Ort finden, an dem sie sich verstecken konnten. Um darauf zu warten, dass Tex ihn mit dem verdammten Peilsender in seiner Unterhose fand und ihm zu Hilfe kam.

Zu jeder anderen Zeit, in jeder anderen Situation hätte Smiley es gehasst, untertauchen zu müssen, aber im Moment war Bree sein einziger Fokus. Nach allem, was sie durchgemacht hatte, würde er ihre Sicherheit auf keinen Fall gefährden. Er würde sich jahrelang verstecken, wenn es bedeutete, dass sie in Sicherheit war.

Smiley begann wieder zu joggen. Der kleine Waldstreifen auf dieser Seite der Werft ging in unbefestigte Straßen über, dann in Asphalt. Sie kamen an weiteren Gebäuden und Fahrzeugen vorbei, bis sie wieder mitten in der Zivilisation waren. Aber das bedeutete nicht, dass sie in Sicherheit waren. Es war nicht abzusehen, wem die Menschen, denen sie begegneten, loyal gesinnt waren. Ecuador war zweifellos voller ehrlicher, hart arbeitender Menschen, aber wie in jedem Land, das sich inmitten eines gewaltsamen Aufstands befand, taten die Menschen, was sie tun mussten, um zu überleben. Und diese Gegend war nicht in gutem Zustand. Selbst als er mit Bree auf dem Arm joggte, konnte Smiley in der Ferne Schüsse hören.

Hier waren sie nicht sicher. Castillo konnte überall Spione haben, Leute, die nur allzu bereit wären, zwei Amerikaner für eine saftige Belohnung auszuliefern.

Smiley verfluchte sich dafür, dass er sein Handy hatte fallen lassen, und sah sich nach einem Versteck um. Er musste nach Bree sehen. Er musste einen Moment durchatmen, bevor er sich mit seinem Team traf.

Die Sonne begann gerade, die Welt um sie herum zu erhellen, was bedeutete, dass bald mehr Menschen unterwegs sein würden und mehr Blicke auf sie gerichtet wären – und Bree war nicht in einem Zustand, in dem sie von irgendjemandem gesehen werden durfte. Sie war praktisch nackt. Das könnte zu ganz anderen Sorgen führen, wenn er nicht schnell einen Ort fand, an dem sie sich verstecken konnten.

Dann fand er, wonach er suchte. In einer Gasse stand ein heruntergekommenes Gebäude. Eigentlich konnte man es kaum noch als »Gebäude« bezeichnen, so wie es aussah. Das Dach war zur Hälfte eingestürzt, aber von der Straße aus konnte Smiley nicht hinter die nach innen gefallene Mauer sehen.

Er betete, dass sie hineinkommen und sich vor neugierigen Blicken verstecken konnten, und trug Bree die dunkle Gasse entlang zu dem Gebäude. Smiley achtete darauf, dass sie sich an Glasscherben nicht noch mehr verletzte, und stellte Bree auf die Füße.

»Gib mir eine Sekunde«, sagte er.

Sie nickte, und ihm gefiel der abwesende Ausdruck in ihren Augen nicht. Er duckte sich schnell unter dem teilweise eingestürzten Türrahmen und sah sich um. In dem kleinen Raum gab es nichts Wertvolles, nur Schutt und Glas. Aber für den Moment würde es reichen. Zumindest bis Kevlar und der Rest seines Teams sie abholen konnten.

Als Smiley zu Bree zurückkam, sah er, dass sie mit geschlossenem Auge schwankte.

»Komm schon«, sagte er und hätte sich am liebsten selbst getreten, als sie heftig zuckte. »Ich bin es, Bree. Nur ich.«

»Entschuldige«, sagte sie.

»Du musst dich nicht entschuldigen. Lass uns reingehen.« Er gab ihr nicht einmal Zeit, einen Schritt zu machen, bevor er sie wieder hochhob.

Er duckte sich erneut und brachte Bree in die kleine sichere Insel – zumindest hoffte er, dass es das war –, unter einen Teil der Decke, der noch intakt war. Er beugte sich vor und setzte sie vorsichtig auf ein breites Brett. Dann machte er sich an die Arbeit und versuchte, die schlimmsten Glasscherben und Trümmer aus dem Bereich um sie herum wegzuräumen.

»Smiley? Wirst du dich hinsetzen?«

Er sollte nicht. Es gab eine Million Dinge, die er tun musste. Den Bereich weiter sichern, etwas zu essen und zu trinken für Bree suchen – falls sie sich sicher genug fühlte, ihn aus den Augen zu lassen – und sein Team kontaktieren. Aber er konnte dieser Frau nichts abschlagen.

Er setzte sich, hob Bree hoch und setzte sie auf seinen Schoß.

Sie holte scharf Luft, und er erstarrte. »Verdammt. Habe ich dir wehgetan?«

Sie schüttelte den Kopf. »Nein. Aber meine Rippen tun ein bisschen weh.«

Ein bisschen weh, von wegen.

Smiley begann, vorsichtig ihre Seite abzutasten, und merkte sich, wo sie zusammenzuckte, wenn er sie berührte. Dann hielt er ihren Kopf wieder in seinen Händen und untersuchte ihr verletztes Gesicht und das Auge, das immer noch zugeschwollen war.

Ehrlich gesagt sah sie furchtbar aus. Sie hatte schwarze Ringe unter den Augen, ihre Lippen waren spröde und schälten sich, sie hatte überall blaue Flecke, und er konnte sehen, dass sie in den wenigen Tagen, seit er sie zuletzt gesehen hatte, Gewicht verloren hatte.

»Du hast mich gefunden«, flüsterte sie und sah ihm in die Augen. »Jetzt, da du hier bist, geht es mir gut.«

Smiley schluckte schwer. Er wollte die nächste Frage nicht stellen, aber er musste es tun. Er musste wissen, womit er es zu tun hatte. Womit *sie* es zu tun hatten. »Haben sie dich vergewaltigt?«, fragte er leise, ohne um den heißen Brei herumzureden.

Sie schüttelte den Kopf.

»Sei ehrlich zu mir«, flehte er. »Es ändert nichts zwischen uns, wenn sie es getan haben. Ich liebe dich so sehr, und nichts, was diese Arschlöcher getan haben, wird daran jemals etwas ändern.«

Da veränderte sich ihr Gesichtsausdruck. Jeglicher Schmerz, den sie empfunden hatte, schien verschwunden zu sein. »Was?«, flüsterte sie.

»Wenn sie dich missbraucht haben, ist das ein Makel auf *ihrer* Seele, nicht auf deiner. Wir besorgen dir Hilfe, sobald wir nach Hause kommen, damit du darüber reden und es verarbeiten kannst. Du sollst verstehen, dass nichts, was dir passiert ist, deine Schuld ist. Du hast nichts falsch gemacht.«

Bree legte eine Hand auf seine Wange und schüttelte den Kopf. »Nein. Du liebst mich?«

Schließlich verstand er. »Liebe scheint mir ein viel zu schwaches Wort zu sein für das, was ich für dich empfinde. Nichts in meinem Leben hat mich so sehr erschreckt wie die Erkenntnis, dass du entführt worden warst. Hast du ernst gemeint, was du zu Julie und Fiona gesagt hast? Was du sie gebeten hast, mir auszurichten?«

»Geht es ihnen gut?«, fragte sie eindringlich. »Habt ihr sie gefunden?«

»Ja. Cookie und Tex haben sie nach Kalifornien zurückgebracht. Ich bin mit dem Rest meines Teams hierhergekommen, um dich zu suchen. Sie sagten uns, du seist auf ein Boot gebracht worden, und ich glaube, ich habe zehn Jahre meines Lebens verloren, weil ich mich gefragt habe, ob wir dich finden würden.«

»Wo sind wir? In Ecuador?«

»Ja. Guayaquil.«

Sie seufzte.

»Bree? Hast du es ernst gemeint?«, wiederholte Smiley. Es spielte keine Rolle, nicht jetzt. Nicht, da sie fast nackt war, verletzt und hungrig. Aber er konnte sich nicht zurückhalten.

Er fühlte sich bloßgestellt. Verletzlich. Und das gefiel ihm überhaupt nicht. Er musste es aus ihrem Mund hören.

»Ich wollte sichergehen, dass du weißt, was du mir bedeutest, für den Fall, dass das das letzte Mal gewesen wäre, dass mich jemand gesehen hat. Dass du weißt, wie sehr ich dich liebe.«

Smileys Welt stand erneut Kopf. Er wusste, wie viel *ihm* diese Frau bedeutete, aber aus ihrem Mund zu hören, dass sie genauso empfand, bestärkte ihn noch mehr in seinem Entschluss, sie nach Hause zu bringen, damit er sie verwöhnen konnte. Ihr ein so leichtes Leben wie möglich zu bieten. Er wollte sie niemals enttäuschen. Er wollte, dass sie es niemals bereute, ihn geliebt zu haben.

Er nahm sie sanft in die Arme und wiegte sie hin und her.

Sobald die Sonne wieder untergegangen war, ohne dass sein Team ihn gefunden hatte, würden sie sich auf den Weg zum Motel machen. Je früher er Bree in ein Flugzeug zurück in die Staaten bringen konnte, desto besser.

KAPITEL SIEBZEHN

Bree war benommen und ihr war übel. Sie brauchte etwas zu essen. Und Wasser. Aber Smiley konnte diese Dinge nicht aus dem Nichts herbeizaubern. Er hatte ihr erklärt, dass er nichts dabeihatte, keine Vorräte, weil er und der Rest seines Teams davon ausgegangen waren, dass sie, sobald sie sie gefunden hatten, direkt zum Motel und dann zum Flughafen fahren würden.

Und er hatte seinen Rucksack in dem Fahrzeug gelassen, das sie benutzten.

Ihr lief das Wasser im Mund zusammen, als sie daran dachte, was er in diesem Rucksack hatte. Kleidung. Socken. Schuhe. Nahrungsmittel. Wasser. Lippenbalsam ... alles, was ein entführtes Mädchen sich nur wünschen konnte.

Stattdessen saß sie auf Smileys Schoß in einem Gebäude, das jeden Moment über ihnen zusammenzubrechen drohte, immer noch in dem ekelhaften Unterkleid – aber zumindest trug sie jetzt auch das Hemd, das Smiley sich buchstäblich vom Leib gerissen hatte –, und war so hungrig, dass sie glaubte, ohnmächtig zu werden.

Aber sie war zumindest nicht in einem Käfig. Sie war nicht auf dem Weg, jemandes Sexsklavin zu werden. Und Smileys Team würde sie hoffentlich schon bald finden. Sie konnte noch ein bisschen länger durchhalten.

»Wenigstens sind wir nicht im Dschungel«, sagte Bree aus heiterem Himmel. Sie sollte eigentlich schlafen, aber sie war zu aufgedreht. Und Smileys Anspannung machte sie zu nervös, um die Augen zu schließen ... äh, *das Auge*. Bei jedem Geräusch fragte sie sich, ob es nun so weit war, ob Mateos Schlägertruppe sie gefunden hatte. »Ich hasse Insekten. Und Schlangen. Und juckende Pflanzen. Nur damit das klar ist ... Ich bin kein Camping-Typ.«

Smiley lachte leise, und sie spürte es an jedem Zentimeter ihres Körpers. »Verstanden.«

»Smiley?«

»Ja, Süße?«

»Er wird nicht aufgeben.«

Sein ganzer Körper versteifte sich. Sie hatte das nicht sagen wollen, aber sie konnte nicht aufhören, daran zu denken. Mateo Castillo hatte außergewöhnliche Anstrengungen unternommen, um sie zu finden und zurückzuholen. Nur weil sie ein zweites Mal entkommen war, hieß das nicht, dass er sie gehen lassen würde. Aus irgendeinem Grund war er entschlossen, sie seiner Sammlung von Frauen hinzuzufügen. Sie hatte keine Ahnung warum. Sie war nichts Besonderes. Sie war einfach nur ... sie selbst.

»Ich weiß.«

Bree hatte diese Antwort nicht erwartet. Sie sah ihm in die Augen und biss sich auf die Lippe.

»Aber er wird nicht gewinnen. Er ist jetzt auf dem Radar. Meinem, deinem, des Teams, von Tex, Wolf und seinen Freunden. Einem Typen aus Colorado namens Rex. Er wird untergehen, Bree. Das garantiere ich dir.«

Bree glaubte ihm. Es wäre leicht für sie gewesen, ihm zu widersprechen oder sich aufzuregen, denn *er* war nicht derjenige, hinter dem Mateo her war. Aber er war genauso involviert wie sie. Seine Anwesenheit hier und jetzt bewies das. »Okay.«

»Okay?«, wiederholte er und senkte den Kopf, um besser in ihr gutes Auge sehen zu können.

»Ja. Ich habe Angst, Smiley. Das leugne ich nicht. Aber ich bin nicht nur einmal, sondern zweimal entkommen. Ich bin nicht die dumme, schwache Frau, für die er mich offensichtlich hält. Natürlich wird er beim nächsten Mal vorsichtiger sein, da ich entkommen bin, aber egal.«

»Es wird kein nächstes Mal geben«, sagte Smiley barsch.

»Ich hoffe, du hast recht.«

»Das wird es nicht«, beharrte er. »Dies wird ein Ende haben. Und zwar schon bald.«

Bree betete, dass das der Fall sein würde.

»Ich muss mit dir noch über etwas anderes reden.«

Sie nickte und machte sich innerlich bereit.

»Ich muss rausgehen und etwas zu essen und zu trinken für dich besorgen. Vielleicht finde ich auch etwas Passenderes zum Anziehen.«

Ihr erster Impuls war, Nein zu sagen. *Auf keinen Fall.* Aber sie fühlte sich wirklich nicht gut. Mit jeder Minute nahm ihre Übelkeit zu. Bree wusste, dass er recht hatte, wenn sie ihm irgendwie helfen oder zumindest nicht überallhin getragen werden wollte.

Es war eine der schwierigsten Entscheidungen, die sie je getroffen hatte, ihm zuzustimmen, aber sie tat es trotzdem.

»Verdammt, Bree. Du beeindruckst mich.«

Sie schüttelte entschieden den Kopf. »Nein. Sag mir nicht, wie stark ich bin oder wie beeindruckt du bist. Alles in mir schreit danach, Nein zu sagen. Mich festzuhalten und dich nicht gehen zu lassen. Aber ich bin nicht in guter Verfassung.

Ich weiß nicht, ob ich noch allein stehen kann. Ich fühle mich beschissen, und ich weiß, es liegt daran, dass ich hungrig und dehydriert bin. Und wenn du irgendetwas für meine Füße finden könntest, wäre ich dir sehr dankbar. Selbst Flipflops.«

»Du *bist* stark, und ich *bin* beeindruckt von dir«, entgegnete Smiley. »Und die Tatsache, dass du mir sagen willst, ich soll bleiben, es aber nicht tust, bestätigt nur deine Stärke.«

Bree verdrehte die Augen und stieß einen Seufzer aus. »Wie auch immer«, murmelte sie.

»Ich gehe nicht weit weg. Ich bin zurück, bevor du mich vermissen kannst.«

Sie schnaubte. »Ich vermisse dich jetzt schon, und du bist noch nicht einmal weg.«

Smiley sah ihr in die Augen. »Ich werde dich nicht noch einmal verlieren«, erklärte er etwas dramatisch.

Bree konnte sich ein kleines Lächeln nicht verkneifen.

Er sah sie verwirrt an. »Was? Das war überhaupt nicht lustig.«

»Du hast mich das erste Mal nicht verloren. Ich wurde entführt. Von Arschlöchern.«

Jetzt zuckte sein Mundwinkel. »Semantik.«

»Geh, Smiley. Bevor ich es mir anders überlege und jemand werde, den ich nicht mag. Eine schwache, bettelnde, erbärmliche Frau, die ohne ihren Mann nicht funktionieren kann.«

»Tu das nicht noch einmal«, sagte Smiley streng, ohne jede Spur von Humor in seiner Miene und seiner Stimme.

»Was?«

»Dich selbst herabwürdigen. Du bist weder schwach noch erbärmlich. Und selbst wenn du mich angefleht hättest, nicht zu gehen, hätte ich dir das niemals übel genommen. Nicht nach allem, was du durchgemacht hast.«

Bree schluckte schwer und nickte.

Vorsichtig schob Smiley sie zur Seite und setzte sie mit ihrem Hintern auf das Holzbrett, das er als Sitz verwendet hatte. Dann begann er, andere Bretter und Trümmer in dem kleinen Bereich herumzuschieben.

»Was machst du da?«, fragte sie unwillkürlich.

»Ich ordne alles so, dass jemand, der hier hineinschaut, nur Gerümpel sieht. Wenn du etwas hörst, beweg dich nicht. Bleib so still und ruhig wie möglich. Aber falls dich jemand entdeckt, schrei. So laut du kannst. Ich werde dich hören und herbeieilen und jeden töten, der es wagt, dich anzurühren.«

Bree runzelte die Stirn. Das erinnerte sie daran, was er im Hafen getan hatte. »Es tut mir leid, dass du diese Männer töten musstest.«

»Warum? Mir tut es nicht leid.«

Die Worte brachten Bree zum Blinzeln. Warum entschuldigte *sie* sich? Ja, diese Männer hatten vielleicht Familien, Menschen, die sich auf sie verlassen hatten. Aber sie arbeiteten auch für Mateo. Sie wollten sie in sein Dschungellager bringen und höchstwahrscheinlich an ihrer Vergewaltigung beteiligt sein.

»Ich habe keine Gewissensbisse, jemanden zu töten, der auch nur einmal Hand an dich legt. Wenn du damit nicht leben kannst ... tut mir leid, aber ... Pech gehabt. Und ich sage nicht, dass ich in Zukunft ausrasten werde, wenn jemand in einer Kneipe etwas Dummes macht. Ich rede davon, wenn er dir wehtut. Wenn er versucht, sich dir aufzudrängen. Dann ist er tot.«

Smiley war definitiv nicht der lockere, lustige Typ, wie der Rest seiner Teamkameraden zu sein schien. Ja, sie waren alle Navy SEALs und hatten wahrscheinlich schon böse Jungs getötet. Aber Smiley hatte eine Schärfe, die die anderen nicht hatten. Und Bree war vielleicht verrückt, aber dafür liebte sie ihn umso mehr. Denn wenn er seine sanfte Seite zeigte ... dann schmolz sie dahin. »In Ordnung.«

Er starrte sie einen Moment lang an und fragte dann: »Alles klar?«

»Ja«, antwortete sie mit einem Nicken. Sie wollte über die Lächerlichkeit ihrer Unterhaltung lächeln. Es war ihr unbegreiflich, wie man mit ein paar einfachen Worten so viel sagen konnte. Aber bei Smiley überraschte sie nichts.

»Ich komme wieder«, sagte er ihr mit fester Stimme.

Brees erster Impuls war erneut, zu protestieren, aber stattdessen holte sie tief Luft und nickte einfach.

Doch er zögerte. »Ich habe nur einen Peilsender bei mir«, sagte er leise.

Bree runzelte die Stirn.

»Ich würde ihn dir sofort geben, aber er ist in meine Boxershorts eingenäht.«

»Ist schon okay, Smiley.«

»Ist es nicht. Das Team hat Ersatz mitgebracht, aber der ist in meinem Rucksack. *Verdammt.* Ich bin so ein Idiot.«

Bree hasste es, wie hart er mit sich selbst war. »Du bist kein Idiot. Du bist mein Mann. Mein SEAL. Und du hast mich gefunden. Ich vertraue dir, Smiley.«

»Ich liebe dich«, flüsterte er und strich ihr mit den Fingerspitzen sanft über die Wange.

»Ich liebe dich auch«, sagte sie und legte ihren Kopf in seine Finger.

»Ich komme wieder«, wiederholte er.

Und schon war er verschwunden. Wie von Geisterhand fortgeblasen.

Sie hätte ihn fast angeschrien, er solle sofort zurückkommen, aber sie hielt sich zurück.

Sie schlang die Arme um sich und ließ sich vorsichtig auf die Seite sinken. Sie schloss ihr gutes Auge und gestattete sich, für einen Moment abzuschalten. Es hatte sie all ihre Kraft gekostet, für Smiley aufrecht zu bleiben. Aber jetzt, da er weg war, durfte sie schwach sein. Nur für einen kleinen Moment. Wenn er zurückkam, würde sie sich aufrichten und wieder gute Miene zum bösen Spiel machen.

Sie wollte nur noch zurück in Smileys Wohnung. In sein Bett. Zu ihm aufschauen, während er mit ihr schlief. Als sie wegdriftete, nahm sie dieses Bild mit sich. Ein Bild voller Liebe und Geborgenheit, ohne die Gefahr von Entführungen, Hungertod oder gebrochenen Knochen.

Als Smiley sich durch das raue Viertel schlug, wurde ihm klar, dass es nicht so einfach werden würde, Bree dort herauszuholen und zurück zum Motel zu bringen, wie er gehofft hatte. Zum einen hatte er keine Ahnung, wo er war. Alle Gebäude sahen gleich aus. Und zum anderen machten die Verzweiflung und das Misstrauen in den Gesichtern vieler Menschen, an denen er vorbeikam, deutlich, dass er und Bree hier auffielen wie ein bunter Hund.

Und um die Sache noch schlimmer zu machen, sah er ein grob gestaltetes Vermissten-Plakat an einem Pfosten hängen ... mit Brees Bild darauf.

Es war selbst gemacht, das Bild war unscharf und sah aus, als sei es mit einer Digitalkamera der ersten Generation aufgenommen worden, aber es war unverkennbar Bree. Er konnte ein paar Worte auf dem Zettel verstehen ... Amerikanerin, Hafen von Guayaquil und der Name Mateo Castillo.

Und die Geldsumme, die unter dem Bild stand, reichte aus, um das Leben eines jeden in der Gegend zu verändern, der sie fand.

Für einen Moment wünschte Smiley sich, sie seien tatsächlich im Dschungel. Dort hätte er zumindest leicht Wasser für Bree finden und ihr etwas zu essen besorgen können, und sie hätten gewusst, wer ihre Feinde waren. Hier könnte die Frau an der Ecke die Nummer auf dem Flugblatt anrufen, während er vorbeiging, oder die Kinder, die mit einem Ball spielten, könnten ihre Tarnung auffliegen lassen, indem sie Bree erkannten und sie ihren Eltern zeigten. Oder die Männer, die mit ihren Gewehren durch die Straßen streiften, könnten alle Castillos Handlanger sein.

Die Lage war verzweifelt, und Smiley wollte nur noch zu seinem Team und dann so schnell wie möglich von dort verschwinden. Rex hatte versprochen, einige Gefälligkeiten einzulösen und Castillos Operation ein für alle Mal zu zerschlagen, sodass es kein Problem sein würde, den Mann, der ihm und Bree das Leben zur Hölle gemacht hatte, am Leben zu lassen. Die Empörung und Wut des Anführers der Mountain Mercenaries war laut und deutlich zu hören gewesen, als sie miteinander telefoniert hatten. Smiley vertraute darauf, dass er sein Wort halten würde.

Seine Entschlossenheit wuchs schnell und stark. Bree hatte genug durchgemacht. *Niemand* würde sie ihm wegnehmen. Auf keinen Fall. Er hatte nicht alles gelernt, was er als SEAL gelernt hatte, um den wichtigsten Menschen in seinem Leben im Stich zu lassen. Und obwohl er es vorgezogen hätte, sein Team hinter sich zu haben, konnte er Bree auch allein beschützen. Vor allem in dem Zustand, in dem er sich gerade befand. Verdammt wütend.

Zum Glück hatte Smiley etwas Bargeld dabei – Kevlar bestand darauf, dass jeder bei jedem Einsatz ein paar Scheine dabeihatte. Sie hatten durch ihren Job gelernt, dass ein oder zwei Dollar manchmal über Leben und Tod entscheiden konnten.

Er kaufte sich mit dem Geld etwas Wasser und Nahrung, aber Smiley hatte keine Skrupel, die anderen Dinge, die er brauchte, zu stehlen. Er fand ein paar zerfetzte Schuhe, die besser waren als gar keine. Außerdem nahm er ein Hemd und eine Hose von einer Wäscheleine, die hinter einem dreistöckigen Gebäude hing. Dann schnappte er sich eine Tasche, um all die Dinge zu verstauen, die er gesammelt hatte.

Er war auf dem Weg zurück zu Bree, als er um eine Ecke

bog und sofort stehen blieb. Etwa ein Dutzend Menschen standen um ein Schaufenster herum und sahen sich etwas im Fernsehen an. Vorsichtig näherte Smiley sich ... und sah Bilder von Panzern auf den Straßen und maskierten Männern, die in einem Fernsehstudio standen und die Nachrichtensprecher als Geiseln festhielten.

Er verstand nicht, was sie sagten, aber er brauchte keine Worte, um zu wissen, dass es jetzt sehr viel schwieriger geworden war, sich und Bree aus dem Land zu bringen. Ganz zu schweigen von seinem gesamten Team.

Ecuador war schon vor ihrer Ankunft politisch instabil gewesen, aber jetzt schien es, als stünde es kurz vor einem offenen Konflikt.

Gerade als er diesen Gedanken hatte, ertönte ein lauter Knall ein paar Straßen weiter. Die Menschen um ihn herum gerieten in Panik und liefen vor dem Lärm davon.

Smiley lief darauf zu – weil er aus der Richtung des verlassenen Gebäudes kam, in dem er Bree versteckt hatte.

Mit klopfendem Herzen ignorierte Smiley die Zivilisten, die durch die Straßen eilten, und dachte nur an seine Frau. Schüsse hallten durch die Straßen, als der Putsch sich ausweitete. Dies war nicht länger ein Problem der Hauptstadt. In diesem Moment war Smiley nicht sicher, wer auf der »richtigen« Seite stand, falls es überhaupt eine gab.

Er bereute, Bree zurückgelassen zu haben, auch wenn es notwendig gewesen war, um schnell an das zu kommen, was sie brauchte, und machte sich auf den Weg zurück in die Gasse.

Zu seiner Bestürzung standen, als er um die letzte Ecke bog, zwei bewaffnete Kämpfer nur wenige Meter entfernt zwischen ihm und Brees Versteck.

Sie sahen ihn natürlich sofort. Aber das spielte keine Rolle, denn Smiley würde nicht gehen. Nicht ohne Bree.

Sie sagten etwas auf Spanisch zu ihm, und Smiley ahnte, was sie wollten. Er hob beide Hände, um zu zeigen, dass er unbewaffnet war. Die Pistole in seinem Holster fühlte sich schwer und viel zu auffällig an, aber er gab sich alle Mühe, nicht unüberlegt zu handeln. Er wusste nicht, wonach die Männer suchten, aber vielleicht, nur vielleicht, konnte er ohne Gewalt aus dieser Situation herauskommen.

Kaum hatte er diesen Gedanken zu Ende gedacht, kam einer der Männer auf ihn zu und schwang das Gewehr direkt in Richtung Smileys Gesicht.

So viel zum Thema Gewaltverzicht.

Die letzten Tage waren einige der stressigsten in Smileys Leben gewesen, und er hatte genug. Mehr als genug.

Er griff nach dem Gewehr, riss es dem Mann aus der Hand und schlug ihm mit seiner eigenen Waffe ins Gesicht, sodass er wie ein Stein zu Boden fiel.

Smiley richtete das Gewehr auf den Kopf des anderen Mannes, noch bevor sein Freund den Boden erreicht hatte, und ignorierte die Tatsache, dass dieser auch auf *ihn* eine Waffe richtete.

»Tu es nicht, Mann«, murmelte er, während er und der Kämpfer sich anstarrten. Eine falsche Bewegung würde genügen, und Bree wäre wieder auf sich allein gestellt. Das wollte Smiley nicht riskieren.

Der Mann deutete auf die Tasche mit den Vorräten, die Smiley sich um die Brust gehängt hatte.

Er schüttelte den Kopf. In jeder anderen Situation hätte er das Wasser, die Nahrungsmittel und die Kleidung sofort herausgegeben. Aber Bree brauchte das, was er sich beschafft hatte. Er würde es nicht aufgeben.

Er konnte fast Kevlars Stimme in seinem Kopf hören, die ihm sagte, er solle warten. Er solle sich zurückhalten. Aber Smiley hatte genug von diesem Mist. Nichts war nach Plan gelaufen, und er und Bree sollten in diesem Moment eigentlich am Flughafen sein und sich auf den Rückflug nach Kalifornien vorbereiten.

Stattdessen versank das Land schnell im Chaos, sie war verletzt, sie hatten keinen Kontakt zu seinem Team und hatten sich in der schlimmsten Gegend der Stadt verirrt. Smiley war stinksauer, und kein Trottel würde ihn über den Tisch ziehen. Auf keinen Fall.

Sie befanden sich in einer Pattsituation. Keiner wollte nachgeben. Smiley ging in Gedanken seine Optionen durch. Diesen Mann zu erschießen stand ganz unten auf der Liste, denn er wollte ihn wirklich nicht töten – zum einen würde das zu viel Aufmerksamkeit auf die Gasse lenken. Aufmerksamkeit, die er nicht gebrauchen konnte. Nicht mit den Plakaten von Bree, die in der Gegend aufgehängt waren, und dem exorbitanten Kopfgeld, das auf sie ausgesetzt war.

Plötzlich hallte ein lautes Krachen durch die Gasse – aus Brees Gebäude – und der Kämpfer drehte instinktiv den Kopf in Richtung des Geräusches, was Smiley die Gelegenheit gab, die er brauchte.

Er stürmte vorwärts und schwang bereits den Gewehrkolben in Richtung des Mannes, als dieser sich umdrehte.

Der Schlag traf ihn mitten ins Gesicht, und genau wie sein Freund fiel er wie ein Sack Kartoffeln zu Boden.

Keuchend lief Smiley auf die Öffnung in dem baufälligen Gebäude zu. Er machte mehr Lärm als ein brünstiges Nilpferd, achtete aber nicht auf seine Bewegungen. Er warf ein paar Trümmerstücke beiseite, die er beim Verlassen des Gebäudes strategisch vor der Öffnung platziert hatte, und spürte, wie seine Panik, Bree zu erreichen, immer größer wurde.

Als er endlich den Raum betrat, wurden seine Knie vor Erleichterung weich.

Sie war da und sah fast genauso aus wie zuvor, als er gegangen war. Nur saß sie nicht mehr auf dem Boden und versuchte tapfer, die Augen offen zu halten, sondern stand hinter einem etwa einen Meter hohen Stapel Ziegelsteine, in den Händen ein Vierkantholz. Sie hielt es wie einen Baseballschläger, in Abwehrhaltung und bereit zum Schlag.

Smiley war noch nie in seinem Leben so froh gewesen, jemanden zu sehen. Er zitterte am ganzen Körper, als er über das Holz, die Steine und Ziegel auf dem Boden zu ihr hinüberging. Sie bewegte sich gleichzeitig und kam um den neuen Trümmerhaufen herum, den sie, wie er vermutete, absichtlich umgeworfen hatte, um eine Ablenkung zu schaffen. Er ließ das Gewehr in seiner Hand nicht fallen, und sie ließ das Stück Holz nicht los. Sie stießen zusammen und hielten sich mit einem Arm fest umschlungen.

»Bist du in Ordnung?«, fragte sie.

»Ich? Ja. Und *du*?«, entgegnete er.

»Natürlich. Ich habe gehört, wie die Typen da draußen herumgewühlt haben, und bin fast in Panik geraten. Aber sie waren noch nicht hier reingekommen. Also habe ich mich still verhalten und gehofft, dass sie verschwinden. Dann bist *du* aufgetaucht. Ich habe fast einen Herzinfarkt bekommen, als sie ihre Waffen auf dich gerichtet haben.«

Smiley wollte sie nicht loslassen. Immer wieder bewies sie, wie stark sie war. Er war stolz, an ihrer Seite zu sein. Aber sie konnten nicht länger hierbleiben. Die Männer, die er bewusstlos geschlagen hatte, würden bald wieder zu sich kommen, und dann mussten sie weg sein.

Er hatte keine Zeit zu verlieren, aber Smiley konnte sich nicht zurückhalten, senkte den Kopf und küsste Bree hart und schnell auf die Lippen. »Ich liebe dich. So verdammt sehr«, sagte er zu ihr.

Das Lächeln, das er so liebte, breitete sich auf ihren Lippen aus. »Ich liebe dich auch«, antwortete sie.

Es kostete ihn alle Kraft, sie loszulassen und sich auf die Tasche zu konzentrieren, die er sich um die Brust geschlungen hatte. Er holte das Hemd und die Hose heraus und hielt beides hoch. »Ich habe keine Ahnung, ob dir das passt.«

Die Freude in ihren Augen traf Smiley hart. Sie war so aufgeregt, ein zerrissenes, fleckiges Hemd und eine Hose zu bekommen. Wut stieg erneut in ihm auf. Er wollte ihr die Welt geben, aber wenn alles, was er ihr bieten konnte, ein paar Stofffetzen waren, um ihren Körper zu bedecken und ihr das Gefühl zu geben, weniger verletzlich zu sein, dann würde ihm das für den Moment reichen.

Bree schob ihre Arme in sein Hemd und wackelte mit den Hüften, um offensichtlich das Unterkleid loszuwerden, das ihr angezogen worden war. Für einen Moment stand sie nackt unter seinem T-Shirt da, und Smiley hasste das für sie. Noch mehr hasste er den Gedanken daran, was hätte passieren können. Was Castillo mit ihr vorhatte. Es kostete ihn Mühe, seine Wut zu beherrschen.

Als Bree sich an seiner Schulter abstützte, um einen Fuß in eine der Hosenbeine zu stecken, griff Smiley nach den Schuhen, die er gefunden hatte.

Die Hose war etwas zu kurz und zu weit, aber Bree schenkte ihm ein strahlendes Lächeln, als sie den Kordelzug um ihre Taille band. »Sie passt perfekt!«

Das tat sie nicht. Nicht einmal annähernd, aber die Freude, die sie empfand, weil sie nun bedeckt war, war in ihrer Stimme deutlich zu hören.

Sie drehte sich um, zog das T-Shirt aus, das er ihr gegeben hatte, und zog sich schnell das gestohlene Langarmshirt über den Kopf. Als sie sich wieder umdrehte, hob Smiley einen ihrer Füße an und hielt den Atem an, während er ihr half, einen der Schuhe anzuziehen, die er gefunden hatte.

Er hatte keine Socken, aber erstaunlicherweise passten die Schuhe recht gut. Es waren Slipper von Keds. Einst waren sie wahrscheinlich weiß gewesen, aber jetzt waren sie schmutzig grau und mit dem Dreck der Stadt verschmutzt. Sie waren ein bisschen zu groß, aber Bree schien das offensichtlich nichts auszumachen. »Danke«, hauchte sie und starrte auf ihre bedeckten Füße.

Wieder musste Smiley sich zwingen, keine Emotionen zu zeigen. Er war bereit, die Erde niederzubrennen für das, was Bree durchgemacht hatte. Sie war durch die Hölle gegangen, und die Sicherheit von Schuhen an den Füßen und einem bedeckten Körper reichte aus, um sie äußerst dankbar zu machen. Sobald sie nach Hause kamen, würde Smiley seine Frau verwöhnen, wie es sich gehörte.

»Wir müssen los«, sagte er, nachdem er sein Hemd, das noch warm von ihrem Körper war, wieder angezogen hatte, und reichte ihr eine Flasche Wasser aus der Tasche.

Ihre Augen leuchteten wieder auf und sie griff wortlos nach der Flasche, aber sie hatte nicht die Kraft, den Verschluss zu öffnen. Das war noch etwas, wofür sie Castillo verantwortlich machen konnte. Smiley griff nach der Flasche, ohne sie ihr wegzunehmen, und drehte den Verschluss auf.

Sie führte den Flaschenrand an den Mund und trank mehrere Schlucke des klaren, kühlen Wassers.

»Ganz ruhig, Bree.«

Sie nickte und senkte die Flasche. Er konnte sehen, dass sie am liebsten den gesamten Inhalt in einem Zug ausgetrunken hätte, aber sie nahm ihm klugerweise die Kappe ab und verschloss die Flasche wieder.

Smiley griff in die Tasche und holte das Brot heraus, das er gekauft hatte. Es war noch leicht warm. Er brach ein Stück ab und hielt es ihr hin.

Sie griff danach, und er bemerkte, dass ihre Hand zitterte. Smiley konnte sich nur mit Mühe davon abhalten, sich umzudrehen und irgendetwas kaputt zu schlagen. Seine Frau war hungrig. *Ausgehungert.* Und er konnte förmlich sehen, wie ihr das Wasser im Mund zusammenlief.

Sie nahm einen großen Bissen vom Brot und lächelte ihn an, während sie kaute.

So sehr Smiley auch dort bleiben und warten wollte, bis sie sich satt gegessen und getrunken hatte, mussten sie einen anderen, hoffentlich sichereren Ort finden, an dem sie sich verstecken konnten. Falls es einen solchen Ort gab.

Smiley griff nach ihrer Hand, um ihr über die Trümmer zu helfen, und beobachtete sie aufmerksam. Sie humpelte nicht und schien fest auf den Beinen zu stehen. Ein weiterer Beweis dafür, wie verdammt stark sie war. Nach allem, was sie durchgemacht hatte, hätte es ihn nicht überrascht, wenn sie ihm gesagt hätte, dass sie sich nicht bewegen konnte. Stattdessen setzte sie einen Fuß vor den anderen.

»Ich bin so stolz auf dich«, platzte Smiley heraus.

»Warum?«

Warum? Sie fragte *warum*? Smiley schüttelte verzweifelt den Kopf.

»Smiley, welche Wahl habe ich denn jetzt? Ich kann mich doch nicht weigern weiterzugehen. Du kannst mich nicht tragen und uns gleichzeitig vor Männern wie denen da draußen beschützen. Später werde ich sicher zusammenbrechen und wahrscheinlich hemmungslos weinen. Aber jetzt müssen wir hier raus und dein Team finden. Und dabei Mateo und seinen Schlägern zwei Schritte voraus sein. Ich kann mir keinen mentalen oder physischen Zusammenbruch leisten.«

Sie hatte recht. Und das war ziemlich beschissen.

»Ich werde das wiedergutmachen«, versprach er, während er weiter in die Gasse ging.

»Das ist in Ordnung, aber *du* musst gar nichts wiedergutmachen«, sagte sie ruhig. »Nichts von dem, was passiert ist, ist deine Schuld. Das alles wurde in Gang gesetzt, bevor wir uns überhaupt kennengelernt haben. Außerdem wäre ich ohne dich ... in einer verdammt üblen Lage.«

Smiley schnaubte. Sie steckten gerade in einer üblen Lage.

Bree drückte seine Hand. »Die Wahrheit ist, ich habe Angst. Ich bin verletzt. Mir ist immer noch ein bisschen übel. Aber das ist jetzt alles egal. Außerdem bist *du* hier. Ich habe das Gefühl, dass ich jetzt alles bewältigen kann, was das Leben mir noch vor die Füße wirft.«

Sie war zu gut für ihn.

Smiley spähte durch die provisorische Tür und sah die beiden Männer immer noch dort liegen, wo er sie zurückgelassen hatte. Er war froh, dass sie nicht aufgewacht und geflohen waren, ließ Bree los und ging zu dem Mann, der ihm am nächsten war. Er durchsuchte seine Taschen und fand etwas Geld, ein Messer und Munition für das Gewehr, das neben ihm auf dem Boden lag.

Der zweite Mann hatte fast dasselbe bei sich, aber zusätzlich noch eine Packung Cracker oder Kekse. Keiner von beiden hatte ein Handy, was ziemlich blöd war, denn Smiley hätte jetzt wirklich eines gebrauchen können.

Aber er hatte noch seinen Peilsender. Jeden Moment würde sein Team in der typischen V-Formation auf sie zukommen und sie retten.

Doch ein nagender Zweifel schlich sich ein. Warum waren die Jungs noch nicht aufgetaucht? Tex hätte ihn längst aufspüren müssen. Waren sie in die Unruhen um sie herum geraten?

Er hasste es, daran zu denken, dass sein Team in Schwierigkeiten sein könnte, aber Smiley konzentrierte sich wieder auf die Aufgabe, die vor ihm lag. Sein Team konnte auf sich selbst aufpassen. Seine Aufgabe war es jetzt, Bree zu beschützen. Sie in Sicherheit zu bringen, weg von verzweifelten Zivilisten, die in ihr nur eine Geldquelle sahen und nichts weiter.

Er streckte ihr die Hand entgegen und bedeutete ihr, zu ihm zu kommen. Sie trat aus den Trümmern des Gebäudes und ging schnell auf ihn zu. In dem Moment, in dem seine Finger sich um ihre schlossen, überkam Smiley eine Ruhe. Sie steckten gemeinsam in dieser Sache.

Mateo Castillo war wütend. Seine Männer hatten die Rückholung seines Eigentums von Anfang an vermasselt. Sie hatten nicht nur die alten Frauen verloren, die zu Kunden in Russland und Nordkorea gebracht werden sollten, sondern auch die Schlampe, die er persönlich hatte aufspüren müssen, entkommen lassen!

Außerdem hatte er erfahren, dass die Navy SEALs in Ecuador waren. Im Hafengebiet. Ihre Anwesenheit erschwerte die Wiederbeschaffung seines Eigentums erheblich.

Er konnte nicht verstehen, wie sie überhaupt entkommen konnte. Er hatte strikte Anweisung gegeben, sie unter allen Umständen festzuhalten, doch offensichtlich hatte jemand versagt und sie aus ihrem Transportkäfig entkommen lassen. Jetzt musste er an allen Beteiligten ein Exempel statuieren, damit diejenigen, die in Zukunft für ihn arbeiteten, seine Anweisungen genau befolgten.

Wenn er klug war, würde Mateo die Schlampe abschreiben. Sich anderen Akquisitionen zuwenden. Jenen, die leichter zu kontrollieren waren. Jenen, die er ohne so viel Ärger in seinen Frauenstall aufnehmen konnte. Bree Haynes war eine riesige Nervensäge – aber eine, die er nicht aufgeben wollte. Sie musste lernen, wer das Sagen hatte. *Er.*

Die aktuelle Lage in Ecuador würde ihm in die Hände spielen. Die Miliz verbreitete mit ihrem Auftritt im Fernsehstudio Angst und Schrecken. Bewaffnete Banden plünderten und töteten jeden, den sie verdächtigten, die derzeitige Regierungspartei zu unterstützen. Das würde es seinen Männern erleichtern, sich in Guayaquil zu bewegen, ebenfalls bewaffnet ... und bereit, sein Eigentum wieder in seinen Besitz zu bringen.

Sobald er die Schlampe auf sein Anwesen gebracht hatte, würde sie nie wieder das Tageslicht erblicken. Er würde sie fesseln und so schwächen, dass sie nicht einmal daran denken könnte zu fliehen. Sie gehörte ihm, er konnte mit ihr machen, was er wollte – und im Moment wollte er, dass Bree Haynes litt.

Mateo traf eine schnelle Entscheidung, beugte sich vor und klopfte an die Scheibe, die ihn von seinem Fahrer trennte. Das schalldichte Fenster wurde heruntergelassen, sodass Mateo mit dem Mann sprechen konnte. »Dreh um.«

»Ja, Sir.« Die Limousine fuhr sofort an den Straßenrand, während der Fahrer sich auf eine weite Kehrtwende vorbereitete.

Das war die Art von Gehorsam, auf der Mateo bestand. So hatte er sowohl die Männer, die für ihn arbeiteten, als auch die Frauen, die ihm gehörten, erzogen.

»Zurück nach Guayaquil. Ich habe noch etwas zu erledigen.«

»Ja, Sir«, sagte der Fahrer erneut ohne jede Regung.

Mateo ließ das Fenster wieder hoch, während das Fahrzeug in Richtung Stadt fuhr. Er hatte die Rückholung seines Eigentums anderen überlassen, und die hatten es immer wieder vermasselt. Dies war eine Aufgabe, die er offensichtlich weiterhin selbst übernehmen musste. Er würde seine Männer sie finden lassen und sie dann persönlich in seine Festung bringen. Die lange Fahrt – nackt im Kofferraum seines Wagens, nur mit einem Ballknebel und Handschellen – würde sie etwas gefügiger machen.

Dann würde er seinen treuesten Mitarbeitern auf dem Anwesen ihr neues Spielzeug vorstellen.

Innerhalb einer Woche würde die Schlampe ihn mit »Sir« anreden und seine Befehle ohne Widerrede ausführen. Dann könnte er sich wieder den Aufträgen seiner Kunden auf der ganzen Welt widmen, die er viel zu lange aufgeschoben hatte.

Bree Haynes hatte viel zu viel seiner Zeit in Anspruch genommen, aber das würde sich bald ändern. Sobald sie ihren Platz kannte, würde alles wieder wie gewohnt weitergehen. Er würde weiterhin Regierungsbeamte bestechen, damit sie wegschauten, die Einheimischen rund um das Anwesen bezahlen und ein gutes Leben führen.

Mateo griff in seine Tasche, holte eine Zigarre heraus, zündete sie an und nahm einen tiefen Zug. Ja, alles würde wieder normal werden, was bedeutete, dass er jederzeit Sex haben konnte, wann und wie er wollte, und dass das Geld auf sein Bankkonto floss. Das Leben war gut ... und würde bald noch viel besser werden.

KAPITEL ACHTZEHN

»Das ist doch Schwachsinn!«, fluchte Safe. »Ich kann nicht glauben, dass Tex ihn nicht aufspüren kann.«

Kevlar war genauso frustriert wie der Rest seines Teams. Als er und Blink Smiley im Hafen aus den Augen verloren hatten, hatten sie die anderen kontaktiert, aber trotz ihrer Hilfe bei der Suche schien es, als hätte ihr Teamkamerad sich in Luft aufgelöst.

Das einzig Gute an der Situation war, dass sie ziemlich sicher waren, dass Smiley Bree gefunden hatte und die beiden zusammen waren.

Sie hatten die Vermissten-Plakate im Hafen gesehen und daraus geschlossen, dass Smiley Bree an einem der Docks getroffen haben musste und weder Kevlar noch Blink kontaktieren konnte, bevor er zu ihrer eigenen Sicherheit verschwinden musste.

Kevlar hatte gedacht, es sei eine einfache Sache, sich mit Tex zu treffen und sich von ihm zu dem Ort führen zu lassen, an dem die beiden sich versteckt hielten. Aber mit dem Peilsender, den Smiley bei sich hatte, stimmte etwas nicht. Er sendete kein Signal.

Die Schimpfwörter, die Tex von sich gegeben hatte, waren beeindruckend. Er hatte offenbar genug von externen Peilsendern und drohte, jedem SEAL und jedem Delta-Agenten winzige Mikrochips implantieren zu lassen, die nicht gerade dann versagen würden, wenn er sie am dringendsten brauchte. Aber das würde ihnen im Moment nicht helfen.

Und jetzt hatte die Gewalt im Land um das Tausendfache zugenommen. Wenn sie das Motel verließen, riskierten sie alle ihr Leben, zumal sie offensichtlich Ausländer waren und nicht in diese Gegend passten. Das hielt die SEALs nicht davon ab, alles zu tun, um ihren Teamkameraden zu finden, aber es machte die Sache definitiv schwieriger.

Zu allem Überfluss hatte Smiley keine Ausrüstung dabei. Er hatte offensichtlich keine Funkverbindung zu den anderen, keine zusätzliche Munition, keine Lebensmittel und kein Wasser. Soweit Kevlar wusste, befanden Smiley und Bree sich buchstäblich auf einigen der gefährlichsten Straßen, die das Team seit langer Zeit gesehen hatte, und waren nur mit einem Messer, einer Pistole und ihrer langjährigen Erfahrung ausgerüstet.

Das musste reichen.

»Das ist allerdings Schwachsinn«, stimmte Kevlar zu, »aber wir alle wissen, dass Smiley der härteste Kerl im Team ist. Wenn jemand diese beschissene Situation meistern kann, dann er.«

»Aber wir haben keine Ahnung, in welchem Zustand Bree ist«, entgegnete MacGyver. »Natürlich kann Smiley sich selbst verteidigen, aber Bree ist eine Belastung für ihn.«

»Das ist beschissen«, sagte Preacher in einem verärgerten Tonfall.

»Ich meine das nicht respektlos. Aber denkt mal an Julie und Fiona, was Kevlar gesagt hat, was sie anhatten, als sie gefunden wurden. Sie hatten keine verdammten *Schuhe* an. Und selbst wenn Smiley Bree gefunden hat – sie war tagelang auf einem verdammten Boot gefangen. Wir haben keine Ahnung, in welchem psychischen Zustand sie sich befindet, ganz zu schweigen von ihrem körperlichen Zustand. Und wir alle wissen, dass Smiley alles tun wird, um ihre Sicherheit zu gewährleisten. Das macht sie zu einer Belastung.«

MacGyver hatte recht. Und das war scheiße. Kevlar seufzte. »Wir müssen wieder raus. Schauen, ob wir mehr herausfinden können. Beginnen wir südlich des Hafens und arbeiten uns nach außen vor.«

»Seit heute Morgen ist es da draußen noch schlimmer geworden«, stellte Flash unnötigerweise fest.

»Die Regierung hat den Notstand ausgerufen«, fügte Blink hinzu.

»Ich weiß!«, blaffte Kevlar. »Glaubt ihr etwa, ich weiß das *nicht*? Wir haben keine Wahl. Wir fliegen blind, aber ich lasse Smiley nicht da draußen, damit er sich selbst den Weg zurück sucht. Wir hatten keine Gelegenheit, die Karten der Gegend zu studieren, und wir alle wissen, dass er einen miserablen Orientierungssinn hat. Nach dem zu urteilen, was wir wissen, ist er inzwischen schon auf halbem Weg nach Quito.«

Es war nicht überraschend, dass alle Männer im Raum lachten. Kevlar sagte nichts, was die anderen nicht schon wussten. Smiley war ein gemeiner Arsch, aber er war ein hervorragender Schütze. Er hatte mehr Mut in seinem kleinen Finger als die meisten Männer in ihrem ganzen Körper.

Aber er hatte keinerlei Orientierungssinn.

»Niemand geht allein raus. Bleibt zusammen. Und um Gottes willen, behaltet eure Peilsender immer bei euch. Ich kann es nicht gebrauchen, dass einer von euch verschwindet und wir keine Möglichkeit haben, ihn zu finden«, schimpfte Kevlar.

Alle nickten zustimmend.

»Jeder nimmt einen Rucksack mit Verbandszeug, zusätzlicher Verpflegung und Wasser mit. Wir wissen nicht, in welchem Zustand sie sein werden, wenn wir sie finden. Verhaltet euch unauffällig. Wir wollen nicht auf den Radar der Miliz geraten. Wir können es nicht gebrauchen, dass sie uns auch noch ins Visier nehmen, bei allem, was wir gerade am Hals haben. Findet Smiley und Bree und verschwindet von dort. Das ist unsere Mission, verstanden?«

»Hoo-yah!«

»Bestätigt.«

»Verdammt ja!«

Kevlar hatte Vertrauen in sein Team, aber diese Situation war ihm viel zu unübersichtlich. Sie hatten keine Ahnung, wo sie mit der Suche nach Smiley und Bree anfangen sollten. Die Stimmung auf den Straßen war angespannt. Und sie wollten keinesfalls in eine feindliche Übernahme der Regierung geraten. Tex und die Frauen, die mit ihm zusammenarbeiteten, konnten sie aus dem Land bringen, aber wenn die Dinge so weitergingen, würden wahrscheinlich die Flugzeuge am Boden bleiben und es würde immer schwieriger werden, sie herauszuholen.

Als die Männer sich bereit machten, aufzubrechen und ihre Suche fortzusetzen, seufzte Kevlar. »Wo bist du, Smiley?«, murmelte er.

Smiley war frustriert. Er hatte keine Ahnung, wo er war. Er hatte das Gefühl, im Kreis zu laufen. Nein, es war kein Gefühl. Er *wusste*, dass er im Kreis lief, denn er erkannte ein Gebäude, an dem er bereits zum zweiten Mal vorbeigekommen war.

Sein Team würde ihn jetzt sicher fertigmachen. Noch nie hatte er sich so sehr einen Kompass oder Preacher oder MacGyver an seiner Seite gewünscht. Er hatte das Gefühl, Bree völlig im Stich zu lassen – jeder seiner Teamkameraden hätte das Motel, in dem sie übernachteten, längst gefunden –, und seine Antworten auf ihre seltenen Fragen wurden immer knapper.

Sie hatte seit etwa zwanzig Minuten kein Wort mehr gesagt, während Smiley herauszufinden versuchte, ob sie die aktuelle Straße bereits passiert hatten oder nicht. Nichts kam ihm bekannt vor, also musste er hoffen, dass er sie nicht *wieder* in die falsche Richtung geführt hatte.

Ein leises Geräusch zu seiner Linken ließ ihn zu Bree hinüberblicken. Er war entsetzt, als er Tränen auf ihren Wangen sah. Ihr geschwollenes Auge hatte zuvor etwas besser ausgesehen, aber er konnte sich vorstellen, dass sie immer noch schlecht sehen konnte. Und jetzt weinte sie? *Verdammt.*

»Bree?«, fragte er und blieb stehen.

»Mir geht es gut«, sagte sie und versuchte vergeblich, ihn weiterzuziehen.

Smiley drückte sie gegen die Wand eines Gebäudes und beugte sich zu ihr hinunter, um ihren Blick aufzufangen. Aber sie starrte nur auf seine Brust und weigerte sich, ihn anzusehen.

»Rede mit mir«, befahl er barsch.

Sie seufzte und wischte sich mit der Schulter über die Wange. »Warum? Du wirst nur noch wütender.«

»Wütend? Ich bin nicht wütend.«

Sie schnaubte.

»Okay, ich bin nicht wütend auf *dich*.«

»Es tut mir leid, Smiley. Du solltest überhaupt nicht hier sein. Ich weiß nicht, was ich hätte anders machen können, aber wenn ich vielleicht klüger oder stärker gewesen wäre oder so ... wären wir jetzt nicht hier. Verloren inmitten einer Art Aufstand. Du hättest diese Leute am Hafen nicht töten oder den anderen Männern den Schädel einschlagen müssen. Du hättest diese Kleider nicht von jemandem stehlen müssen, der sie wahrscheinlich dringender braucht als ich. Dein Magen würde nicht knurren, weil du mich den ganzen Laib Brot allein hast essen lassen.«

Smiley war entsetzt über das, was er hörte. Er sah sich um und suchte verzweifelt nach einem Platz, wo sie sich hinsetzen und ausruhen konnten. Und reden. Er hatte es offensichtlich vermasselt, und er musste es in Ordnung bringen. Sofort.

Ohne ein Wort hob er Bree auf und drückte sie an seine Brust. Es war unzumutbar, dass er verdammt noch mal verloren herumirrte, während Bree, die schwach von Hunger und Durst und außerdem auch noch verletzt war, hinter ihm her stolperte.

»Smiley!«, protestierte sie, obwohl sie ihren Arm um seinen Hals schlang.

Als er auf das zuging, was er für ein Wohnhaus hielt, kam Smiley eine Idee. Er kam nicht weiter, wenn er auf der Straße herumirrte – damit erreichte er nur, dass er sie beide den Blicken von Zivilisten aussetzte, die die Nummer auf dem verdammten Zettel anrufen konnten. Smiley würde niemandem Bree überlassen. Auf keinen Fall.

Er musste von der Straße weg, herausfinden, wo zum Teufel sie waren und in welche Richtung sie gehen mussten, ohne dass Castillo sie bemerkte. Er musste sich einen Überblick verschaffen. Einen Plan aushecken. Und Bree etwas stressfreie Ruhe gönnen.

Also ... würde er nach oben gehen.

Das hätte er schon vor Stunden tun sollen. Er würde in die oberste Etage dieses Gebäudes steigen, wo es hoffentlich einen Zugang zum Dach gab.

»Smiley!«, sagte Bree erneut. »Ich kann laufen.«

»Aber das wirst du nicht«, erwiderte er.

Er betrat den Eingangsbereich des Gebäudes und verzog das Gesicht. Es war verwüstet. Zerbrochenes Glas, Müll, verrottendes Essen. Dies war offensichtlich kein Fünf-Sterne-Apartmenthaus, aber das hatte er in dieser Gegend auch nicht erwartet. Zum Glück war niemand im Eingangsbereich, als Smiley auf eine Tür zuging, über der ein Schild mit einer Strichfigur hing, die über einer Treppe zu schweben schien.

Er trat die Tür auf und war erleichtert, dass es sich tatsächlich um ein Treppenhaus handelte.

»Wohin gehen wir?«, fragte Bree.

»Irgendwohin, wo wir uns neu formieren können. Uns hinsetzen und in Frieden ausruhen können«, antwortete Smiley.

»Ich bin zu schwer für dich. Lass mich runter«, beharrte sie.

Smiley schnaubte, als er sich an das Gewicht der Rucksäcke erinnerte, die er auf einigen seiner Missionen getragen hatte. Ganz zu schweigen von der Ausrüstung, die sie immer trugen. Die beiden Gewehre, die er sich über die Schulter geworfen hatte, spürte er kaum. Bree zu tragen war keine Anstrengung.

Er hoffte, dass es ein gutes Zeichen war, dass sie auf dem Weg nach oben niemandem begegnet waren. Als sie oben ankamen, gab es nur eine einzige Tür. Er ließ Bree herunter und hielt sie einen Moment lang fest, um sicherzugehen, dass sie nicht stolperte oder fiel. Dann schob er sie hinter sich, während er nach der Türklinke griff.

Mit der Pistole in der freien Hand, bereit für den Ernstfall, hielt Smiley den Atem an, als er die Tür öffnete. Sonnenlicht strömte in das Treppenhaus und blendete beide für einen Moment.

Smiley blinzelte ... und sein Herz setzte einen Schlag aus.

Er hatte gehofft, einen leeren Ort zum Verstecken vorzufinden, aber stattdessen schien das Dach genauso überfüllt zu sein wie einige der Straßen voller Obdachloser. Es gab Planen und provisorische »Häuser«, die aus Kartons und anderem Müll gebaut waren. Die Menschen, die er sah, lagen alle im Schatten, den sie mit ihren Behausungen geschaffen hatten.

»Scheiße«, murmelte er.

Er spürte, wie Bree sich hinter ihm bewegte. Sie stützte sich mit einer Hand an seinem Rücken ab, während sie sich um seinen Körper herumbeugte. »Da drüben«, sagte sie und zeigte nach rechts.

Er sah sofort, was sie meinte, und nickte im Stillen. Zwischen zwei anderen Behausungen gab es einen kleinen schattigen Platz, wo sie sich hinlegen konnten. Er lag außerdem am Rand des Daches, sodass er einen guten Blick auf die Stadt hatte und hoffentlich herausfinden konnte, in welche Richtung sie gehen mussten.

Die einzigen Unbekannten waren die Frau und das Kind rechts von der Lücke und der ältere Mann links davon. Würden sie nichts dagegen haben, wenn sie sich dort eine Weile versteckten?

Es gab nur einen Weg, das herauszufinden.

Er wollte gerade Bree sagen, sie solle zurückbleiben und hier auf ihn warten, während er die Lage erkundete, als sie losging.

Er packte sie an der Hand und hielt sie zurück. »Du kannst nicht einfach da rübergehen«, sagte er.

»Warum nicht?«

Ja, warum eigentlich nicht. Auf den ersten Blick sahen die Menschen auf dem Dach harmlos aus. Es waren entweder ältere Menschen oder Mütter mit Kindern. Alle schauten niedergeschlagen und erschöpft aus. Von den Umständen gebeugt. Aber das bedeutete nicht, dass sie keine Bedrohung darstellten. Smiley hielt so ziemlich jeden für eine Bedrohung, während Bree offensichtlich nicht ganz so zynisch war.

Je mehr er darüber nachdachte, desto besser wäre es, wenn Bree den ersten Kontakt herstellte. Er trug Waffen und war definitiv eine Bedrohung. Aber Bree, in ihren schlecht sitzenden Kleidern, leicht humpelnd, mit einem fast zuge-schwollenen Auge ... sie sah nicht aus, als könnte sie einer Fliege etwas antun.

Smiley und Bree behielten die Menschen um sie herum im

Auge – die ihrerseits ebenfalls ein wachsames Auge auf sie hatten – und machten sich auf den Weg zu der kleinen freien Stelle.

Bree lächelte den Mann an und wandte sich dann der Frau mit dem Baby zu.

»*Hola*«, sagte sie, deutete auf sich selbst und dann auf den Platz. Sie legte ihre Handflächen aneinander, als würde sie um etwas bitten.

Smiley hielt den Atem an.

Zuerst nickte die Frau, dann der Mann.

War es wirklich so einfach? Er war skeptisch. In letzter Zeit war nichts einfach gewesen, aber andererseits hatte er Bree gefunden, bevor sie in den Dschungel verschleppt worden war, also hatte sich ihr Glück vielleicht, nur vielleicht, gewendet.

Bree drehte sich um und strahlte ihn an. Ihre offensichtliche Freude über den Erfolg war deutlich zu sehen. Smiley nickte den neuen Nachbarn zu, legte dann seine Hand an Brees Rücken und drängte sie vorwärts. Sie hatten keine Polster, nichts Weiches zum Sitzen, aber im Moment war Smiley nur daran interessiert, Bree aus der Sonne zu bringen, damit sie sich ausruhen konnte.

Er setzte sie hin und nahm sich einen Moment Zeit, um über den Rand des Daches zu schauen. Soweit er sehen konnte, waren überall Gebäude. In der Ferne sah er das Meer. Es war kaum zu glauben, dass er und Bree so weit ins Landesinnere vorgedrungen waren. Verdammt, er war offensichtlich länger und schneller gelaufen als gedacht, nachdem er den Hafen verlassen hatte.

»Smiley, setz dich kurz hin«, bat Bree und zupfte an seinem Hosenbein.

Es war heiß draußen, und obwohl er die Landschaft weiter studieren wollte in der Hoffnung, dass ihm etwas auffallen würde, das ihm helfen könnte, den Weg zurück zum Motel und zu seinem Team zu finden, konnte Smiley Bree ihre Bitte nicht abschlagen.

Er setzte sich, zog Bree in seine Arme und bewegte sie vorsichtig in dem Wissen, dass ihre Rippen schmerzten. Sie legte ihren Kopf auf seine Schulter und lehnte sich entspannt an ihn.

Langsam bewegte Smiley die Tasche, die er trug, sodass sie neben ihm stand. Sie hing immer noch über seiner Brust, aber jetzt konnte er hineingreifen und eine Flasche Wasser für Bree und ein paar Cracker herausholen. Sie lächelte ihn dankbar an, als sie sie nahm. Es machte ihm Mut, dass sie diesmal den Verschluss der Wasserflasche selbst öffnen konnte. Sie hatte ihn erschreckt, als sie zuvor nicht die Kraft für diese kleine Aufgabe gehabt hatte.

»Wie fühlst du dich?«, fragte er leise, während sie aß und trank.

»Besser.«

»Sag mir, was dir alles wehtut«, befahl er.

»Smiley, mir geht es gut.«

»Das habe ich nicht gefragt. Ich muss wissen, wo deine Grenzen sind, Bree.«

Sie seufzte. »Meine Seite tut weh. Mein Auge. Meine Füße. Das Laufen hat mir geholfen, einige Verspannungen zu lösen, die ich davon hatte, in diesem Käfig auf dem Boot eingepfercht zu sein.«

»Kannst du darüber reden? Es könnte helfen.« So wenig Smiley auch wissen wollte, was sie durchgemacht hatte, so sehr musste er es doch erfahren.

»Ehrlich gesagt gibt es nicht viel zu erzählen. Ich nehme an, Julie und Fiona haben dir erzählt, wie wir nach Ensenada gekommen sind?« Als er nickte, fuhr sie fort: »Ich habe sie überrascht, indem ich aus dem hinteren Teil des Hühner-Lastwagens gesprungen bin. Sie hatten ihren Kumpel erwartet, nicht mich. Ich lief los und hoffte, dass sie mich alle verfolgen würden, und das taten sie auch. So hatten Julie und Fiona die Chance zu fliehen. Aber es war nicht schnell genug. Sie haben mich eingeholt und zusammengeschlagen, und dann bin ich auf dem Boot aufgewacht, in einem anderen Käfig. Ich war mir ziemlich sicher, dass wir auf dem Weg hierher waren, nach Ecuador, weil ich Bruchstücke ihrer Unterhaltung mitbekommen hatte.

Ich wurde seekrank. Ich habe mich ein paarmal übergeben. Die Männer wollten dann nichts mit mir zu tun haben, also blieben sie meistens außerhalb der kleinen Kabine. Als ich mich etwas besser fühlte, tat ich so, als sei mir noch übel, weil ich nicht wollte, dass sie auf Ideen kamen, wie sie sich die Zeit mit mir vertreiben könnten. Es hat funktioniert. Sie ließen mich in Ruhe. Als wir am Dock ankamen, holten sie mich raus und übergaben mich einem anderen Mann, und als der mich zu einem Van führte – wahrscheinlich zu einem weiteren Käfig für die Fahrt in den Dschungel –, habe ich ihm in die Eier geschlagen und bin weggelaufen. Dann hast du mich gefunden ... und hier sind wir.«

Es war eine sehr gekürzte Version der Wahrheit, aber Smiley war unbeschreiblich erleichtert, dass sie nicht nur einmal, sondern zweimal hatte entkommen können.

Dann fiel ihm etwas ein.

Er beugte sich ein wenig nach vorn und griff hinter sich nach dem Holster an seiner Hüfte. Er zog das Plastikmesser heraus, das sie in Ensenada benutzt hatte, um Fiona und Julie zu helfen zu fliehen, und hielt es hoch, während er sich zurücklehnte.

Bree schnappte nach Luft. »Wo hast du das her?«

»Was glaubst du? Es lag draußen auf dem Boden neben diesem verdammten Hühner-Lastwagen.«

Es waren noch rotbraune Flecke darauf zu sehen, und jetzt, da er es so ansah, dachte Smiley, dass er es wohl besser dort hätte liegen lassen sollen, wo er es gefunden hatte. Warum hatte er es für eine gute Idee gehalten, es aufzubewahren? Oder es jetzt sogar herauszuholen?

Sie griff danach, und als Smiley das Kinn senkte, sah er ein kleines Lächeln auf ihrem Gesicht. »Bree?«

»Ich kann nicht glauben, dass du es gefunden hast.« Sie fingerte an dem Griff herum. Das Haar, mit dem sie den Stoff von Julies Unterkleid zusammengebunden hatte, war ausgefranst, hielt aber noch. Bree sah zu ihm auf. »Kann ich es behalten?«

Smiley war erleichtert. Sie war nicht angewidert, als sie es sah, oder von dem, was sie aus der Not heraus getan hatte. »Nur damit das klar ist ... MacGyver war beeindruckt.«

Sie errötete. »Das ist doch nicht *so* beeindruckend.«

»Machst du Witze? Es hat seinen Zweck erfüllt. Das ist alles, was zählt, nicht wie es aussieht. Die wirksamsten Waffen sind manchmal die willkürlichsten Dinge, die man um sich herum findet. Keine schicken Pistolen oder Messer. Ich habe keine Scheide, in die du es stecken kannst, und ich möchte nicht, dass du dich verletzt, wenn du es einfach in deine Tasche steckst. Ist es in Ordnung, wenn ich es weiterhin für dich aufbewahre?«

»Ja. Smiley? Kann ich dich etwas fragen?«

»Das hast du gerade«, scherzte er, als er das provisorische Messer wieder in das Holster an seinem Rücken steckte. Die meisten Menschen würden nicht verstehen, dass einer von beiden etwas behalten wollte, das potenziell so schreckliche Erinnerungen zurückbringen könnte. Aber es war nur ein weiterer Beweis dafür, dass Bree für ihn bestimmt war.

Anstatt zu lächeln, starrte Bree ihn nur an.

»Was?«

»Du hast einen Witz gemacht.«

»Anscheinend keinen sehr guten«, entgegnete er mit einem Achselzucken.

»Es ist nur ... du bist kein Witzbold. Wir werden sterben, oder?«

Sie klang völlig ernst. »Nein!«, blaffte er, lauter als beabsichtigt. Er holte tief Luft, um seine Gefühle unter Kontrolle zu bringen, und sagte etwas leiser: »Nein, das werden wir nicht. Wenn du glaubst, Kevlar und die anderen Jungs würden mich so einfach aus dem Team entlassen, irrst du dich.«

»Ich glaube, das war auch ein Witz. Herrgott, Smiley, was ist nur in dich gefahren?«, fragte Bree.

»Du. Du bringst mich dazu, ein besserer Mensch sein zu wollen. Nicht immer so mürrisch.«

Sie legte ihre Hand an seine Wange und streichelte ihn mit ihrem Daumen. »Ich liebe dich genau so, wie du bist. Sei mürrisch, Smiley. Sei ein Arschloch. Denn ich will nicht, dass du dich für mich veränderst.«

»Du hattest eine Frage?«, fragte er mit etwas heiserer Stimme. Diese Frau überwältigte ihn. Hier war sie, in einem fremden Land, schmutzig, hungrig, durstig, verletzt, und doch war sie es, die *ihm* Mut zusprach. Er hatte sie nicht verdient, aber er würde alles in seiner Macht Stehende tun, um den Ausdruck der Liebe in ihren Augen zu bewahren, den er in diesem Moment sah. Den Glauben in ihrem Blick, der ihr Vertrauen in ihn ausdrückte, dass er sich um sie kümmern würde. Dass er sie aus dieser beschissenen Lage herausholen würde, in der sie sich befanden.

»Haben wir uns verlaufen?«

Smiley blinzelte. Das hatte er nicht erwartet. Er spürte, wie ihm die Hitze in die Wangen stieg. Er hasste es, dieser Frau seine Schwächen zu zeigen, aber er wollte sie nicht anlügen. Nicht jetzt, nach allem, was sie durchgemacht hatte.

Er zuckte mit den Schultern. »Ich habe keinen guten Orientierungssinn. Ich bin ein ausgezeichneter Schütze, kann kilometerweit schwimmen, ohne müde zu werden, und bin schneller als alle meine Teamkameraden. Aber ich habe keine Ahnung, wo es langgeht.«

Zu seiner Überraschung lächelte Bree. »Dann muss ich wohl unsere Navigatorin sein, wenn wir einen Roadtrip machen, was?«

Der Gedanke, dass sie beide zusammen im Wagen sitzen und sie ihm sagen würde, wo er abbiegen musste, ließ einen Schauer der Vorfreude durch seinen Körper laufen. »Ja, Süße. Das musst du.«

»Also, wie sieht der Plan aus? Hast du herausgefunden, wo wir sind, als du über den Dachrand geschaut hast?«

Seiner Frau entging nichts. »Nur, dass wir in die falsche Richtung gehen«, gab er etwas verlegen zu. »Wir müssen zurück zum Wasser, nicht davon weg.«

»Aber suchen Mateos Männer uns nicht genau dort?«, fragte sie stirnrunzelnd.

»Du hast die Flugblätter gesehen. Sie suchen uns überall. Aber mein Team und ich waren in einem Motel in der Nähe des Hafens. Ich bin sicher, dass die Jungs sich verteilt haben, um uns zu finden, aber je näher wir dem Umkreis meines Teams kommen, desto besser.«

»Was ist mit deinem Computerfreund Tex? Kann er ihnen nicht sagen, wo wir sind?«

»Das sollte er können. Aber wenn er es getan hätte, hätten sie uns längst gefunden. Ich habe einen Peilsender bei mir, aber er muss defekt sein.«

»Oh. Ich habe das Gefühl, dass Tex darüber nicht gerade glücklich sein wird.«

»Du hast ja keine Ahnung«, stimmte Smiley zu und dachte darüber nach, was das Computergenie in diesem Moment wohl tat. Wahrscheinlich hatte er einen Wutanfall, der alle bisher da gewesenen Wutanfälle in den Schatten stellte. Er selbst war auch nicht gerade begeistert. Wenn er jemals Hilfe gebraucht hatte, dann jetzt.

»Vielleicht könnte ich helfen, wenn *ich* mich erst einmal orientiert habe«, schlug Bree vor.

Smileys erste Reaktion war, Nein zu sagen, sie müsse sich ausruhen. Aber dann überlegte er es sich anders. Er war offensichtlich nutzlos, wenn es um Navigation ging. Sie konnte unmöglich schlechter sein als er.

»Später. Jetzt müssen wir uns ausruhen. Wenn die Sonne untergeht, brechen wir wieder auf.«

»Im Dunkeln?«, fragte Bree.

»Wir fallen zu sehr auf. Die Belohnung für deinen Kopf ist zu hoch, als dass die Leute in diesem Teil der Stadt sie ignorieren könnten. Das sei, als würde jemand zwei Millionen Dollar für die Rückgabe seines entlaufenen Hundes anbieten. Alle würden Ausschau halten und nicht zögern, für so viel Geld einen Anruf zu tätigen, wenn sie das Tier sehen.«

»Ich verstehe nicht, warum er mich so sehr will«, sinnierte Bree.

»Ich will nicht gemein sein, aber ich glaube nicht, dass es mit dir zu tun hat«, sagte Smiley. Er hatte darüber nachgedacht. »Ich glaube, es geht ihm eher ums Prinzip. Er hat viel Geld für dich bezahlt, und mit der Zeit wurde er immer hartnäckiger und entschlossener, dich zu bekommen.«

»Es geht also um Stolz?«, fragte Bree mit gerunzelter Stirn.

»So etwas in der Art.«

»Das ist doch blöd«, sagte sie seufzend.

»Das ist es«, stimmte Smiley zu.

»Und ... was passiert, wenn wir dein Team finden und hier verschwinden? Was dann? Kommt er dann zurück nach Kalifornien? Schickt er noch mehr Leute hinter mir her? Muss ich mich wegen seines dummen Stolzes für den Rest meines Lebens verstecken?«

»Nein!«, rief Smiley. Wieder zu laut.

Er hörte, wie die Frau mit dem Baby missbilligend etwas vor sich hin murmelte, warf ihr einen Blick zu und zuckte entschuldigend mit den Schultern. Zwischen den Kartons, die um ihren kleinen Bereich herum gestapelt waren, war eine Lücke, durch die sie sie sehen konnte und umgekehrt.

»Erinnerst du dich, was Tex über die Gruppe gesagt hat, die Castillos Vorgänger ausgeschaltet hat?«, fragte Smiley Bree.

»Dieser Rex?«

»Ja. Rex ist natürlich nicht gerade begeistert. Er wird dafür sorgen, dass Castillo nie wieder eine Gefahr für dich oder irgendeine andere Frau darstellt. Sobald wir zu Hause sind, müssen wir uns nur noch um unsere Zukunft kümmern. Gemeinsam.«

Bree sah zu ihm auf. »Ich möchte bei dir bleiben.«

»Gut. Denn das will ich auch.«

»Tu mir nicht weh, Smiley. Denn ich glaube, das würde mich zerstören.«

»Ich werde dir nicht wehtun. Ich glaube, du könntest mir viel mehr wehtun als ich dir.«

Sie schnaubte. »Was auch immer.«

»Ich meine es ernst. Glaubst du etwa, ich verbringe normalerweise Monate damit, Frauen zu suchen, die ich während einer Mission kennenlerne? Das tue ich nicht. Du hast etwas an dir, das mich nicht loslässt. Du bist mir unter die Haut gegangen, Bree. Und jetzt bist du so tief in meinem Leben, dass ich mir nicht mehr vorstellen kann, dass du *nicht* da bist. Du hast mich einmal gefragt, warum ich dir helfe.«

Bree nickte. »Und du hast gesagt, du würdest es mir sagen, nachdem Mateo gefasst wurde.«

»Richtig«, sagte Smiley, erfreut, dass sie sich an das Gespräch erinnerte. »Er wurde noch nicht gefasst, aber er ist so gut wie tot. Ich glaube, ich habe dich schon in dem Moment geliebt, in dem ich dich zum ersten Mal gesehen habe. Das klingt unmöglich, aber ich kann mir keinen anderen Grund vorstellen, warum ich so besessen davon war, dich zu finden und dafür zu sorgen, dass dir nichts passiert.«

Bree starrte ihn mit einem Ausdruck an, den er nicht deuten konnte.

Er platzte heraus: »Wenn du zur Vernunft kommst und deine Meinung über unsere Beziehung änderst, würde mich das zerstören.«

»Ich gehe nirgendwohin. Warum glaubst du, bin ich nach Riverton gefahren, nachdem ich Las Vegas verlassen hatte? Ich hätte überall hingehen können. Aber aus irgendeinem Grund bin ich direkt zu dir gefahren. Ich glaube, wir sind füreinander bestimmt. Irgendwie habe ich gemerkt, dass du jemand bist, der mich nicht im Stich lassen würde. Ich weiß nichts über Liebe auf den ersten Blick, aber irgendetwas an dir hat mich angezogen. Deshalb habe ich in Riverton nach dir gesucht, deshalb konntest du mich bis nach Mexiko verfolgen und deshalb sind wir jetzt hier. Wir werden nach Hause zurückkehren, das weiß ich einfach.«

Smiley hatte einen Kloß im Hals und konnte kein Wort herausbringen. Er konnte nur Bree näher an sich drücken, die Augen schließen und beten, dass sie recht hatte.

Als Bree in seinen Armen einschlief, blieb Smiley wach und wachsam. Er war nicht müde. Nicht im Geringsten. Wenn er überzeugt war, dass sie in Sicherheit waren und das Land verlassen konnten, würde er zusammenbrechen. Aber im Moment war er hellwach.

Bree schlief zwei Stunden lang in seinen Armen, aber als immer mehr Leute auf dem Dach auftauchten, beschloss er, dass es das Beste für sie war, sich auf den Weg zu machen. Es war noch nicht dunkel, aber Smiley gefielen die Blicke einiger Männer und sogar einiger Frauen nicht. Seine Analogie mit dem verlorenen Hund und der hohen Belohnung ging ihm immer wieder durch den Kopf. Es würde nur einen Anruf brauchen, und sie wären in großen Schwierigkeiten.

»Bree«, sagte er leise.

Sie wachte augenblicklich auf, als hätte sie nur auf seine Stimme gewartet.

»Was? Was ist los?«

»Nichts«, beruhigte Smiley sie und hoffte inständig, dass er nicht log. »Wir müssen los. Willst du dich noch einmal umsehen und dir alles einprägen, damit wir in die richtige Richtung gehen?«

Sie nickte und wollte von seinem Schoß herunterklettern, aber Smiley hielt sie fest. »Warte, Süße. Lass mich zuerst aufstehen.«

Er half ihr, sich an seiner Seite heruntergleiten zu lassen, dann stand er auf. Smiley beugte sich zu ihr hinunter und half ihr so sanft wie möglich auf die Beine, dann stellte er sich hinter sie, während sie über die Stadt blickte.

Smiley schätzte, dass es etwa siebzehn Uhr war. Die Sonne stand noch am Himmel, aber schon viel tiefer.

Bree sah sich um, und Smiley konnte förmlich sehen, wie es in ihrem Kopf arbeitete, während sie sich alle Orientierungspunkte einprägte und einen Weg zum Meer suchte. Sobald die Sonne unterging, wäre er verloren, aber Smiley vertraute Bree. Er hätte sie schon zuvor um Hilfe bitten sollen. Er hatte sich daran gewöhnt, dass seine Teamkameraden die Navigation übernahmen, ohne dass er sie darum bitten musste.

Sie sah zu ihm auf. Trotz der blauen Flecke und Kratzer am ganzen Körper war sie die schönste Frau, die er je gesehen hatte. Sie strahlte eine innere Stärke und Freundlichkeit aus, die ihn anzog.

Die Frau mit dem Kind begann zu sprechen, und Smiley drehte sich um, um sie durch die Öffnung in den Kartons zu beobachten. Er dachte, sie würde mit ihnen sprechen ... dann bemerkte er, dass sie tatsächlich ein Handy benutzte.

Er war etwas beunruhigt und betete, dass sie niemanden anrief, um ihn auf die Fremden aufmerksam zu machen, die auf diesem Dach so fehl am Platz waren. Aber sie sah weder besorgt noch beunruhigt oder in irgendeiner Weise gerissen aus …

Das Baby der Frau begann zu weinen, und sie legte auf, um das Kind zu trösten.

Er kam sich idiotisch vor, weil er nicht daran gedacht hatte, dass jemand auf dem Dach ein Telefon haben könnte, und fragte Bree: »Alles in Ordnung?«

Sie nickte. »Ja. Ich habe mir ein paar Orientierungspunkte gemerkt, und wenn wir jetzt losgehen, solange die Sonne noch scheint, wird das sehr helfen.«

Smiley ergriff ihre Hand und trat ein paar Schritte vom Rand des Daches zurück. »Alles klar?«, fragte er. »Geht es deinen Beinen gut?«

»Ja. Das Nickerchen hat mir gutgetan. Danke.«

Smiley schüttelte den Kopf und wollte ihr sagen, dass sie sich nicht dafür bedanken müsse, dass er ihr gegeben hatte, was sie brauchte, aber er war zu sehr darauf konzentriert, was er längst hätte tun sollen. Er ging um die provisorische Unterkunft der Frau herum und blieb vor ihr stehen. Mist, wie sollte er sie um das bitten, was er wollte?

»Ich habe einen Spanischkurs besucht«, sagte Bree leise. »Was willst du sie fragen?«

Wieder einmal rettete Bree ihm den Arsch. »Sie hat ein Handy. Damit können wir Kevlar anrufen.«

Brees Augen weiteten sich. »Heilige Scheiße, das wäre viel besser, als den ganzen Weg zurück zur Küste zu laufen.«

Sie drehte sich um und fragte die Frau, wie ihr Baby hieß.

Smiley verstand so viel Spanisch, und obwohl er nicht wusste, warum sie nicht nach dem Telefon fragte, vertraute er darauf, dass sie das Richtige tat.

Während Bree und die Frau eine gestelzte Unterhaltung führten, in der sich Brees eingerostetes Spanisch und das offensichtliche Misstrauen der Frau gegenüber den Fremden widerspiegelten, kribbelte es Smiley im Nacken. Er sah sich um, konnte aber nichts Ungewöhnliches entdecken, doch die Erfahrung hatte ihn gelehrt, sein ungutes Gefühl während einer Mission nicht zu ignorieren.

»Wir müssen gehen«, sagte er zu Bree.

Sie nickte und ihre Stimme veränderte sich, als sie mit der Frau sprach. Sie wurde leiser, als würde sie um etwas bitten. Sie wechselten noch ein paar Worte, dann wandte Bree sich an Smiley. »Sie will wissen, was wir ihr für die Benutzung ihres Telefons geben.«

Smiley zögerte nicht. Er senkte den Kopf, holte die kleine Tasche hervor, die er bei sich trug, und hielt sie Bree hin. »Da sind noch ein paar Flaschen Wasser. Ein Schokoriegel, noch ein Laib Brot und zwei Dosen Gemüse.«

Brees Augen weiteten sich. »Du hast einen Schokoriegel?«

Er hatte ein schlechtes Gewissen, dass er ihn ihr nicht früher gegeben hatte. »Ja. Aber ich dachte, du brauchst zuerst etwas Nahrhafteres. Dann bist du eingeschlafen und ...« Seine Stimme brach ab.

»Das werde ich dich nie vergessen lassen«, murmelte sie, nahm die Tasche und wandte sich wieder der Frau zu.

Smiley beobachtete Bree bei den Verhandlungen und war wieder einmal stolz auf sie. Sie war wahrscheinlich immer noch am Verhungern, und dennoch zögerte sie nicht, alles, was sie hatten, anzubieten, um telefonieren zu können.

»Sie will auch die Gewehre«, sagte Bree und biss sich auf die Lippe, als sie zu ihm aufsah.

»Nein. Nicht verhandelbar. Wir müssen uns beeilen, Bree. Es ist wichtig.« Smiley wurde von einer dringenden Notwendigkeit gepackt. Sie mussten von diesem Dach weg, bevor sie in die Enge getrieben wurden.

Anscheinend hatten sie die Frau beim Bluffen erwischt, denn innerhalb von zwanzig Sekunden hielt diese ihre Tasche fest und Bree hielt das Handy in der Hand.

Smiley nahm es und wählte schnell Kevlars Nummer. Er

war vielleicht nicht der beste Navigator, aber er hatte ein Talent dafür, sich Zahlen zu merken. Er kannte alle Telefonnummern seiner Teamkameraden auswendig.

»Was?«

Smiley musste über die Begrüßung seines Teamleiters grinsen.

»Hey, wenn du nicht zu beschäftigt bist, könnte ich etwas Hilfe gebrauchen«, sagte er.

»Smiley? Heilige Scheiße! Wo bist du? Ist alles in Ordnung? Ist Bree bei dir?«

»Keine Ahnung, ja und ja.«

»War klar, dass du dich verlaufen hast. Arschloch, sobald wir zu Hause sind, melde ich dich im Navigationskurs für Anfänger an. Gib mir wenigstens etwas, womit ich arbeiten kann.«

»Ich nehme an, mein Peilsender ist kaputt?«

»Ja. Tex ist sauer. Er sagt, er hat aus irgendeinem Grund kein Signal empfangen.«

»Okay, wir sind auf einem Dach. Ich schätze, wir sind etwa acht Kilometer von der Küste entfernt.«

»Wie zum Teufel bist du da hingekommen?«

»Keine Ahnung.«

»Ich brauche mehr als nur ein Dach. Beschreib mir die Gegend.«

»Wir sind in einem Wohnhaus, zehn Stockwerke hoch.« Smiley ging zurück zum Rand des Daches, schaute hinaus und beschrieb so viele Gebäude und Orientierungspunkte, wie er erkennen konnte.

»Okay. Ich glaube, MacGyver und Safe haben euch auf der Karte lokalisiert. Könnt ihr dort bleiben, während wir zu euch kommen? Die Straßen hier sind miserabel und die Gewalt dort draußen hat im Laufe des Tages immer mehr zugenommen. Es wird mindestens dreißig Minuten dauern, bis wir euch erreichen können.«

»Negativ. Mein Spinnensinn sagt mir, dass wir uns auf den Weg machen müssen. Castillo hat Flugblätter mit Brees Bild verteilt. Er bietet mehr Geld für Informationen über ihren Aufenthaltsort, als jeder hier in seinem ganzen Leben verdienen könnte.«

»Ja, das haben wir gesehen«, sagte Kevlar mit angewidertem Tonfall. »Okay. Siehst du eine Statue von einem Mann auf einem Pferd in südwestlicher Richtung?«

»Ähm ...«, sagte Smiley und suchte die Gegend nach dem ab, was Kevlar beschrieben hatte. Dann wandte er sich an Bree. »Gibt es hier in der Nähe eine große Statue von einem Pferd und einem Mann?«

Ohne zu zögern, zeigte Bree nach links.

»Lass mich raten, deine Frau ist eine Meisterin der Navigation.«

»Viel besser als ich«, sagte Smiley.

»Alle sind besser als du«, scherzte sein Teamleiter. Dann wurde er ernst. »Bewegt euch. Wir treffen euch dort. Haltet den Kopf unten. Wir finden euch. Ich bin froh, dass dir nichts passiert ist, Smiley. Wir haben uns Sorgen gemacht.«

Aus irgendeinem Grund hatte Smiley einen Kloß im Hals, als er das hörte. Er und seine Teamkameraden waren es gewohnt, in Gefahr zu sein. Dem Tod ins Auge zu sehen und nicht zurückzuweichen. Aber diese Situation fühlte sich definitiv anders an.

»Dreißig Minuten, Smiley. Lass uns nicht warten, sonst werden wir sauer.«

Die Leitung war tot.

Smiley trat vor die Frau, gab ihr das Telefon zurück, lächelte und nickte.

»Ähm ... Smiley?«

»Ja?«, sagte er, wobei ihm Brees Tonfall nicht gefiel. Er trat schnell wieder neben sie und legte einen Arm um ihre Taille, da sie sich für seinen Geschmack etwas zu weit über die Seite des Gebäudes lehnte.

»Ich glaube, das bedeutet nichts Gutes.«

Smiley beugte sich vor, um zu sehen, wohin Bree zeigte. »Scheiße!«

Ein Militär-Lastwagen hatte vor dem Wohnhaus gehalten, und bewaffnete Männer sprangen von der Ladefläche und liefen zur Eingangstür.

Ohne ein Wort zu sagen, nahm er Bree bei der Hand und eilte zur Tür zum Treppenhaus. Sie mussten von diesem Dach runter, und zwar bevor diese Männer hier oben ankamen. Aus irgendeinem Grund hatte Smiley keinen Zweifel daran, dass sie ihretwegen hier waren.

Offensichtlich hatte jemand Castillo angerufen, um ihm zu melden, dass sie die vermisste Amerikanerin gefunden hatten. Die Treppe zum Erdgeschoss war für sie unbrauchbar. Sie mussten einen anderen Weg finden.

»Smiley?«

»Dreißig Minuten, Bree. Wir müssen ihnen nur dreißig Minuten lang voraus sein. Dann sind Kevlar und der Rest der Bande hier. Schaffst du das?«

»Kinderspiel«, antwortete sie mit zitternder Stimme.

Normalerweise fühlte Smiley sich mitten in einer Mission, wenn Kugeln flogen und ein falscher Schritt über Leben und Tod entscheiden konnte, unantastbar. Er hatte dem Tod mehr als einmal ins Gesicht gelacht. Aber in diesem Moment empfand er nur Angst. Es stand nicht nur *sein* Leben auf dem Spiel.

Er hatte immer gewusst, dass es möglich war, für sein Land zu sterben. Aber Bree hatte nichts Unrechtes getan. Sie hatte sich einfach mit dem falschen Mann eingelassen. Und nun war sie hier, zweimal entführt, geschlagen, mitten in einem versuchten Militärputsch und gefangen wie eine Ratte in einem Labyrinth.

Die Verzweiflung trieb Smiley schneller voran. Er hielt Bree mit eisernem Griff an der Hand, während er zu der Etage direkt unter dem Dach lief. Er musste ein Versteck finden, damit Castillos Handlanger an ihnen vorbeilaufen und ihre Zeit damit verschwenden konnten, das Dach zu durchsuchen. Sicherlich würde einer der Bewohner dort oben ihnen sagen, dass sie gegangen waren, aber sie würden keine Ahnung haben, in welchem Stockwerk des Gebäudes sie sich befanden oder in welcher Wohnung sie sein könnten.

Smiley hoffte nur, dass sie eine unverschlossene Tür finden würden. Wenn sie im Flur waren, während Castillos Männer die Stockwerke durchsuchten, wären sie leichte Beute. Und Smiley würde alles tun, um Bree in Sicherheit zu bringen, selbst wenn er dafür eine Kugel abbekam.

KAPITEL NEUNZEHN

Brees Herz schlug viel zu schnell. In den letzten Tagen hatte sie mehr als einmal Angst gehabt, aber noch nie so sehr wie jetzt. Sie saßen in der Falle. Smiley gab sich optimistisch, aber sie konnte die Sorge in seinen Augen sehen. Die dreißig Minuten, bis sein Team eintreffen würde, kamen ihr wie eine Ewigkeit vor. Sie wusste nicht, wie sie sich so lange vor den Männern verstecken sollten, die die Treppe hinaufkamen.

Aber sie sprach ihre Bedenken nicht aus. Es kostete sie alle Kraft, auf den Beinen zu bleiben und mit Smiley Schritt zu halten. Während sie den dunklen, schmuddeligen Flur entlanggingen, in dem es etwas muffig roch, probierte er jede Tür, an der sie vorbeikamen. Sie waren alle verschlossen.

Dann kamen sie endlich zu einer Tür, die sich öffnete, als Smiley den Knauf drehte.

Bree blickte zurück zur Tür zum Treppenhaus und war erleichtert, dass sie geschlossen blieb. Sie musste unweigerlich daran denken, wie eine Gruppe Männer mit gezückten Waffen die Treppe hinaufstürmte, bereit, alles zu tun, um sie in ihre Finger zu bekommen.

Und wenn sie sie in ihre Finger bekämen, würde Smiley

sterben. Sie wusste besser als ihren eigenen Namen, dass er sie nur über seine Leiche jemals wieder jemandem überlassen würde. Und sie könnte nicht mit seinem Tod auf dem Gewissen leben.

Zum Glück war die Wohnung, in die sie gekommen waren, leer. Bree wollte nicht noch jemanden in das Chaos mit hineinziehen, das ihr Leben im Moment war. Die Wohnung war überraschend sauber und ordentlich. Die Bewohner waren offensichtlich arm, aber sie waren stolz auf die wenigen Habseligkeiten, die sie hatten.

Die Wohnung bestand buchstäblich aus einem einzigen Raum mit einem Vorhang in der Ecke, von dem Bree annahm, dass er das Badezimmer abtrennte. Auf dem Boden lag eine Matratze an einer Wand, es gab zwei Stühle und einen wackeligen Tisch, eine Art Zweisitzer, der definitiv schon bessere Tage gesehen hatte. Die Polsterung quoll aus den Kissen heraus, und durch ein Loch in der Rückenlehne konnte sie ein paar Federn sehen. Aber über die Lehne war eine selbst gemachte gehäkelte Decke ordentlich gefaltet.

Der Küchenbereich war winzig und bestand aus einer kleinen Spüle mit verrosteten Armaturen. Darunter stand ein Eimer, um das Wasser aufzufangen. Bree hatte keine Ahnung, ob es fließendes Wasser gab, aber sie vermutete eher nicht, da neben der Spüle große Eimer mit Wasser standen. Es gab keine Schränke, stattdessen standen links neben der Spüle einige Säcke mit Reis und anderen Lebensmitteln in ein paar Kartons gestapelt. Das Geschirr befand sich in einer Kiste neben der provisorischen Speisekammer, und eine Kochplatte war an der Wand auf einem großen Stück Holz angeschlossen, das zu einer Art Arbeitsplatte umfunktioniert worden war.

Ohne die persönlichen Details, mit denen die Besitzer den Raum wohnlich gemacht hatten, wäre es ein trauriger kleiner Wohnraum gewesen. An den Wänden hingen Kinderzeichnungen. Auf einem weiteren provisorischen Möbelstück, einem

Regal, standen einige Bücher ordentlich aufgereiht. Ein paar Fotos waren ebenfalls im Raum aufgehängt, die einen Mann und eine Frau zeigten, die jeweils ein kleines Kind im Arm hielten. Der Gedanke, dass vier Menschen in diesem winzigen Raum in diesem heruntergekommenen Gebäude lebten, machte Bree traurig ... aber zumindest waren sie nicht auf dem Dach und mussten den Elementen und der Hitze ausgesetzt leben.

Smiley ließ ihre Hand nicht los, als er sie zu einem Fenster in der Küche hinter der Spüle zog. Er schaute hinaus, runzelte die Stirn und wandte sich dann wortlos dem einzigen anderen Fenster in dem kleinen Raum zu. Es befand sich an derselben Wand wie das andere Fenster, aber näher am Bett.

Er gab einen zufriedenen Laut von sich und drehte sich dann zu Bree um. »Wenn es sein muss, können wir hier raus.«

Brees Augen weiteten sich. »Was? Aus dem Fenster? Smiley, wir sind im neunten Stock.«

»Und direkt vor diesem Fenster ist eine Regenrinne. Ein Kinderspiel«, sagte er und wiederholte damit ihre frühere Einschätzung.

Er war verrückt. Das war die einzige Erklärung für seine lässige Ankündigung.

Smiley trat näher an sie heran und nahm ihr Gesicht in seine Hände. »Vertraust du mir?«

Das war eine einfache Frage. »Ja.«

Er neigte den Kopf, während er sie weiterhin festhielt. »Du hast nicht einmal gezögert«, sagte er leise.

Bree hob die Hände und packte seine Handgelenke. »Smiley, du bist vieles. Introvertiert, sicher kein Menschenfreund, sogar ein ziemlicher Idiot, wenn du mit anderen zusammen bist. Aber eines bist du nicht: leichtsinnig. Wenn du sagst, wir können aus diesem Gebäude durch das Fenster entkommen, vertraue ich dir zu tausend Prozent.«

Er starrte sie so lange an, dass Bree sich langsam Sorgen machte.

Gerade als sie den Mund öffnete, um sich für ihre leichtfertige Antwort zu entschuldigen und zu betonen, dass sie ihm *natürlich* vertraute, sprach er.

»Ich habe nicht verstanden, was Liebe ist. Als meine Teamkameraden sich einer nach dem anderen verliebten, habe ich es nicht verstanden. Ich habe mich natürlich für sie gefreut, aber ich war immer noch zynisch gegenüber ihren Beziehungen. Und dann bist du aufgetaucht ... und wieder verschwunden. Ich war besessen davon, dich zu finden, aber ich habe mir immer wieder eingeredet, dass ich das nur tun würde, um sicherzugehen, dass du in Sicherheit bist. Aber es war viel mehr als das. Diese kurze Begegnung in Las Vegas hat mich dazu gebracht, das zu wollen, was *sie* hatten. Und jetzt sind wir hier.«

Bree war sich nicht sicher, worauf er hinauswollte. »Hier sind wir«, wiederholte sie.

»Vertrauen fällt mir schwer. Ich wurde von den Menschen enttäuscht, auf die ich mich in meinem Leben am meisten hätte verlassen sollen, meinen Eltern. Mein Vater, weil er ein gewalttätiger Arsch war, und meine Mutter, weil sie sich nicht aus dieser Beziehung befreit hat. Sie ist geblieben, obwohl sie wusste, wie schrecklich mein Vater war. Langsam habe ich gelernt, Kevlar, Safe, Blink, Preacher, MacGyver und Flash zu vertrauen ... aber das war auch schon alles, und es war nicht leicht. Und dann bist du in mein Leben getreten. Ich war noch nie so glücklich, dass mich jemand kennt, *wirklich* kennt, wie in diesem Moment. Egal was passiert, ich weiß, dass du hinter mir stehst, genauso wie ich hinter dir stehe.«

Brees Herz zog sich zusammen. »Ich liebe dich«, flüsterte sie. »Und ich glaube, ich wusste bis zu diesem Moment nicht einmal, was diese Worte bedeuten.«

»Das geht mir genauso«, sagte Smiley mit einem Nicken.

Dann beugte er sich vor und küsste sie sanft. »Wenn wir nach Hause kommen, ziehst du auf jeden Fall nach Riverton, oder? Bleibst du bei mir?«

»Ja. Wenn du das willst.«

»Ich will es.«

Es waren nur drei Worte, aber die Emotionen dahinter waren laut und deutlich. Bree liebte seine Selbstsicherheit. Und er hatte nicht *falls* wir nach Hause kommen gesagt, sondern *wenn*. Sie befanden sich in einer sehr prekären Situation. Sie konnten jeden Moment entdeckt werden. Sie steckten definitiv in großen Schwierigkeiten, und doch hatte er kein Problem damit, dort zu stehen und ein emotionales Gespräch zu führen, als hätten sie alle Zeit der Welt.

»Sollten wir nicht lieber verschwinden?«

Smiley zuckte mit den Schultern. »In dem Moment, in dem wir aus dem Fenster steigen, sind wir leichte Beute. Jeder kann uns sehen. Ich bleibe lieber hier, ducke mich und warte ab, ob sie denken, wir sind geflohen, und uns suchen, bevor wir uns absichtlich in Gefahr begeben.«

Das leuchtete ein, aber Warten war nicht gerade Brees Stärke. Es fühlte sich an, als stünde der Butzemann direkt vor der Tür. Er sabberte und quälte sie absichtlich, indem er nicht hereinkam. Aber sie hatte gesagt, dass sie Smiley vertraute, und sie würde alles tun, um zu beweisen, dass sie Wort hielt.

Jede Minute, die verging, kam ihr wie eine Ewigkeit vor. Sie hörten Schritte über ihren Köpfen und Bree war erstaunt und beunruhigt, wie dünn die Decke zu sein schien. Ohne Uhr hatte sie keine Ahnung, wie viel Zeit vergangen war, aber es war nicht genug. Es waren noch keine dreißig Minuten vergangen, da war sie sich sicher.

Als sie jedoch Stimmen im Flur hörten, gefolgt von dem unverkennbaren Geräusch von Türen, die eingetreten wurden, war klar, dass ihre Zeit abgelaufen war.

»Zeit zu gehen«, bestätigte Smiley mit ruhiger Stimme.

Sie sah ihren Mann in einem neuen Licht. Dies war der tödliche Navy SEAL. Konzentriert. Entschlossen.

Sie schluckte schwer und ließ sich von ihm zum Fenster führen. Er hob die Scheibe und schaute hinaus. Dann drehte er sich zu ihr um. »Ich glaube, es ist am besten, wenn ich dich trage. Du kannst auf meinen Rücken klettern und dich festhalten, während ich uns hinunterbringe. Es sei denn, du glaubst, du hast die Kraft, dich an der Regenrinne festzuhalten und selbst hinunterzurutschen.«

Die Besorgnis in seiner Stimme war deutlich zu hören. Und er hatte recht. Sie zitterte und sie hatte viel zu wenig geschlafen und gegessen, um so etwas Anstrengendes zu tun. Sie wollte ihn fragen, ob er mit dem zusätzlichen Gewicht auf dem Rücken überhaupt herunterkommen würde, aber sie hatte gesagt, dass sie ihm vertraute. Wenn er ihr anbot, sie zu tragen, dann war er sich sicher, dass er sie sicher auf den Boden bringen konnte.

»Dreh dich um«, sagte sie als Antwort.

Er starrte sie einen Moment lang an, bevor er die Gewehre von seinem Rücken nahm und sie auf den Boden legte. Dann drehte er ihr den Rücken zu und ging in die Hocke. Bree biss sich auf die Lippe, kletterte auf seinen Rücken, hakte ihre Knöchel an seinem Bauch ein und versuchte ihr Bestes, ihn nicht mit ihren Armen zu würgen, als er aufstand.

Es gefiel ihr nicht, dass er die Waffen zurückließ, aber sie war sich nicht sicher, wie das funktionieren sollte, wenn er sie *und* die Waffen tragen musste.

Ohne zu zögern, schwang Smiley ein Bein über die Fensterbank. Bree kniff die Augen zusammen und hielt den Atem an, als er fragte: »Bist du bereit?«

Als die Männer gegen die Tür neben ihrem Versteck traten, gab Bree ein zustimmendes Geräusch von sich. Sie konnten nicht bleiben, wo sie waren, es gab buchstäblich keinen Platz, um sich in der winzigen Wohnung zu verstecken, aber eine fragwürdig sichere Regenrinne hinunterzurutschen schien auch nicht besonders klug.

»Halt dich fest«, sagte er – dann bewegten sie sich. Sie rutschten in schnellem Tempo nach unten.

Das Geräusch von Smileys Stiefeln, die an der Regenrinne rieben, war erschreckend laut, trotz des Lärms der Stadt um sie herum. Sie spürte den Wind in ihrem Haar, als er die Regenrinne hinunterglitt ...

Dann den Ruck, als seine Füße Sekunden später den Boden berührten.

Sie hörte einen Schrei von oben. Als sie aufblickte, sah sie einen Mann, der von der Wohnung, in der sie gerade noch gewesen waren, auf sie herabblickte. Ohne sie abzusetzen, setzte Smiley sich in Bewegung – doch bevor er mehr als ein paar Schritte gemacht hatte, blieb er abrupt stehen.

Zu ihrem Entsetzen standen Mateo Castillo und zwei der Männer, die mit ihm auf dem Boot nach Ecuador gewesen waren, vor ihnen.

Mateo grinste, während seine Männer mit etwas, das wie Maschinenpistolen aussah, auf ihre Köpfe zielten.

Bree gefror das Blut in den Adern. Sie wollte nicht daran denken, all das durchgemacht zu haben und am Ende doch in einem Dschungelgefängnis zu landen. Aber sie konnte auch nicht zulassen, dass Smiley ihretwegen sein Leben verlor.

Sie würde sich Mateo ergeben. Sich selbst aufgeben, wenn er Smiley am Leben ließ.

Im Hinterkopf wusste sie, dass das niemals passieren würde. Aus irgendeinem Grund kam ihr der Film *Die Braut des Prinzen* in den Sinn. Als Buttercup das tat, worüber Bree gerade nachdachte. Sich aufgab, damit Westley leben konnte ... nur dass der Bösewicht stattdessen ihren Geliebten in eine unterirdische Höhle verschleppte und ihn fast zu Tode folterte.

Ganz langsam duckte Smiley sich leicht und tippte gegen eines ihrer Beine. Bree nahm an, dass er wollte, dass sie von seinem Rücken herunterkam, und rutschte herunter, blieb aber direkt hinter ihm. Sie klammerte sich an seinem Hemd fest.

»Also ... du bist der Navy SEAL, der glaubt, er kann mir nehmen, was mir gehört«, sagte Mateo mit einem Grinsen im Gesicht, wobei er wie ein Mann klang, der sich seines Sieges sicher war.

»Bree gehört niemandem, schon gar nicht dir«, sagte Smiley in einem Ton, den Bree noch nie von ihm gehört hatte. Er war voller Spott und Hass. Sie zitterte.

»Da irrst du dich. Ich habe sie rechtmäßig gekauft.«

»Man kann keine Menschen *kaufen*.«

»Da irrst du dich wieder«, sagte Mateo ruhig.

Es war ein seltsames Gefühl, dort zu stehen und eine oberflächlich betrachtet zivilisierte Unterhaltung zu führen. Die Straße um sie herum war plötzlich leer, die Passanten waren offenbar klug genug gewesen, sich aus dieser offensichtlich explosiven Situation zu verziehen.

»Ich mache das schon lange und werde es auch in Zukunft weitermachen. Du kannst mich nicht aufhalten. Niemand kann das.«

Smiley lachte. Es war jedoch kein humorvolles Lachen. Es klang rau, hart und herablassend. »Du bist ein Idiot.«

Mateo kniff die Augen zusammen und presste die Lippen vor Ärger aufeinander.

Bree war sich nicht sicher, ob es klug war, diesen Kerl zu provozieren, aber wie sie schon in der Wohnung gesagt hatte, vertraute sie Smiley.

»Übrigens, dein Freund Rex hat mich gebeten, dir Hallo zu sagen«, fuhr Smiley fort, die Arme vor der Brust verschränkt, als seien nicht zwei automatische Waffen auf seinen Kopf gerichtet, während wahrscheinlich gerade eine Gruppe bewaffneter Arschlöcher neun Stockwerke hinunterlief, um sich dem Spaß anzuschließen.

Mateo richtete sich aus seiner vorgetäuschten entspannten Haltung auf.

»Es stimmt. Ich weiß, dass du von ihm gehört hast. Er war für den Tod von del Rio verantwortlich. Und jetzt hat er es auf *dich* abgesehen. Du hast Mist gebaut, Castillo. Du bist ihm aufgefallen. Und das einzige Ergebnis wird dein Tod und das Ende deiner Schreckensherrschaft sein.«

Der Mann grinste wieder. »Ja. Ich kenne Rex. Und der Junge, den er wie sein eigenes Kind aufgezogen hat? Er ist höchstwahrscheinlich mein leiblicher Sohn.«

Bree schnappte fast nach Luft. Sie hatte von dem Kind gehört, das Rex' Frau während ihrer Gefangenschaft bekommen hatte. Dieser Junge war Mateos Sohn?

»Wie kommst du darauf?«

Smiley wirkte äußerlich noch immer entspannt, aber Bree konnte spüren, wie angespannt seine Muskeln unter ihren Händen waren.

»Del Rio hat sie mir so oft gegeben, wie ich wollte. Sie mochte ich am liebsten. Ich liebte die Angst in ihren Augen, selbst wenn sie bereitwillig die Beine spreizte, während ich mit ihr machte, was ich wollte. Bei der Häufigkeit, mit der ich sie genommen habe, kann das Kind unmöglich von jemand anderem sein. Dein geliebter Rex zieht *mein* Kind groß.« Mateo lachte. Ein bösartiges Lachen, das Bree erschaudern ließ. »Was glaubst du, wie er sich fühlen wird, wenn er davon erfährt?«

»Wenn du glaubst, dass du noch lange genug leben wirst, damit deine Lügen über dein schmieriges Untergrundnetzwerk zu ihm gelangen, irrst du dich.«

Mateo sah jetzt verärgert aus. Und sogar ... ein wenig verängstigt? Es war schön zu sehen, aber es beunruhigte Bree auch. Aus gutem Grund.

Seine nächsten Worte bewiesen, dass er genug von diesem kleinen Gespräch hatte.

»Tötet ihn«, befahl er seinen Männern. »Aber sie gehört mir.«

Die beiden Männer machten einen Schritt nach vorn.

Bree handelte, ohne nachzudenken, lief um Smiley herum und stellte sich mit ausgestreckten Armen vor ihn. »Nein!« Ihr einziger Gedanke war, dass sie Smiley mit ihrem eigenen Körper beschützen konnte, da Mateo sie nicht töten wollte – zumindest noch nicht.

Aber Smiley ließ sich davon nicht beeindrucken. Er schubste sie zur Seite und lief mit einer fließenden Bewegung auf die bewaffneten Männer zu.

Das überraschte die beiden Arschlöcher offensichtlich, denn sie schafften es nicht einmal, den Abzug zu betätigen, bevor Smiley sie erreichte. Er trat einem Mann die Waffe aus der Hand und schlug dem anderen ins Gesicht.

Der Kampf war eröffnet. Smiley gab keinem der beiden Männer eine Chance, wieder nach seiner Waffe zu greifen. Er war wie von Sinnen. Er wechselte seine Aufmerksamkeit von einem Mann zum anderen und gab keinem von beiden die Möglichkeit, die Oberhand zu gewinnen.

Es wäre ein schöner Anblick gewesen, wenn Mateo nicht herbeigestürzt wäre und Bree gepackt hätte.

Sie wehrte sich, aber ihre Rippen taten noch höllisch weh und sie war dem größeren, stärkeren Mann körperlich nicht gewachsen.

»Du warst mir von Anfang an ein Dorn im Auge!«, zischte Mateo. »Du wirst es bereuen, dich mir widersetzt zu haben.«

»Fick dich!«, fauchte sie und kämpfte mit aller Kraft. Sie würde nicht freiwillig mit ihm gehen. Gebrochene oder angeknackste Rippen waren ihr egal. Wenn sie diesmal nicht entkam, war sie so gut wie tot. Und das Leben, das sie sich mit Smiley vorgestellt hatte, würde sich in Rauch auflösen. Sie würde Addisons und Maggies Babys nie kennenlernen. Sie würde Julie und Fiona nie wiedersehen. Sie würde Remi, Kelli,

Wren oder Josie nicht besser kennenlernen. Sie würde Yana und ihre Brüder nicht aufwachsen sehen.

Scheiß drauf. Sie war noch nicht bereit zu sterben. Sie würde für sich und für Smiley kämpfen.

Während sie hinter Smiley gestanden hatte, hatte sie sich nicht nur geduckt. Sie hatte versucht, die Pistole aus dem Holster an seinem Rücken zu ziehen, aber er hatte gespürt, was sie vorhatte ... und war unauffällig einen Schritt nach vorn getreten, um ihr eine klare Botschaft zu senden. Das war wahrscheinlich klug, denn sie hatte noch nie eine Waffe abgefeuert, und auf keinen Fall wollte sie, dass jemand sie überwältigte und die Waffe gegen sie oder Smiley einsetzte. Außerdem wollte sie ihm nicht seine einzige Waffe wegnehmen.

Also hatte sie das Nächstbeste getan.

Das langärmelige Hemd, das Smiley für sie gefunden hatte, war groß genug, um das Plastikmesser zu verstecken, das sie in dem Hühner-Lastwagen gebastelt hatte. Das schien schon so lange her zu sein, aber jetzt lag die provisorische Waffe gut in ihrer Hand.

Sie hatte sie einmal benutzt, um zu töten, und sie würde sie wieder benutzen, wenn sie die Gelegenheit dazu hätte.

Sie versuchte, sich so zu bewegen, dass sie das Messer in Castillos Kehle rammen konnte, so wie sie es bei dem Mann in Ensenada getan hatte, und wand sich in seinem Griff. Mit einem Knurren verschob Mateo seinen Arm, bis er ihn um ihren Hals legen konnte. Er schnürte ihr nicht die Luft ab, aber er hatte sie jetzt definitiv besser unter Kontrolle.

Eine heftige Wut überkam Bree. *Nein!* So würde die Geschichte von ihr und Smiley nicht enden. Er kämpfte immer noch mit den beiden anderen Männern, und als sie hinsah, löste sich einer von ihnen und griff nach der Waffe, die ihm aus der Hand geschlagen worden war.

Er lag auf Händen und Knien im Dreck und hatte gerade das Gewehr gepackt, als Bree zuschlug.

Sie schwang das provisorische Messer und stach Mateo so fest sie konnte in den Arm, der um ihren Hals gelegt war. Es würde ihn nicht töten, aber wenn sie ihn lange genug losbekommen konnte, um wegzulaufen, würde sie es tun. Smiley hatte sie einmal gefunden, er würde sie wieder finden.

Mateo stieß einen schmerzerfüllten Schrei aus, der in Brees Ohren dröhnte – und erstaunlicherweise löste er seinen Arm von ihrem Hals.

Als sie versuchte zu laufen, knickten Bree die Beine ein. Sie fiel wie ein Sack Kartoffeln auf den Boden. Selbst als ihr Verstand ihren Beinen befahl, aufzustehen und zu laufen, hallten Schüsse von den Gebäuden um sie herum wider.

Entsetzt hob Bree den Kopf, um zu sehen, ob Smiley in Ordnung war, aber ein schweres Gewicht fiel auf sie und drückte sie mit dem Gesicht voran auf den Boden.

Stöhnend versuchte sie verzweifelt, sich von dem zu befreien, was oder wer auch immer sie zu Boden geworfen hatte, aber es gelang ihr kaum.

In der Zwischenzeit fielen weitere Schüsse. Es klang, als würde um sie herum der Dritte Weltkrieg toben.

Ein Schluchzen drang aus ihrer Kehle. Smiley konnte nicht tot sein. Das durfte er nicht! Wenn er tot war, würde sie sich das nie verzeihen. Er war das Beste, was ihr je passiert war – und sie hatte ihn umgebracht!

Plötzlich wurde es unheimlich still. Bree traute sich kaum, sich zu bewegen. Wenn sie ganz still blieb, würden die Mistkerle, die hinter ihr her waren, sie vielleicht für tot halten und fliehen.

Das Gewicht auf ihr wurde plötzlich weggenommen und sie wurde auf den Rücken gedreht. Bree blinzelte und hatte Schwierigkeiten, sich auf das zu konzentrieren, was sie sah. Dann hoben starke Arme sie hoch und umschlangen sie mit einem schmerzhaften Griff.

Für einen Moment dachte Bree, sie würde von Mateos

Männern festgehalten – aber nach einem Atemzug wusste sie, dass die Arme um sie herum Smiley gehörten.

Sie klammerte sich mit mehr Kraft an ihn, als sie sich selbst zugetraut hätte.

»Bist du verletzt? Verdammt!«

Sie schüttelte den Kopf und dann kam ihr ein Gedanke. Die Männer aus dem Wohnhaus ... Sie mussten hier weg!

Sie hob den Kopf, um Smiley zu sagen, dass sie weglaufen mussten, und blinzelte verwirrt. Ihr Auge war immer noch ziemlich geschwollen, aber in den letzten Stunden hatte sie wieder etwas sehen können. Doch sie konnte unmöglich sehen, was sie zu sehen glaubte.

Neben ihr und Smiley kauerte Blink. Und an *seiner* Seite stand MacGyver.

»Sie hat Blut an sich. Wo hat er dich verletzt, Schatz?«, fragte Blink sanft.

Das alles kam Bree unwirklich vor. Sie versuchte, an sich hinunterzuschauen, aber Smiley ließ sie nicht los.

»Smiley, lass los, Mann, wir müssen sie untersuchen«, befahl Kevlar.

Ganz langsam lockerte er seinen Griff um sie, und Bree lehnte sich weit genug zurück, um sich nicht selbst anzusehen, sondern Smiley auf Verletzungen zu untersuchen. »Wurdest du angeschossen?«, fragte sie.

»Nein. Du?«

Sie schüttelte den Kopf.

»Ist das das, was ich denke?«, fragte Preacher und hielt das Plastikmesser hoch, das Bree bei Mateo benutzt hatte. Als sie zur Seite blickte, sah sie Mateo Castillo regungslos im Dreck liegen, um ihn herum eine große Blutlache und ein Loch in der Mitte seiner Stirn.

»Ich habe gespürt, wie du es aus meinem Holster genommen hast«, sagte Smiley und lenkte ihre Aufmerksamkeit wieder auf sich.

»Gut gemacht, dass du ihn abgelenkt hast«, fügte Safe hinzu.

Als sie über ihre Schulter zu ihm blickte, sah sie die Männer, mit denen Smiley gekämpft hatte, auf dem Boden liegen, ebenfalls mit Einschusslöchern im Kopf. »Was ... wie?«, stammelte sie.

»Zweiundzwanzig Minuten und vierzig Sekunden«, sagte Kevlar. »Nicht dreißig Minuten ... mein Fehler. Ich war noch nie gut im Schätzen.«

Endlich begriff sie es. Kevlar und sein Team waren genau im richtigen Moment gekommen. Sie wusste nicht wie, es war ihr auch egal. Wahrscheinlich hatten sie Mateos Handlanger gehört, die sie anschrien oder so.

»Ich störe nur ungern, aber wir müssen los«, sagte Flash. »Die Einheimischen werden unruhig.«

Die Männer, die Mateo ihnen nachgeschickt hatte, kamen aus dem Wohnhaus, aber als sie ihren toten Boss auf dem Boden und die bewaffneten Männer um ihn herum sahen – die nun ihre Waffen im Anschlag hatten –, liefen sie zum anderen Ende der Gasse. Wahrscheinlich zurück zu ihrem Wagen.

Aber auch die Zivilisten waren neugierig. Jetzt, da die Kugeln nicht mehr flogen, kamen die Anwohner aus ihren Verstecken, um zu sehen, was los war.

Preacher und Kevlar packten Smiley an den Armen und zogen ihn mit einer fließenden Bewegung auf die Beine, Bree immer noch in seinen Armen.

Sie stieß einen kleinen Schreckenslaut aus, aber Smiley brachte sie zum Schweigen. »Ich hab dich.«

Und das hatte er. Smiley hatte sie. Das war alles, was sie wissen musste. Ihre Schmerzen kehrten mit voller Wucht zurück, und sie konnte nichts anderes tun, als die Augen zu schließen und sich in Smileys Armen zu entspannen, als er seinen Griff anpasste, einen Arm unter ihre Beine legte und sie stützte. Umgeben von seinem Team ging er mit ihr zu einem

Geländewagen, der einen Block entfernt willkürlich am Straßenrand geparkt war. Es war ein Wunder, dass niemand ihn in der kurzen Zeit, in der er dort gestanden hatte, gestohlen hatte.

Es war eng, aber Bree war das egal. Mateo war tot. Sie war frei.

Eine Leichtigkeit überkam sie, das Gefühl, ihr ganzes Leben noch vor sich zu haben. Es war beängstigend und aufregend zugleich.

»Wir können zurück zum Motel fahren oder direkt zum Flughafen«, sagte Kevlar.

Bree hob den Kopf und sah Smiley in die Augen.

»Zum Flughafen«, entgegneten sie gleichzeitig.

Sie grinste, und der liebevolle Blick, den er ihr zuwarf, war so intensiv, dass es sich anfühlte, als seien sie die einzigen Menschen auf der Welt.

»Wir haben deine Tasche nicht«, warnte Preacher. »Wir sind zu schnell losgefahren, um sie mitzunehmen.«

»Wir brauchen nichts davon. Ich habe alles, was ich brauche, hier«, sagte Smiley, ohne den Blick von Bree abzuwenden.

»Oh, aber was ist mit euch?«, fragte sie und wandte den Blick nur ungern von Smiley ab. »Habt ihr eure Sachen?«

»Nein«, antwortete Preacher. »Ist mir aber egal. Ich schätze, unser ganzes Zeug ist sowieso voller Bettwanzen. Die Leute, die in diesem Drecksmotel arbeiten, sollen es haben.«

»Wir bringen den Wagen und die Waffen zu dem Mann zurück, von dem wir sie ausgeliehen haben. Wir haben unsere Ausweise – auch deinen und den von Bree, Smiley«, sagte Kevlar. »Ich jedenfalls bin froh, nach Hause zu kommen.«

»Julie und Fiona werden sich sicher schon auf dich freuen«, fügte Safe hinzu.

»Genauso wie die anderen Mädchen«, ergänzte MacGyver.

Bree sehnte sich verzweifelt nach einer Dusche. Und nach einer riesigen Schüssel Käse-Makkaroni. Und nach einem Liter Wasser. Vielleicht auch nach Schmerzmitteln. Aber all das würde sie bald bekommen. Abgesehen davon, dass Smiley unverletzt war, war ihr größter Wunsch in diesem Moment, nach Hause zu kommen. In die Wohnung in Riverton, die sich mehr wie ein Zuhause anfühlte als jeder andere Ort, an dem sie jemals gelebt hatte … einfach weil sie ihn mit dem Mann teilte, den sie liebte.

Sie schloss die Augen und lehnte sich wieder an Smiley, während Blink sie in die Freiheit fuhr.

KAPITEL ZWANZIG

Nach dieser sehr stressigen Erfahrung verlief der Rückflug in die Vereinigten Staaten lächerlich unspektakulär. Das Privatflugzeug wartete am Flughafen von Guayaquil auf sie, und nachdem sie sich auf dem Parkplatz mit einem mysteriösen Kontaktmann getroffen hatten, um das Fahrzeug und die geliehenen Waffen zurückzugeben, trug Smiley Bree in einen Hangar und ins Flugzeug.

Er und seine Teamkameraden waren still und wachsam geblieben. Die Atmosphäre war angespannt, da die umherziehenden Milizen immer noch Chaos in der Stadt anrichteten.

Erst als das Flugzeug abhob, konnte Smiley sich entspannen. Die Heimreise verbrachte er damit, sich um Bree zu kümmern, die von MacGyver eine Infusion bekommen hatte und so viel Protein und andere Nahrung zu sich nahm, wie Smiley ihr geben konnte.

Sie landeten auf einem privaten Regionalflughafen in Südkalifornien, und es hätte ihn eigentlich nicht überraschen dürfen, dass sein Ford Ranger auf dem Parkplatz auf ihn wartete, ebenso wie Kevlars Crosstrek und MacGyvers Explorer ... und doch war er überrascht. Er war sich nicht sicher, wer die Lieferung ihrer Fahrzeuge organisiert hatte – wahrscheinlich Tex, der mit Wolfs Team zusammenarbeitete –, aber er war dankbar.

Das war vor zwei Tagen gewesen. Nach einem Arztbesuch hatten er und Bree sich in seiner Wohnung verschanzt. Ehrlich gesagt hatte Smiley diese Zeit allein gebraucht. Sie hatten viel geredet. Über das, was sie durchgemacht hatte, wie Smiley sie gefunden hatte und was dort am Ende passiert war.

Smiley hatte befürchtet, dass Bree durch die Gewalt emotional Schaden nehmen würde, aber sie gab zu, dass sie ein wenig besorgt war, wie gut sie doch mit dem ganzen Vorfall zurechtkam. Das führte zu einem Gespräch darüber, wie er mit einigen Dingen umging, die er auf seinen Missionen erlebt hatte, und er arrangierte für sie einen Zoom-Anruf mit dem Psychologen, den er manchmal nach besonders schwierigen Einsätzen konsultierte.

Er hatte die letzten zwei Tage damit verbracht, sie zu verwöhnen und dafür zu sorgen, dass sie sich gesund ernährte und ständig Wasser trank. Ihre Telefone waren mit Voicemails, E-Mails und SMS überfüllt, aber keiner von beiden hatte Lust, etwas anderes zu tun, als die Gegenwart des anderen zu genießen.

Aber es war Zeit. Smiley bemerkte, dass Bree schon unruhig wurde. Er wollte nichts lieber, als sie für sich zu haben, sich hier in seiner Wohnung vor dem Rest der Welt zu verstecken, sie zu verwöhnen und dafür zu sorgen, dass sie sich ohne Komplikationen vollständig erholte. Aber seine Bree war extrovertiert. Sie musste Fiona und Julie sehen, sich selbst davon überzeugen, dass es ihnen gut ging. Sie musste seinen Teamkameraden und Wolfs Team danken, die geholfen hatten, sie zu finden. Und sie wollte unbedingt Tex kennenlernen.

Smiley wusste, dass der Mann noch in Südkalifornien war. Er gab Bree die Zeit, die sie brauchte, um wieder zu sich zu finden. Das taten alle. Sie schrieben sich zwar SMS und E-

Mails, aber sie respektierten ihr Bedürfnis nach Freiraum, indem sie nicht an seine Tür klopften.

»Ich dachte, wir könnten heute Nachmittag ins *Aces* fahren«, schlug Smiley vor.

Das Lächeln auf ihrem Gesicht, als sie sich zu ihm umdrehte, war die Bestätigung, die er brauchte, dass er das Richtige tat.

»Ja! Das wäre toll!«, sagte Bree fröhlich.

»Bist du sicher, dass du das schaffst? Du hattest gestern doch Kopfschmerzen.« Obwohl er den Ausflug vorgeschlagen hatte, befürchtete Smiley plötzlich, dass es zu viel und zu schnell sein könnte.

»Ja. Aber ... ist das okay für *dich*?«, fragte Bree mit leicht gerunzelter Stirn.

Sie saßen nebeneinander auf dem Sofa, und Smiley drehte sich zu ihr, damit er sie besser sehen konnte. Er legte eine Hand an ihre Wange. »Ich will, was du willst«, sagte er.

»Das ist nicht fair«, protestierte sie.

»Ich liebe dich, Bree Haynes. Als ich dich gesucht habe, habe ich mir selbst versprochen, dass ich für den Rest meines Lebens alles tun werde, um dir das Leben zu geben, das du verdienst, nachdem ich dich gefunden habe. Und du verdienst es, von Freunden umgeben zu sein. Zu lachen. Den Moment mit Freude zu leben.«

Aber Bree schüttelte hartnäckig den Kopf. »Verstehst du das nicht? Ich kann keinen Moment mit Freude leben, wenn ich mir Sorgen um dich mache. Wenn du hasst, was wir tun. Wenn du unglücklich bist.«

»Ich werde niemals unglücklich sein, wenn du an meiner Seite bist. Das klingt wie eine Floskel, ist es aber nicht. Dich glücklich zu sehen, dein Lächeln, das macht mich glücklich. Es löst in mir den Wunsch aus, alles in meiner Macht Stehende zu tun, um dieses Lächeln auf deinem Gesicht zu erhalten. Wenn du essen gehen möchtest, gehen wir essen. Wenn du ins Kino gehen willst, gehen wir ins Kino. Wenn du Zeit für dich brauchst, gebe ich dir den Freiraum, den du brauchst. Wir haben noch nicht viel über unsere langfristige Zukunft gesprochen, aber ich möchte dich heiraten, Bree. Ich möchte mit dir an meiner Seite alt werden. Ich möchte mit dir Urlaub machen, auf die Kinder unserer Freunde aufpassen und lachen, weil sie so wild sind, wenn wir sie nach Hause bringen. Und ich möchte dich verwöhnen.«

Tränen traten ihr in die Augen, aber sie lächelte, weshalb er nicht in Panik geriet.

»Das will ich auch alles. Aber nur, wenn ich dich auch verwöhnen darf.«

»Abgemacht. Und du solltest wissen ...« Er hielt inne.

»Ja?«, fragte sie.

»Alle werden da sein. Im *Aces*.«

Sie kicherte. »Das habe ich mir schon gedacht.«

»Willst du immer noch hingehen?«

»Ja. Auf jeden Fall. Wir haben uns lange genug versteckt. Es ist Zeit, wieder ins Leben zurückzukehren. Er ist kein Problem mehr, oder?«

Smiley wusste genau, wen sie meinte. »Da bin ich mir sicher. Du weißt, dass ich mit Tex gesprochen habe, als wir nach Hause gekommen sind, und ihm alles erzählt habe, was passiert ist. Er hat mir heute Morgen eine Nachricht geschickt, nachdem er sich über die Lage in Ecuador informiert hatte. Castillos Anwesen wurde gestürmt. Alle Frauen, die dort gefunden wurden, wurden befreit. Sie werden von privaten Frauenrechtsgruppen unterstützt, damit sie wieder auf die Beine kommen können. Diejenigen, die nicht aus Ecuador stammen, werden in ihre Heimatländer zu ihren Familien zurückgebracht. Castillos Organisation ist zerschlagen. Du bist in Sicherheit, das schwöre ich.«

»Es wird sich etwas seltsam anfühlen, nicht mehr ständig über meine Schulter schauen zu müssen.«

»Du wirst dich daran gewöhnen«, sagte er bestimmt.

Sie lächelte ihn schüchtern an. »Habe ich dir heute schon gesagt, dass ich dich liebe?«

»Nein«, erwiderte Smiley und schmollte übertrieben.

Sie kicherte. »Doch. Ich habe es getan. Nachdem du mir heute Morgen diesen käsigen Auflauf mit Kroketten gemacht hattest. Und als du mir geholfen hast, mein Haar zu schneiden, damit es nicht so ungleichmäßig ist.«

»*Hmmm*, daran erinnere ich mich nicht«, neckte er sie.

Bree strahlte. »Das«, sagte sie, und dieses eine Wort war voller Emotionen, »das ist es, woran ich gedacht habe, als ich in diesen Käfigen eingesperrt war. Hier mit dir zu sitzen, uns zu necken, mich sicher und geliebt zu fühlen.«

Die Erinnerung an das, was sie durchgemacht hatte, sogar das verdammte Wort »Käfig« brachte so viele tiefe Emotionen an die Oberfläche. Aber Smiley unterdrückte sie und konzentrierte sich stattdessen auf die Gefühle der Liebe, die ihre Worte in ihm hervorriefen. »Ich liebe dich«, flüsterte er.

»Das ist gut, denn ich glaube, du bist jetzt an mich gebunden«, sagte sie mit einem weiteren Lächeln.

Er beugte sich vor und küsste sie. Es sollte ein kurzer Kuss sein, um ihr zu zeigen, wie sehr er sie verehrte, aber es wurde mehr daraus. Tiefer. Länger. Fast verzweifelt.

Als er sich widerwillig zurückzog, ignorierte er Brees Wimmern der Beschwerde. »Wenn deine Rippen wieder ganz verheilt sind, werde ich dir zeigen, wie sehr du an mich gebunden bist«, versprach er.

Bree schmollte. »Das ist beschissen.«

Jetzt war Smiley an der Reihe zu lachen. »Wenigstens musst du dich nicht hiermit herumschlagen«, sagte er und deutete auf seine Erektion.

Bree griff nach ihm und sagte: »Ich kann etwas dagegen tun.«

Aber er fing ihre Hand auf und führte sie zu seinen Lippen.

»Ich kann auf dich warten«, entgegnete er. »Ich habe mein ganzes Leben auf dich gewartet, da kann ich auch noch ein bisschen länger warten.«

Ihre Augen weiteten sich. »Das war so süß. Wer bist du und was hast du mit meinem Freund gemacht?«

Er lachte leise.

Dann lehnte Bree sich näher zu ihm und schlang ihre Arme um ihn. Smiley schob sie sofort zur Seite, bis sie auf seinem Schoß saß. Diese Position war für beide viel bequemer, und er konnte ihre Wärme am ganzen Körper spüren.

Sie saßen einige Minuten lang so da und genossen die Nähe und Geborgenheit, die sie in den Armen des anderen fanden. Dann hob Bree den Kopf. »Also ... wann fahren wir zum *Aces*?«

Smiley lachte erneut, als ihm bewusst wurde, dass er in den letzten zwei Tagen mehr gelacht hatte als wahrscheinlich in den letzten zehn Jahren. Bree hatte Licht in sein ansonsten tristes Leben gebracht. Es war eine große Veränderung, die er nicht ablehnte.

Er schaute auf die Uhr und sagte lässig: »In etwa fünfzehn Minuten sind alle da.«

»Fünfzehn Minuten!«, rief Bree und versuchte, von seinem Schoß zu springen.

Aber Smiley hielt sie fest.

»Smiley! Lass mich los. Ich muss mich fertig machen!«

»Du bist fertig genug«, sagte er.

Aber Bree verdrehte die Augen. »Ich muss mich umziehen, etwas mit meinen verrückten Haaren machen und mich schminken, um einige dieser blauen Flecke besser zu verstecken. Ich bin nicht *fertig*!«

Er legte einen Finger auf ihre Wange und drehte ihren Kopf, bis er seine Stirn an ihre legen konnte. »Du bist perfekt, so wie du bist. Und deine Freunde werden dir dasselbe sagen.«

Sie erstarrte. »Ich will nicht, dass sie mich ansehen und Mitleid mit mir haben. Oder sich an all die schlimmen Dinge erinnern, die passiert sind. Ich will, dass sie sich für mich freuen. Für *uns*. Dass wir jetzt zusammen sind, ohne dass Mateo über uns schwebt.«

Als sie es so formulierte, verstand Smiley. Er nickte und richtete sich auf, während er seinen Arm um ihre Taille lockerte.

»Ich finde es toll, dass du mich genau so magst, wie ich bin.«

»Du bist mehr als in Ordnung«, sagte Smiley mit Überzeugung. »Geh und tu, was du tun musst. Ich sage Wolf und Kevlar Bescheid, dass wir uns verspäten. Sie können es an die anderen weitergeben.«

»Wir werden nicht zu spät kommen«, protestierte Bree.

Er lächelte nur und nickte. Sie würden definitiv zu spät kommen. Aber das war ihm egal. Und ihren Freunden würde es auch egal sein. Sie waren extrem gespannt darauf, sie zu sehen. Sich selbst davon zu überzeugen, dass es ihr nach ihrer Tortur gut ging. Und Fiona und Julie konnten es offenbar kaum erwarten, mit ihr zu sprechen. Smiley hatte es geschafft, sie davon abzuhalten, vor seiner Tür aufzutauchen, aber jetzt war es an der Zeit. Alle Frauen mussten wieder zusammenkommen.

Nachdem er Bree beobachtet hatte, wie sie den Flur entlang zu ihrem Zimmer eilte, lehnte er sich gegen die Couch zurück und schloss die Augen. Vor ein paar Tagen schien dieser Moment noch fast unmöglich. Und jetzt war er zu Hause mit der Frau, die er liebte, und sie war nicht gebrochen oder auch nur ansatzweise geknickt. Sie war ein Wunder. *Sein* Wunder. Und er würde sein Leben damit verbringen, sich den Arsch aufzureißen, um den Rest ihrer Tage für sie hundertprozentig besser zu machen als die letzte Woche.

Bree war nervös. Sie wusste nicht genau warum. Vielleicht weil sie auf keinen Fall wollte, dass jemand sie anders behandelte als vor ihrer Entführung. Oder weil sie befürchtete, Julie und Fiona würden ihr die Schuld für das Geschehene geben. Sie wusste es nicht. Sie wusste nur, dass das, was ihr vor Kurzem noch wie die beste Idee aller Zeiten erschienen war, ihr jetzt wie ein Fehler vorkam.

»Entspann dich«, befahl Smiley, als er ihre Hand nahm und sie zur Tür von *Aces Bar and Grill* führte.

Bree streckte Smiley hinter seinem Rücken die Zunge heraus und setzte schnell ein Lächeln auf, als er sich plötzlich zu ihr umdrehte.

Er grinste. »Hast du gerade deine Zunge herausgestreckt?«

»Nein«, log sie.

Als er lachte, entspannte Bree sich tatsächlich. Sie liebte es, diesen Mann zum Lachen zu bringen. Er tat es nicht oft genug, sodass es sich wie ein großer Sieg anfühlte, wenn es passierte.

Sie hatte keine Zeit mehr, sich Gedanken darüber zu machen, was nun kommen würde, denn Smiley öffnete die Tür.

Als sie eintraten, herrschte für einen Moment Stille – doch dann schien es, als würde der ganze Raum vor Begrüßungen explodieren.

Es war überwältigend, aber ein warmes Gefühl erfüllte Bree angesichts all der Menschen, die ins *Aces* gekommen waren. Die für *sie* da waren.

Remi war die Erste, die zu ihr kam, und sie umarmte Bree fest. Dann wurde sie von einer Person zur nächsten weitergereicht, da alle ihr zeigen wollten, wie sehr sie sie vermisst hatten und wie besorgt sie gewesen waren.

Überraschenderweise war die Stimmung im Raum eher feierlich als ernst, was eine Erleichterung war. Auf keinen Fall wollte sie erzählen müssen, was sie durchgemacht hatte, oder dass die Leute Mitleid mit ihr hatten. Sie war am Leben, und sie war sich sehr wohl bewusst, dass viele Frauen in derselben Situation nicht so viel Glück gehabt hatten.

Dann kam der Moment, den sie sowohl gefürchtet als auch herbeigesehnt hatte. Julie und Fiona kamen auf sie zu und sahen genauso nervös aus, wie Bree sich fühlte.

Um ihre aufgewühlten Gefühle zu verbergen, sagte Bree: »Ihr zwei seht aus, als hätte euch jemand den letzten Weihnachtsbaumkuchen weggenommen oder so.«

Sie schauten einen Moment lang erschrocken, dann stürzten sie sich beide gleichzeitig auf sie.

Bree machte einen Schritt zurück, um das Gleichgewicht zu halten. Sie war dankbar, dass Smiley an ihrer Seite geblieben war und sie mit einer Hand am Rücken stützte.

Dann konnte sie nur noch daran denken, wie nahe sie, Fiona und Julie dran gewesen waren, sich nie wiederzusehen.

Alle drei brachen in Tränen aus. Für Bree war diese emotionale Entladung eine Mischung aus Erleichterung, aufgestauter Angst und Stolz, dass sie diese Frauen ihre Freundinnen nennen durfte.

Fiona war die Erste, die sich zurückzog, aber sie nahm ihre Arme nicht von Julie und Bree. »Tu das nie wieder!«, schrie sie Bree fast ins Gesicht.

»Ja, das war überhaupt nicht cool«, stimmte Julie zu.

Zu ihrer eigenen Überraschung musste Bree lächeln. »Hättet ihr es lieber gesehen, wenn ich mich zurückgelehnt und nichts getan hätte, während wir alle weggebracht wurden?«

»Du hättest *sterben* können!«, fauchte Fiona.

»Und du wurdest unseretwegen verletzt!«, fügte Julie hinzu.

Bree wurde ernst, sah Julie und dann Fiona an und sagte: »Wenn ich zurückgehen und alles noch einmal machen könnte, würde ich nichts anders machen. Ihr zwei wart meinetwegen dort. Ich hätte niemals zugelassen, dass ihr noch einmal die schlimmste Erfahrung eures Lebens macht.«

»Wir waren nicht deinetwegen dort«, beharrte Julie. »Wir waren dort wegen eines Arschlochs, das dachte, es hätte das Recht, uns unsere Freiheit zu nehmen.«

»Wenn dir etwas zugestoßen wäre, wenn du verschwunden wärst oder das hättest durchmachen müssen, was wir durchgemacht haben ...« Fionas Stimme brach, aber sie zwang sich weiterzusprechen. »Ich glaube, das wäre schlimmer gewesen als das, was vor all den Jahren passiert ist.«

Bree war entsetzt. »Fiona, nein.«

»Doch«, beharrte sie. »Das war eine der selbstlosesten Taten, die ich je in meinem Leben gesehen habe, und ich weiß nicht, ob ich dich schlagen oder wieder umarmen soll.«

»Ich entscheide mich für Umarmungen«, sagte Bree.

Und dann standen die drei Frauen wieder in einer dreifachen Umarmung da.

»Wenn ich darf«, sagte eine tiefe Stimme hinter Fiona.

Sie trat zurück und Bree sah Cookie in die Augen.

Seine Lippen waren zusammengepresst, als er auf sie herabblickte. Dann sagte er: »Ich würde dich auch gern umarmen ... wenn das okay ist. Wenn es dir keine Angst macht.«

Bree warf sich praktisch auf den älteren Mann, vergrub ihre Nase an seiner Brust und umarmte ihn. Seine feste Umarmung tat ihren Rippen weh, aber sie beschwerte sich nicht. Eine seiner Hände ruhte auf ihrem Hinterkopf, als er seine Lippen zu ihrem Ohr senkte und sagte: »Danke.«

Es war nur ein Wort, aber es drang tief in Brees Seele ein.

»Ich bin dran«, sagte eine andere tiefe Stimme.

Und ehe sie sichs versah, war sie in Patrick Hurts Umarmung versunken. Auch er dankte ihr, und seine Worte waren von tiefer Emotion erfüllt.

Bree begann, sich angesichts der ganzen Aufmerksamkeit ein wenig unbehaglich zu fühlen. Sie war fest davon überzeugt, dass sie nichts getan hatte, was die beiden anderen Frauen nicht auch getan hätten, wenn sie die Gelegenheit dazu gehabt hätten. Sie war nur diejenige, die als Erste aus ihrem Käfig befreit worden war.

»Also, ich denke, wir wissen alle, warum wir hier sind.« Bree drehte sich zu Jessykas Stimme um und fand sich erneut in Smileys Armen wieder. Sie kuschelte sich an ihn und war glücklich, mit ihm und all ihren Freunden zusammen zu sein.

Die Besitzerin des *Aces* stand hinter der Bar und sprach zu den Gästen.

»Heute Abend gibt es aus offensichtlichen Gründen kein Hähnchen auf der Speisekarte.«

Bree lachte mit allen anderen. Sie warf Julie und Fiona einen Blick zu, die beide gleichzeitig die Nase rümpften, was Bree noch mehr zum Lachen brachte.

»Es werden ein paar Stunden lang Tabletts mit Horsd'oeuvres herumgereicht. Wenn ihr etwas anderes wollt ... Pech gehabt.«

Alle lachten erneut.

»Der Sekt geht auf Kosten des Hauses, holt euch alle ein Glas von den Kellnerinnen und lasst uns anstoßen. Auf Bree, Julie und Fiona, die wieder zu Hause sind. Auf unsere SEALs, die die Besten der Besten sind. Und ... auf Tex!«

Bree blinzelte und drehte den Kopf, um in die Richtung zu schauen, in die alle anderen schauten. An der gegenüberliegenden Wand stand ein Mann, den sie noch nie gesehen hatte, aber sie würde ihn überall wiedererkennen. Zum einen trug er Shorts, sodass man seine Beinprothese leicht sehen konnte. Zum anderen strahlte er eine verwirrende Aura aus. Väterlich und wütend zugleich.

Ohne zu zögern, ging Bree auf ihn zu. Sie spürte Smiley hinter sich, aber sie hatte nur Augen für den Mann, der sich so sehr für sie eingesetzt hatte. Der in seinem Leben so vielen anderen geholfen hatte. Ihm hatte sie es zu verdanken, dass sie herausgefunden hatten, dass sie in Ensenada waren. Und obwohl Smileys Peilsender versagt hatte, zweifelte sie nicht daran, dass er nicht geschlafen hatte, während er herauszufinden versuchte, wohin sie in Guayaquil verschwunden waren. Ganz zu schweigen von seiner Rolle beim Heimflug und dem Pass für sie, den Kevlar nach der Landung aus seiner Tasche gezogen hatte.

Sie hatte unglaubliche Geschichten über diesen Mann gehört, und es war fast unwirklich, dass sie ihn nun treffen würde. Angefangen bei Remi über Wren, Josie, Maggie, Addison bis hin zu Kelli ... dieser Mann hatte dazu beigetragen, dass sie alle heute glücklich und gesund waren.

Die erste Träne fiel, als sie sich ihm näherte, und sie hörten nicht auf, als sie sich praktisch in seine Arme warf. Tex hielt sie fest, während sie völlig die Fassung verlor. Wie lange sie weinend in seinen Armen lag, wusste sie nicht, aber er schien sich nicht unwohl zu fühlen, eine hysterische Frau zu halten, die er noch nie getroffen hatte.

Als sie sich schließlich wieder unter Kontrolle hatte, löste Bree sich aus seiner Umarmung.

»Hallo«, sagte sie etwas verlegen, während sie sich die Tränen von den Wangen wischte. Ihr Make-up war zwar völlig ruiniert, aber das war ihr in diesem Moment egal. Sie hatte so viele Fragen, aber keine einzige fiel ihr ein.

Tex grinste. »Hallo.«

»Ich ... du ... Verdammt!«, beschwerte Bree sich und hasste sich dafür, dass sie nicht sprechen konnte.

»Ich bin Tex«, sagte er. »Freut mich, dich kennenzulernen.«

»Ich bin Bree.« Es kam ihr ein wenig unwirklich vor, sich gegenseitig vorzustellen, obwohl sie beide genau wussten, wer der andere war.

Plötzlich fiel Bree alles ein, was sie sagen wollte, und sie stolperte über ihre Worte, als sie versuchte, sie herauszubekommen. »Danke. Und bitte danke auch den Frauen, mit denen du arbeitest. Ohne dich ... ich weiß nicht, wie Smiley uns gefunden hätte. Woher wusstest du, wo das Boot anlegen würde? In welcher Stadt und in welchem Hafen? Hast du mich den ganzen Weg von Ensenada aus verfolgt? Es tut mir leid, dass mir der Peilsender, den Smiley mir gegeben hat, weggenommen wurde, das hat deine Arbeit sicher sehr erschwert. Fiona und Julie haben mir alles über dich erzählt. Ich wusste schon von Remi und den anderen von dir, aber wir hatten etwas Zeit, uns in dem Lastwagen zu unterhalten, und sie erzählten mir, wie toll du warst, als sie das erste Mal entführt wurden, und was du für Fiona getan hast ... dass du sie alle vier Stunden angerufen hast, obwohl du selbst genug zu tun hattest. Und ich weiß nicht, wie du an eine Kopie meines Reisepasses gekommen bist, aber auch dafür bin ich dir sehr dankbar. Und für den Flug nach Hause. Ich bin einfach ...«

»Gern geschehen«, unterbrach Tex sie und stoppte damit ihren Sprechdurchfall.

Dann zog er sie noch einmal fest an sich. Als er sie losließ, sagte er: »Ich muss nach Hause zu meiner Frau und meinen Kindern. Und zu meinem Hund. Und ich muss herausfinden, warum Smileys Peilsender versagt hat. Ich habe seine Unterhose in einer Plastiktüte in meinem Koffer – das wird sicher total komisch aussehen, wenn jemand mein Gepäck durchsucht. Aber ich hasse es, wenn mich die Technik im Stich lässt. Ich werde herausfinden, was passiert ist, auch wenn ich dafür Smileys verdreckte Unterhose anfassen muss.«

Bree konnte nicht anders, sie lachte. Laut. Sie hatte erwartet, dass dieser Mann steif und nerdig sein würde. Aber er war alles andere als das. Er kam ihr vor wie ein Lieblingsonkel. Jemand, dem sie alle ihre Geheimnisse anvertrauen konnte und von dem sie wusste, dass sie bei ihm sicher waren.

Er schenkte ihr ein kleines Lächeln, das sie bis in die Zehenspitzen spürte. »Ziehst du bei Smiley ein?«, fragte er aus heiterem Himmel.

Bree schaute schüchtern hinter sich zu dem Mann, dann wieder zu Tex und nickte.

»Das habe ich mir gedacht. Ich habe veranlasst, dass deine Sachen aus dem Lager in Las Vegas hierher nach Riverton gebracht werden. Du solltest dir vielleicht überlegen, wo du alles unterbringen willst.«

Bree blinzelte überrascht.

»Danke, Mann«, sagte Smiley und griff um sie herum, um Tex die Hand zu schütteln.

Dann nickte der ältere Mann ihr zu, nickte in Smileys Richtung und schritt quer durch den Raum auf Fiona zu. Wenn sie es nicht schon vorher gewusst hätte, wäre es jetzt offensichtlich gewesen, dass diese Frau seine Favoritin war. Sie hatten eine lange gemeinsame Vergangenheit, und die Liebe, die sie füreinander empfanden, war wunderschön.

»Alles gut?«, fragte Smiley, als er seine Arme von hinten um sie schlang und sein Kinn auf ihre Schulter legte.

»Hast du das arrangiert?«, fragte sie.

»Nein. Er hat mir eine SMS geschickt und gefragt, was wir mit deinen Sachen machen wollen. Ich habe ihm gesagt, dass wir uns später darum kümmern würden. Ich schätze, er hat beschlossen, uns *nicht* damit zu belasten. Geht es dir gut?«

»Ja. Mir geht es mehr als gut, Smiley«, sagte Bree. Sie blickte über die Menge. Ihre Freunde. Sie hätte das fast verloren. Dieser Gedanke beunruhigte sie mehr als alles, was ihr tatsächlich widerfahren war. Ja, es war schrecklich gewesen. Sie war eingesperrt, menschenunwürdig behandelt, bedroht, geschlagen und in Angst und Schrecken versetzt worden. Und doch ... war sie hier. Am Leben. Mit mehr Freunden, als sie jemals in ihrem Leben gehabt hatte.

Sie könnte sich wie ein Opfer benehmen. Sich von dem, was passiert war, überwältigen lassen und sich in einen anderen Menschen verwandeln. In jemanden, der Angst vor seinem eigenen Schatten hatte. Der zu Hause blieb, um nicht mit Fremden in Kontakt zu kommen, die ihm vielleicht wehtun würden.

Die Wahrheit war, dass das Leben voller Höhen und Tiefen war. Und sie zog es vor, sich auf die Höhen zu konzentrieren und nicht auf die Tiefen. Sie drehte sich in Smileys Armen um und grinste ihn an.

»Was?«, fragte er stirnrunzelnd. »Wofür das Lächeln?«

»Ich bin glücklich«, erklärte sie ihm.

Er sah nicht beruhigt aus. Wenn überhaupt, sah er noch besorgter aus. »Es sind erst zwei Tage vergangen. Alles, was passiert ist, könnte dich hart treffen, wenn du es am wenigsten erwartest.«

Bree zuckte mit den Schultern. »Du hast recht, aber du wirst da sein. Und ich kann mit Julie und Fiona darüber reden. Oder mit Remi oder Kelli. Oder ich verbringe etwas Zeit mit Yana, um mich daran zu erinnern, wie dankbar sie für alles ist, was sie hat, und wie gut sie mit dem umgeht, was ihr widerfahren ist. Ich hatte Glück, das weiß ich. Aber ich nehme das Glück jederzeit lieber als den Tod. Ich will *leben,* Smiley. Nach vorn schauen, nicht zurück.«

»Ich liebe dich«, sagte er.

»Und ich liebe dich auch. Eines Tages werden wir an diesem Ort stehen, wenn wir alt und grau sind. Alle Kinder unserer Freunde werden hier sein, herumalbern und Dinge sagen, die wir nicht verstehen, und über Technologien reden, die wir nicht begreifen. Und wir werden auf unser Leben zurückblicken, ohne etwas zu bereuen.«

Ein Ausdruck solcher Sehnsucht huschte über Smileys Gesicht, dass Bree das Herz wehtat.

»Das will ich«, sagte er.

»Dann werden wir alles tun, was nötig ist, damit das wahr wird.«

»Ja.«

Ein Kellner kam herüber und hielt ein Tablett mit randvoll gefüllten Sektgläsern hoch. Bree nahm zwei und reichte eines Smiley.

»Auf uns«, sagte sie leise.

»Auf uns«, wiederholte er. Anstatt einen Schluck zu nehmen, stellte Smiley das Glas, ohne hinzuschauen, auf einen Tisch in der Nähe und zog sie näher zu sich heran.

Er küsste sie lange, innig und mit all der Liebe, von der sie wusste, dass er sie in seinem Herzen spürte.

Bree spürte es bis in die Zehenspitzen. Sie war die glücklichste Frau der Welt und schwor sich, von diesem Tag an ihr Leben in vollen Zügen zu genießen.

Stunden später konnte Smiley nicht schlafen. Er hielt Bree fest, bis sie eingeschlafen war, aber sein Gehirn wollte einfach nicht abschalten. Nach allem, was passiert war, musste er immer wieder an etwas denken, das Castillo gesagt hatte. Der Mann war tot, und was er gesagt hatte, war höchstwahrscheinlich Blödsinn, aber er konnte nicht ruhen, bevor er sich das von der Seele geredet hatte.

Er drehte sich um und küsste Bree sanft auf die Stirn, erstaunt, dass sie hier bei ihm war. Nicht nur wegen dem, was sie durchgemacht hatte, sondern auch, weil er ein mürrischer Arsch war. Er wusste das, aber irgendwie schien Bree das nicht zu interessieren. Es war verwirrend, aber er würde sie jetzt nicht gehen lassen. Er brauchte sie zu sehr.

So leise wie möglich schlüpfte er unter der Decke hervor und blieb einen Moment lang neben dem Bett stehen, um sicherzugehen, dass Bree nicht aufgewacht war. Sie bewegte sich ein wenig, als sie seine Körperwärme verlor, kam aber wieder zur Ruhe. Allein der Anblick ihrer kürzeren Haare und ihrer Wimpern, die auf ihrer verletzten Haut lagen, ließ ihn wünschen, er könnte zurückgehen und Castillo noch einmal töten.

Smiley zwang sich, aus dem Schlafzimmer ins Wohnzimmer zu gehen. Er setzte sich auf die Couch und starrte auf sein Handy. Er holte tief Luft und wählte eine Nummer, um die er Tex gegeben hatte, bevor er das *Aces* verlassen hatte.

Es war mitten in der Nacht, aber der Mann am anderen Ende nahm nach nur einem Klingeln ab.

»Rex.«

»Entschuldige, dass ich so spät anrufe. Hier ist Smiley.« Der Drang, mit diesem Mann zu sprechen, war überwältigend gewesen, aber jetzt, da er ihn am Telefon hatte, war Smiley sich nicht mehr sicher, ob er die richtige Entscheidung getroffen hatte.

»Was gibt's? Ist alles in Ordnung mit Bree?«

»Ihr geht es gut. Es ist wirklich erstaunlich. Sie überrascht mich immer wieder mit ihrer Widerstandsfähigkeit.«

»Unsere Frauen sind stärker, als wir denken«, stimmte Rex zu. »Jeden Tag frage ich mich, wie Raven das mit ihrer Persönlichkeit unbeschadet überstanden hat. Ich habe immer noch keine Ahnung, wie sie das geschafft hat.«

»Ich muss dir etwas sagen«, platzte Smiley heraus. »Wenn ich an deiner Stelle wäre, würde ich es wissen wollen, aber … es sind keine guten Nachrichten.«

»Es geht um Castillo, oder?«

»Ja. Ich weiß, dass du weißt, dass er mit del Rio zusammengearbeitet hat. Aber er hat etwas gesagt. Er hat sogar damit geprahlt.«

»Er ist tot, oder?«

»Ja.«

»Danke dafür«, sagte Rex. »Du hast mir erspart, einen Gefallen einzufordern, um mich selbst darum zu kümmern.«

Smiley nickte, obwohl der andere Mann ihn nicht sehen konnte. »Du kannst vergessen, dass ich angerufen habe, wenn du möchtest.«

»Ich würde es vorziehen, wenn du sagst, was du zu sagen

hast, was dich mitten in der Nacht wach hält und von Bree wegtreibt«, sagte Rex sachlich.

»Richtig. Also, ich habe ihn hingehalten. In Guayaquil. Ich habe versucht, Zeit zu schinden, damit mein Team eintreffen und mir helfen konnte. Ich habe Castillo verspottet. Ich habe deinen Namen ins Spiel gebracht. Ich habe ihn damit gereizt, dass du ihn zur Strecke bringen würdest und er durch deine Hand sterben würde«, gab Smiley zu. »Das war wahrscheinlich keine sehr gute Idee, aber ich habe alles getan, um Kevlar und meinem Team Zeit zu verschaffen, damit sie dort hinkommen konnten.«

Jetzt schindete er wieder Zeit und zog das Gespräch unnötig in die Länge. Dann kam er zum Punkt.

»Castillo behauptete, er sei der leibliche Vater deines Sohnes. Er sagte, er sei oft genug mit deiner Frau zusammen gewesen, um sicher zu sein, dass David von ihm ist.«

Zu seiner großen Überraschung lachte Rex.

»Mein Sohn ist genau das – *meiner*. Und Ravens. Er ist nicht und war nie der Sohn dieses Arschlochs.«

Smiley wusste nicht, was er sagen sollte.

»Hör zu. Ich habe meinen Frieden mit dem geschlossen, was Raven widerfahren ist. Möchte ich jeden Mistkerl umbringen, der es gewagt hat, Hand an sie zu legen? Natürlich. Aber ich kann es nicht. Stattdessen konzentriere ich mich auf das Leben, das wir jetzt haben. Auf den wunderbaren, brillanten, mitfühlenden und gütigen Sohn, den wir großziehen. Und David gehört zu mir. Zu hundert Prozent. Ich habe vielleicht keine gemeinsame DNA mit ihm, aber das macht ihn nicht weniger zu meinem Sohn.«

»Richtig.«

»Ich respektiere dich, Smiley. Es war sicher nicht leicht, mir das zu sagen. Aber es bedeutet mir sehr viel, dass du dir die Mühe gemacht hast, mir zu erzählen, was dieser Arsch behauptet hat. Du weißt, dass es nicht klug war, ihn zu provozieren, oder?«

»Ja. Gleich nachdem er das gesagt hatte, befahl er seinen Männern, mich zu erschießen. Ich hätte besser über das verdammte Wetter oder so etwas geredet.«

Rex lachte leise. »Ich habe gelernt, dass es immer besser ist, jemandem eine Kugel in den Kopf zu jagen, als herumzustehen und ein verdammtes Gespräch zu führen. Das ist schlicht einfacher.«

»Das werde ich mir für das nächste Mal merken«, sagte Smiley.

»Sieh zu, dass du das tust.«

»Was du getan hast, was du tust ... das ist wichtig«, sagte er mit so viel Aufrichtigkeit, wie er aufbringen konnte.

»Das finde ich auch. Jede Frau und jedes Kind, das wir retten, ist ein Sieg. Und ich werde nie wieder schlecht schlafen, weil ich einen Mann getötet habe, der glaubt, er könne mit Frauen machen, was er will.«

»Amen«, stimmte er zu.

»Nochmals danke für den Anruf. Scheiß auf ihn. Scheiß auf sie alle. Ich werde mein Leben leben, glücklich sein, lachen und jeden Tag in vollen Zügen genießen ... das reicht mir.«

Er hatte recht. Rex war durch die Hölle gegangen, ebenso wie seine Familie. Wenn er glücklich sein konnte, dann konnte Smiley das auch. »Wenn du und deine Familie jemals nach Südkalifornien kommt, würden Bree und ich uns sehr über einen Besuch freuen.«

»Ich werde dafür sorgen. Geh zurück ins Bett, Smiley. Schlaf mit gutem Gewissen. Das ist ein Befehl.«

Smiley schnaubte. »Du bist nicht mein Kommandant.«

Rex lachte nur. Dann wurde die Leitung still.

Nachdem er sich das von der Seele geredet hatte, fühlte Smiley sich besser. Er stand auf, drehte sich um – und blieb stehen, als er Bree an der Wand neben dem Flur lehnen sah.

»Ich wollte dich nicht wecken«, sagte er.

»Das hast du nicht. Nun, nicht wirklich. Ich habe deine Nähe vermisst.« Sie schlurfte zur Couch hinüber, zog ihn wieder zu sich herunter, kuschelte sich an seine Seite, zog die Knie an und legte die Füße auf das Kissen neben sich. »Es klang, als hätte er es gut aufgenommen.«

Smiley war nicht überrascht, dass sie herausgefunden hatte, mit wem er gesprochen hatte. Sie war dabei gewesen. Sie hatte gehört, was Castillo behauptet hatte.

»Ja.«

»Nur damit das klar ist, ich glaube, er hat gelogen«, sagte Bree.

Smiley war sich nicht so sicher, aber er widersprach ihr nicht.

»Das muss wirklich schwer gewesen sein. Ihm das zu sagen, meine ich.«

»Es war nicht einfach.«

»Das ist eines der vielen Dinge, die ich an dir liebe, Jude Stark«, sagte Bree und sah zu ihm auf. »Du tust, was richtig ist, egal wie schwer es dir fällt.«

Ihr Kompliment beruhigte seine Seele wie nichts anderes zuvor. »Danke.«

»Gern geschehen. Also, es ist mitten in der Nacht. Und auch wenn es noch zu früh ist, um dich zu verführen, können wir trotzdem wieder ins Bett gehen?«

Als Antwort stand Smiley auf und beugte sich vor, um sie hochzuheben.

Sie kicherte, protestierte aber nicht. »Ich glaube, ich mag es, wenn du mich herumträgst.«

»Gut, denn ich mag es, dich herumzutragen«, erwiderte Smiley.

Er brachte sie beide wieder unter die Decke, und das Glücksgefühl, das er empfand, als Bree ihren Kopf auf seine

Schulter legte und ein Bein über seine Oberschenkel schwang, war fast beängstigend.

»Ich liebe dich, Smiley. Ich wusste schon immer, dass Jude Stark ein Superheldenname ist, und du beweist mir das immer wieder. Und ich rede nicht nur davon, dass du mit mir auf dem Rücken neun Stockwerke tief eine Regenrinne hinunterrutschst, oder dass du so tust, als sei es keine große Sache, wenn zwei Pistolen auf deinen Kopf gerichtet sind, oder von all den anderen unglaublichen Dingen, die du bei deinen Missionen tust. Ich rede davon, dass du einen Freund anrufst, weil dich ein Gerücht über ihn beunruhigt hat. Oder dass du mich herumträgst, weil es dich glücklich macht. Oder dass du mir Abendessen kochst. Oder dass du alle meine Freunde in eine Kneipe einlädst, um mich zu Hause willkommen zu heißen. Oder all die anderen hundert Dinge, die du jeden Tag tust, um mein Leben einfacher und glücklicher zu machen. Du bist mein Superheld, Smiley. Und ich liebe dich so sehr.«

»Ich bin nur ein Mann, der alles in seiner Macht Stehende tun will, um das Leben seiner Frau einfacher zu machen«, protestierte er.

»Das tust du. Und ich weiß das zu schätzen. Und dich.«

»Ich liebe dich«, sagte Smiley, drehte sich um und küsste sie auf den Kopf.

Sie küsste seine Brust. »Ich liebe dich auch. Sieh dich vor, denn sobald ich wieder gesund bin, werde ich dir zeigen, wie sehr ich dich liebe und schätze.«

»Ich freue mich darauf«, sagte Smiley mit einem kitschigen Grinsen.

»Kann ich dich etwas fragen?«

»Du kannst mich alles fragen, was du willst, wann immer du willst«, sagte er.

Er sah, dass ihr Blick auf etwas in der anderen Ecke des Raumes fixiert war. Er folgte ihrem Blick und stellte fest, dass sie auf ein Bücherregal an der Wand starrte.

»Ich möchte deinen Bären reparieren«, platzte sie heraus.

Smiley musste unwillkürlich lachen.

»Das war nicht lustig gemeint«, protestierte sie.

»Wie lange denkst du schon darüber nach? Wir liegen hier im Bett, sind müde und reden über Superkräfte, und du machst dir Gedanken um Beary.«

»Ich liebe diesen Namen«, sagte Bree mit einem strahlenden Lächeln.

Es war lächerlich. So etwas konnte sich nur ein Kind ausdenken. Smiley hatte so gemischte Gefühle gegenüber seinem Stofftier aus Kindertagen. Es gab einige schöne Erinnerungen, die mit dem Spielzeug verbunden waren, aber auch einige weniger schöne. Es war das Einzige, was er mitgenommen hatte, als er sein Zuhause für immer verlassen hatte.

»Ich finde einfach, dass er eine Verjüngungskur verdient hat«, fuhr Bree fort. »Ihr habt beide schwere Zeiten durchgemacht, aber die sind jetzt vorbei. Ihr seid beide frei von all dem.«

Sie könnte von sich selbst sprechen ... oder von ihm. Und sie hatte recht. Es würde befreiend sein, Beary wiederherzustellen. Ihn wieder strahlen zu sehen. »Okay«, sagte Smiley.

»Wirklich?«, fragte Bree aufgeregt.

»Wirklich«, entgegnete Smiley.

»Juhu!«

Seine Freundin war albern ... und er würde nichts an ihr ändern wollen. »Können wir jetzt schlafen?«, fragte er, wobei er so tat, als sei er mürrisch.

Sie seufzte zufrieden und kuschelte sich an ihn. »Ja.«

Es war erstaunlich, wie schnell Bree einschlief. Er hätte ihr vorgeworfen, dass sie nur so tat, aber er wusste aus eigener Erfahrung, dass sie in einer Sekunde noch wach sein konnte und in der nächsten schon schnarchte. Er hätte es aber nicht anders gewollt. Es bedeutete, dass sie nicht wach lag und über die schrecklichen Dinge nachdachte, die ihr in letzter Zeit widerfahren waren.

Zu wissen, dass sie ihre Schutzmauer fallen lassen konnte und dass sie ihm vertraute, wenn sie am verletzlichsten war, nämlich wenn sie schlief, ließ Smiley in Richtung Decke grinsen.

Er schlief mit diesem Lächeln auf den Lippen ein und wachte genauso wieder auf. Denn er hielt den einzige Menschen in seinen Armen, der ihn die Schuldgefühle vergessen ließ, die er sein ganzes Leben lang wegen seiner Eltern gehabt hatte. Der Mensch, der ihn so liebte, wie er war, mit all seinen Fehlern und Schwächen.

Das war es, worum es im Leben ging ... nicht darum, wie viel Geld man anhäufen konnte, wie groß das Fahrzeug oder das Haus war oder sogar wie viele Freunde man hatte – obwohl Freunde superwichtig waren. Es ging darum, jemanden zu finden, der über seine Fehler hinwegsehen und einen trotzdem lieben konnte. Bree war dieser Mensch für ihn ... und er würde sie jeden Tag daran erinnern, wie wichtig sie für ihn war und wie sehr er sie liebte.

EPILOG

Zehn Jahre später

»Bist du nervös wegen nächster Woche?«, fragte Bree Addison, als sie am Rand der Trampoline standen und ihr Bestes gaben, um alle Kinder im Auge zu behalten, die von einer Plattform zur nächsten sprangen.

»Nein«, sagte Addison entschlossen. »Es ist höchste Zeit.«

»MacGyver war sehr zurückhaltend, nicht wahr?«

Addison lachte leise. »Das ist noch milde ausgedrückt. Aber Artem will das schon seit Jahren machen. Es ist das Einzige, was er sich zum Schulabschluss gewünscht hat. Er weiß, dass er auf dem College zu viel zu tun haben wird, um noch Zeit dafür zu finden.«

»Wie sehr übertreibt Tex es mit den Peilsendern?«, fragte Bree mit einem breiten Grinsen.

Addison verdrehte die Augen. »Meine Güte. Ich liebe den Mann, aber ich finde, vier Peilsender für jeden von uns sind etwas zu viel.«

»Du kannst es ihm nicht verübeln. In der Ukraine ist es seit

Jahren ruhig, aber es besteht immer die geringe Chance, dass etwas passiert, während ihr dort seid.«

»Das verstehe ich. Aber MacGyver hat alles unter Kontrolle. Kevlar kommt mit uns, ebenso Dude. Wusstest du, dass mein Mann auch einen Sicherheitsmann engagiert hat, der uns begleiten soll? Der Mann, der für die Reisegruppe verantwortlich ist, ist ein ehemaliger Marine und spricht fließend Ukrainisch.«

Bree lächelte ihre Freundin an, drehte dann aber den Kopf, als sie jemanden in der Nähe schreien hörte. Sie sah Violet auf einem der Trampoline sitzen und sich das Bein halten, aber um sie herum standen bereits fünf Kinder, und Preacher und Safe kamen auf sie zu. Sie schien nicht verletzt zu sein, genoss aber sichtlich die Aufmerksamkeit ihrer besten Freunde.

»Das Mädchen ist so verwöhnt«, sagte Addison mit einem Lachen.

»Sie ist es gewohnt, dass alle Jungs ihr Aufmerksamkeit schenken.«

»Ich weiß, dass du nicht schlecht über mein Baby redest«, scherzte Maggie, als sie und Josie zu Addison und Bree kamen, die von der Trampolinplattform aus das Chaos beobachteten.

»Dein Baby ist verwöhnt«, entgegnete Bree.

»Ja«, sagte Maggie, ohne sich im Geringsten daran zu stören.

»Wo ist Amelia?«, fragte Addison Josie.

»Bei ihrem Vater. Sie ist müde geworden«, antwortete Josie und zeigte auf Blink, der mit ihrer zweijährigen Tochter im Arm an einem Tisch saß.

»Wie schlägst du dich? Zweijährige Drillinge sind nicht gerade das Einfachste auf der Welt«, sagte Addison.

»Ich kann mir nicht vorstellen, drei in diesem Alter zu haben«, sagte Remi, die sich der Gruppe näherte. »Ich weiß noch, als Vinny so alt war. Ich habe geschworen, nie wieder ein

Kind zu bekommen, weil ich so gestresst war von dem Versuch, mit ihm Schritt zu halten.«

»Du hast es offensichtlich überwunden«, sagte Bree lachend. »Denn zwei Jahre später kam Mason.«

»Und als *er* in die Trotzphase kam, habe ich definitiv aufgegeben«, sagte Remi. »Mein Vater war enttäuscht. Ich glaube, er hätte es toll gefunden, wenn ich acht Kinder gehabt hätte, aber zwei sind genug.«

»Blink ist toll mit unseren Kindern«, sagte Josie.

»Ich kann nicht glauben, dass du Zwillinge und dann *Drillinge* bekommen hast«, sagte Addison kopfschüttelnd. »Du bist verrückt.«

»Es ist nicht so, als hätte ich es geplant! Und das sagt eine Frau mit fünf Kindern«, gab Josie zurück.

»Ja, aber vier von meinen sind schon älter«, sagte Addison.

»Apropos ... wie geht es Ellory?«

»Ihr geht es großartig. Sie hat gerade ihr erstes Jahr beim Friedenskorps hinter sich. Wir machen uns große Sorgen um sie, weil sie in Gabun ist. Ich dachte, MacGyver bekommt einen Herzinfarkt, als er erfahren hat, dass sie nach Afrika geht, um dort zu unterrichten, aber sie liebt es dort.«

»Sie kommt mit euch in die Ukraine, oder?«, fragte Remi.

»Ja, wir fliegen alle. Ich freue mich schon darauf. Artem, Borysko und Yana sollten sehen, wo ihre Wurzeln liegen. Yana erinnert sich kaum noch daran, aber Artem und Borysko schon.«

»Ich bin wirklich beeindruckt, dass Artem im Herbst ein Jurastudium beginnt.«

»Er hat immer gesagt, dass er Menschen helfen will, die weder die Mittel noch die Fähigkeiten haben, sich selbst zu helfen.«

»Ich kann nicht glauben, dass er beschlossen hat, seine Abschlussfeier hier zu halten«, sagte Maggie. »Er könnte mit seinen Kumpeln abhängen. Stattdessen hat er sich für einen

Trampolinpark entschieden, damit all seine kleinen Cousinen und Cousins an seinem besonderen Tag Spaß haben können. Er ist so ein guter Junge.«

»Das ist er«, stimmte Addison zu und klang dabei sehr stolz.

»Oh! Da kommt Kelli. Jetzt bin ich dran, sie zu halten!«, rief Wren und ging auf die andere Frau zu. Ihre Tochter war gerade sechs Monate alt geworden und das jüngste von allen ihren Kindern. Und sie war etwas ganz Besonderes, weil Kelli und Flash so viel durchgemacht hatten, um sie zu bekommen. Jahrelange Fruchtbarkeitsbehandlungen und erfolglose Versuche, schwanger zu werden. Gerade als sie aufgegeben und beschlossen hatten, sich mit den älteren Hunden und Katzen aus dem örtlichen Tierheim zufrieden zu geben, hatte sie erfahren, dass sie schwanger war.

Die letzten drei Monate ihrer Schwangerschaft musste sie im Bett verbringen, um das Baby nicht zu verlieren, und als Desiree geboren wurde, war es ein freudiger Tag für alle.

»Das ist unfair!«, jammerte Bree. »Ich habe sie heute noch nicht halten können.«

»Pech gehabt«, sang Wren mit einem Grinsen, während sie nach Baby Desiree griff.

»Schaut uns an«, sagte Remi und schüttelte leicht den Kopf. »Wer hätte gedacht, dass wir heute hier stehen würden. Wie viele Kinder haben wir jetzt?«

»Du und Kevlar habt zwei«, sagte Wren. »Ich habe eins. Josie und Blink haben fünf, Maggie und Preacher drei, Addison und MacGyver haben auch fünf, Kelli und Flash haben ihre kleine Des, und Bree ist die Einzige, die klug ist und keine hat.«

»Siebzehn Kinder. Das ist verrückt«, sagte Maggie lachend.

»Nein, verrückt ist, dass die meisten davon Jungs sind. Womit haben wir das verdient?«, fragte Wren.

Bree strahlte ihre Freunde an. Die fröhlichen Schreie und Quietschgeräusche der Kinder, die auf den Trampolinen hüpften, hallten um sie herum. Sie hatten den ganzen Ort gemietet, damit sie ihn für Artems Abschlussfeier für sich allein haben konnten. Er hatte ein paar seiner engen Freunde eingeladen, und die älteren Kinder passten auf die jüngeren auf. Vor allem auf Logan und Violet, die vier und fünf Jahre alt waren.

Brody und Cody, Josies Zwillinge, kommandierten alle herum, wie sie es immer taten, wenn sie mit ihren Cousins und Cousinen zusammen waren. Arlo, MacGyvers und Addisons Sohn, und Ben, der zu Maggie und Preacher gehörte, die mit zehn Jahren die Ältesten waren, ignorierten die meisten anderen Kinder, schlossen sich zusammen und planten wahrscheinlich etwas Unverschämtes und Gefährliches.

Borysko hing mit zwei Freunden aus der Schule an einem der Tische ab und aß Hamburger ... was Bree nicht im Geringsten überraschte. Der Junge war ein Fass ohne Boden. Er konnte eine ganze Mahlzeit verdrücken und zwanzig Minuten später behaupten, er habe wieder Hunger.

Yana war fünfzehn und ein typischer Teenager. An den meisten Tagen ertrug sie die Verrücktheiten ihrer Cousins nur mit Mühe und sah lieber Videos auf ihrem Handy an und chattete mit ihren Freundinnen, aber heute schien sie gern Tony und Walker zu unterhalten, zwei der zweijährigen Drillinge von Josie.

Bree sah sich im Raum um und bemerkte die Männer, die zu einigen ihrer besten Freunde geworden waren und ihr Bestes gaben, um ihre übermütigen Sprösslinge zu unterhalten und zu bändigen. Der Zeitpunkt ihrer Pensionierung als SEAL-Team rückte immer näher, und keiner von ihnen war bereit dafür. Sie liebten die Marine. Sie liebten das, was sie so lange beruflich gemacht hatten. Es war ein seltsames Gefühl, in den Ruhestand zu gehen und noch so kleine Kinder zu Hause zu haben.

Aber keiner von ihnen würde ganz aufhören zu arbeiten. Alle hatten Pläne für die Zukunft. Sie waren nicht die Art von Männern, die zu Hause saßen, Bier tranken und fernsahen.

Kevlar sprang mit Vinny und Mason, seinen acht und sechs Jahre alten Söhnen, auf einem Trampolin. Safe hielt sich immer noch in der Nähe von Violet auf, um sicherzugehen, dass ihr nichts passierte, und sein vierjähriger Sohn Logan stand direkt neben ihm und hielt Violets Hand.

Blink saß immer noch abseits und hielt Amelia, die nun in seinen Armen schlief, während er die Gruppe im Allgemeinen beobachtete. Seine Jungs waren kleine Teufel, aber meistens genügte ein warnender Blick von ihrem Vater, damit sie sich benahmen.

Preacher hatte Violet in Safes fähigen Händen gelassen und stand nun neben Blink und hielt seinen einjährigen Adoptivsohn Milo im Arm. Er hatte das Down-Syndrom und war fast genauso verwöhnt wie Desiree und Violet.

MacGyver hatte an dem Tisch haltgemacht, an dem Borysko mit seinen Freunden saß und mit ihnen über etwas lachte, und war nun auf dem Weg zurück zu den Trampolinen, um mitzuspielen.

Flash gesellte sich zu Yana, um ihr mit den Zwillingen zu helfen, die vor ihnen wegliefen und dabei manisch kicherten.

Und dann war da noch Smiley. Während der letzten zehn Jahre war er viel lockerer geworden. Man hätte ihn niemals als gesellig bezeichnen können, aber ihn jetzt auf dem Trampolin hüpfen zu sehen, wie er für Ben und Arlo als Punkterichter beim Springen diente, erfüllte Bree mit Freude.

Als könnte er ihren Blick spüren, schaute Smiley in Richtung der Frauen. Sein Blick traf den von Bree, und sie konnte förmlich spüren, wie er versuchte herauszufinden, ob es ihr gut ging. Ob sie etwas brauchte.

Er war äußerst einfühlsam, wenn es um sie ging. Wenn sie Krämpfe hatte und sich wegen ihrer Periode aufgebläht fühlte, brachte er ihr eine Heizdecke. Wenn sie hungrig war, machte er ihr einen Snack, ohne sie zu fragen, ob sie etwas wollte. Und selbst nach all dieser Zeit war er im Bett noch genauso leidenschaftlich wie zu Beginn ihrer Beziehung.

Sie waren in die Fußstapfen ihrer Freunde getreten und hatten eine kleine, intime Hochzeitszeremonie am Strand gefeiert, gefolgt von einer großen Party im *Aces*. Smileys Frau zu werden war wunderbar, aber es hatte nichts an Brees Gefühlen für ihn geändert. Sie liebte ihn so sehr, dass es ihr fast Angst machte. Seine Missionen waren immer stressig für sie, aber sie setzte eine tapfere Miene auf und versuchte, ihm nicht zu zeigen, wie sehr sie es hasste, wenn er das Haus verließ.

Aber er wusste es trotzdem. Einmal hatte er sich entschuldigt, und Bree hatte ihn angefahren. Sie hatte verlangt, dass er das nie wieder tun sollte. Sie hatte ihm gesagt, dass er ein großartiger SEAL sei und dass sie wusste, dass er seinen Job liebte. Wie sie über seine Missionen dachte, war nicht *sein* Problem, sondern *ihres*.

Natürlich hatte er sofort widersprochen.

Unter dem Strich war Bree so stolz auf ihren Mann, wie sie nur sein konnte. Er war sehr gut in seinem Job, aber der Gedanke, ihn zu verlieren, war fast unerträglich. Es hatte ein langes Gespräch mit Caroline Steel gebraucht, um ihr zu helfen, ihre Ängste zu überwinden. Um zu verstehen, dass er sechs der besten Männer hatte, die er sich wünschen konnte, und dass er jetzt, da er Bree hatte, alles tun würde, um zu ihr zurückzukehren.

Und das hatte er auch getan. Jedes Mal.

Sie hatten keine Kinder, weil keiner von beiden welche wollte. Sie waren mit den Kindern ihrer Freunde beschäftigt. Natürlich liebten sie alle den Aufenthalt bei Tante Bree und Onkel Smiley, weil sie dort lange aufbleiben, Junkfood essen und Videospiele spielen durften, die ihre eigenen Eltern ihnen normalerweise nicht erlaubten. Sie waren die »lustigen« Tante und Onkel, und Bree war damit zufrieden.

Ihr Leben war erfüllt. Von einem Sexhändler entführt

worden zu sein schien ihr wie etwas, das jemand anderem passiert war. Als sei es vor einer Ewigkeit gewesen.

Als könnte Smiley ihre Gedanken lesen, sagte er etwas zu Ben und Arlo und hüpfte auf sie und die anderen Frauen zu.

»Oh, oh, Smiley kommt in unsere Richtung«, neckte Remi. »Das ist wohl unser Stichwort, uns zu zerstreuen.«

»Ihr müsst nicht gehen«, protestierte Bree, aber es war offensichtlich, dass es ihren Freundinnen nichts ausmachte, zu ihren Ehemännern zu gehen. Selbst nach einem Jahrzehnt waren sie alle noch genauso verliebt in ihre Ehepartner wie am Tag ihrer Hochzeit.

»Habe ich mit meiner mürrischen Art alle verscheucht?«, fragte Smiley, als er neben ihr stand.

Bree lachte. »Du bist gar nicht mehr so mürrisch.«

»Wie auch immer«, brummte er und brachte Bree noch mehr zum Lachen.

»Das ist es, was ich so gern sehe und höre ... dich lachen. Weißt du noch, als ich dich zum ersten Mal getroffen habe, habe ich es mir insgeheim zur Lebensaufgabe gemacht, dich öfter zum Lächeln zu bringen.«

»Ich habe damals gelächelt«, protestierte Bree.

»Nicht genug. Aber jetzt? Du bist das Licht in meiner Dunkelheit. Wenn ich mürrisch bin, muss ich dich nur ansehen, dein Lächeln sehen, und schon erinnere ich mich an alles, wofür ich dankbar sein muss.«

Bree konnte nicht aufhören zu grinsen. »Du bist so kitschig. Was ist aus dem knallharten Navy SEAL geworden, den ich geheiratet habe?«

»Oh, er ist immer noch hier. Aber ich habe im Laufe der Jahre gelernt, mich nicht darum zu kümmern, was andere über mich denken. Wenn sie glauben wollen, dass ich ein Pantoffelheld bin, können sie das gern tun. Ich meine, sie haben ja nicht unrecht.«

»Halt die Klappe«, beschwerte Bree sich.

Er grinste. Dann wurde er ernst. »Du bist glücklich.«

Das war keine Frage. »Wie könnte ich nicht? Ich bin umgeben von meinen besten Freunden, die zu meiner Familie geworden sind. Die Kinder sind gesund und ausgeglichen. Das Leben hat uns allen einige harte Schläge versetzt, aber wir haben es geschafft. Wir sind hier. Zusammen. Wir feiern Artems Abschluss und die Tatsache, dass er Jura studieren wird. Nächstes Jahr wird Borysko in seine Fußstapfen treten, allerdings nicht als Anwalt. Der Junge hat mir gesagt, dass er Arzt werden will. Ein Anwalt und ein Arzt ... wer hätte das gedacht?«

Smiley strich Bree mit den Fingern über die Wange. »Ich liebe dich.«

Sie spürte, wie ihre Wangen heiß wurden. »Ich liebe dich auch.«

»Wie lange müssen wir noch bleiben?«

»Warum?«, fragte Bree besorgt. »Geht es dir gut? Ist etwas los?«

»Mir geht es gut. Ich habe nur das Bedürfnis, mit meiner Frau zu schlafen, und ich denke, dass das in der Toilette eines Trampolinparks nicht angebracht wäre.«

Bree verdrehte die Augen. »Nein, das wäre definitiv *nicht* angebracht.«

»Einer der Vorteile, keine Kinder zu haben, ist, dass ich meine Frau ficken kann, wann und wo ich will, ohne mir Sorgen machen zu müssen, dass mir ein kleiner Mensch dabei im Weg steht.«

»Onkel Smiley! Rate mal was!«, rief Arlo, als er auf das Trampolin sprang, das Bree und ihrem Mann am nächsten war.

Die Hitze in Smileys Augen war brennend, aber er holte tief Luft und wandte sich dem kleinen Jungen zu. »Was gibt's, Kleiner?«

»Dad hat gesagt, ich und Ben dürfen heute Nacht bei dir und Tante Bree schlafen! Ist das nicht cool?«

»Es heißt Ben und ich«, korrigierte Smiley ihn mit einem langen Seufzer.

Bree kicherte. »So viel zum Thema, dass kleine Menschen nicht die Tour vermasseln«, murmelte sie leise vor sich hin.

»Das ist großartig«, sagte er zu Arlo. Der Junge hüpfte davon und rief Ben mit lauter Stimme zu, dass Onkel Smiley gesagt habe, es sei in Ordnung.

»Ich habe meine Meinung über Sex in der Toilette geändert«, sagte er zu ihr.

Bree umarmte ihn fest. »Das wird nicht passieren, aber ich finde es toll, dass du es willst«, erwiderte sie.

Smiley löste sich von ihr und sah sie mit einem Ausdruck an, den Bree nicht deuten konnte. »Was?«, fragte sie.

»Du hast mir ein Leben geschenkt, das ich mir in meinen wildesten Fantasien nicht hätte vorstellen können. Ein perfektes Leben. Ja, wir streiten uns, du klaust mir die Decke, wir haben Stress, aber ich darf neben dir aufwachen und mit dir einschlafen. Ich kann mir nichts Besseres vorstellen.«

Bree schmolz dahin. »Heute Abend wirst du so was von flachgelegt, Freundchen«, sagte sie.

Er grinste. »Juhu.«

Und das brachte sie erneut zum Kichern. Es war unglaublich lustig, ihren knallharten Ehemann »Juhu« sagen zu hören.

Zwei Stunden später verließen alle das Gebäude. Sie waren eine Stunde länger geblieben als geplant, aber alle hatten so viel Spaß gehabt, dass sie nicht früher gehen konnten. Ganz zu schweigen davon, dass es unmöglich war, diese Gruppe jemals pünktlich zu *irgendetwas* zu bewegen. Zu viele Kinder, zu viele Verabschiedungen und Begrüßungen. Es herrschte Chaos, wo immer sie hinkamen. Und Bree liebte es.

Als sie Arlo und Ben an diesem Abend endlich ins Bett gebracht hatte, war es schon Stunden später als sonst und sie war erschöpft. Obwohl die beiden Jungs sich gut benommen hatten, waren sie immer noch ausgelassen und voller Energie.

Bree ging in ihr und Smileys Schlafzimmer und fand ihren Mann bereits im Bett auf sie wartend vor. Sie erledigte schnell, was sie im Badezimmer zu tun hatte, und legte sich zu ihm unter die Decke. Obwohl sie müde war, durchströmte sie das Verlangen. Sie konnte nie genug von ihrem Mann bekommen und liebte es, ihm zu zeigen, wie sehr sie ihn noch immer liebte und begehrte.

Sie schob die Decke von ihm und grinste, als sie sah, dass Smiley splitternackt war. Ohne Zeit zu verlieren, legte sie eine Hand um seinen Schwanz und beugte sich vor. Sein langes, lustvolles Stöhnen drang direkt zwischen ihre Beine. Sie brauchte ihn. Jetzt.

Nachdem er vollständig erigiert war und seine Hüften sich jedes Mal leicht hoben, wenn sie ihn in den Mund nahm, bewegte Bree sich. Sie zog ihr Nachthemd hoch und setzte sich rittlings auf ihn. Sie umfasste seinen Schwanz und ließ sich mit einer harten, schnellen Bewegung auf ihn sinken.

Diesmal stöhnten sie beide.

»Schhh«, ermahnte sie ihn leise. »Wir können es nicht gebrauchen, dass einer der Jungs hereinkommt und herausfindet, was los ist.«

»Ich wollte dich kosten«, sagte Smiley mit einem Schmollmund.

Als sie den niedergeschlagenen Blick ihres sonst so stoischen Mannes sah, musste Bree kichern.

»Was? Ich will es.«

»Später«, sagte sie. »Jetzt brauche ich meinen Mann.«

Egal wie oft sie mit Smiley in dieser Stellung Liebe gemacht oder wie oft sie versucht hatte, die Kontrolle zu übernehmen, nach ein paar Stößen übernahm er wieder die Führung. Heute Abend war das nicht anders. Er ließ die Hände zu ihren Hüften wandern und begann, sie hart auf sich zu drücken, dann noch härter. Das Klatschen ihrer Haut war laut. *Zu* laut.

Gerade als sie den Mund öffnen wollte, um zu protestieren,

rollte Smiley sie auf den Rücken. Er bewegte sich weiter in ihr, während er ihr in die Augen sah.

»Ich liebe dich«, sagte er.

»Ich liebe dich auch.«

Danach liebten sie sich schweigend. Verloren in der Liebe und Lust, die sie in den Augen des anderen sahen, und in der Wonne, die sie an dem Körper des anderen fanden. Es dauerte nicht lange, bis Smiley das entzückende kleine Grunzen von sich gab, das er immer kurz vor dem Höhepunkt von sich gab, während er sich tief in ihr vergrub.

Bree war nicht enttäuscht, dass sie noch nicht gekommen war. Sie wusste, dass ihre Zeit kommen würde. Im wahrsten Sinne des Wortes.

Smiley zog sich zurück und streckte sofort die Hand aus, um ihre Klitoris zu streicheln. Nach zehn Jahren wusste er genau, wie er sie zum Höhepunkt bringen konnte.

Danach zog er die Decke wieder über sie und legte sich fast ganz auf sie, den Kopf auf ihrer Brust, während sie beide versuchten, wieder zu Atem zu kommen.

Bree liebte die Zeit, in der sie nach dem Orgasmus miteinander kuschelten. Sie streichelte Smileys Haar, während er auf ihrer Brust lag, und fühlte sich geliebt. Und begehrt.

Egal was er zuvor gesagt hatte, ihre Ehe war nicht perfekt. Sie waren sich in manchen Dingen nicht einig. Sie ärgerten sich übereinander. Aber am Ende jedes Tages schafften sie es, alles zu besprechen und gemeinsam einzuschlafen. Sie konnte sich nicht mehr wünschen.

»Ich habe das gesehen, weißt du«, sagte Smiley plötzlich.

»Was? Was hast du gesehen?«

»Das hier. Uns. Ich habe es so klar gesehen, als sei es ein Film, der hinter meinen Augen ablief, als ich die Wagentür öffnete und dich gefesselt auf dem Rücksitz sah. Deshalb konnte ich dich nicht gehen lassen.«

Brees Augen füllten sich sofort mit Tränen.

»Ich weiß, dass die meisten Menschen nicht an Liebe auf den ersten Blick glauben. Aber für mich war es so.«

Sie hatten schon einmal darüber gesprochen, aber Bree bekam jedes Mal Gänsehaut, wenn ihr Mann davon erzählte, wie er sich auf den ersten Blick in sie verliebt hatte. »Bei mir ging es nicht ganz so schnell, aber ich konnte deinen Namen nicht aus meinem Kopf bekommen. Jude Stark. Das hat mich an Sicherheit denken lassen. Deshalb hat es mich hierhergezogen ... zu dir.«

Smiley hob den Kopf und stützte sein Kinn auf seine Hände. »Ich habe meinen Namen nie gemocht. Er erinnerte mich an meinen Vater, der meine Mutter schlug. Dass seine DNA in meinen Adern floss. Aber du machst mich stolz darauf, wer ich jetzt bin.«

»Du warst schon immer jemand, auf den du stolz sein solltest.«

Ihr Mann zuckte nur mit den Schultern. »Vielleicht. Vielleicht auch nicht. Aber mit dir an meiner Seite habe ich das Gefühl, dass ich alles schaffen kann. Danke dafür.«

Dieser Mann. Seine äußere Hülle mochte hart wie Stahl sein, aber tief im Inneren war er ein verdammter Marshmallow. Und sie liebte ihn so sehr.

Er grinste sie an und gerade als er begann, sich langsam an ihrem Körper hinunterzubewegen, ließ das Geräusch von jemandem, der sich im Badezimmer im Flur übergab, beide erstarren.

»Scheiße«, fluchte Smiley und senkte den Kopf auf ihren Bauch.

Das war nicht lustig. Überhaupt nicht ... aber Bree musste trotzdem lächeln. »Die Tourvermassler schlagen wieder zu. Ich gehe.«

»Nein, bleib hier. Ich sehe nach, was los ist.«

»Ich glaube, es war wahrscheinlich die Schüssel Popcorn, die S'Mores und der riesige Bananensplit, die sie heute Abend gegessen haben, die ihnen nicht bekommen sind.«

Smiley verzog das Gesicht. »Ja, das war wahrscheinlich keine gute Idee, aber scheiß drauf. Wir sind die coole Tante und Onkel. Sie werden schon lernen, sich in Zukunft etwas zurückzuhalten.«

Bree hob eine Augenbraue.

Smiley lachte leise. »Oder auch nicht.« Er beugte sich vor und küsste sie auf die Stirn. »Schlaf jetzt, Süße. Wenn es etwas Ernstes ist, sage ich dir Bescheid.«

»Ich liebe dich«, sagte Bree.

»Ich liebe dich auch.«

Sie sah zu, wie ihr Mann aus dem Bett stieg, eine Flanellpyjamahose vom Boden aufhob und sich ein T-Shirt über den Kopf zog, bevor er selbstbewusst zur Tür ging. Sie drehte sich auf die Seite und lauschte den leisen Geräuschen, die Smiley von sich gab, während er mit dem Jungen sprach, der sich gerade in die Toilette übergeben musste.

Sie schlief mit dem Gedanken ein, dass sie die glücklichste Frau der Welt war. Sie hatte die besten Freundinnen mit einigen der besten Kinder auf dem Planeten. Wenn sie Fragen zur Marine oder zum Leben im Allgemeinen hatte, konnte sie sich an Caroline und all ihre Freundinnen wenden. Ihr Mann war großzügig, freundlich und der beste Liebhaber, den sie je hatte. Und er hatte Freunde, die wie eine Familie waren und immer für sie da waren.

Sie hätte nie gedacht, dass sie einmal hier landen würde, als sie vor all den Jahren voller Angst auf dem Rücksitz dieses Wagens lag und nicht wusste, wohin sie gebracht würde, um dort zum Sexspielzeug für unzählige Männer zu werden. Oder als sie in diesem Käfig auf der Ladefläche des Lastwagens oder auf diesem Boot saß und sie dasselbe Schicksal erwartete.

Das Leben war seltsam. Es konnte beschissen sein, erschreckend, und dann plötzlich eine Kehrtwende machen und glorreich werden. Die Höhen und Tiefen waren manchmal schwer zu ertragen, aber letztendlich waren es die Menschen um einen herum, die einem halfen, jeden einzelnen Tag zu überstehen.

Und Bree hatte einige der besten Menschen der Welt um sich herum. Sie würde nichts an ihren Erfahrungen ändern wollen ... denn all die hatten sie zu Smiley geführt.

Mir ist klar, dass ich mich nach jeder Serie immer bei Ihnen, meinen treuen Leserinnen und Lesern, bedanke, aber ich bin wirklich dankbar, dass Sie bis zum letzten Buch der Serie durchgehalten haben. Dieser Teil hat mir besonders viel Spaß gemacht, da ich so viele meiner ursprünglichen Figuren zurückbringen konnte. Und ich weiß, es war ein bisschen gemein von mir, bis zu *Schutz für Fiona* zurückzugehen und einen Bösewicht aus dieser Geschichte wieder auftauchen zu lassen. Aber wie immer sind meine Heldinnen hart im Nehmen und die Liebe besiegt das Böse.

Wenn Sie meine neue Serie »Die Rescue Angels« noch nicht begonnen haben, würde ich mich freuen, wenn Sie es einmal versuchen würden. Sie handelt von einem Team von hochkarätigen Night-Stalker-Hubschrauberpiloten der Armee, und der erste Band heißt *Hilfe für Laryn* (der Held ist der Zwillingsbruder von Blink, den Sie in dieser Serie kennengelernt haben).

Bleiben Sie stark, seien Sie glücklich, seien Sie freundlich und lesen Sie weiter!

Susan

BÜCHER VON SUSAN STOKER

SEALs of Protection: Alliance

Schutz für Remi

Schutz für Wren

Schutz für Josie

Schutz für Maggie

Schutz für Addison

Schutz für Kelli

Schutz für Bree

Ein Spiel des Glücks

Ein Beschützer für Carlise

Ein Prinz für June

Ein Held für Marlowe

Ein Holzfäller für April

Die Männer von Alpha Cove

Ein Soldat für Britt

Ein Seemann für Marit (3 Mar)

Ein Pilot für Harper

Ein Wächter für Jordan

<u>Die Rescue Angels</u>
Hilfe für Laryn
Hilfe für Amanda
Hilfe für Zita (10 Feb)
Hilfe für Penny (5 Mai)
Hilfe für Kara
Hilfe für Jennifer

<u>Badge of Honor: Die Texas Heroes</u>
Gerechtigkeit für Mackenzie
Gerechtigkeit für Mickie
Gerechtigkeit für Corrie (1 Mar)
Gerechtigkeit für Laine (1 Mar)
Sicherheit für Elizabeth (1 Apr)
Gerechtigkeit für Boone (1 Apr)
Sicherheit für Adeline (1 Jun)
Sicherheit für Sophie (1 Jun)
Gerechtigkeit für Erin (1 Aug)
Gerechtigkeit für Milena (1 Aug)
Sicherheit für Blythe (1 Oct)
Gerechtigkeit für Hope (1 Oct)
Sicherheit für Quinn
Sicherheit für Koren
Sicherheit für Penelope

<u>Die Männer von Silverstone</u>
Vertrauen in Skylar
Vertrauen in Taylor
Vertrauen in Molly
Vertrauen in Cassidy

<u>Die Zuflucht in den Bergen</u>
Zuflucht für Alaska
Zuflucht für Henley

Zuflucht für Reese
Zuflucht für Cora
Zuflucht für Lara
Zuflucht für Maisy
Zuflucht für Ryleigh

Das Bergungsteam vom Eagle Point

Ein Retter für Lilly
Ein Retter für Elsie
Ein Retter für Bristol
Ein Retter für Caryn
Ein Retter für Finley
Ein Retter für Heather
Ein Retter für Khloe

SEALs of Protection: Legacy

Ein Beschützer für Caite
Ein Beschützer für Brenae
Ein Beschützer für Sidney
Ein Beschützer für Piper
Ein Beschützer für Zoey
Ein Beschützer für Avery
Ein Beschützer für Kalee
Ein Beschützer für Jane

Die SEALs von Hawaii:

Die Suche nach Elodie
Die Suche nach Lexie
Die Suche nach Kenna
Die Suche nach Monica
Die Suche nach Carly
Die Suche nach Ashlyn
Die Suche nach Jodelle

<u>Delta Team Zwei</u>
Ein Held für Gillian
Ein Held für Kinley
Ein Held für Aspen
Ein Held für Jayme
Ein Held für Riley
Ein Held für Devyn
Ein Held für Ember
Ein Held für Sierra

<u>Mountain Mercenaries:</u>
Die Befreiung von Allye
Die Befreiung von Chloe
Die Befreiung von Morgan
Die Befreiung von Harlow
Die Befreiung von Everly
Die Befreiung von Zara
Die Befreiung von Raven

<u>Ace Security Reihe:</u>
Anspruch auf Grace
Anspruch auf Alexis
Anspruch auf Bailey
Anspruch auf Felicity
Anspruch auf Sarah

<u>Die Delta Force Heroes:</u>
Die Rettung von Rayne
Die Rettung von Emily
Die Rettung von Harley
Die Hochzeit von Emily
Die Rettung von Kassie
Die Rettung von Bryn
Die Rettung von Casey

BIOGRAFIE

Susan Stoker ist die New York Times, USA Today und Wall Street Journal Bestsellerautorin der Buchreihen »Badge of Honor: Texas Heroes«, »SEAL of Protection«, »Die Delta Force Heroes« und einigen mehr. Stoker ist mit einem pensionierten Unteroffizier der US-Armee verheiratet und hat in ihrem Leben schon überall in den Vereinigten Staaten gelebt – von Missouri über Kalifornien bis hin zu Colorado. Zurzeit nennt sie die Region unter dem großen Himmel von Tennessee ihr Zuhause. Sie glaubt ganz und gar an Happy Ends und hat großen Spaß daran, Geschichten zu schreiben, in denen Romantik zu Liebe wird.

Besuchen Sie Susan im Netz!
www.stokeraces.com
facebook.com/authorsusanstoker
twitter.com/Susan_Stoker
bookbub.com/authors/susan-stoker
instagram.com/authorsusanstoker
Email: Susan@StokerAces.com

www.ingramcontent.com/pod-product-compliance
Lightning Source LLC
Chambersburg PA
CBHW011114100726
47898CB00011B/3073